# 故事会

## 2009 · 31

（总第 430–433 期）

# 合订本

STORIES

**上海故事会文化传媒有限公司　出品**

（00212）

**图书在版编目(CIP)数据**

2009《故事会》合订本.31/《故事会》编辑部编.
上海: 上海锦绣文章出版社,2009.4
ISBN 978-7-5452-0286-1

Ⅰ.2… Ⅱ.故… Ⅲ.故事-作品集-中国-当代 Ⅳ.Ⅰ1247.8

中国版本图书馆CIP数据核字(2009)第035647号


责任编辑: 朱 虹
封面设计: 李宝强



**故事会 2009 年合订本 31**

(总第 430-433 期)

《故事会》编辑部 编

上海锦绣文章出版社·上海故事会文化传媒有限公司出版
地址: 上海绍兴路 74 号
电子信箱: gushihui@263.net
网址: www.slcm.com

中国图书进出口上海公司发行
地址:上海市广中路88号
电话:36357888
字数 280,000

ISBN 978-7-5452-0286-1/G·086

# 430

## 2009
SEMIMONTHLY
上半月刊

## 1月

STORIES

欢迎登录本刊主办的"故事中国网"(www.storychina.cn)

## 故事会
── STORIES ──

## 2009 年 1 月
上半月·红版

社 长、主 编：何承伟
常务副主编：吴 伦
副主编：姚自豪（上半月·红版）
副主编：夏一鸣（下半月·绿版）
本期责任编辑：吕 佳
电子邮箱：lujia411@yahoo.com.cn
红版发稿编辑：
姚自豪 郑继文 周 吟 叶小萌
美术编辑：李宝强
电脑制作：郭瑾玮
通 联：归依玲
本社办公室电话：021-64375030
上半月刊编辑部电话：021-64332325
下半月刊编辑部电话：021-64336469
（上海市绍兴路74号 邮编：200020）
主管、主办：上海文艺出版总社
出版单位：《故事会》杂志社

制作、发行总监：张 凯
电话：021-64313938
广告业务：上海故事会文化传媒有限公司
广告总监：张 淮
广告业务：021-34010383
广告投诉：021-64333738
广告经营许可证
沪工商广字 3100320050022 号
发行：中国图书进出口上海公司

**特别提示**：凡本刊录用的作品，即视为本刊已获得该作品与《故事会》相关的网上传播、汇编出版、电子和录音录像制品等权利。本刊向作者支付的稿酬，已包含了上述各项权利的报酬，如有特殊要求，请提前说明。

# 炸薯条

**杰**克炸薯条的时候油锅突然起火，他急忙打电话向消防局求助。事后，消防员警告他，以后炸薯条时要小心些。可是两星期后，杰克又在炸薯条时引发了火灾，消防队员再次匆匆赶来……

第二天，杰克见到自家门前有一个小包裹，包上面贴了张字条："今后数周本消防局人手不足，敬希合作为盼！"杰克打开包裹一看，里面是一大包炸薯条。

（郝英子）

（本栏插图：包丰一）

# 坏消息

**小**杜打算辞职，他兴奋地告诉同事："终于不用再受这个领导的气了，我一会儿就去递辞职信。"可是，等小杜从领导办公室出来，脸上满是失望。

同事问道："怎么了？领导没同意？"小杜嘟囔道："比这还糟糕——领导拿到我的辞职信，一看就笑了，说：你跟我跳的是同一家公司。"

（曹炜明）

# 没鱼

**一**位先生大清早来到湖边钓鱼，他等呀等，鱼就是不上钩。到了下午，他肚子有点饿了，就到附近的餐馆吃东西。

先生问："你们这里有什么东西吃？"

服务员说："有糖醋鲤鱼、红烧鲫鱼、干炸带鱼、清蒸鲈鱼，还有……"

那位先生听了，自言自语道："原来鱼都在你们这儿啊，我说湖里怎么钓不到鱼呢？"（田淑琛）

# 浪漫举报

小王路过一家花店，看到橱窗里贴着一则广告："本店情人节当天玫瑰涨至每支50元，若提前预订仍按每支5元结算，欢迎预订。"

小王的男朋友在工商局上班，各方面都不错，就是不懂浪漫，小王想趁这个机会点拨点拨他，让男朋友先订好玫瑰，情人节那天再送给自己。于是她拨通了电话，委婉地对男朋友说："刚才路过一家花店，人家说情人节那天玫瑰要涨到50块钱，但现在预订的话只要5块钱，你看……"

电话那头马上说："哦，知道了，那家花店叫什么名字？在哪儿啊？"

小王一听男朋友开了窍，高兴地把花店的名字和地址告诉了他。

整个上午，小王都沉浸在幸福中。没多久，她男朋友回电话了："刚才我把你说的向执法队汇报了，人家说情人节期间玫瑰涨价属于正常价格波动，不违法，我们没法查……"

（佚　名）

# 霸道的美眉

学校里有个美眉，每次上课都要占第一排左边的那个位子，占不到就和别人大吵。久而久之，大家都默认那个位子是她的，不和她争。

一次，一个新来的男生坐到了这个位子上，美眉走进教室一看，立刻对着男生嚷嚷，说这座位是她的，她都坐了几个月了。男生愣了一下，冷笑道："坐了几个月就霸占了？我脚下的地球都踩了快二十年，到现在都不敢说是我的！"

（郝翠英）

# 上海话

小李来到上海某外企应聘面试，刚坐定，面试官就用英文问他问题。

小李愣了一下，说："请你不要跟我说上海话，我不是上海人。"

面试官闻言绝倒。

（曹炜明）

# 唯恐太迟

一个男人手拿纸袋在路上狂奔，恰巧被一位巡警遇上，巡警怀疑他可能偷了什么东西，于是就上前把他拦住了："喂，站住！袋子里是什么东西？"

男人一惊，答道"是一套时装。"巡警问："哪里来的？"

男人说："时装店里刚买的。"巡警问："到哪里去？"

男人答："回家给我老婆。"

巡警奇怪了，问："那你为什么要这样狂奔？"

男人叹了口气，说："迟了，恐怕她又嫌式样旧了。"

（弯月如眉）

# 你爱嫁谁就嫁谁

女孩对爸爸说，她喜欢隔壁的帅哥，结果爸爸小声告诉她："那是你同父异母的哥哥，你们只能做普通朋友。"

几个月后，女孩又对爸爸说，她喜欢上了巷口那家的帅哥。爸爸说："不行，那是你另一个同父异母的哥哥，你们也只能做普通朋友。"

女孩受不了，哭着对妈妈说了一切，妈妈安慰她说："孩子，你爱嫁谁就嫁谁，你根本就不是你爸的女儿。"

（李从渊）

## 好借口

一名男子在公路上超速开车，他从后视镜中看到一辆闪着红灯的警车，就想：我比这家伙开得快，一定能逃脱，于是他把油门踩到底，一场竞赛开始了。两辆车在公路上飞驰，时速越来越快……最后，这名男子还是被警察追上了。

警察从巡逻车里出来，走向这名男子的车，对他说道："听着，先生，我今天非常累，现在只想下班回家。你找个像样的借口，我就放你走。"

那男子想了一会儿后说："三个星期前，我老婆跟一个警察跑了。刚才我在后视镜里看见你的巡逻车，以为你就是那个警察，想要把老婆还给我！因为，没有人能够忍受她超过一个月……"

（郝英子）

## 没人磨墨

一个富家之子要去参加科举考试，父亲事先考了他一下，成绩很好，满以为一定能录取，不料竟然榜上无名。

父亲赶去找考官评理。考官调来卷子查看，只见卷子上面淡淡一层灰雾，看不到有字。

父亲一回家便责骂儿子："你的考卷怎么写得叫人看也看不清？"儿子哭道："考场上没人替我磨墨，我只得用笔在砚上蘸着水写呀！"

（刘　力）

## 多少钱不算贵

阿明乔迁新居，朋友送来一个水族箱，阿明便买了二十多条热带鱼放在里面。老婆下班回来后见阿明买了鱼，就指着一对"红剑"，问："这鱼多少钱买的？"阿明忙说："5元一对。"谁料老婆一撇嘴"贵了，最多值3元。这对'珍珠鱼'呢？"

"6元。"

"贵了贵了，也就值3元……"

老婆一口气问了好几种鱼，都说阿明买贵了，那口气仿佛他是个白痴，让人狠宰了一顿！最后老婆指着一对"小吻嘴"问："这个多少钱？"

阿明心里不痛快，就没好气地说："一毛钱两条，不贵了吧？"

谁知老婆大喝一声："太贵了！你买了那么多鱼，这对就该白送！"

（史顺利）

## 包子的儿子

丽丽有一次问妈妈："妈妈，我从哪里来的？"妈妈说："从我的肚子里挖出来的，不信你看，我肚子上还有一个口子呢。"由于是剖腹产，丽丽一看，妈妈肚子上还真有一条伤疤。

这天，丽丽在吃肉包子，她不想吃里面的肉馅，就对妈妈说："妈妈，这个包子的儿子给你，妈妈我留下吃。"说着，她把肉馅放在了妈妈碗里，把包子皮全吃了。

（佚　名）

本栏欢迎来稿，读者、作者可将有新鲜感、有精彩细节的笑话佳作投寄给我们。来稿一经采用，最高稿费为一则100元。本期责任编辑电子信箱：lujia411@yahoo.com.cn。

# 芝麻开门

这天，董事长家又出了一点麻烦事：家里的保险箱打不开了，这保险箱放在董事长的卧室里，董事长突然想到要拿一件东西，连输了几遍密码都没有打开，王夫人急着打电话给公司，让他们找人来开，趁着这当儿，为了给董事长解闷，席先生讲了一个开锁的故事……

**现**在科技发达，锁也有各种各样的开法，有家公司，新造了一栋十八层的办公大楼，十分气派，这还不算啥，最特别的是这大楼的"门禁"，采用了一种科技含量极高的声音控制识别系统，也就是说，事先把办公室主人说的一句暗语作为"密码"，录入到电脑主机里，主人只要说一遍"密码"，门禁系统就能自动识别，门就能自动打开，换了别人，除非把门砸烂了，否则就别想进去。这

个门禁系统正是公司办公室的小王负责引进的。

总经理对这个新系统感到很得意，大会小会没少表扬小王，还美滋滋地选了故事《阿里巴巴与四十大盗》中的暗语"芝麻开门"当作自己的开门暗语。

搬进新办公楼的第一天，小王兴高采烈地陪着总经理，坐电梯来到办公室门前，总经理站着，清了清嗓子，很文雅地说了句："芝麻开门。"出乎两人意料的是，门居然没开！

总经理笑着说："看来这门也有睡着的时候啊！"说完，他把脖子上的领带松了松，脆生生地又喊道："芝

麻开门！"可门依然纹丝不动，这一下小王的脸就挂不住了，总经理耐住性子喊了十几遍，门死活不开，小王早就急得满头大汗了。

总经理的脸色不好看了，他要小王赶紧找人看看怎么回事。这门禁系统是一家科技公司开发的，小王连忙打电话过去问怎么回事，接电话的技术员立即采用远程登录，细致地查了一遍这边的子网，说："奇怪了，从我这边看，你们的声控系统工作一切正常啊，我问一下，是谁在这个房间里办公啊？"

小王压低声音说："是我们总经理，兄弟你好好查查，救个场。"

技术员在电话那边想了半天，恍然大悟道："对了，你们总经理他经常喝酒吧？"

总经理三天两头喝得是红光满面，可小王想不通，喝酒跟开门有什么关系，他操着手机，压低声音说："这还用问吗，公司老总不喝酒的有几个？"

技术员兴奋地说："那就对了，我怀疑那天录音设置密码时他喝了酒，血液里酒精含量高，思维减缓，可能导致音时过长，所以现在打不开门了。你让你们总经理模仿喝醉酒的声音说一遍密码，只要音时对了，门就可以打开了。"

小王挂上电话，吞吞吐吐地把对方的意思对总经理说了，总经理听了，脸色立刻晴转多云，他装出一副醉酒的腔调，拉长声音说："芝……芝麻……开门……"一连说了五六遍，可门还是打不开！

小王赶紧又打电话向那个技术员咨询，对方自言自语说："这就奇怪了……"想了半天，他突然问了一句："你们总经理说话时是不是带有方言的口音啊？"

小王恍然大悟，可不是嘛，平时总经理的普通话说得还挺好的，但一激动，说起话来乡音就重了，说不定那天录音时他激动了，带了乡音了，

于是他赶紧把技术员的话转述了一遍，总经理没办法，嘴唇哆嗦了几下，张了半天嘴，才说出口："舅妈开门！"

小王一听差点笑出声来，怪不得总经理不好意思说，原来他的家乡话里"芝麻"的发音是"舅妈"。总经理对着那扇门，喊了十几遍"舅妈"，可门依然紧紧地锁着！

这一下，小王的脸都急白了，他忙把电话又打了过去："喂，你们究竟能不能把这个门给弄开？再不行，你们过来，把门禁都给我撤了，把技术

开发费给我们退回来！"

一旁的总经理也十分恼火，他说："小王，你弄的这个叫什么玩意啊？还高科技，这不是折腾人吗？"

小王吓坏了，赶紧让那个技术员过来一趟，不大一会，技术员赶了过来，他把门禁仔细检查了一遍，结果显示一切正常。技术员无奈地说："现在只有用电脑分析一下原来录进去的那句话了。"经过一番检测，结果很快出来了，技术员拿着分析单，眼睛瞪得像铜铃，小王赶紧问他怎么了，技术员目瞪口呆地说："不可能，绝对不可能！分析结果显示，你们总经理在录'芝麻开门'这句话的时候，受到了极度惊吓，音时、音高和音强都变了，这太不可思议了！"

不巧这话被站在一旁的总经理听到了，他冷笑道："开玩笑，受到极度惊吓？在这里我是一把手，我怕什么啊？"嘴里这样说着，可他的脑子里却一下明白了是怎么一回事：那天，在老办公楼录音，正巧女秘书溜到他办公室，两人偷偷鬼混，不巧他老婆临时有事来办公室找他，门卫把电话打过来，说他老婆快到办公室了，总经理吓坏了，他赶紧让女秘书藏到办公桌下面，自己装模作样地坐在老板椅上。老婆前脚进屋，小王后脚带着技术员进门录音，总经理心怀鬼胎，对着录音笔，哆哆嗦嗦地说了"芝麻开门"四个字，那个时候，你说总经

理能不紧张吗？可当时是当时，现在是现在，要让总经理恢复当时的心情，这能装得像吗？

总经理正要发火，楼道里过来了几个陌生人，指名道姓要找总经理，总经理傲慢地说："什么事啊？"

来人出示了证件，是检察院的，他们说接到举报信，有人前天给总经理送了二十万现金，他们是来调查这件事的。总经理听了冷笑一声："开玩笑，有人送我二十万，我怎么不知道？"

检察院的人说："你认识一个叫李远的承包商吧，他前两天有没有送你两箱牛奶？"

总经理漫不经心地说"记得，怎么了，两箱牛奶值二十万？"

"牛奶不值二十万，可装牛奶的箱子足够装得下二十万现金。"

话音刚落，总经理的脸色就变了，可不是嘛？李远那家伙前两天确实送了他两箱牛奶，结果忙着搬到新办公楼来，他也没顾得上拆开，就直接让搬运工搬过来了。

"你现在把那两个箱子放哪里去了？"

总经理结结巴巴地指着办公室说："放……放到这间办公室里了。"

检察院的人说："那你能配合我们一下、把门打开吗？"

总经理擦了擦额头的汗，说："这门现在打不开，它是声控门，现在出了点问题。"

检察院的人笑了："这是迄今为止我们听过的最好的借口，那我问你，既然打不开门，你又是怎么把箱子放进去的？"

总经理赶紧解释："搬东西进去的时候，系统还没有启动，现在系统启动了，就打不开了。"

"既然是声控门，你设定的密码是什么？再说一遍试试看。"

总经理说："我设的密码是——'芝麻开门'……"说到这里，他张大着嘴，却说不下去了，因为那扇门突然打开了，而放在门口正中央的，正是那两箱扎眼的牛奶……

这回，总经理真的是紧张了，他得接受检察院的调查了……

**（本期作者：王兴荣）**
（题图、插图：安玉民　梁　丽）

### 征稿启事

"新一千零一夜"是本刊"红版"新推出的栏目，希望广大读者能喜欢。"红版"编辑部热忱欢迎作者惠赐原创佳作，要求：1.题材不限，能以较新的视角反映生活，立意独到；2.核心情节新鲜、奇巧、生动；3.篇幅在2000字左右。来稿可从邮局寄发，也可发电子邮件，请在信封或电子邮件的主题栏内注明"新一千零一夜"字样。红版编辑部各编辑邮箱见第27页。

# 不可告人的

**梦**

□ 小 芦

初三女生乐丹是个开朗活泼的女孩，整天无忧无虑地学习、生活。一天，乐丹的同桌刘雁看到乐丹桌上放着一本精品笔记本，本子上有一个生动的米老鼠卡通图案，封面上还写着三个字：梦记本。只听说过日记本，"梦记本"又是什么呀？

乐丹悄悄告诉刘雁，在她小学六年级的时候，就养成了一个习惯：早晨起来，把昨晚做的梦记录下来，渐渐地就记成了一本"梦记本"。乐丹有点得意地说："如果每天一个梦，一年下来就有365个梦，你想呀，以后翻阅自己的梦记本，就是回忆一个个形形色色的梦，多有意思呀！"的确很好玩！刘雁迫不及待地说："能让我看看吗？"

"没问题，随你看啦！"乐丹大方地把梦记本递给刘雁。刘雁翻开本子，只见每天的"梦记"有长有短，最短的只有两个字：忘了。刘雁饶有兴趣地一页页看下去，呵呵，乐丹这个女孩真是太有意思了，她的梦真是千奇百怪呢：有一次她梦见自己参加了奥运会，上午夺得了跳高冠军，下午把举重冠军也捎带拿走了；还有一次，梦到自己变身为蜘蛛侠，保护着唐僧去西天取经；有时她也会梦到很惨的情况，比如考了全班倒数第一名，吓得不敢回家，四处流浪……

乐丹的很多梦都特别有意思，加上她文笔好，语言风趣，看她的梦记本，简直像是在看一本童话故事集。后来，其他同学也听说了乐丹有一本记录了她三年梦境的梦记本，就纷纷来找乐丹借阅。乐丹来者不拒，为了公平起见，还给找她借阅的同学们编上了号，看完就转给下一号……一时间，乐丹的梦记本成了班上最受欢迎的课外读物。

一个月下来，几乎班上所有同学都看过了乐丹的梦记本。有些同学还跟乐丹约定，以后记录了什么精彩的新梦，要第一时间给他们看！

可是最近，刘雁发现一件怪事，一向落落大方的乐丹，忽然对外关闭了她的梦记本，谁也不借了，她把梦记本拿回了女生宿舍，每天把抽屉锁得严严实实，很明显是担心别人看到。为什么会这样呢？刘雁跟几个同学私下分析后，得出结论：一定是乐丹做了什么不可告人的梦，所以不敢把自己的梦记本给别人看了！

刘雁猜得不错，乐丹是做了一个不寻常的梦。乐丹在这天的梦记本里，说这是一个"好奇怪"、"好恐怖"的梦。乐丹真的被自己的这个梦吓坏了，她下定决心，一定要保守好这个秘密，绝不能让任何人知道自己做了这么个奇怪而恐怖的梦！

十几岁的孩子，正是充满好奇的年龄，乐丹越是捂紧自己的梦记本，同学们越是想看。这天中午，乐丹忘了锁抽屉就离开了，刘雁跟同宿舍的几个女生小心翼翼地拿出乐丹的梦记本，几个脑袋凑在一起，瞪大眼睛搜索起那篇"绝密梦记"来。几个女孩很容易就找出了那篇梦记，这篇梦记不长，两三分钟就看完了，看完以后，几个女孩你看看我，我看看你，谁都想说话，可谁都在心里憋着，一副忍着不说出来的样子。这时，有人敲门，是班主任张老师来通知开班会，刘雁赶紧把食指放在嘴唇上，做了个"嘘"的姿势，严肃地说："谁都不许说——"几个女孩纷纷点头。

但是，让小孩子保密是很困难

的，特别是十几岁的女孩子。不出一个星期，班上所有同学都知道了那篇"绝密梦记"的内容。虽然同学们私下都传开了，乐丹却还被蒙在鼓里，仍然小心地保护着自己的梦记本。

乐丹太担心别人看到她的梦记本了，还找来了工具，想在梦记本上再加一个锁，却弄不好，还差点弄伤了手指。平时上课，乐丹也会想着这个"恐怖"的梦境，都快有点神经质了，成绩也开始下滑……

一个周末，班主任张老师提议，组织全班去郊外春游爬山。这天阳光明媚，山上空气清新，同学都开心极

了，一路说说笑笑，乐丹也很兴奋，一年也难得有几次爬山的机会呢！

爬山的时候，同学们发起了竞赛，看谁先到山顶。乐丹累得额头冒汗，眼看离大部队越来越远了，这时，旁边递来一块洁白的纸巾。乐丹扭头一看，是班主任张老师。张老师大学刚毕业，去年才应聘到乐丹的学校做老师，他个子很高，人也长得文质彬彬，五官棱角分明，很有点韩国电影男主角的味道呢！不过，张老师戴眼镜，这点可要扣分了……

乐丹接过纸巾，莫名其妙地感觉脸上蓦地一热。张老师微笑着问："累不累？"乐丹点点头，喘着气说"我、我爬不动了，老师您先走吧。"

张老师却笑着说："来，老师带你！"接着向乐丹伸出了手。张老师他竟然要牵乐丹的手？

乐丹一时间都有点发懵了，这……这合适吗？可以吗？

毕竟，乐丹是个大方开朗的女孩，稍一犹豫，就伸出手来。她的手被张老师轻轻握在手里，可她的心却紧张不安地跳动着，被一个除了爸爸以外的成年男人牵着手，这可是第一回呀！感觉旁边的人好高，他的手也很大！

同学们都看到了张老师牵着乐丹的手，有些同学稍稍露出惊讶的表情，不过，这样的表情转瞬即逝，大家很快就继续各玩各的，似乎觉得这

也没什么。

就这样，从半山腰到山顶，张老师一直拉着乐丹的手，带着她爬山。渐渐地，乐丹的表情自然了，开始和张老师叽叽喳喳地说起了话。两人很快就赶上了大部队，刘雁和其他几个女孩子看到乐丹，招呼她去看山间的野花，乐丹高兴地跑了过去，而不知什么时候，张老师已经悄悄地松开了手，乐丹甚至都没有感觉到呢，一切都是那么自然……

春游回去后，乐丹突然有种松了口气的感觉：自己担忧了很长时间的事情，原来并没有什么可怕。乐丹在梦记本的扉页写下了这样一句话：任何梦都很正常，并不代表什么。其实，那个曾经令乐丹封锁梦记本的梦是这样的：

昨天我梦见走了很长的路。起初是我独自一人，后来我开始朝高处走，像是在爬山，很高很高的山。爬着爬着，突然有一个人拉住了我的手，是一个男孩子！他很高大，年纪有二十几岁吧，他的手很有力，把我

· 多梦季节 花样年华 ·

的手抓得很紧，但我觉得很温暖，很开心……

就这样，我被他拉住手，我们走呀走呀，走了很长时间，我抬头看他的脸，刚好，他也在看我，微笑地看着我，我却吓得一下子叫了出来！他——是我的班主任张老师！

怎么会这样啊？怎么是张老师啊？一开始我都不知道是他啊！我是不是犯错误了？我难道对张老师……哎呀，好奇怪好恐怖的梦啊！

当初，刘雁她们偷看了乐丹的梦记本后，其他同学也渐渐知道了乐丹那个"奇怪恐怖"的梦，再后来呢，张老师也知道了。张老师经过一番思考，没跟乐丹说什么，只是在那天春游爬山时，特意拉了乐丹的手，张老师是想告诉乐丹：即使你真的拉了老师的手爬山，也没什么，何况只是一个梦而已。

虽然张老师没有明说，但张老师相信，聪明的乐丹会领悟自己的意思的。

（题图、插图：安玉民　梁　丽）

## 好儿子

所监狱的牢房中关了数名重刑犯。有一天，大伙儿翻着杂志闲聊，其中一名犯人指着杂志上的珠宝图片，感叹地说："我母亲如果能戴上这些首饰，一定会很高兴。"

一个犯人指着房屋图片说："如果我母亲有这么一间漂亮的房子多好。"另一个犯人则说："要是我母亲有一辆车子，就可以常来看我了。"

最后，杂志又传到一个犯人手中，他拿着杂志良久未言，然后流下眼泪，说："如果我母亲有个好儿子，那就好了。"

不让父母操心，才是最大的孝顺。

（作者：佚　名；推荐者：类兴涛）

## 再多一个"请"字

乔伊遭遇裁员，失去了工作。他向一家公司寄去了求职信，信中只简单地写了一句话："请给我一份工作。"

老板收到信后，让手下人回信："公司目前没有空缺。"但乔伊不死心，又给老板写了第二封求职信，只在第一封信的基础上多加了一个"请"字："请请给我一份工作。"此后，乔伊一天给公司写两封求职信，每封信都比前一封多加一个"请"字。

三年间，乔伊总共写了2500封信。见到第2500封求职信时，老板再也沉不住气了，他亲自打电话告诉乔伊，公司可以给他一份处理邮件的工作，因为他"最有写信的耐心"。

有记者听说了这事，就问乔伊，为什么每封信都比上一封信多增加一个"请"字。乔伊平静地回答："因为信是用打字机打的，我每次多加一个字，是想让他们知道，这些信没有一封是复制的。"

只要心里的灯火不曾熄灭，即便道路再曲折，前途也是一片光明！

（作者：王　均；推荐者：雁归来）

# 十三个女人和一条项链

□木 木 编译

琼奈尔是个收入微薄的小职员，她前不久刚离了婚，一个人带着两个孩子，日子过得紧巴巴的。这天，她准备去超市买些打折的水果，经过一家首饰店时，她不禁停下了脚步——

在首饰店展厅的正中位置，摆放着一条钻石项链，项链躺在黑色的天鹅绒上，熠熠生辉。一颗颗钻石被一根细链穿着，连向搭扣，正中的钻石最大，紧挨着搭扣的两颗钻石最小。项链的做工十分精致，设计者似乎摸透了女人的心思。琼奈尔心想：如果把它戴在脖子上，产生的效果一定令人窒息。

作为已婚妇女，琼奈尔自然有几件首饰，不过，这样奢华的项链却是她从来没有戴过的，也许以后也不会有机会戴。就在这一念之间，琼奈尔走上前去，指着那条项链，问店员："我可以看看橱窗里的那条项链吗？"

项链戴上了琼奈尔的脖项，她对着镜子转了转身，深深地吸了一口气：太美了！她整个人都因为这条项链变得光彩照人起来。琼奈尔忍不住问道："多少钱？"

"三万七千美元。"店员客气地答道。

琼奈尔倒吸了一口凉气，三万七千美元！除了那些有钱人，谁会买这样的项链呢？琼奈尔将项链还了回去，然后快步走出店铺。这一晚，她根本睡不着，店员的话还在她的耳边萦绕："这根项链上有118颗天然钻石，打磨精细，总重量是15点24克拉。"琼奈尔忧郁地想：如果自己就这样生活下去，是永远不可能买得起这样的好东西的。

几天后，琼奈尔和母亲一起去超

市购物，路过首饰店，她发现那条项链还在老地方，不过已经打折了，由三万七千美元降到了两万两千美元。琼奈尔忍不住拉着母亲走进店里，让店员将项链拿出来，又一次佩戴在了脖子上。"怎么样？"琼奈尔转了转身，微笑着问母亲。

"美！太美了，亲爱的。"老太太满意地点着头，可琼奈尔转过身背对母亲时，分明听到了母亲清晰的叹息声。

离开超市后，母亲对琼奈尔说："这项链真的很好，可是，这么珍贵的珠宝，在什么场合下才适合佩戴呢？一年到头，也不过那么几天罢了。"老人这么说，是想劝慰自己的女儿，可琼奈尔听了这话，反而眼前一亮：对啊，工薪阶层的人，谁会一天到晚戴着钻石项链到处跑呢？只有在一年中具有重要意义的时刻才会佩戴，这样才能显出那日子的珍贵。自己拿不出两万多美元，可是一千美元总还是有的啊，如果能再找到十一个人，每人出一千，那就是一万二千美元，再上首饰店砍个价，应该也就差不离了。他们能一次降价一万五，为什么不能再降一万美元呢？琼奈尔想到这里，不由兴奋起来：行，就这样干！她赶回首饰店，掏出了一千美元，预订下了那条项链。

回到家，琼奈尔给自己的大学同学、朋友、同事们一一打电话，邀请她们和自己共同出资购买项链，可是，绝大多数人都说不行，有人说没钱，有人说没兴趣。尽管费了一番周折，可琼奈尔还是找到了七位伙伴，在首饰店的账单到达之前，她又找到了另外四位，现在，可以按照她最初的想法，十二个人共同去买那条钻石项链了。

十一个同伴在琼奈尔的带领下来到首饰店，接待她们的是首饰店的男主人保尔。琼奈尔拿出订单，又将另外的一万一千美元递了过去，目光坚定地说道："再打个折吧，一万二，怎么样？"

保尔呆呆地看着桌上的一大堆现金和这十多个青春不再的妇人，心里忽然升起一阵感动：对这些妇人来说，这条项链代表了一个梦想——对生活中美好事物的梦想。

保尔犹豫了片刻，向琼奈尔她们说道："请稍等一会儿，这间店铺不由我一个人说了算。"说完，保尔走进里间，给自己的妻子莫里丝打电话，这间首饰店其实是他妻子的产业，保尔不能擅作主张。

莫里丝听保尔说明原委后，很是惊诧，她沉吟了片刻，答道"亲爱的，你要知道，如果降价到一万二，利润太低了，等于我们没进这件货物。"

保尔挂上了电话，想了想，把不卖这件首饰的利弊分别写在了纸上：

不卖，则意味着压货，现在货物已经压了四个月了；卖，多少还有一些利润，比起压货来，还是赚了。然后他根据这个意思，又给妻子莫里丝打去了电话，莫里丝听了丈夫的意见后，斩钉截铁地回答道："亲爱的，最低一万三千美元，我们不能再让了。"

保尔走了出来，把最后的报价告诉了琼奈尔和她的同伴们，他斟酌着言辞，说道："一万三千美元，距离你们出的价只差一千美元了。如果你们愿意，那一千美元由我来负担，我替你们找一个合作者。在她本人没有到场之前，你们如何安排这项链的用途，得告诉我一声。"

琼奈尔听了保尔的话，欣然同意了，她真的按自己的意愿买到了珍贵的项链！尽管在十一个同伴中，有的只是朋友的朋友，有的她甚至还不认识，但她们都对自己的追求深信不疑，那就够了。她觉得，自己的人生因为这条项链得到了升华：有什么困难不可以克服呢？只要把自己想要的告诉别人，别人也恰好认同你的需要，那坎坷也会变成坦途。

这十二个妇人，包括琼奈尔在内，年龄都在45岁到60岁之间，她们的职业，有的是护士，有的是教师，有的则和琼奈尔一样，是普通的职员。买下项链后，她们在一家咖啡馆坐定，商量佩戴项链的时间，意见很快达成了一致：

每人每年可以申请佩戴项链一个月，就是佩戴人生日的那个月。除此以外，合伙人可以根据自己的临时需要，申请佩戴项链，但前提是，那个月没有人过生日，或者过生日的那个人不再想佩戴项链了。不管是何种申请，十二个人必须共同参与对申请的审批，大家得聚在一起，开一个小型的派对。

凑巧的是，她们的生日恰好都不在同一个月。第一个月，轮到凯恩娜戴项链，凯恩娜平日里大大咧咧，粗心的她曾惹出过不少乱子。她拿到项链的那天晚上，几乎彻夜未眠，这么贵重的东西，她得让它安然无恙地交

到下一个同伴的手里呀！千万不能让小偷给偷走了。当一个月后，凯恩娜把项链归还给保管者琼奈尔时，她不禁喜极而泣，她向参与聚会的十一个同伴说道："因为这条项链，我平生第一次意识到了责任，说来也怪，我都这么大岁数了，以前还从不知道忧虑是怎么一回事呢。"说着，凯恩娜与其他人热情地拥抱。

第二个申请佩戴项链的是丽莎，因为下个月就是她的生日。丽莎平日里有些自闭，她害怕与人打交道。可是，在这个月里，她佩戴着项链，落落大方地向前来祝贺生日的亲朋答谢。丽莎的丈夫说，自己的妻子仿佛变了个人，她现在有着前所未有的自信。

就这样，按着月份，项链在一个又一个同伴的手里传递了下去。苔丝没有大学学历，一直很自卑，可她凭着脖子上的项链，找到了好工作；迪安娜是个空巢老人，生活一直很孤寂，她因为朋友凯恩娜的介绍，无意中参与到了购买项链的活动中，定时地参加这十二个人的派对，变得开朗活泼起来……

转眼一年将逝，十二个人的人生，竟都因为这条项链发生了积极的变化。她们的故事，也在这个小城里传开了：起初，人们以为合伙买项链不过是爱臭美的女人们迫不得已的行为，可是现在，整个城市的观点都发生了变化。人们认为，这一万多美元，维系的是人与人之间最纯真的东西。

只有琼奈尔心里还有些嘀咕，因为她记得，买项链的人中还有一个没露面。直到第二年的春天，琼奈尔忽然接到了一个电话，对方清楚地说道："琼奈尔女士吗？我是保尔，你记得吧？就是卖给你项链的那个人，对，我入了股，现在我向你申请佩戴那条项链。"

琼奈尔问起这第十三个合伙人是谁，保尔毫无保留地说道："我是为我的妻子入股的。上个月，我们的首饰店因为金融危机，被迫转让了，现在莫里丝和我一文不名。下个月就是她的生日，我知道，她很沮丧，我需要你和你的伙伴们共同的帮助。"

莫里丝神情恍惚地被保尔领到聚会中，她的眼神还是十分迷离。看到莫里丝走进房间，琼奈尔她们十二个人一齐站起身来，热烈地鼓掌，欢迎这最后一位合伙人。琼奈尔宣布，下个月由莫里丝佩戴项链。莫里丝一下子愣住了，渐渐地，她的眼睛里闪出惊喜的光芒来，她静静地让保尔为她戴上项链，眼睛湿湿地对丈夫说道："我终于知道你当初为什么执意要把项链卖给她们了。你在我变得一无所有时，为我留下了爱。谢谢，真的谢谢你！"

（原著：［美］凯维尔·查维斯）

（题图、插图：佐　夫）

# 认亲有奖

□ 陈建勇

张强和小丽两口子是四川人，在广东打工有些年头了，工资虽然不是很高，但单位很稳定，该有的福利他们都有。

这天，张强他们所在的工业区贴出了广告，说是晚上要在广场上搞一个四川老乡认亲有奖活动，谁能认出录像上家乡的亲人，奖千元手机一部。

这个工业区里四川老乡特别多，是不是谁看中这个商机来搞促销活动？现在搞促销的手段很多，看到这样的广告，谁都会联想到是促销。张强两口子当天晚上来到广场一看，黑压压的到处都是人，到处是四川话。

不过广场上没有促销的广告标语，只见主席台上摆着一部大彩电，旁边挂着一副标语："老乡，你认识自己的亲人吗？"台下的一张桌子上放着一台播放机，旁边坐着一个漂亮的女人，大概是这次活动的组织者。

这个女人张强认识，她是一家公司老板的妹妹，叫纪娜丽。那老板也是打工出身，后来创立了一家公司，员工有几百人，多数是四川老乡。

一会儿，纪娜丽拿着麦克风走到台上，对"认亲有奖"活动作了说明，这活动挺简单：谁只要把录像里的亲人认出来，就奖一千元的手机一部；认错了，或者是看到自己的亲人不认的，都要上台表演一个节目。

接下来就开始放录像，录像上先是他们家乡的风貌，有远景的村落，有清澈的小河，有学校的校舍……有人说，这是他们那里的小河；有人说，

这是他读过书的学校，这些无声的镜头，使老乡们倍感亲切。

山水风光过后，镜头上出现了一个老人的背影，老人光着背，挑着一担谷子，看样子是刚收完稻谷回来，他光着脚踩在山路上。镜头放到这里停住了，纪娜丽问："有人认出这个老人没有？"这时，有人说话了："有财，这老人很像你爹！"

那个叫有财的人没吱声，录像继续放，画面又跳到老人身上，老人挑着那担谷，上了一个坡后走不动了，停下来歇息，他坐在路边的石墩上，拿出纸烟来卷，这时是正面的镜头，认识老人的老乡看清楚了：那正是有财他爹！

紧接着，画面上出现了这样的镜头：纪娜丽拿着麦克风走上去，向老人问好，和他聊天，知道老人的儿子有财在外打工，几年没回家，就问他想不想儿子，老人说："想啊，哪有不想的？"说这话时，老人望着远方，眼睛里流露出无限的思念……

有财无语，只好上台表演节目，可有财不会唱歌跳舞，他说自己想讲几句话，可不可以？得到纪娜丽允许后，有财对着电视里的父亲说："爹，对不起你，连你的背影都不认得了！"然后他向爹深深地鞠了一躬，这时，早有人用摄像机把这个镜头拍摄了下来，全场鸦雀无声，老乡们似

乎都想起了自己的父亲……

接下来的镜头是在教室里，三个小学生，全是女孩，这回不是背影，是正面镜头，她们长得有几分相像，圆脸，大眼睛，有两个酒窝，同样的学生装，同样的短发，她们各自拿着一个号，分别是1、2、3号。纪娜丽指着镜头说："这三个孩子，她们的家长就在你们中间，现在你们来认，看谁认得出来。"

沉默的气氛一下打破了，广场上的老乡议论开来：这是谁家的孩子？

张强瞪大眼睛盯着屏幕，觉得这些孩子全像自己的女儿珊珊，但到底哪个才是，他拿不准，他小声问身旁的老婆小丽，可是小丽的语气也十分犹豫，这一下张强来了气："做娘的连自己女儿也不认得，真是岂有此理！"

小丽听了不舒服，造成这种局面的，还不是他张强？原来两口子计划两年回一次家的，可到今年，说不休年休假的，可以拿三倍的工资，两人一算，两口子要是回家一次，三倍的工资再加上广东到四川的路费，可要损失四五千块钱，结果一咬牙，就没回去。这一没回家，就三年没见女儿了，小孩子三年不见，变化可大了，哪里认得准？怎能怪她小丽做娘的不称职？

小丽不服气："我不称职，你称职，你称职你去认！"两人斗气，张

强一急就说："我认就我认，认对了有手机，认错了不过就是表演个节目！"张强的流行歌曲唱得不错，怕什么？于是他就往人群里挤，可是，张强没走两步又回来了，他觉得现在不能认，三个孩子都有点像，把握不大，如果有人认出一个孩子，他再上去在两人中认一个，这样把握就大些。

张强没上去，也没别的老乡上去，大概都是和张强一样的想法，不敢上。看没人上，纪娜丽又把难度降低一些，继续放了几个特写镜头，这几个镜头刚放完，有个中年女人上台了，她指着1号说，这是她的女儿。

纪娜丽乐了，说她认对了，马上就拿出一部手机奖给她，可是那中年女人不要，她眼里湿漉漉的，说："我哪里有脸面要这手机？开始我看到几个孩子的时候，我就没认出来，那一刻我的心像刀在绞，要不是后来的特写镜头，看到女儿耳朵下的那颗小痣，我哪里认得？我上来不是想领手机，我是想说声谢谢，谢谢你让我明白了——做母亲的不仅要为孩子赚钱，如果为了赚钱，连自己的孩子都不认得，赚钱有什么用？"女人说完，掩着脸，泣

不成声地冲下台去，消失在人群中。

此时此刻，广场上的老乡又是一片沉默，小丽的胸口堵得慌，张强却没有小丽的感觉，他一心想要认出自己的孩子，想得到那份奖品，这时看到台上只有两个孩子了，他来精神了，便冲上台去。张强上台后定了定神，他想了想，觉得2号应该是自己的女儿珊珊，于是就指着2号说："这孩子叫珊珊，是我的女儿！"

可是，纪娜丽明确告诉张强，2号根本就不是珊珊，台下的老乡们哄堂大笑。纪娜丽让张强表演一个节目，张强会唱歌，就唱了一首流行歌曲，歌唱得很好，可就是没人鼓掌，唱完之后，他不好意思地下了台。

看到张强下台时的尴尬样子，再也没有老乡敢上来认了，纪娜丽见没人再认，又继续放录像，下面的录像

# 都是转正惹的祸

□ 尹利华

王小宝从广播电视学院毕业后，做了电视台娱乐节目的策划人，可眼看着三个月的试用期将过，他还没有拿出一套让总制片满意的策划方案来，这让他忧心忡忡。

是三个孩子对着镜头报自己的名，说自己是谁的孩子。报出名后，孩子的父亲自然要上台表演节目，但后面的两个孩子，没一个是珊珊，小丽和张强很是失落：怎么不是珊珊呢？

小丽想不通，脑子里乱乱，后面老乡表演节目，她也没有心思看，只是最后，她听清楚了纪娜丽的话，纪娜丽说："我们这个活动不是广告，是我回家乡后有意选了一些几年没回家的老乡，做出来的节目，做这个节目当然有目的，目的是什么，大家想必都明白了吧？"

活动结束，在回家的路上，老乡们一个个地相互打听着："你几年没回家了？"小丽和张强两人一直没吭声，默默地走着，而且走得很快，生怕有人认出他们来，可尽管这样，还是有人认出来了，有人在他们背后说："就是前面那两口子，把别人的孩子当自己的了，哈哈……"

听到老乡们这样说，小丽心里怎么也不是滋味，晚上哪里睡得好觉？她想起三年前离村时女儿珊珊哭鼻子的样子，泪水在眼眶里直打转，最后，她流着泪对张强说："强子，我想明天就请假回去看珊珊……"

（题图、插图：杨宏富）

这天下午，王小宝上街溜达，随手在报亭买了份晚报，一则新闻入了眼帘。新闻里讲，一名小伙子靠"口技"刷卡逃票，却被公交车的售票员慧眼识破。看完后，一道闪电般的灵感击中了王小宝：如果将这个素材做成一个娱乐节目，肯定有戏！

回到住处，王小宝连夜草拟了一份节目策划方案，第二天一大早就将这方案递交给总制片。总制片看后很感兴趣，立刻敲定，将这个节目提到录制日程。

眼看转正有望，王小宝十分兴奋，他通过报社联系到了写这篇新闻的记者，从他口中得知，这个靠口技逃票的小伙子叫常庆福，本市人，家住哪里不清楚，只知道他是在田村路西口的988路公交车上逃的票。

听了记者的介绍，王小宝决定去田村路西口附近碰碰运气，寻找主角常庆福。运气还真不赖，在一个摆地摊的老头的指点下，王小宝敲开了常庆福的家门，表明了自己的身份以及来意。没有想到，常庆福听后，立刻将王小宝往门外搡，还脸红脖子粗地喊道："请我录制电视节目？别扯了，是不是嫌我在报纸上丢人没有丢够，你们电视台也来凑热闹？"

王小宝急忙解释说："你别误会，我们这个节目只是一个娱乐节目，如果你同意合作，录制一期，电视台付给你两千块钱酬劳……"

常庆福原是话剧团的职工，曾经专门练过几年口技，自从口技逃票的事情被登上报纸后，就被停职在家，他的女朋友也因为这个事情，跟他黄了。他正在为工作的事情发愁呢，听到这么高的报酬，不禁心动，就将王小宝让进了家。随后的一切都在王小宝的预料之中，两人顺利地签订了拍摄合同，常庆福答应明天八点到电视台报到。

王小宝策划的这个娱乐节目名字

叫"民间高手"，是专门介绍各种民间绝技的，虽然口技这种技艺不算新鲜，但利用口技来模拟刷卡的声音逃票，却很有"噱头"，颇能抓人眼球。录制这样的节目，需要一定的保密性，这样才会让观众觉得更真实、更刺激，所以王小宝决定用微型摄像机秘密拍摄。

说拍就拍，随着王小宝的一声"开拍"，风度翩翩的节目主持人开口说道："口技是一门深受大众喜爱的表演形式，今天，我们有幸邀请到一位口技高手进行表演，看他能不能以假乱真、瞒天过海。如果该嘉宾能成功逃票10次以上，证明他具有模仿天才，我们要给予重奖，下面，开始我们的刺激之旅……"

这时，一辆公交汽车靠站了，常庆福上车，把一个空钱包往刷卡机前一伸，口里配合着发出"嘀"的一声响，随后就走进了车厢。车内的售票员面无表情，显然没有发觉。

下车后，主持人欢呼一声："恭喜常庆福，首次口技表演成功！现在让我们跟着镜头来到下一辆公交车上，看这次，我们的嘉宾能否顺利过关……"

摄制组把常庆福带到了下一个拍摄地点：公交988路车站。常庆福一看，脸色就变了，气呼呼地对王小宝说："这辆车我不去，你们另找别人拍吧！"王小宝笑了笑，说："我知道，你在这辆车上难堪过，心里难免留下阴影。可是，咱们现在不是在做节目嘛，节目就需要设置特定的场景：假如在这路车上，你遇到了上次抓住你口技刷卡的售票员，而你又必须再次施展绝技，会发生什么事呢？这正是观众最想看到的。至于报酬，领导说了，可以加倍。"

常庆福阴沉着脸，点了支烟，狠抽了两口，终于答应下来。

摄制组一行人上了988路公交汽车，售票员是位漂亮的姑娘，站在刷卡器旁，提示上车的乘客刷卡。王小宝等人都掏出公交卡来一一刷过，却见常庆福躲躲闪闪的，王小宝拉了一下常庆福，示意他表演口技刷卡，常庆福神色有些慌张，迟疑了一下，竟然做了一个出人意料的动作：他嘴唇一努，冲着漂亮的售票员发出"嘀"的一声，然后一言不发，气鼓鼓地扭头就往车厢里走。摄制组众人看得一头雾水，常庆福这么做，不是有意让售票员逮住自己吗？

更加出人意料的是，那位售票员看见他的这个动作后，却视而不见，只是"哼"了一声，将眼睛瞟向了窗外。主持人想了想，对着微型摄像机悄悄说："刚才嘉宾逃票的举动非常明显，售票员却视而不见，这是为什么呢？我们就这个问题在现场采访一下。"接着，主持人便装做普通乘客的样子，上前问道："售票员同志，刚才

那人……好像没买票吧？"

没有想到售票员脸一红，说"怎么会呢，他不是刷卡了吗，你没有听见刷卡器响吗？"主持人一下子愣住了，还没等他反应过来，更加离奇的一幕发生了，常庆福从车厢里走过来，冲着售票员大声说："我就是没刷卡，我逃票了，你还等什么，快去上报呀！"

漂亮的售票员默默地看了他一眼，从兜里掏出一枚硬币，投到投币箱里，说："这票，我替你买了。"

这下，整个摄制组都看不懂了，王小宝心想，这里面一定有隐情！他把常庆福拉到一边，低声问他怎么回事。常庆福苦笑了一下，终于道出了自己的隐衷："还不都是事情逼的吗？她曾经是我的女朋友，好不容易找到份售票员的工作，试用期三个月，要在试用期间表现突出才能转正。我和她商量后，就想了这么一个破点子：我上车用口技刷卡逃票，她发现后马上上报，算作是她的立功表现，这样也好方便她转正。谁想到那天车上还有个报社的记者。事情闹大了，她倒是因为表现突出转正了，可我的工作丢了，她嫌弃我没有工作，我们的关系也就黄了……"

王小宝想想，自己也在为转正而拼命工作，不禁一阵感慨。他向那个售票员表明了自己的身份，问道："你替他刷卡，是不是还旧情难忘？"

不料那姑娘一本正经地说："你瞎说什么啊，我已经转正，可他连个正式工作都没有，我们怎么还能在一起呢？我是看在他帮我转正的份上，给他买次票，也算两清了。"

王小宝叹了口气：都是转正惹的祸啊！要不是为了转正，自己也不会在这里拍这样的节目啊……

（题图、插图：魏忠善）

**红版编辑部各编辑邮箱：**

姚自豪：yaobianji@126.com;
郑继文：zjw002@vip.163.com;
周　吟：keyin118@163.com;
吕　佳：lujia411@yahoo.com.cn;
叶小萌：xiaomeng.ye@gmail.com。

# 调解员的高招

□ 黄宣林

小扣子从盐城来到上海，打工三年，觅着一个老婆，大后天，就要在鸿福酒家举行婚礼。今天晚上，他和新娘子一起布置新房，忙了个通宵，依旧精神十足，连个哈欠都没有。

这新房，是单位里同事老胡借给小扣子的。虽说是旧房子，眼下，旧貌变新颜，新漆的墙壁，新铺的地板，新买的家具，新挂的窗帘……他们又添了一只玻璃橱，橱内有两样东西，对小扣子来说，那是无价之宝。一只像盆子形状的瓷器画屏，上面写着：科技发明三等奖。另一个，是用水晶做的奖杯，上面刻有"新上海人新贡献"几个金字。这些都是小扣子岗位成才的记录。小两口将新房里这些摆设，揩的揩，抹的抹，搬的搬，挂的挂，最后，当他们将大红喜字贴到窗玻璃上，东方已现鱼肚白，天亮了。

忙了一宿，他俩肚子都饿了，便手搀着手去街上吃早点。谁知，他俩出了大楼，身后便传来了一声巨响，就像炸弹爆炸，又闷又沉，接着就是"噼里啪啦"的玻璃落地声，又脆又响。小两口赶紧回头，只见熊熊大火从他们3号楼201室窗户蹿出来，自己301室的窗玻璃已被震碎，碎玻璃被大红喜字的红纸粘住，悬在了半空。

"不好了！"他俩不顾一切往回奔。到了3号楼门口，被里面涌出来的人流堵住："201室氧气罐爆炸，你们还往里走，找死啊！"

小扣子对周围邻居不熟悉，201室住了什么人？怎会有氧气罐？这氧气罐一爆炸，我们301室不等于坐在火山口上了？小两口想起刚布置好的新房，死活要往里冲。

那么，居民小区哪来什么氧气罐呢？

原来，201室住了一对老人。老太太怕冷，让老头子把电热毯的电阻改大了。老头子呢？患有气喘病，一年四季背了个热水瓶大小的氧气罐。今天早晨，老太太忘了关电热毯就起床了，时间久了，改过电阻的电热毯引起了火灾，氧气罐在高温中爆炸，老两口当场被炸死，氧气罐飞上了天，把天花板打穿，弹进了301室。幸亏消防队员及时赶到，把大火灭了，可是，婚房里的东西大多被毁了，玻璃橱里的两件无价之宝，都成了碎片。目睹这一切，小扣子一筹莫展，后天就要举行婚礼，亲朋好友都要来贺喜，面对这样的新房，他不知该怎样收场。

这时，房东老胡闻讯赶来，一见这场面，拖了小扣子就走，"找201室算账去。"

这时，人群中突然冒出一个小胖子，此人身高1米7，腰围3尺7，体重107——那是公斤！他往老胡身前一站，就像竖起一块排门板，把路给堵死了，说："201室的老头老太都被炸死了，谁给你算账？"

101室的老顾很同情小扣子，他提供了信息："201室的老人有个儿子。老子闯祸，儿子埋单，这叫父债子还，天经地义。"

小胖子却护着201室："他儿子在服刑，有能力埋单吗？"

老胡急了，责问小胖子："那照你说的，肇事者死了，我们受害者就只好自认倒霉，不赔偿了？"

"现在赔了你钱，你就能保证这对新人如期举行婚礼？"

小胖子这句话犯了众怒，大家纷纷指责他："新房炸成这模样，还怎么举行婚礼？你是什么人，真是站着说话不腰疼！"

小胖子转身向小扣子招招手，说："跟我来，我保证让你们如期举行婚礼！"

小胖子二百多斤重，他这句话，比他的体重还够分量，一出口就把大家镇住了。他是哪路神仙？敢夸这样的海口？

住在202室的小黄消息灵通，他告诉老胡："小胖子是街道司法科新来的调解员。"

小胖子的身份一亮相，3号楼所有受害的居民都围了上去。为啥？这一炸，受损失的邻居，不止新郎新娘一家。常言说，火往上蹿，水往下流。消防队员救火时要放水，这水一放，首当其冲的就是下面101室。火灭了，101室老顾家水漫金山，一片汪洋，所以，他拉住小胖子说："你是调解员，一碗水要端平，我们的损失你也得埋单啊！"

这时，一位用纱布包着头的过路群众也凑了上来。刚才爆炸时，碎玻璃正巧打在他的脸上，现在他也要小胖子对他负责，赔偿医药费。

还有小明家的电脑震坏了，小黄家的防盗门被炸得麻花似的扭了起来……大家围住小胖子，七嘴八舌，说个不停。

小胖子叫大家别着急，他把受害的每一家，全记在本子上，说这事他会处理的，眼下火烧眉毛的，是如何安排小扣子的婚礼。"跟我来。"小胖子一挥手，带了小扣子夫妇俩走了。

小胖子陪着小扣子来到鸿福酒家，找到了经理，把情况对经理一说。酒家原先提供一夜免费套房作新房，小胖子提出多借三天套房，要求经理照顾，房金打六折。酒家知道了他们的特殊情况，一口答应。这样，小扣子的闹新房，可以在酒家闹，照样闹得风风光光，开开心心。

小扣子的婚礼落实了，老胡心里却打起了鼓，这次事故，损失最大的就是他了：小扣子家具毁了，能估、能算；自己的房子，地板炸裂，墙壁烧毁，这价怎么估？这房子本来是租给小扣子结婚用的，是喜房；现在喜房变成了凶屋，当中的损失谁来补偿？

老胡正在发愁，突然传来了乒乓乒乓的敲打声，和"突突突"的冲击钻的声音，原来，工程队已经开工在修房了，这小胖子的动作，还真快！

这时，老胡看到，小胖子带了一个人从远处走来，仔细一看，这不是201室老人的儿子吗？可他不是在服

刑吗？老胡一问才知道，是小胖子特地为他请了假，一来让他料理老人的后事；二来让他参与这起事故的处理。

老人的儿子叫三鑫，他一看，自己的家已成了一片废墟，只剩下一个房子的外壳，别说赔偿左邻右舍，就连安葬父母的钱都不知道打哪儿出。

"三鑫，炸坏的房子要整修，新房的家具要赔，你父母还要下葬——"

小胖子的话刚说开了头，就被三鑫拦了回去："你要这要那，全是要钱。我没钱，最多回去加刑，我这辈子不想再出来了。"

三鑫这个态度，周围邻居不高兴了。老胡忍不住说："你没钱，这房子就是钱。你把房子卖了，赔我们啊！"

"这房子不能卖！"三鑫还没说话，小胖子先开口了。

原来，201室不是产权房，更重要的一点，小胖子说："三鑫虽在服刑，他的户口没迁，还在这里，把房子卖了，他刑满回家住哪儿？"

"刑满回家住哪儿？"

这句话，硬把三鑫的眼泪给逼了下来。自己犯罪，服刑是理所当然的，然而小胖子却扳着手指在算我什么时候回来，连我住的地方，他都给我留着，我和他素不相识，他盼我回家，不是敷衍、搪塞，而是真诚的！

"房子不能卖，他又没钱，那我们的损失谁来赔？"受害的邻居着急

了。小胖子想了想，给大家出了个主意：201室的房子炸坏了，但可以修，修好后把它租出去，用租金来赔偿邻居们的损失。

三鑫听了，连连点头：是啊，自己还在服刑，房子空着没人住，完全可以租出去。可再一想，他又担心了：每月租金有限，邻居们一时拿不到全部赔偿款，能接受吗？

小胖子拍拍胸脯，所有的修房款、赔偿款，都由政府垫付，再用租金来偿还。但是，201室能不能出租，小胖子无权决定，三鑫才拥有这房子的居住权，所以，小胖子要三鑫授权给他。

"授权？我的政治权利也被剥夺了。"

"你的民事权利没被剥夺，你的居住权还受到法律的保护。"

三鑫听了小胖子的解释，马上提笔写下一份委托书。邻居们看到了这份委托书，就像吃了定心丸，看来，赔偿有指望了。

第二天，小扣子的婚礼如期举行。原定十桌，后来加了五桌，单单3号楼的邻居，就来了四十多人。本来小扣子和大家不熟悉，通过这一炸，彼此成了老熟人，都来给小扣子道喜。那天好热闹，唯独小胖子没到，他躲开了。他怕他一出现，大家围着他讨价还价谈起赔偿的事，冲淡了喜庆的气氛。

结婚后的第四天，201室和301室的房子都修好了，小扣子重新买了家具，唯有他的两件无价之宝补不回来了。小扣子说："邻里间给我的亲情，远比我的无价之宝更值钱！"

老胡担心他的房子成了凶屋，没人要住。小扣子说，千金难买邻里情，他不但要住下去，还要给他的同乡介绍，租下面的201室。

小胖子看大家的情绪都趋于平静

了，这天，他把三鑫领到楼下101室老顾家里。三鑫一进门，就向老顾深深一鞠躬，说："顾老师，我代表死去的双亲向您赔礼道歉……"

小胖子抢着说："老顾，你们楼上楼下的关系相当不错，你经常照顾三鑫的父母。现在老人走了，你就再照顾他们一次吧……"说着，他把一位师傅推到了老顾面前，说："老顾，你家电器都进了水，我给你找来一个老师傅，大小家电他都会修，如果修不好，我们再买新的，好吗？"

老顾碍于面子，点点头说"既然这样，那就修修看吧。"

就这样，小胖子为三鑫建立了一本账：

小扣子的家具补偿是5万2，修房子花费3万元。其他邻居家的修理费和过路群众的医药费总共1万6，三鑫父母的下葬费9千。总计10万7。出租201室，每月按1500元算，一年1万8，6年就可以把政府垫付的10万7全部还完了。

"到那时，三鑫，你也可以刑满回家了。"

通过这次事故的处理，三鑫深有感触，他对小胖子说："我回去一定好好改造，争取提前回来。"

这真是：意外事故毁新房，受灾居民心里慌，司法调解小胖子，情法两全面面光。

（题图、插图：谢　颖）

# 穷人与富人

□ 彭晓风

老马与老王以前不认识，自从买了同一小区的房子后，两人成了邻居，住门对门。不过两家的境况却大相径庭：老马买房花光了夫妻俩半生的积蓄，之后他和妻子又双双下岗了，靠给别人打零工过活；而老王两口子都有稳定的工作，收入不菲，他们买房用的是炒股挣来的闲钱。在老马看来，老王是富人，自己是穷人。

刚搬家的时候，老马和老王相互不了解底细，两人经常在一起寒暄，可慢慢的，不知是有意还是无意，别说聊天，就连见面也不怎么多了，即使偶尔碰上，也只是相互点点头而已，到后来，两人十天半个月都见不上一面。

老马对这样的邻里关系并不在意，在他眼里，富人的生活和穷人的日子原本就搅和不到一块去。就在老

马以为要和老王老死不相往来的时候，一天早上，老王敲开了他的家门，身后还跟着个警察。老王说，他家昨天晚上失窃了，想到老马家了解点情况。

两家关系虽然说不上好，但毕竟是邻居，老马把老王和警察让进屋，关心地问他家里都丢了什么。面对老马的热情，老王好像并不买账，他面如寒霜地说："丢了三千块现金。昨晚我和老婆孩子回岳父家了，老马，你在家吗？听到什么动静没有？"

老马似乎没注意到老王的异样，回答说："昨天是周末，我们一家都去看电影了，散场后都半夜了。"老马想了想，又接着说："也真巧了，回来后我发现家里门虚掩着，东西也被翻得乱七八糟，知道是进贼了，不过我家穷，没什么值钱东西，大件贼也拿不

走，所以就没报案，没想到贼还去了你们家！"

听罢老马的叙述，老王像是不大相信，表情古怪地说："你家也进了贼，怎么这么巧？"

这时，警察又询问了老马几个问题，然后让他按了指印，就和老王告辞离去了，临走前，老王还怪怪地看了老马好几眼。两人离去不久，老马把刚才发生的事情连起来想了想，忽然明白过来：看老王的神情，他并不相信自己家也进贼了，莫非老王怀疑自己是小偷？警察让自己按手指印，估计也是把自己当成了怀疑对象，想

和盗贼留下的痕迹作比对！

老马家是穷，可他这人硬气，买菜连别人的小便宜都不占，现在被人怀疑是小偷，心里当然不舒服。为了向老王表明自己的清白，此后一段时间，老马有空就站在自家大门的猫眼前，一看到老王经过，就出门装作偶然相遇的样子，借机询问他家的案子是否破了。老马是这样想的：我要是心里有鬼，躲都躲不及，还会主动问你吗？

几个月过后，老王家被盗的案子一直没进展，面对老马紧追不舍的询问，开始老王还跟他说一些情况，后来就有些不耐烦了，只摇头了事，有一次还没好气地说："老马，我丢了钱，找不到就算了，你怎么比我还上心？"

老王的话让老马心里咯噔一下，随后便不再询问他家丢钱的事了。可此后老马总觉得，老王看他的眼神有点怪，细一咂摸，分明带有鄙视的味道！

开始老马也没多想，但在老王几次用这样的目光看他后，他恍然大悟：老王原本就怀疑他是贼，他再三询问破案进程，自认为是在表明清白，可在老王看来，却是在打探消息，是此地无银三百两！老王故意那样看他，是想用目光把他钉在耻辱柱上！

事情发展到现在，老马的处境很尴尬。这天他出去倒垃圾，刚下楼，迎

面就碰上了老王，见老王还是用那样的目光看着自己，老马顿时气不打一处来，沉着脸对老王说："老王，都是大老爷们，又是邻居，有什么话就直说，你这么做有劲吗？"

"我怎么做了？"老王愣了一下，随即就明白了老马话里的意思，也不点破，反唇相讥说，"我倒想问你，你那样做，就顾及了邻居之情吗？"

两人虽然都没点破，但彼此都明白对方的所指.老马提高了声音说："老王，我们认识也不是一天两天了，你看我像做那种事的人吗？再说，我若是真的做了，现在还能安心呆在家里吗？"

老马的意思是，如果他偷了钱，警察早把他抓走了，谁知老王却不以为然，嘴一撇，说："有些痕迹可以抹掉，但有些马脚却藏不住！你家的景况一向是入不敷出，两月前的房贷你拖了好些日子，但这两个月却按时还了，你当别人都是傻子呢！"

老王撂下这句话，头一扬，转身走了，老马却傻在了当地:这个老王，看来他是真怀疑自己啊，把自己家的经济情况都摸了个一清二楚。说起老马还房贷，也真巧了，他平时爱买些彩票，老王家丢钱那个月，他买的彩票中了几千块钱，正好补了房贷，可这么巧的事，说出去老王能相信吗？

老马有嘴说不清，只好继续忍受老王的鄙视，暗自祈祷公安局早点破案。日子过得很快，不知不觉一个月过去了，老王家丢钱的案子仍然没破，但事情却出现了转机。倒不是老王改变了对老马的态度，而是老马运气不错，他买彩票又中奖了，而且中了五十万，他一夜之间成了富人！

以前老马之所以能忍受老王的鄙视，除了他没偷老王的钱外，还有一个原因，那就是相对老王而言，他是穷人，富人丢了东西，当然会怀疑是穷人偷的，尤其是身边的穷人。现在老马有钱了，腰杆子硬了，他不想再忍气吞声了，他想：你老王不是怀疑我偷了你家的钱吗？那好，现在我有钱了，非让你改变看我的目光不可！

老马想来想去，想出了个自以为绝妙的主意，他去邮局汇了三千块钱给老王，还以小偷的口吻写了封匿名信，说自己是外地来本市打工的，当时因为没钱给家人治病，才走上偷盗的路，现在有钱了，想还钱赎罪。

过了几天，老马确信老王已经收到那三千块钱和信了，他故意找机会与老王碰了个面，还主动打了个招呼。出乎他意料的是，老王看他时还是那副神情，目光里的鄙视不仅没变，甚至还多了丝嘲讽！

老马百思不得其解：老王怎么还这样看自己？就在他为如何摆脱老王的鄙视苦恼万分时，几天后的一个夜晚，老马家进贼了，这回，放在家里

的两万现金被盗了。

两万不是小数，老马报了案。上次办老王家那案子的警察来他家勘察了现场，也到老王家询问了一些情况。让老马大吃一惊的是，这案子几天就破了，小偷不是别人，竟然是老王！

听到这个消息，老马简直不敢相信自己的耳朵，他问办案的警察："你们是不是搞错了，老王是个有钱人，他怎么会偷我？"

"有钱？那是以前！"办案的警察不以为然地说，"他挪用公款炒股，赔了好几万，现在欠了一屁股债。你

家有他留下的指纹，他自己也承认了。"

"那他为什么要偷我？兔子还不吃窝边草呢。"老马还是半信半疑。

"去年他家丢了三千块钱，他一直怀疑小偷是你。"办案警察面无表情地说，"前几天他收到三千块钱汇款和一封自称是小偷寄来的信，开始他还以为是小偷良心发现了，可后来却发现那信上的字迹与你的很像。为了证实他的猜想，他在你家垃圾袋里找到了留有你笔迹的纸张，一比对，更加肯定了猜想，就想，既然你是小偷，即使偷了你，你也不敢报案。"

"原来是这样！"老马先是目瞪口呆，既而又急忙表白说，"可我真的没偷他家的钱啊！"

"那案子也是我们经手的，经过调查，我们排除了你作案的可能。"办案警察看了老马一眼，费解地问，"老王收到的那三千块钱是不是你汇的？如果是，你为什么要以小偷的名义汇钱给他呢？"

"不是我……我又没偷他家的钱，怎么会给他汇款？"老马原想说出为什么汇款给老王，话到嘴边却又咽了下去，他想，即便自己说了汇款给老王的理由，谁又会相信呢？

（题图、插图：安玉民　梁　丽）

（本栏目欢迎来稿。来稿可从邮局寄发，也可从网上传递。如为电子邮件，请发以下信箱：lujia411@yahoo.com.cn。）

# 不可取消的

□芦宏伟

## 任务

埃特总裁颇费了一番周折，才找到了鲁克。鲁克是信誉最好的杀手，并不是谁都能够请得动鲁克的，只要鲁克接受了委托，就从来不会失手。

埃特从包里掏出一沓资料，对鲁克说："这就是我要你下手的对象。"鲁克看了一眼资料上的照片，抬起头来盯着埃特："这是你的双胞胎兄弟？"埃特苦笑了一下，说："不，这就是我——我想请你谋杀的对象，就是我自己！"

埃特本以为鲁克会大吃一惊，谁知鲁克眉毛都没皱一下，好像这事没什么稀奇，他冷冷地说道："我的规矩，事先付一半酬金，事后付另一半酬金。不过，这次情况不同，事后的另一半酬金怎样支付？"

很明显，鲁克是担心等他杀死了埃特，另一半的酬金找谁要去。埃特说："我要你在我的办公室里实行枪杀，那时，我面前的桌上会有一个档案袋，袋子里面有另一半酬金。"

鲁克收下五万美元，说道："在没有完成任务前，我不会动用你预付的酬金，我会把酬金锁进保险柜里。"

出了两人见面的咖啡馆，埃特忽然略带好奇地问："鲁克，你怎么不问我为什么要杀死自己？"鲁克不吭声，动机问题从来都不是鲁克需要考虑的，他只管完成任务。埃特碰了一鼻子灰，不禁感叹：真是虎落平阳被犬欺啊！要知道，埃特是一家跨国集团的总裁，可这两年由于市场急剧变动，埃特的产品没有了销路，公司负债累累。埃特不忍妻儿以后穷困潦倒地生活，于是，他为自己买了一份巨

额保险，再请杀手杀死自己，这样妻儿就可以获得一笔丰厚的保险金了……

埃特的计划是，在星期三下午三点半左右，在自己的总裁办公室内，让鲁克实施枪杀。之所以选在办公室动手，是因为埃特想让同事们作证，自己确实死于谋杀，而不是自杀。

星期三下午很快就到了，鲁克经过一番乔装打扮，顺利地进入了埃特公司所在的大楼，轻易找到了总裁办公室。他一手推开办公室的门，另一只手伸进衣兜里，抓住了那把微型消声手枪。埃特正对着办公室的门口坐着，办公室里还有四名公司职员，在桌子上果然有一个档案袋。长年的杀

手生涯，使得鲁克做事万分谨慎，他抓起档案袋，先朝袋里看了一眼，却没有看到那让人心动的美金，鲁克感到不妙，将档案袋里的东西朝桌上一倒——里面竟是一沓图文资料！

埃特，你竟然要我！一向深沉的鲁克愤怒了，握枪的手紧了一紧，此时只要他扣动扳机，埃特就完蛋了！但是，鲁克强压怒火，将枪放回了自己的衣兜，转身冲出埃特的办公室。

埃特正视死如归地等着挨枪子儿呢，没想到鲁克掏出枪又放了回去，正不明所以，几个职员已经大叫起来。

鲁克冲出大楼，刚回到家，就接到埃特打来的电话"伙计，为什么临阵退缩了？"鲁克怒气冲冲地说："档案袋里没有钱！怎么回事？"

"唉！"埃特叹了口气，说，"你太冒失了，我早把装有五万美金的档案袋放在了桌上，说来巧了，有个职员拿了个装着策划书的档案袋来找我，他将档案袋也放在了桌上，而你，拿到的是装有策划书的档案袋！"

鲁克仔细想了想，情形似乎真的同埃特所说的一样。

"好啦，两个小时后，你在第五大街的第二个垃圾箱里取钱吧。凭你刚才的行动，我相信你不会拿了钱不做事的。"埃特在电话那边说。

两小时后，鲁克在垃圾箱里取到了装有五万美金的档案袋，鲁克把这

次的五万美金和上次的五万美金，全部锁进了保险柜里。鲁克的老规矩，在没有将目标干掉前，这笔钱不能动用，只是暂存在自己这里。

现在，鲁克要策划如何按照埃特的要求，在众目睽睽下将他杀死。对鲁克来说，这并不困难，他策划了两天，一个完美的谋杀计划成形了。

然而，就在鲁克要动手时，埃特打来电话，兴奋地说："太好了，鲁克，你不用杀我了。我公司有个新员工真是怪才，他研究出了改良产品的方案，产品经过改良后，卖得非常好，我不但不会破产，反而要发财了！我要取消你杀我的任务，哈哈……"

"抱歉。"鲁克在电话那边淡淡地说，"任务我已经接下，酬金也全部收到，按我的规矩，收到全部酬金后，任务是不可取消的。"

埃特很理解地说："你不要以为在你的杀手生涯中，有一个半途而废的任务会影响你的声誉，毕竟，这个任务是客户主动要求放弃的呀！"可是，鲁克口气坚决地说："不，对于我来讲，任务接下，酬金收到，不管出现任何状况，都不能放弃任务！"

"十万美金我送给你了，就……就当咱们交个朋友嘛！"埃特带着商人特有的口吻说，"你平白得到十万美金，还不用干活，何乐而不为呢？"

"这不是钱的问题！"鲁克有点不耐烦了，说道，"我已经接下这个活

儿，就要把活儿漂漂亮亮地做完！收到的钱，我也不会再退还给客户，因为至今还没有我鲁克完成不了的任务！"

"你真把我搞糊涂了！"埃特也发脾气了，"你这个死脑筋，难道你觉得要杀我就那么容易吗？只要我不想死，没人可以杀死我……"埃特冲着电话吼了半天，才发觉不知何时，鲁克已经挂断了电话。

一周后，由于产品大卖，埃特的公司举行了一个庆功宴。宴会上一片喜气洋洋，埃特正在主席台上演讲，一眼瞥到一个端着香槟酒的侍者朝自己走来，突然，埃特觉得这侍者似曾相识……啊，他是鲁克！

埃特心里猛地一震，往台下一跳，就要逃跑。而扮作侍者的鲁克，他手中托盘上的几瓶香槟酒中间，已经伸出了一个黑洞洞的枪口……

"砰"地一声，只听得一声惨叫，却是女声。原来埃特反应过来后一个急转身，在千钧一发之际躲过了子弹，子弹射进了他后面一个中年贵妇的胳膊。

枪声响起，人群发出一片尖叫声，埃特立刻矮下身子，混在乱成一团的人群中。鲁克紧盯着埃特，又开了一枪，可这时埃特的身影已经被人群挡住，这一枪仍没打中。接着场面越来越乱，鲁克再也找不到埃特了。

这个狡猾的家伙！鲁克骂了一

句，只好急忙离去了。

鲁克没能在宴会上杀掉埃特，很是扫兴。而埃特也气得半死，他躲在家里，把门窗都关得严严实实，再次拨通了鲁克的电话："鲁克，我给你五十万美金，你不要杀我，怎样？"

"我只杀人，不保护人，也不会因为钱放弃自己的任务！"鲁克说完，就挂断了电话。

埃特无奈极了，好在现在埃特有了钱，一不做二不休，他决定以牙还牙，出高价请杀手干掉鲁克。然而，令人恼火的是，埃特把价钱抬高到了六十万美金，也没有一个杀手愿意接下这活儿。据知情者讲，有人对本国的杀手做了个排行榜，不管从技能、还是从信誉上讲，鲁克这几年一直稳居杀手排行榜的榜首——谁吃饱了撑的，敢去杀杀手排行榜的老大啊！

埃特破了脑袋，也想不出什么办法，无奈之下，只好逃跑：我满世界地乱跑，看你上哪儿找我！埃特随身带了四名保镖，坐上了飞机，到了一个机场后，再转机到另一个机场，一连跑了好几个国家。半个月来，埃特和四个保镖的飞机票就花掉了好几万美金。埃特心想：鲁克你来撵我吧，就我付给你的那十万美金，还不够你追踪我的路费呢，看你还杀不杀我了！

这天，埃特辗转到一个偏僻的岛国，他稍稍松了口气，心想这下可以轻松几天了。埃特打听到岛国最大的宾馆，叫了出租车，和四名保镖一起进了宾馆。宾馆的大堂服务台前，一名服务员正低头写着什么东西。

埃特上前大声说道："给我开最好的房间！"说着就要登记，那名服务员却说道："不用报国籍姓名了，埃特先生，我们又见面了。"埃特一愣，抬头朝服务员看去，那名服务员也抬起头，微笑着迎向埃特的目光，同时，一个枪口也伸到了埃特的胸前。

是鲁克！这个阴魂不散的鲁克，他竟然算准了埃特会来这个岛国、来这个宾馆，事先打晕了服务员，然后自己穿上服务员的衣服伪装起来！

等埃特想通了这一切，已经晚了，鲁克开枪了！鲁克冲埃特的胸口，一共连开了三枪！四名保镖反应再快，也来不及了。

三发子弹结结实实打在埃特的胸口，埃特被打得一屁股坐在了地上。鲁克知道埃特肯定完蛋了，双手一按身前的柜台，跳了出来，朝外面跑去。

可是，鲁克算准了一切，却没算到，狐狸般狡猾的埃特，这段时间一直穿着防弹衣！埃特又一次逃脱了。

这几枪虽然没有要了埃特的命，却打散了埃特的魂魄。埃特真的害怕了，恐惧了，他不想死，一点都不想……

几天后，埃特回国了，在一个阳光明媚的日子，他敲响了鲁克的家门。鲁克虽然处事冷静，但看到自己正在追杀的埃特送上门来，也不由怔了一怔。鲁克随即就掏出枪对准了埃特，不管埃特有什么诡计，今天他一定得死！

"别急别急！"埃特摆了摆手说，"请先别急着开枪，听我说，鲁克，你或许还没发现呢，其实我放进垃圾箱的五万酬金里，有一张假钞。"

鲁克没想到埃特会说出这样一句话，他一边用枪指着埃特的脑袋，一边疑惑地打开保险柜。鲁克的老规矩，在没有完成任务前，顾客的钱仍然不属于自己，仍然好好地锁在保险柜里。

"从上面数第十三张，你看一

看。"埃特说。鲁克拿出埃特说的那张钞票，仔细辨别，果然是一张假钞。鲁克顿时愤怒了，他气得满面通红："混蛋，你竟敢拿假钞骗我！太可恶了！"

埃特笑着说："假钞不算钱是吧？我少付了你一百美金，也就是说，你其实并没有收到全部酬金。"

"我是个很严谨的人！"鲁克叫道，"就算顾客少付我一美金，也是酬金没有付完，就休想让我帮他做事。对你来说，如果你不补齐那剩下的一百美金，我就会放弃你的任务，而你已经付给我的九万九千九百美金，也不会退还给你——你听清楚了没有？"

"真是太有意思了。"埃特笑得很开心。

"请你马上离开！"鲁克收起了枪，指着门外说，"还不走，难道想留在我家里吃晚饭吗？"

埃特走了，他觉得浑身轻松，甚至不由自主地吹起了口哨，埃特想，有一句话说得真好：天才和呆子往往只有一线之隔。

原来，有一位高人给埃特出了个主意，埃特花重金请侦探找到了鲁克的家，又花重金请了一位开锁专家。当鲁克在外面追杀埃特时，开锁专家进入鲁克的家，打开鲁克的保险柜，然后，神不知鬼不觉地，将档案袋里的一张钞票换成了假钞。

（题图、插图：佐　夫）

# 夜车
# 生死劫

□ 吕浩峰

这是一个发生在上世纪80年代的真实故事。

我当时刚二十岁，是一个长途卧铺客车的售票员，车主兼着司机，是我二大爷。二大爷以领先时代的眼光买了辆豪华卧铺大客车，从河南南阳跑到江苏盐城，一趟下来，通常要跑近三十个小时。

那是二大爷开大客车的第三个大年初二，我这时才跟着跑了几个月车。大客车跑到漯河，才上了一半的人，二大爷有些着急，如果接下来的路程还是这样，这一趟就赚不了多少钱了。

傍晚，车到了一个县城的郊外，在那里有家小饭店，是我们固定休息的点。二大爷早年丧偶，一直是一个人过，他和饭店的女老板关系很不错。女老板做的饭菜特别好吃，我几天不吃就想得慌。二大爷告诉我说，女人饭菜做得好是聪明的表现，聪明的女人才能自己开一个饭店而不靠男人。二大爷还说，女人开饭店，如果饭菜做得不好，她就需要做更多其他的事。

吃完晚饭，二大爷和往常一样小睡一觉，而我没什么困意，就溜达着回到车里。

车里很多人都睡了，那时候的人出门在外，基本上都不舍得花钱到饭店吃饭。尽管我们这车是当时最豪华的大客车，车里坐的也并不全是大款。车子前排的两个小伙子，看上去也就二十来岁，像是兄弟俩，这会正在啃凉馒头呢；后排四个江苏口音的，像是做生意的，正就着窗外饭店的灯光打扑克；一对小夫妻轮换抱着他们的孩子，在哼不知名的摇篮曲；最后一排的几个乘客，全都蒙着头盖着被子睡了。

我沿着车里的走道，习惯性地走到车尾再走回来，忽然发现车里多了几个人。我记得加上孩子是十七个人，怎么数出二十三个人？于是我又仔细数了一遍，没错，是二十三个人，于是我抬高嗓门，问："哪位是刚上车的？"

车尾有个北方口音的人"唔"了一声，说："那啥，多少钱啊？俺们六个人。"我一阵狂喜，心想这下二大爷可要高兴坏了，车子跑了一半了，又上来六个人，这不是白捡钱吗？那人也没怎么讲价，把钱给了我，就自顾自蒙头睡了，其他五个人也睡得鼾声四起。

我悄悄走回车前，想等二大爷睡起来给他个惊喜。我这么坐在车里等啊等，竟然迷迷糊糊睡着了。忽然，我听见车子发动起来了，一睁眼就看见二大爷笑眯眯地正看着我。我高兴地说："二大爷，刚刚上来六个人，也没怎么讲价，就把钱给了，哈哈！"

二大爷一愣，悄声问我"他们去哪？"我说："去盐城啊，怎么了？"

二大爷皱了皱眉，又悄悄问："他们要票了没有？"我说："就一个给钱的醒着，其他五个都睡着了没说话，没要票，付钱可爽快呢！"

二大爷呆了一呆，自言自语地说："六个人，半路上来，都睡着了没说话，没讲价，也没要票……"

二大爷沉吟了片刻，脸色渐渐变了，显得很苍白，我奇怪地问："二大爷，你怎么了？"

二大爷看了看我，眼角一眯，突然哈哈大笑起来："小子，你不说我都忘了，今儿是我生日啊！"他抬高嗓门说，"你去咱吃饭的小饭店买两捆啤酒，今天我生日，在我车上的就是一家人，咱们这大年初二的都不在家过，我请大家喝酒，大伙儿一块高兴高兴。"

我一愣，二大爷眼一瞪："快去！"我刚下车，二大爷又在车里喊我："小子，跟老板娘说记账啊，我下趟车还账。"

我跑进饭店，跟老板娘说："婶，给我来两捆啤酒。"老板娘笑着说："都上车了，谁又要你回来买这么多酒？"我说："今儿二大爷过生日，刚才又新上来几个客人，二大爷一高兴，就要请客，说记账，下趟来给钱。"

老板娘死盯着我，看了好一会，才问："车上新上来客人了？你二大

爷过生日？他说的？"我点点头，老板娘搬出啤酒，又问了一句："你二大爷说这酒赊账？"

我顾不上回话，点点头，一手提着一捆啤酒，一路小跑上了车。二大爷把车门关上，说："一人一瓶，都得喝，你们谁不喝，就是不愿坐我的车，哈哈！"说着话他从工具盒里拿出两把大尖头螺丝刀，递给我一把，让我把捆啤酒的绳子捅断，自己一手拎两瓶啤酒，一手拿螺丝刀，从前往后发给车里的人。

车上睡着的人迷迷糊糊被吵醒了，小夫妻的孩子也醒了，哇哇哭起来。二大爷哈哈笑着说："孩子他妈妈这瓶酒不喝就拿着，回去给孩子他爷爷姥爷喝，大过年的，都喜庆喜庆！"坐车的人从没见过车主请乘客喝酒的，纷纷高兴起来，二大爷见酒分得差不多了，大声地模仿着电影里的日本话吼着："开路——马斯！"油门"轰轰轰轰"踩了十几脚，车子上路了。透过车窗，我看到老板娘跑到饭店门口，默默地目送我们的车子离去……

地上还有几瓶没分完的酒，因为后排新上的那六个人一直在睡觉，所以没喝上。二大爷看来心情很好，一边开车，一边从后视镜里看谁喝了酒、谁没喝。结果那两个像是兄弟的年轻人说，他们今年刚评上优秀大学

生，实在不太会喝酒。二大爷不依不饶，坚持要他们一人喝两瓶，还板起脸来说，不喝就把他们从车上扔下去。两人没办法，皱着眉头每人勉强喝下一瓶半，眼看就要吐了，二大爷才罢休，逗得那四个江苏生意人哈哈大笑。

车子快到徐州时，已经凌晨一点多钟，大学生兄弟中有一个突然"哇"的一声吐了，呕吐的气味瞬间传遍全车。二大爷把车门打开，让他俩下车。不少乘客被惊醒了，二大爷就问谁跟他一起下车撒泡尿。喝了啤酒的乘客们早就憋得慌了，三三两两地下了车。车子前不着村后不着店地停在路边，二大爷和八九个乘客跑到几十米外的一个玉米秸秆堆，背着风撒尿。风像刀子一样地刮，二大爷和那八九个乘客去了好几分钟，回来后都冻得瑟瑟发抖。

车子在夜色中开得飞快，二大爷看来一点儿也不困。凌晨三点多，我也憋不住了，就跟二大爷说要撒尿。没想到二大爷火了，大声吼道："尿什么尿，这车里有点热气都让你给放没了！"

这时，最后一排一直没说话的那个北方人突然搭腔说："师傅，你就停停车吧，正好我们也要撒。"

我和三个后排新上车的人一起下了车，站成一排朝着黑夜撒尿。这时地上已经盖了薄薄一层雪花，这三个

人撒尿撒了足足有3分钟，我都上车了他们还没撒完。撒完尿回来，雪花慢慢大了起来，二大爷减慢了车速，眼看天快亮了，快到江苏宿迁了，我困得不停地打盹，二大爷却有一搭没一搭，不住跟我找话说。这时，一个北方口音在车子后面大声喊："停车！"

二大爷用更大的声音猛吼了一嗓子："你们还有完没完？"北方口音说："你他妈的跟谁说话呢？再不停车，他妈的剁了你！"

我一下子吓醒了，二大爷把车停住，猛地拉开车门，紧接着，把车里的灯也全打开了。冷风"嗖"的一声灌满了车厢，车里一下子亮如白昼，全车人都醒了。只见车子后面的过道上站着高高矮矮的六个人，脸上都蒙着面罩，每人手里都拿着一把或长或短的刀。

我咽了口唾沫，心想：天啊，遇上抢劫的了！怪不得他们一直蒙着头，不让我看见他们的脸……

领头的劫匪往前走了一步，对全车人说："明人不做暗事，今天哥们就是要钱，有多少拿多少，要命的就别要钱，要钱的别要命！"说完刀尖指着我说，"卖票的小屁孩，你包里有多少钱我有数，一会你要是敢藏起来，看我怎么收拾你。"

他后面跟着个瘦脸的小个儿，手里拿着一个大布包，也嘿嘿笑着说：

"手表啊、金银首饰啊啥的，也别搁家里憋坏了，换换风水，大家都发财啊！"

就在这时，二大爷从座位上站起来，他手里拿着那把老长的螺丝刀，我这才想起来，捅啤酒绳的时候，二大爷也给了我一把螺丝刀，就赶紧顺手抄起来。二大爷站在车门前的宽阔地带，眼睛瞪得像铃铛一样，看着六个劫匪，吼了一声："酒瓶子伺候着！"

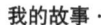

只见车里呼啦啦站起来八九个手拿啤酒瓶的乘客，那四个江苏人也在其中。二大爷从吓呆了的大学生脚下抄起一个啤酒瓶子，手腕一摆，"啪"的一声把啤酒瓶的底部砸在上下床的铁栏杆上，砸烂的啤酒瓶顿时成了一件尖锐的武器。

一时间，车子过道中间响起了"噼里啪啦"的啤酒瓶子的撞击声，八九个乘客把手里的酒瓶全部击碎在了床栏杆上，玻璃碴子满车乱飞。两个大学生这时也像明白了什么，都站起来，"啪啪"地击碎了属于他们的三个啤酒瓶子，玻璃的碎片扎到他们的手上，血无声地流到了地板上。小夫妻里的丈夫也拿起一个空的啤酒瓶子，他怕碎玻璃溅到妻子和孩子身上，所以没把空瓶子打碎，他用身体挡住身后抱着孩子的妻子，准备做最后一搏。

一瞬间，车里的空气似乎凝固了，时间就像停止了，只听见孩子撕心裂肺的哭声。忽然，远远地，传来了"呜啊呜啊"的警笛声，声音越来越近、越来越近……

多年后，一个大年初二的晚上，当我跟二大爷喝着二大妈给烫的老酒，说起这件往事，二大爷哭了。

二大爷说，这件事最让他难忘的，不是车里那么多乘客对他的信任；不是一夜成名的英雄卧铺车给他带来的滚滚财源；不是他从那以后娶了小饭店的老板娘，做了我的二大妈；而是他深深的后怕——二大爷说："当年小子你才二十岁，还没结婚啊，那两个小伙子是刚刚拿了奖学金的大学生啊，那对小夫妻刚有了孩子，要回家见他们的爹娘啊……"

"我把那两个大学生灌醉，就是

想让他们吐的时候吵醒全车人，这样我就能叫上大家一起下车撒尿，跟乘客们通个气，大家心里都有数，早作准备。"

"小子，我让你憋着尿，是让你别睡着了，没想到那些劫匪也要撒尿，我只得停车啊。他们三个人下车撒尿，三个人在车上留着，这是他们动手的最好时机，你个小子，非要跟他们一起下车撒尿，还背那个装钱的包！我都快吓死了，我不是担心那些钱，我是担心他们要对你动手啊……"

我已经无数遍地听二大爷说起这事的细节，但还是装作疑惑地问："二大爷，那他们车外三个、车里三个时怎么没动手啊？"二大爷哈哈笑着说："后来公安局审他们时，他们交代说，我开得太快了，他们下车撒尿，发现前不着村后不着店，动了手也没地方跑，就决定上车，等快到下一个城市了再动手……哈哈，这就是你二大爷的本事了，当时我不但开得快，还抄了近路，故意往荒村僻壤开……"

二大爷喝醉了，二大妈做的酒菜还像当年一样好吃。二大爷真有福气，当年没有电话，二大妈在大年初二的晚上一口气花了五个多钟头，跑了七十多里地，到县公安局报案，要求警察出警，而她的证据就是：二大爷和她说过，他四年才过一个二月二十九的生日，出事前一年刚过了，怎么会第二年大年初二又过？还请坐车的人喝生日酒？再说二大爷从来都不赊账，二大爷说过，一个女人家开饭店，做的饭菜又这么好吃，谁欠账谁就是王八蛋，二大爷他是绝对不会当王八蛋的。二大妈还说，二大爷爱车就像爱他的命一样，没事绝对不会使劲踩十几脚油门，才把车开走。二大妈最后说，如果警察追上了二大爷的车，发现根本就没事，她就把饭店赔给公安局，值班警察这才相信她，同意出警。

这时候，我想起一个多年来的疑问，就问二大妈"其实二大爷怀疑那些人，也只是出于他的经验和直觉，您就这么相信他，把饭店都押上了？"

二大妈笑了，说："小子，其实那时候，我已经喜欢上了你的二大爷。多亏了那次共患难，才让我们捅破了那层窗户纸……"

（题图、插图：刘斌昆）

根据英国作家罗伯特·
路易斯·史蒂文森小说改编

# 魔瓶

□ 施竹筠　翻译
　王思青　改写

纪威是个海员，有着丰富的航海经验。一天，他来到一个从未到过的小岛，上岛去散步。突然，他被眼前一座童话似的别墅吸引了，只见那屋前的鲜花像宝石一样盛开，阶梯像银子一样闪光，窗户像钻石一般明亮，纪威惊奇地看着这一切，心想：多么漂亮的房子啊！住在里面的人一定很有钱，很幸福！就在这时，他发现别墅里有个男人透过窗户也在看他，这个男人上了岁数，脸上神色悲哀。

男人招呼纪威进屋去，邀请他参观了整幢别墅，从地窖到屋顶露台，没有一处不完美。纪威羡慕地对男人说："这是我见过的最美丽的房子，要是我住在这样的房子里，我会整天欢笑，你怎么还在叹气呢？"

"你想要这样的房子吗？这并不难。"那男人说，"你有钱吗？"

纪威摸了摸口袋，说："我带了

50块钱。"

那男人计算了一下，说："好，50就50吧，你花50块钱，就能得到这一切。"

男人告诉纪威，别墅里的一切，都来自于一个魔瓶。瓶子里住着个小魔鬼，谁买了这个瓶子，小魔鬼就听他的指挥；瓶子主人渴望的一切：爱情、名誉、金钱，像这幢别墅一样的房子……只要他一说出来，就全是他的了。

纪威将信将疑，他不明白那男人为什么要卖掉这个瓶子。

那男人说："我想要的全都有了，可是我渐渐老了，有一件事情这魔鬼没法做到：他不能延长生命——而且，这瓶子还有个致命的缺点，如果

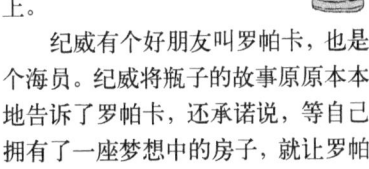

一个人在卖掉瓶子以前死去，他死后就得永远在地狱的烈火里受煎熬。"

纪威有点心动了，但他还是不很明白：为什么这个魔瓶会卖得这么便宜？

那男人解释道："很久以前，当魔鬼初次把瓶子带到人间的时候，它卖得极其昂贵；可是这瓶子有个特点，只有亏本出售，才能把瓶子卖掉。如果你按原价或者高于原价出售，它就会像信鸽一样又回到你那儿。因此，几百年来瓶子的价钱一直在下降，眼下这瓶子便宜得出奇。我本人只花了90美元就从邻居手中买了下来，我最高可以卖到89美元99美分，再贵1美分也不行。"

纪威还是不能完全相信这是真的。

"你可以马上试试。"那男人进一步解释道，"把你那50块钱给我，拿起瓶子，祈求这笔钱回到你的口袋里。要是瓶子连这一点都做不到，我向你保证把钱还给你。"

纪威想了想，决定冒一次险。他把钱付给了那男人，那男人把瓶子递给了他。纪威拿着瓶子，张口说道："我要收回那50块钱。"话音刚落，纪威的口袋又像先前一样沉甸甸的了。

纪威拿了瓶子，在回船的路上，又试了两次。一次他将瓶子抛弃在街上，一次是以60美元卖给一家古董店，但都没有成功，结果瓶子反而神不知鬼不觉地比他先回到船上。

纪威有个好朋友叫罗帕卡，也是个海员。纪威将瓶子的故事原原本本地告诉了罗帕卡，还承诺说，等自己拥有了一座梦想中的房子，就让罗帕卡买这瓶子。

船一回到纪威的家乡，便有律师告诉纪威，他的叔叔和侄儿都死了，给他留下了一大笔财产，足够他造房子的了。纪威得到房子后，兑现了自己的诺言，将魔瓶转让给了罗帕卡，这样他就没有后顾之忧了。他终日欢天喜地住在新建的别墅里，附近的人们都把这幢美轮美奂的房子叫做"光明宫"。

一天，纪威去看朋友，在海边邂逅了一位姑娘，她叫柯库娅，两人一见钟情，很快订下了婚事。婚礼举行的前一天，纪威兴高采烈地吩咐佣人准备洗澡水，他一边洗澡一边唱歌，歌声在光明宫里回荡。不一会儿，歌声突然停止了，原来，纪威在洗澡的时候，发现自己身上有一块斑，好像石头上的苔藓，他意识到，自己得了麻风病。

那一夜，纪威一刻也没有合眼。他想得很多，他不愿意伤害柯库娅，不愿意给她带来危险。第二天，他给柯库娅写了一封信，说要推迟婚礼，然后登上了航船，去寻找罗帕卡，希望能再一次得到那瓶子，治好自己的病。

几经周折，纪威终于找到了那个瓶子的下落，瓶子现在的主人是一个脸色苍白的青年，纪威一问价钱，青年竟然是用2美分买来的瓶子；换句话说，纪威只能用1美分去买它；纪威不由打了一个寒噤：这意味着，他买了瓶子后就再也卖不出去了，那个魔鬼会一直跟他在一起，直到他死，他死后，魔鬼会把他带到地狱的火坑里去受煎熬。然而，纪威很坚决，他已顾不得这么多了，他爱柯库娅，他现在只想和她在一起。

瓶子又回到了纪威手中，他的手刚抓住瓶脖子，就说出了那个愿望：

他想成为一个健康的人。他回到船上，对着镜子脱光了衣服，发觉身上的皮肤竟像婴儿一样细腻光洁。

纪威回到光明宫，把柯库娅娶回了家。柯库娅把全部身心都交给了纪威，她一见到他就心跳，在光明宫里，她的歌声不断，像小鸟一样欢唱。纪威高兴地瞧着她，听她唱歌，可是，当他一人独处的时候，他却蜷缩一旁，惶恐不安，似乎听到地狱的火焰在噼啪作响……

终于有一天，柯库娅发现了丈夫的秘密，在柯库娅的请求下，纪威将瓶子的事完完全全告诉了她。柯库娅听后，告诉丈夫，在法国有种硬币叫生丁，1美分相当于5个生丁，何不到那些法属群岛去想法卖掉瓶子呢？纪威激动地拥抱着柯库娅，说："亲爱的，你是个天才！"

于是，两人马不停蹄地行动起来，他们赶到了法属岛屿，可那里的人们不相信他们说的话，是啊，谁会用4个生丁的低价出售能带来财富的瓶子呢？夫妻两人感到了前所未有的绝望。

然而，柯库娅是个聪明的姑娘。一天晚上，在纪威睡着后，她溜出了门，在一个街道拐角处，她见到一个乞讨的老头儿。她对老头说了许多好话，求老头答应她，花4个生丁从她丈夫手中把瓶子买来，随后她再花3个生丁买进。最后，老头儿答应了她的请求，不久，老头带着瓶子回来了，他告诉柯库娅，她丈夫卖出瓶子后，像小孩似的哭了起来。

柯库娅回到家里，纪威已经像孩子似的睡着了。她凝视着丈夫的脸庞，想："我的丈夫，现在轮到你睡了，可对我来说，唉！再也睡不好觉，再也不会欢快地唱歌了。"她痛苦地在丈夫身边躺下，沉沉地入睡。

第二天早上，纪威叫醒了柯库娅，告诉她瓶子已经卖出去了的好消息。柯库娅只是淡淡地微笑着，纪威在狂喜中一点儿也没觉察到她的痛苦。他感谢妻子救了他，称她是世上少有的贤内助，同时他嘲笑那个买下瓶子的老头儿："他还以为自己捡到了便宜，真够傻的。"柯库娅却低下头，说："我的丈夫，他的用心也许是好的。你和我一起为可怜的瓶子的新主人祈祷吧。"

接下来的时间，柯库娅推说病了，常常独个儿呆着，她整天都在想着有什么机会能以2个生丁卖掉那个瓶子。她坐卧不安，一会儿拿出瓶子，一会儿又把它藏起来；纯洁的她连想也没有想过，要靠这瓶子捞点什么好处。

由于柯库娅总是一个人呆着，不愿意和纪威一起逛街，也不再和他快乐地聊天，纪威感到很不高兴；他觉得柯库娅变了，说她只为那个买了瓶子的老头儿着想，没有考虑到自己的丈夫，对他不够忠实。于是，纪威常常在城里游荡，渐渐结识了一帮坏朋友，其中有一个是城里出名的无赖，这无赖朋友唯一关心的，就是怎样骗光纪威的钱给自己买酒喝。

有一次，纪威已经醉得迷迷糊糊了，无赖朋友唆使他说："女人都是虚伪的，你老婆也许有什么花样，你得看看她。"这话打动了纪威，于是，他带着这个朋友，蹑手蹑脚地回到旅馆，从后门朝里张望。这一看，他惊呆了：只见柯库娅坐在地上，身旁点着一盏灯，她的面前就是那个可怕的瓶子，她正没精打采地瞅着它。

"是她买了那个瓶子！"纪威感到毛骨悚然，双膝发软，酒也给吓醒了。他想了想，决心把事情搞个清楚。

·外国文学故事鉴赏·

于是他关上后门，轻轻地绕到前门，然后和以往一样，装成喝醉了的样子，吵吵嚷嚷地从前门进了屋。只见柯库娅坐在椅子上，瓶子也不见了；纪威又在以前放瓶子的箱子里找了找，也没见着瓶子。于是，他告诉柯库娅，自己是回来拿钱的，还要出去和朋友们一起痛饮。

走出家门，纪威来到那个无赖朋友跟前，镇静地说："我老婆有个瓶子，能满足人的各种要求。除非你帮我搞回瓶子，否则以后我都不会再请你花天酒地了。这儿有2个生丁，你去找我老婆，说要买那个瓶子，把钱给她，她会马上给你瓶子的；我再从你那儿花1个生丁买回瓶子。我只有一个条件，就是决不能对她说，是我让你去买瓶子的。"

朋友照纪威说的去做了。不久以后，他就回来了，那个魔瓶就扣在他的外套上，他晃晃悠悠地走到纪威身边，说："这是个挺好的瓶子，既然我花2个生丁买到了它，我就不会只要1个生丁就卖掉它。"

"你是说你不卖了？"纪威着急地问，他的心已经跳到了嗓子眼。

"不卖了！"无赖朋友叫道。

"我告诉你。"纪威说，"有这瓶子的人是要下地狱的。"

"哈哈，你以为我是傻瓜吗？"无赖朋友大笑着回答，"我听说，你的所有财富都是从这个瓶子里来的，上哪去找这么好的瓶子？你想只只1个生丁买回它？做梦！"无赖朋友说完，就带着瓶子扬长而去……

这就是魔瓶的故事。从此，纪威和柯库娅过上了平静安宁的日子。

（题图、插图：安玉民　梁　丽）

·本刊信息传真·

## 2009 年 上故事中国网看什么？

不知不觉，日历又翻到新的一年，在2009年，故事中国网(www.storychina.cn)将一如既往地陪伴您度过快乐的故事时光。

我们会邀请《故事会》编辑讲述更多《故事会》背后的故事、作者的花絮和故事创作的理论，无论是作者还是读者，都能从中获得收益。全体编辑都在论坛开设了在线专区，您可以通过这种最为便捷和直接的方式来向《故事会》投稿。

由故事中国网(www.storychina.cn)主办的"2008年'我最喜欢的《故事会》作品'网络评选"活动进入总评阶段，2008年24篇入围作品将进行最后的大较量，从中评出红、绿版最受网友欢迎故事各一篇，欢迎您来为喜爱的故事投上一票！

在2008年广受好评的"故事点评"和"咬文嚼字"活动将延续，前者欢迎大家对每期《故事会》的作品进行点评，凡入选在网站发布的故事评论将获得50到100元的稿费；后者邀你在《故事会》中发现的任何语言文字上的错误，通过网站"举报"，就有机会获得《故事会》系列图书。

2009年，我们还为您准备了特别的新年活动，到底是什么？来故事中国网看看就知道了！

# 共有一个

□ 张东兴

有个房地产开发商，看中了一块地方。那地方是一处坡地，坡上有一株高大挺拔的松树，风水风景俱佳，开发出来建造高级住宅区，肯定赚大钱。可是这松树下仅有的一户人家，却说啥都不肯搬家。

开发商一看，这好办，反正强拆强建咱也不是头一回了，于是停电、停水、破窗、砸墙，好话说尽，坏事做绝，那户人家不堪其扰，男主人一跺脚，说："我家世代生活在这个地方，地下埋着我们祖辈的骨头，所以我说什么都不会搬的。你们再骚扰，我找我哥去！"

开发商见男主人手握至尊宝似的，赶紧问手下："他哥是干什么的？"手下大大咧咧地说："肯定不是什么大不了的官，要不我们肯定早知道了。"

开发商却不放心，当即叫过一个精明能干的员工，让他跟着男主人去看看。

第二天，男主人背着个背篓，里面装些菌子笋干，出门去找他哥。那个员工不远不近地在后面跟着。男主人一路向北，最后竟买了去北京的火车票。开发商不由有些心虚，指示手下先停工。万一他哥大有背景，自己弄个半拉工程搁那儿，那可惨了。

男主人下了火车，七拐八拐，来到一个地方。这儿的房子低矮拥挤，街道上污水横流，那一路跟着的员工一边皱眉捂鼻子，一边打手机向老板报告情况。老板一听，手一挥，说："开工！这个乡巴佬以为他哥在北京就了不起了！北京也有要饭的！"

男主人进了一间简陋的板房，一会儿和他哥一块出来了，都是胡子拉

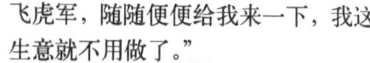

碴、窝窝囊囊的，还真像哥俩。

两人走到一个大排档前，大排档老板一看见那男主人的哥，立即抛下其他顾客，满脸堆笑跑过来殷勤招呼。哥俩吃喝一通，临走给钱，老板却说什么都不要。

员工跟在后面一看，又赶紧给开发商打电话。开发商听了也皱眉："看这样子，别是黑道上的吧？"穿鞋的怕光脚的，要是男主人的哥哥不管不顾地给他来一下，开发商还真有点顾虑，于是他指示员工："我先停工，你想办法摸清他哥的底。"

员工来到大排档买了点花生米猪耳朵，然后悄悄问老板："刚才那两人是干什么的？我看您挺巴结他们啊！"

老板看着那哥俩走远，才小声说："不巴结不行啊，人家手下有三千

飞虎军，随随便便给我来一下，我这生意就不用做了。"

员工手一哆嗦："啥？三千飞虎军？你说那人是特种部队的？"说着赶紧给老板上了支烟，又给他点上。

老板深吸了一口，慢条斯理地品了半天，这才说："嗯，这烟不错。这人刚来时我不认识，看他怪窝囊的就多收了他几块钱开瓶费，人家也不和我理论，一边慢条斯理地往外拿钱，一边吹起了口哨。不一会儿天边就来了黑压压的一群鸽子，到我这儿就噼里啪啦一通屙，桌上菜里全是白点子。你说我还怎么卖？"

员工大奇："有这种事？可真稀罕哪！他怎么能召唤鸽子？"老板把烟头使劲掐灭，说："何止是鸽子！过后我才听说，敢情人家是马戏团的驯兽师，懂得禽言兽语，天上飞的指挥不了飞机，地上跑的指挥不了火车，剩下的全行！这样的人咱哪惹得起呀！"

员工听了，赶紧又向开发商汇报，开发商顿时又来了胆气："开工！露天大排档怕他哥，我可不怕！他要能召来鸽子给我的工程来一通，我还得谢谢他呢，那不就省得粉刷了吗？"

话虽这样说，他还是叮嘱秘书：往后不管是在办公室还是在车里，一律不准开

窗，免得重要文件被鸟儿叼走了。

过了两天，男主人和他的驯兽师哥哥从北京回来了。驯兽师找到开发商，开发商没等他自我介绍，就说："哟！驯兽师来了，久仰久仰。听说你懂禽言兽语，佩服啊佩服！"

驯兽师不卑不亢："听说你希望我召来鸽子帮你粉刷，还安排手下不准开窗，真可谓煞费苦心，可惜啊可惜！"

开发商说出对方身份，本意是想震震对方，不料对方竟把自己的部署也摸得一清二楚，不禁开始重视起对手来，问："可惜什么？"

驯兽师说："我只想明白告诉你，你在这儿投多少就会赔多少，到时别怪我没提醒你。"

开发商笑了："谢谢你的忠告。我也明白告诉你，我怕神怕鬼怕风水，唯一不怕的，就是人。只要是活人，我就能摆平他。"说罢一挥手，推土机、搅拌机、打桩机等设备隆隆开进，沙子水泥石子钢筋一车车运来，工程正式开始，那小屋顿时成了波涛汹涌的海洋上一条随时可能沉没的小舟。

双方摊牌后，驯兽师神秘消失了，可是那户人家却好像吃了定心丸一样，男主人给屋后的大松树松了松土、施了点儿肥，女主人在房前的篱笆旁种了些丝瓜眉豆。开发商看到这些，隐隐感到不安：这家伙肯定还有一张厉害的底牌我不知道，可是他一

个穷困潦倒的驯兽师，能泛起多大的水花来呢？开发商坏心眼不可谓不多，可是他想破了脑袋，也想不出驯兽师会怎么对付自己，他只好自我安慰：我这么坏的人都想不出什么好点子，他们这些善良的老百姓更想不出了。

过了一个多月，开发商的房子已盖起了三层，推土机也推进到了那户人家的篱笆边。这时开发商的投资已近亿，想抽身已不可能，他准备和那户人家摊牌了：他要强行拆迁。

就在这时，沿着推土机推出来的土路上，来了两辆越野吉普。驯兽师领着一个老头和几个戴眼镜的年轻人从车上下来，在那户人家房前支起了高倍望远镜和摄像机。

开发商一看那个老头的气质，就知道大事不好。有道是腹有诗书气自华，甭看老头青衣布鞋，一看就知道是大学者。这种人论权势倒没什么，可是说一句话，往往整个世界上都有回声啊！

开发商顺着望远镜看上去，才发现那户人家屋后的松树顶上，不知什么时候多了个直径一米多的大鸟巢。开发商顿时明白了，那个驯兽师一个多月没露面，原来是招鸟儿去了。也没见他的影子，他怎么指挥的？可真神了。

甭管神不神，有一点开发商是坚信不疑的：人窝都挡不住我的推土

机，难道这鸟窝能挡得住？但他还是问了那些年轻人一句："那是个啥鸟窝呀？"

一个戴眼镜的兴奋地说："金雕！这可是国家一级保护动物，很少见的！"

驯兽师充满同情地对开发商说："你不听我良言相劝，这工程只怕要白搭了。根据有关规定，金雕栖息地周围183米内不得有任何大型建筑。"

开发商知道，如果没有这种规定，这家伙肯定不会费这么大劲儿，搞这么个东西，还请来了专家。开发商环视了一下盖了一半的楼、开了一半的场地、堆成小山的沙子石子……难道这一亿多资金真扔在这儿了？想到这儿，开发商眼一黑，晕了过去。

等他醒过来，第一眼就看见自己的律师站在面前。律师说："老板，现

在我有两个消息，一个好消息，一个坏消息，您想先听哪个？"

开发商想了想，说："先说好消息吧！"

律师说："我查询后发现，那个驯兽师说的规定确实有，不过，那是外国的规定！看来这家伙是个半瓶醋，不知从哪儿听说这种规定，也不查证查证，就来和您押宝了！"

开发商听了，高兴得来了个鲤鱼打挺，拽掉输液的针头，刚想给饭店打电话，大摆筵席庆贺一番，突然又想起了什么，赶紧问律师："那坏消息呢？"

律师叹了口气，说"市长听说本地发现了金雕，十分激动，连夜召开紧急会议，决定要在环境保护的力度上和国际接轨。您的原有项目停建，项目更名为'共有家园展览馆'，高薪聘请驯兽师及其弟弟一家为展览馆员工，专门负责召唤和保护珍稀鸟类。原开发商享有开发展览馆项目的优先权。"

开发商足足愣了半个小时，才反应过来：自己被打败了。自己会过无数高手，想不到竟败在一个穷困潦倒的驯兽师手里。

后来，共有家园展览馆成了这个城市的著名景点，为此，绿色和平组织特地颁发了一批奖章，其中还有一枚是颁给开发商的呢……

**（题图、插图：佐　夫）**

# 泣血送珠人

□ 大刀红

**浙**东临海有一个象山湾，此处盛产珍珠，小的如樱桃，大的如龙眼，光滑圆润，珠光熠熠，是富贵人家争相抢购的高档奢侈品。

象山湾的居民大多以采珠为生，平日驾船出海，潜入海里，寻找珠蚌，然后取出珍珠，把珍珠卖给本地收购珍珠的大户钱如友。钱如友以前也是一个采珠人，有一次，他采到一颗大珍珠，不甘心贱卖，就独自来到扬州，找到扬州富商柳自在，卖了个好价钱。从这以后，他觉得做珍珠生意，钱

远比采珠来得快，就和柳自在商量好，他收购象山珍珠，由柳自在包销。

刚开始的时候，钱如友的确赚了不少钱，但自从枯木岭上出了强盗，打劫珍珠，他便亏得一塌糊涂。

从象山湾到扬州，途中得越过一座叫枯木岭的高山，不久前岭上聚集起一伙土匪，领头的叫"独龙"。"独龙"占山为王，虽不伤人性命，却劫掠过往客商的财物，尤其是珍贵的象山珍珠。

钱如友也想过对策，可是他叫人夹带的珍珠，总是被"独龙"搜身搜出。一年下来，钱如友只送出了几粒珍珠，其他的全被"独龙"所劫，为此，他黔驴技穷，几次想关门大吉。

这天，有个外乡人找到钱如友，说他名叫胡亦云，有办法帮钱如友送珍珠去扬州，不过，送一颗珍珠，他要提十两银子。钱如友心想：一般的珍珠，一粒我只能赚十五两银子，他

就要提十两，心可够黑的，但转念一想，这总比一颗珍珠也送不出去好呀，便问胡亦云："你有什么法子可以躲过抢劫？"

胡亦云见桌上有一串葡萄，就摘下一粒，扔入口中，整粒吞下，说："就是这样。"

钱如友说："不行，我曾经试过，珍珠入腹即化，万万行不得。"

胡亦云却笑着说："非也，非也，你只知其一，不知其二。"说完，把钱如友拉过来，附耳轻言。钱如友听了，连连点头称是。

胡亦云的方法果然不错，不出三天，他就将钱如友交的几粒珍珠，顺利地送到扬州柳自在的手上。

胡亦云回到象山后，钱如友便按事前约好的，将银子交给他。胡亦云的方法百试不爽，但令钱如友不快的是，胡亦云一直不愿将最重要环节的

秘方说出来，钱如友只能由他摆布。随着时间的推移，钱如友越来越对胡亦云不满。终于有一天，钱如友想出了自己的法子，便解雇了胡亦云，换了新的送珠人。

钱如友新雇的送珠人，只用外乡人，从不用本地人，而且，为了提防"独龙"，这些外地的送珠人，他只用一次，从不让他们跑第二回。

整整半年，"独龙"没有抢劫到珍珠，钱如友的送珠渠道让"独龙"非常困惑。每次，他把那些送珠人脱得一丝不挂，甚至连发根、肛门都检查过，但都没能找到珍珠，只好放了他们。"独龙"为了找出钱如友送珠的秘密，也曾让喽罗去充当送珠人，但钱如友一听他们的本地口音，就把他们赶出家门。

这天，山寨里来了个外乡人，说要投靠"独龙"。"独龙"问他为什么要当土匪，外乡人叹了口气，说："黄河决堤，家冲没了，一路乞讨到这里，受够了白眼，想想还不如当土匪来得自在，就是被官府抓了，也是个饱死鬼。"

外乡人的话，让"独龙"有些犹豫，他怕这人是官

府的暗探，就问外乡人叫什么名字，外乡人一副顺从的样子，说他名叫符豫子。突然，一个计划在"独龙"的脑海里形成：这符豫子是个外地人，干脆就让他去给钱如友当送珠人。这样，一来可以打听钱如友是怎么送珍珠的，二来，也可以试探符豫子是不是官府中人。

听了"独龙"的话，符豫子毫不犹豫地答应下来，说就是肝脑涂地，也要把送珍珠的秘密打听出来。

符豫子来到钱如友的家，说他要当送珠人。听说符豫子是逃难的外乡人，又见符豫子面黄肌瘦，一副营养不良的样子，钱如友就信了他的话。钱如友对符豫子说："你一次给我送二十粒珍珠，每粒给你一两银子，银子我可以预先支付。"

符豫子问怎么送。

钱如友拿出四十粒半圆形的陶丸，又拿出二十粒象山珍珠。当着符豫子的面，钱如友把珍珠装进陶丸里，然后用蜜蜡、松香制成的粘胶封住陶丸。待把二十粒珍珠封好，钱如友拿出一碗水，让符豫子就着水，把陶丸吞下。

见符豫子一脸惊讶，钱如友说："只有这样，才能保证珍珠被送到扬州。到了扬州，你再把珍珠排出。"

符豫子一听，原来是这么回事，就把陶丸吞进肚里。钱如友叮嘱说："三日内，一定要将珍珠送到柳自在那里，只有柳自在那里有秘制解药，否则……"

见钱如友吞吞吐吐的样子，符豫子忙问："否则什么？"

钱如友说："否则，三天过后，陶丸堵住你的贲门，你将会肚胀而死。"

符豫子肚里藏着珍珠，回到"独龙"的山寨，把实情告诉了"独龙"。"独龙"听罢，笑着说："原来如此，难怪我没有搜出珍珠。钱如友说珍珠不能从腹内排出，定是怕你自己想法排出珍珠，是在讹你！"说完，就让喽罗拿来些巴豆，熬成汤药，让符豫子服下。

符豫子喝下巴豆汤，一会儿，就觉得腹内疼痛，想要排泻，但过了半个时辰，虽然肚内如刀割一般，但什么也没排出来。看着符豫子越来越苍白的脸，"独龙"知道，钱如友说的是实话，没有柳自在的独家秘方，符豫子根本排不出陶丸来。

这时，有个喽罗附着"独龙"的耳朵说："要不然，我们就剖腹取珠，反正他是个外乡人，也没人会追究。"

"独龙"听了，一个巴掌过去，将喽罗打出一丈开外。"独龙"说话声如洪钟："我上山当强盗，实为奸人所逼，我发过誓，决不害人性命，更不会做这种剖腹取珠的勾当，来人，叫一辆马车，把符豫子送到扬州去。"

马车夫快马扬鞭，不出两日，就将符豫子送到扬州城柳自在的家里。

柳自在见新的送珠人到了，忙吩咐下人把符豫子抬到后院的一间僻静小屋，接着吩咐所有人回避，自己架起一个火罐，慢慢地熬起解药来。

等解药熬好，柳自在倒出药，端到符豫子面前，对符豫子说："喝了这碗药，你就会排出陶丸。"符豫子忙一口把药喝下。片刻，符豫子只觉得全身瘫软，动弹不得，他问柳自在："你给我下的是蒙汗药？"

柳自在阴笑道："不错，喝了蒙汗药，等你睡着后，也少些痛苦。"说完，从袖子里取出一把尖刀。

符豫子问："你想怎么样？"

柳自在说"你在象山湾时，难道没有听说过'杀蚌取珠'这么一句话吗？珍珠藏在蚌壳里，要取出里面的珍珠，只能将蚌壳剖开。你放心吧，我下刀会很快，让你死得毫无痛苦。"说完，柳自在向符豫子的腹部刺去。

符豫子闭上眼睛，暗暗叫苦，却听柳自在怪叫一声，他睁开眼一看，柳自在的手上着了一镖，匕首掉在了地上。这时，有个人闯进屋内，符豫子一看，原来是化装成马车夫的"独龙"。"独龙"把符豫子送来，主要是想弄到解药的秘方，谁知道所谓的秘方竟然是剖腹取珠，他不忍见符豫子送了性命，就发镖救了符豫子。

柳自在的嚎叫引来了家丁，他赶忙吩咐家丁，说符豫子和"独龙"是强盗，只管出手，打死一个，赏银百两。听了柳自在的话，家丁个个奋勇当先，饶是"独龙"武艺高强，也架不住对方人多，渐渐落了下风。

就在这时，从门外冲进一队捕快，打散家丁，把柳自在和"独龙"都抓了起来。领头的捕快见符豫子被麻翻在地，忙把他扶起来，给他服下解药。等符豫子醒过来，领头的捕快冲符豫子一拱手，说："总捕头，接到你的红粉传信，我们就寻着红粉来了。

来晚半步，差点害了你的性命。"

听了捕快的话，柳自在和"独龙"一惊，他们怎么也没有料到，符豫子竟然是总捕头！符豫子拈须一笑，说："我在路上已将陶丸用内力逼出，进扬州城时，我在马车经过的地方撒了红粉。近来总有外乡人在象山一带失踪，朝廷派我来查此案。"

符豫子说，他开始调查的时候，听说枯木岭上有一伙强盗，还以为那些失踪的外乡人是被强盗所害，就化装上了枯木岭，没想到竟然让"独龙"看中，让他去钱如友家探取秘密。

符豫子对柳自在说："没想到，强盗都没做出的事情，竟让你们这些奸商做了。杀人取珠，天理不容，快交代，你们怎么想出这个方法，杀了多少人？"

柳自在忙跪在地上，讨饶说"这全是钱如友让我做的。"柳自在说，钱如友对胡亦云非常不满，但又没有什么好主意。有一天，钱如友收到一颗珍珠，大如龙眼，价值千两白银，就让胡亦云吞入肚中。由于这颗珍珠价值不菲，钱如友怕胡亦云拐带走，就跟着胡亦云来到扬州。

谁知，到了扬州，胡亦云喝了自制秘方，也排不出陶丸。钱如友忙问胡亦云怎么了，胡亦云说："陶丸太大，堵住了贲门，排不出来。"钱如友忙问胡亦云有什么解法，胡亦云说："等到三天后，陶丸自然会在腹中消溶，我就会将残渣排出。"

钱如友听说三天后，陶丸会在腹内溶化，那价值一千两银子的珍珠也就没了，不由心急如焚。这时，他突然想到了"杀蚌取珠"的方法，就找到柳自在，两人一拍即合，用蒙汗药麻翻了胡亦云，剖开胡亦云的肚子取出珍珠。两人杀了胡亦云，过了很长一段时间，见没人追查胡亦云的下落，也就心安理得。从这以后，他们逐渐摸索出经验，那些四处流浪的外乡人，因为没有亲属追问，最适合给他们当送珠人。到现在为止，已有二十二个外乡人死在他们手里。

符豫子当下把柳自在打入死牢，又命人去象山抓了钱如友。过了段时间，柳自在、钱如友、"独龙"全被判了死刑，只等秋后处斩。

行刑那天，符豫子带着酒肉，来到"独龙"的牢房，说感谢他的救命之恩。"独龙"问，自己救了符豫子一命，可符豫子为什么不放自己一马，帮自己开脱罪责呢？

符豫子摇了摇头，说："你怎么到现在还不明白呢，要不是你占山为王，抢夺珍珠，钱如友和柳自在又怎么会想出剖腹取珠的主意呢？你虽然没有杀人，可那些人全是因你而死。"

"独龙"想了想，觉得符豫子说得很对，便心甘情愿地伏法。

（题图、插图：黄全昌）

如果时光可以倒流，你会做些什么？是弥补曾经的过错，还是抓住失落的幸福？

# 一小时之前

□ 郭振宇

## 后悔药

小安失恋了，他痛苦万分，一天到晚像丢了魂似的。

小安没钱没房，也没个正经工作，女友的父母强烈反对女儿与小安恋爱。女友虽然很爱小安，但还是迁就父母，向小安提出了分手。

这天，百无聊赖的小安在网上闲逛，他看到一个帖子，说是卖后悔药，小安觉得很有趣，便打了帖子上所留的电话，问后悔药是什么意思。对方告诉小安，他们是一家搞药物科研的私人公司，后悔药是他们最新的科研成果；所谓后悔药，就是谁吃了这种药，就可以回到一小时之前，这样他就可以把一小时前做的后悔事情重新做过。

小安觉得好笑，随口说了一句："这年头骗子真多。"对方听了，不但没生气，反而笑了起来："对，大家都是这样想的，我们在网上发帖子已经一个多月了，只有你一个人打来电话。这药我们还在实验阶段，现在白送给你，一分钱也不收，这样你不会说我们是骗子了吧？"

"既然如此，你就把后悔药寄给我一些吧。"小安把地址告诉了对方。他很好奇，想看看后悔药到底是什么东西。那人记下了地址，叮嘱道，这后悔药很珍贵，千万不要随便吃，而且一定要按说明书上的方法服用。

过了几天，小安果然收到了一盒东西，他打开一看，是八粒药片，四粒白的，四粒黑的，还附有说明书，上面写着后悔药的用法：吃白的可以回到一小时之前，想回来时再吃黑的。小安觉得可笑，说得跟真事似的，他随手把说明书揉成一团扔到了窗外。

下午，小安和几个朋友喝酒，他心情不好，多喝了几杯，有些醉了。回到家后，他看见了后悔药，心里合计：我吃一片看看会发生什么。仗着酒劲，小安按着说明书所言，拿出一粒白色药片吃了下去。神奇的事情发生了，他真的回到了一小时之前！他发现自己正坐在酒桌边，几个哥们正在推杯换盏。小安惊呆了，他赶紧又吃了一粒黑色药片，很快，他回到了现在。

好神奇！小安想再多要一些药，他给卖药的人打去了电话，却是空号，上网一查，卖药的帖子也不见了。小安看着剩下的六片药，暗暗庆幸，多亏没有扔掉，现在还有六片药，有三次回到一小时之前的机会，一定要好好利用，发几笔横财，到那时，也许女友的父母就不会反对自己和他们的女儿恋爱了。

## 发财有道

如今最快的赚钱方法自然是炒期货，看哪只期货品种涨的多，回到一小时之前去买，那就可以大大赚一笔。小安没有本钱，不过这没有关系，可以去找有钱人。小安在期货公司找到了一个姓黄的老板，黄老板手里的资金有几百万，小安把自己的想法和黄老板说了，黄老板半信半疑，不过他表示愿意合作，事后五五分成。商人嘛，不会轻易放过任何一个赚钱机会。

黄老板告诉小安，要等行情有大的波动时再买，到时他会给小安打电话，小安就赶过来实施计划。黄老板卖了手中的所有期货品种，等待时机，两天过去了，没有什么好机会。

这天，小安路过证券公司，他走了进去，想看看行情怎样。刚进证券公司，就听到喊声："有人晕倒了！"小安挤进人群一看，只见一个四十岁左右的男子直挺挺地躺在地上，人事不知。小安一打听，晕倒的人姓刘，今天上午买了一只股票，快到涨停板时买的，结果一会就跌停板了，一天损失20%，他一急，心脏病突发，晕倒了。

不一会，救护车来了，医生检查了一番，对证券公司的工作人员说："不行了，人已经死了，赶紧通知家属吧。"

小安很惊讶，他挤过去问医生："这人没救了？"医生点了点头，叹了口气："太晚了。"

这时，小安的手机响了，是黄老板打来的，他告诉小安有行情了，让小安赶紧过去。小安看着倒在地上的刘先生，心想：不行，得先救人。小安把这里发生的情况告诉了黄老板，然后挂了电话，立刻吃了一片药，回到了一小时之前。

在一小时前的时空里，小安找到了刘先生，刘先生正准备买股票呢，小安上前一把拦住了他："千万不要买！"

刘先生一愣，小安说"这只股票买不得，我是从一小时之后来的，那时你因为买这只股票突发心脏病而死，所以你不能买。"

刘先生哈哈大笑，他根本不信小安的话。小安急了，一把抓住刘先生，大喊："抓小偷，这人偷了我的钱！"保安闻声急忙跑来，刘先生气得把衣兜里所有的东西都掏了出来，对保安说："我没偷，你看，哪有他的钱包，这小子胡说八道，八成是个疯子。"

保安又询问了一番，见小安也没证据，就让他们离开了。等保安走远了，小安对刘先生说："对不起，其实我根本没丢钱包，我只是不想让你买那只股票，不信你看，它已经大跌了。"

刘先生来到电脑前，只见他想买的那只股票已经飞流直下，眼看就要跌停板了，刘先生冷汗都下来了，他

看了看小安："你真是从一小时之后来的？"

"当然，一会你就知道了。"

小安吃了黑药，回到了现在，只见刘先生两眼迷离，还在想着刚才发生的事。

这时，黄老板也赶来了，他想看看小安是否真的能回到一小时之前，他看见刘先生死而复生，知道小安所言非虚，不由对着小安连连摇头："这次时机已过，可惜可惜，只能等下一回了，以后切不可为了别人浪费了咱们的机会啊！"小安点了点头。

## 又失机会

第二天，小安陪着一个亲戚去海边玩，就在他们要回去的时候，一辆出租车开到了海边。车停了下来，从车里下来三个人，一男一女带着一个小女孩，小女孩四五岁的样子。那女的一下车就问小女孩："前面就是大海，你看见了吗？"

小女孩说"我看见了，大海真漂亮！"小女孩虽这样说，但她的眼睛所注视的方向根本不是大海！女的见状脸色一变，她一手把女孩抱了起来，另一只手伸向了女孩眼前，女孩却毫无反应，原来她根本看不见！女的哭了："都怪妈妈，连你这个小小的愿望都实现不了……"

女孩说"妈妈不哭，看不见没关系，我可以听，我听见大海的声音

了。"

看样子女孩是失明了，小安看着挺揪心，便想离开，他和亲戚钻进了那辆出租车，可司机却还在愣愣地看着那三个人，许久他才回过头来，拍拍自己的脑袋说："没有来得及，遗憾啊遗憾！"

小安好奇地问怎么回事，司机边开车边向小安讲了事情的经过。

原来，这个小女孩患了眼疾，眼睛就要失明了，她最后的愿望就是想看看大海。父母带着她跑了几百公里来到这里，女孩上出租车的时候还能模模糊糊地看见东西，哎，就差了一会儿啊！小安问道："是什么事耽误了？"

司机重重拍了拍自己的头："这事都怨我，我财迷心窍啊！我是在火车站遇到他们的，当时有一个乘客已经上了我的车，他们一家三口说想去海边，我便想并客。其实他们和那个乘客去的是两个方向，我送完那个乘客再送他们，路上又堵车，这一来就耽误了很多时间。要是我早知道他们的情况就好了……"

小安心头一动，自己何不用后悔药帮小女孩实现愿望？这样，自己还能剩最后一次机会。

不巧的是，这时黄老板的电话来了，他告诉小安，有行情了，赶快过来，越快越好。小安有些犹豫，黄老板听他说话吞吞吐吐，就问："是不是

又想管闲事？我跟你说，天天有死人的，你管得过来吗？赶紧过来吧。"

"可这次是个孩子，我要帮她实现看大海的愿望。"

"你疯啦？为了看一眼大海就浪费一次机会，你不想找你的女朋友了？"

这句话说得小安心里一动，他愣了愣，还是断然告诉黄老板，自己不过去了，再等下次机会吧。黄老板还要再说什么，小安挂断了电话。

小安告诉司机，他有办法让女孩实现愿望，让司机马上载自己去女孩上车的地方，司机半信半疑，但他还是向小安要了一张名片。

车子很快开到了火车站，小安吃下药丸，时间回到了一小时之前，只见那一家三口正走出车站，出租车也来了，正是刚才的那个司机，他的车上还拉着另一个乘客。小安立刻走了过去，向司机把小女孩的情况说了，问能不能让他们先走，那乘客通情达理，立刻下了车，一家三口上了车，小安怕路上出什么事，也跟着上了车。

这回，他们一路顺风，很快到了海边，女孩面对大海，拉住了父母的手，说："爸爸妈妈，我看到了，大海真美呀！"孩子的父母顿时泪流满面。小安看着他们，觉得一切都是值得的：毕竟，这可能是孩子人生的最后一眼呀！

接着，小安吃下黑色药丸，回到了现在，匆忙赶到了期货公司，可这次又晚了。小安暗想，最后一次机会一定要把握住。

## 收获爱情

晚上，小安刚回到家中，黄老板打来了电话："今天晚上我请你吃饭，酒和烧鸡都买好了，我去你家，在家吃氛围好，我马上过去。"小安只好告诉了黄老板自己的住址。

不一会，黄老板来了，大包小包拎了不少好吃的，还有两瓶白酒。黄老板不停地劝酒，小安酒量不行，不一会就醉了。这时，黄老板提出，要看看小安的后悔药，小安把药拿了出来，黄老板问："这药怎么用？"

小安头很晕，嘴皮子也不利索了："把药吃下去就、就行了，先吃白的，后吃黑的，这样就可、可以了。"说完，他一头栽倒在床睡了起来。

直到次日中午小安才醒来，他睁眼一看，黄老板已经走了，桌上有个纸条，纸条上压着张银行卡。小安拿起纸条一看，是黄老板留下的："你的药我拿走了，银行卡里有十万元钱，算是我买药的钱，我怕你又拿药去干别的事。"

小安大惊，黄老板也太黑了，他拿了药，转眼就能赚几百万，却只给自己十万，不行，得把药要回来。他给黄老板打电话，对方却关机。他跑到期货公司，也未见黄老板的踪影。

小安暗叹，这回完了，他心里不断地骂着黄老板，无精打采地回到了家。刚到家门口，他就惊喜地发现，门口站着两个人：一个是他的女友，女友后面还跟着一个人，就是那个海边遇到的出租车司机！女友指着司机说："我给你介绍一下，这是我父亲。"

小安先是一愣，接着忙不迭地问好。

司机说："昨天我回家后把你的

名片给女儿看了，这才知道，原来你就是她的男朋友。"

女友盈盈一笑，告诉小安"爸爸同意我们的关系了。"

小安高兴得几乎要跳起来："真的？"

司机说："当然是真的，我看中的，是你的人品，为了让一个素不相识的小女孩看看大海而放弃赚上百万的机会，这样的人不多了，把女儿嫁给你，我放心！原先看你没正经工作，我还以为你是个混混呢。她妈妈

的思想工作我已经做通了，她在家里给你做饭呢，走，咱们回家吃饭去！"

小安高兴得合不拢嘴，三个人欢欢喜喜地正要出门，小安的手机响了，一看，竟然是黄老板打来的："小安啊，我吃了你的药，怎么没到一小时之前啊，我不知道我来到了什么地方，这地方好可怕，一个人都没有。"

小安先是一愣，随即赶紧问："你吃的是黑药还是白药？"

"我按你说的吃的，先吃白的，后吃黑的，没错呀！"

"你是不是吃完白药马上就吃黑药了？"

"是啊！"

"哎哟，这下完了，应该先吃白的，这样你就会回到一小时之前，想回来时再吃黑的，黑的就会把你带回来。根据说明书上写的，如果一起吃了，白的就不起作用了，而黑的会把你带到一小时之后，你现在是在我们的一小时之后了。"

"那、那我怎么回来呀？"

"你永远都回不来了，药已经没有了，你就在未来的时空里给我们探路吧。"

"可这里一个人都没有，我好害怕。"黄老板声音发颤。

"一个人好，这样你就不用再贪钱了，整个世界都是你的了！"

（题图、插图：谭海彦）

我们的主人公是个刚从警校毕业的年轻人，面对种种打压和诱惑，他从未动摇，因为他背负的是亲人的血海深仇；面对逐渐揭开的巨大黑幕，他从未畏惧，因为他心中有信念，眼中有光明……

□刘祖光

# 一定要抓到你

## 1. 势同水火

**事**情得从四年前讲起。那年年底，洪武市出了件大案，一位名叫姜薇薇的女记者，在下班回家的路上被人杀害了。案子很快就侦破了，杀人凶手是当地的小混混常四，常四交代说，自己是为了劫财。案子到了这个时候，本来应该画上句号了，没想到，受害者家属死活不同意结案。他们一口咬定，这个案子另有幕后主使，并且直接指出，幕后主使就是建荣房地产集团的老板林建荣!

原来，建荣集团在双桥小区的建设中，为了降低成本，大搞非法拆迁，

对不接受他们拆迁条件的动迁户采取了黑社会手段：轻则断电断水，装神弄鬼，重则大打出手，毁房拆屋。拆迁户四处上访，却无济于事。姜薇薇得知这一情况后，通过明查暗访，采写了一篇深度报道。没想到，这篇论据充分、有极强社会意义的稿件在最后一关被毙了。姜薇薇一气之下，将这篇深度报道放到互联网上。很快，一石激起千层浪，报道在网上引起了强烈反响，建荣集团在巨大的社会舆论压力下，被迫按国家法规提高拆迁补偿标准，拆迁户的利益得到了保证，而建荣集团却为此多支付了两千

多万。这件事过后不久，姜薇薇便被杀害了……

姜薇薇的父亲痛失爱女，发誓一定要为女儿讨回公道。他连工作都不要了，四处上访，但由于他举报的情况查无实据，加上杀人凶手常四已经缉拿归案，证据确凿，他的举报和投诉材料被连连退回。在一连串的打击下，他整天借酒浇愁，姜家平静祥和的好日子从此一去不复返了。

那时，姜薇薇的弟弟姜涛正读高三，他成绩优异，向往着考入名牌大学学习建筑设计，将来做一名出色的建筑设计师。眼看不久就要高考了，姐姐却惨遭毒手，为了找到杀害姐姐的幕后凶手，给姐姐讨回公道，姜涛毅然放弃自己的爱好，报考了警校，并被顺利录取。姜涛一跨入警校的大门，便朝天高喊："姐姐，我一定要将杀害你的幕后凶手找出来，我一定要抓住他，为你讨回公道！"

姜涛这一喊，惊动了一个人。谁？建荣集团的老板林建荣。这林建荣本是痞子出身，心狠手辣，又工于心计，黑白两道都走得顺风顺水，渐渐就发了大财，赚了个盆满钵满。本来双桥小区的拆迁他已用黑道手段基本摆平，没想到，姜薇薇发在互联网上的一篇文章，让他白白损失了两千多万，如果以后记者都像姜薇薇这样给他捣蛋，生意就不好做了。他一狠心，指使常四杀害了姜薇薇。常四进

监狱后，他又四处打点，制造机会让常四"立功"，使他由"死刑"改判成"死缓"，同时，又给常四家里一大笔钱，封住了常四的嘴。现在，林建荣听说姜薇薇的弟弟考上了警校，发誓要找出幕后凶手，先是心里一惊，接着就仰起脖子，哈哈大笑起来。

一个手下连忙凑上来，说："老板，那小子留着是个祸害，要不，干脆来他个斩草除根？"

林建荣摆摆手，说"那小子已经披了个身老虎皮，算是吃公家饭的人了，不到万不得已，先不要动他。再说，就算他从警校混出来又怎么样？还不是让我死死捏在手掌心里，听我的摆布！"话虽这样说，林建荣毕竟是个谨慎的人，他吩咐手下，严密关注姜涛的一举一动。

时间一晃就过了四年，姜涛马上就要从警校毕业了。四年大学生活，姜涛把所有时间都花在了学习和训练上，成绩门门优秀，擒拿格斗也十分出色。毕业前，他在刑警队实习，刑警队长对姜涛印象很好，决定留下这个各方面都很优秀的小伙子，就把相关表格送到局里，只等着局里盖最后一个公章。姜涛意气风发，跃跃欲试，准备在刑警队大显身手。

这时候，林建荣行动了，他直接找到市公安局副局长冯保平，说"老冯，你还记得四年前死去的那个女记

者吗？她弟弟马上要从警校毕业了，你安排一下，让他去做个户籍警吧！"

冯保平早就被林建荣拉上了贼船，对林建荣言听计从，现在他听林建荣这么说，不解地问："干脆不让他干警察，不就得了吗？"

林建荣摇摇头，说："那小子四年来下了苦功，学到不少本事，如果不让他进公安队伍，没准他会跟我玩阴的。他在暗处，我在明处，说不定哪天他就会从一个犄角旮旯里蹦出来，猛地给我一刀，还是放在看得到的地方安全。再说，他进了公安队伍，法律这根弦就会一直绷在他头上，让他不敢轻举妄动，更不敢肆意妄为、知法犯法……"

冯保平恍然大悟，冲林建荣竖起大拇指："行！真有你的！"

林建荣仍然沉着脸，说："光做户籍警还不够，工作上也不能为难他，各项荣誉时不时地给他一两个，让他在这个岗位上过得滋润、满足，慢慢地消磨他的意志。再过个一两年，等他谈了恋爱，娶了媳妇，生了孩子，就会安安生生地过日子，再也不会找我们的麻烦了……"

## 2. 互不相让

因为林建荣的插手，姜涛果然被分配到了户籍警的岗位上，他心里纵有一百个不情愿，也只能忍气吞声，

到新华派出所报到。

新华派出所位于繁华闹市，管辖人口很多，这阵子又正赶上国家第二代身份证换证，户籍室整天门庭若市。姜涛忙得根本没闲工夫想别的，精力全投入到工作中。同事们看在眼里，都觉得这个新来的小伙子踏实肯干，为人诚恳，对他颇有好感。

转眼大半年过去了，年终总结这天，姜涛被评为"年度先进个人"，副局长冯保平出席了新华派出所的总结会，亲自给姜涛颁了奖。晚餐时，冯保平又特意安排姜涛坐在自己身边，鼓励他立足基层，从小事做起，多为群众办实事。姜涛得到冯副局长的表扬，心里非常激动，觉得自己的工作很有意义，这大半年的付出，值！

从此，姜涛的工作更主动了，他把辖区的户籍资料，分门别类，细心地整理了一遍，还逐门逐户上门拜访，搜集第一手资料。有些不太清楚的小问题，他就向熟悉情况的同事请教，同事们在他面前都不保守，把知道的情况毫无保留地告诉姜涛。

工作顺了，连桃花运也接着来了。坐在姜涛旁边的是一位美女同事，叫赵明慧，跟姜涛处得很好，大半年下来，姜涛不知不觉对她产生了感情。赵明慧呢，虽然心里觉得姜涛这小伙很不错，但她前不久刚认识一位男孩子，是市局刑警队的，叫马青峰。据说，马青峰的父亲跟冯保平

是生死之交，他能像家里人一样在冯保平家进进出出，冯保平在工作和生活上对他都比较照顾，前途光明。赵明慧对马青峰的印象也不错，姑娘的心在两个小伙子之间晃来晃去的，定不下来。姜涛心里着急，表面上却装得若无其事，充分利用天时地利，抓住一切机会向赵明慧表示关心，试图一点点拉近两人的距离，好来一个"近水楼台先得月"。

赵明慧感情上的微妙变化，没逃过马青峰的眼睛，不愧是刑警，他稍稍一调查，马上发现了姜涛的存在，心里的火腾腾地直往上蹿，马上拿起手机，拨通了姜涛的电话："喂？你就是前些时在我们队实习的那个姜涛？哥们，做人要仗义，我和明慧认识在先，你在我们中间横插一杠子，算什么意思？"

姜涛接电话时正好在外面，一听情敌找上门来了，顿时来了精神，他哈哈大笑，问："'我们'？你现在和赵明慧能称得上'我们'吗？有什么法律依据吗？"

马青峰压住火，说："干啥都得讲个先来后到，这是规矩！"

姜涛毫不示弱："对不起，要是别的事，我一定讲个先来后到，但在这件事上，我得加塞儿！加定了！"

马青峰气坏了，吼道："兔子还不吃窝边草呢，你连兔子都不如吗？"

姜涛镇定地说："看来我真把你看高了，你听清楚：我不是兔子，赵明慧也不是草，她是人，是值得我拿性命去换的人，懂吗？"

一场对话就这样崩了，事情却没有完。马青峰说不过姜涛，又失了天时地利，心想，再这样下去，只怕要一败涂地了。他再也沉不住气：既然都是爷们，道理上摆不明白，那就拳脚上分高低吧！

这天中午，马青峰开着车，来到新华派出所，正好看到姜涛走出来，两人见面，分外眼红，马青峰二话不说，拉起姜涛就往外走。赵明慧在办公室里听说这事，连忙赶出来，刚走

到派出所门口，就看见姜涛上了马青峰的车，一转眼，车子就开出去老远。

赵明慧连忙站在路边拦的士，拦了老半天，总算拦到一辆，一路追过去，终于在郊外一个废弃的停车场看到了马青峰的车子。赵明慧下车一看，只见马青峰和姜涛都靠在车上，大口大口地喘着气，两个人都满身是泥，姜涛的眼角破了，马青峰的鼻孔在淌着血。马青峰指着姜涛，说："好小子，真有你的，想不到你倒有几下真功夫。今天不分胜负，下次再来过。谁输了，谁就从她身边滚开！"

赵明慧见他们这副模样，又气又急，不禁冲他们嚷道："你们把我当什么了？拿我当赌注？我还以为你们有多了不起，一个年度先进，一个优秀刑警，原来都跟街头小混混一个德性！"

姜涛连忙站直身子，张口结舌地想要解释，赵明慧手一扬，说："你啥也别说了，还有你，马青峰，以后，你们都离我远远的，一年之内，你们谁也不要跟我搭讪。让我安静点儿，花点时间看看你们究竟是怎样的人！"说完，坐上的士走了……

姜涛和马青峰都愣在了原地，过了好一会，姜涛问："哥们，还赌不？"

马青峰脖子一梗："赌！谁不敢赌，就不是爷们！"

姜涛大喝一声"好"，说："既然赌，我们干脆再赌大点，来一场豪赌！赌注也加大，不仅是赵明慧，还有自己的前途，甚至身家性命。赌好了，利国利民，能铲除洪武市的巨奸大恶；赌输了，可能连自己怎么死的都不知道……"

马青峰听出一点味道来了，他沉吟了片刻，说"你是说，谁先破大案、立大功，谁就可以和赵明慧交往？不过，听你的意思，又好像并不仅仅为了赵明慧……你说的洪武市的巨奸大恶，是指谁？"

姜涛意味深长地看了马青峰一眼，说："现在还不能说得太多。这本来就是我们的工作，你要是敢赌，我们两人合作，成功的机会就大得多。我希望，在赵明慧给我们的这一年时间里，我们协同配合，让她看看我们的真本事！"

"真来劲！你给我从头说起……"

## 3. 一场豪赌

在姜涛和马青峰的这次谈心后不久，市公安局刑警队突击行动，打掉了一个黑社会犯罪团伙，可是，首犯张明远却逃过了缉捕。

这个案子是由马青峰负责的，他正在为如何找到张明远的藏身之处发愁，突然接到了姜涛的电话。

电话那头，姜涛微笑着说："听说你正在找张明远，我建议你到曙光街46号招待所看看……"

马青峰难以置信,这么多刑警都没查出来的线索,姜涛他一个普通的户籍警怎么知道?只听姜涛继续说:"张明远有个同母异父的姐姐,户籍就在新华派出所,她的前夫的堂弟,是曙光街46号招待所的经理,张明远如果没外逃,那里可能是他比较理想的藏身之地……"

两个小时后,马青峰兴冲冲地给姜涛打电话,兴奋地说:"哥们,我刚才带着几个人去了曙光街46号招待所,一去就逮住了正准备外逃的张明远,真有你!你是怎么知道的?"

姜涛笑呵呵地说:"你别小看我们户籍警,我曾对新华区有案底的人进行过排查,他们的亲友关系和家庭住址,在我的心里都有一本账呢。"

马青峰钦佩地说:"了不起,你简直是张'活地图'!"

接下来几个月的时间,马青峰利用姜涛提供的户籍信息,又接连破了两起大案。马青峰立了功,也引起副局长冯保平的关注。他把马青峰叫到家里,拍着马青峰的肩膀,笑呵呵地问:"你最近成绩很不错啊,说说看,用了什么好办法?"

在冯保平家里,马青峰用不着像在单位那么受拘束,他喝了一口水,说:"其实也没啥,主要是我有了一个得力的帮手,这人真不简单,不光是本'活地图',还很有思路,有想法。他要是能来刑警队,真是个可造之材,可惜,局里把他分到派出所,做了名户籍警。"

冯保平装作不知道的样子,问:"哦?还有这种事?他叫什么名字?"

马青峰说"他叫姜涛。他在完成本职工作的同时,发现了不少对我们破案有用的线索。他对我说,最近他正在调查前几年那件杀害女记者的案子。那个凶手常四的户籍就在他的辖区,他几次走访常四的家属,找到了不少线索呢。"

冯保平一听,吓了一跳,又强装镇定,不动声色地说:"杀害女记者的案子早已结案了,他还找什么线索?

做得太多余了吧？"

马青峰说："他这人很细心，可能是在走访时发现了什么破绽，怀疑这案子另有隐情吧。"

冯保平点点头，不再吱声。马青峰一走，他马上给林建荣打了电话，说起了刚才的事。到了下午，两人在一间茶楼见了面。林建荣说："马青峰最近连破几个大案，我也听说了，没想到是姜涛在背后支持他。这小子，做户籍警都做得不太平！"

冯保平问："姜涛怎么和马青峰走到一块去了？真是莫名其妙。"

林建荣点燃一支烟，说："我一接你的电话，就派人去查了，姜涛果然去过常四家好几次了，虽说没问出什么实质内容，可常四他娘现在一说到儿子就哭，还说什么'我那四儿好可怜，连婚都没结，我还想抱孙子，哪天能盼到啊'，显然是受了姜涛的影响，再这样下去，只怕迟早要出事。"

冯保平点点头，说："这样看来，姜涛并没安心做一个户籍警，他一直没放弃调查他姐姐的死因。他帮助马青峰，也许是为了以后能借用马青峰的刑侦手段。虽说他成不了事，但也不能再让他这样下去。要不，调他去做交通警察？"

林建荣摇摇头，说："交警涉及面广，跟各阶层都能发生密切联系，让姜涛干这个，他还是会借职务之便，内查外调，给我们添麻烦。我看，不如把他调到与世隔绝的监狱去，让他去做一名狱警！"

冯保平说："不行吧？常四正关在监狱里，姜涛这一去，不正给他一个接触常四的机会吗？"

林建荣笑笑，说："你只知其一，不知其二。常四那里，我几次托人，让他由死刑变成死缓，后来又由死缓减为无期，可这小子还不知足，这段时间，他老催着我想法子再为他减刑，看来他心里发急了。这种人活在世上，就是多一根引燃炸药包的引线。趁现在姜涛还没把这个案子掀起来，我们赶紧派两个人进去，把常四弄掉……另外，金发集团的郭子非老跟我们抢生意，也该给他一点教训了。现在，这两件事正好可以一起做。只要常四一消失，姜涛当了狱警又能怎么样？狱警是个肥差，我们再给他一个受贿的机会，把他喂肥，等他一中招，到时候一查一个准，他自己一身绿毛，看他还敢说谁是妖精……"

冯保平听了，连连点头称妙。他稍加活动，市郊监狱便给市公安局发来请调人员的报告，公安局一纸调令，姜涛马上就从位于繁华市区的新华派出所，来到了偏僻的市郊监狱，成了一名狱警。

姜涛一到监狱，便得到一个美差：经办犯人立功减刑材料的申报。不到一星期，姜家便热闹起来，犯人家属接二连三地上门，在姜涛身上下起功夫来，连姜涛的爸爸每天早上到公园里打太极拳，一路上都有人向他打招呼。过了不久，姜涛家里的空调、冰箱，一件件都添置起来，连那台用了好多年的旧彩电，也换成了一台大尺寸的液晶电视。姜涛成天坐着监狱的班车出城进城，一门心思忙着监狱里的工作，再也顾不上其他事了。

这天，冯保平又跟林建荣见了面，说起姜涛，他呵呵一笑，说："林老板，你真是神机妙算！姜涛那小子现在是老鼠掉进了米缸里，美死他了……"

林建荣得意地说："让他再多吃点甜头，把他的胃口撑大了，再给他几个够分量的，让他吃得进，吐不出……"

## 4. 一石二鸟

在姜涛调到监狱的同时，马青峰所在的刑警队又遇上了一件大案：这天晚上，金发集团的老板郭子非在洗浴中心洗浴，突然冲进来两个人，挥刀就砍，然后迅速离去。歹徒手法老练，郭子非连凶手的面目都没看清，就被砍成了重伤……

马青峰自告奋勇，请求接手这个案子。经过调查，他发现两个凶手目标明确，不为钱财，很可能是受雇于人的老手……马青峰灵光一闪，他想到了已经调去监狱的姜涛，马上给姜涛打了电话。

姜涛听完案情介绍，也同意马青峰的分析，他想了想，又补充说："这几年，金发集团的生意越做越大，雇凶的很可能是郭子非商业上的竞争对手。在咱们这个城市，有谁敢对郭子非下手？"

"林建荣！"马青峰忍不住叫了出来，但他随即又叹了口气，"问题是，我们没有任何证据。"

姜涛却胸有成竹："作案手法如此老练的凶手，一定有案底，何不从这里入手呢？"

马青峰大喜，说："咱们想到一块去了，我就是为这事来找你的，我想请你查查监狱的档案，看有没有线索。"

姜涛笑了，这段时间，他早就把监狱近几年的档案摸了个遍。杀害姐姐的凶手常四的档案，他更是调了出来反复研究，看得都能背下来了，但姜涛没有急于行动，他不动声色，暂时没有跟常四正面接触。

现在，姜涛把仔细研究了几十遍的档案在心里过了一遍，终于对马青峰报出了两个名字：陆五、曹建。

在这个城市，作案高手就那么几个，大多数都被关在监狱里，但是去年，有两个高手离开了监狱，他们是屡次减刑被提前释放的，这两个人便是陆五、曹建。他们以前就是林建荣的手下，而且和常四一样，都住在新华区。两人离开监狱后都没和家人联

系，没人知道他们去哪里了。从作案的手法特征看，他们很可能就是洗浴中心伤人案的凶手。

听了姜涛的分析，马青峰佩服地点点头，说："如果真是这两个家伙做的，那么，他们的幕后主使一定是林建荣。只是我不明白，凭他们两个的身手，一个人就足以成事了，多派一个人，就多一分累赘，不是多此一举吗？"

"这个，我现在还没想明白……"听了马青峰的话，姜涛陷入了沉思。

其实，老奸巨猾的林建荣哪里会做多此一举的傻事呢，这正是他的一石二鸟之计：他向陆五、曹建许以重金，先让他们打伤郭子非，然后再故意把他们的藏身之地透露给警方，让他们回到监狱，好在监狱里杀死常四灭口……

果然，几天后，马青峰就接到了冯保平打来的电话，说有人举报，一幢烂尾楼里这几天住进了两个人，躲躲闪闪，形迹十分可疑，说不定与洗浴中心伤人案有关，让马青峰马上带几个人去看看。

马青峰放下电话，带着人马来到那幢烂尾楼，冲到四楼一个套间，里面两个男人还在呼呼大睡，马青峰一瞅，乐了，拿脚尖把他们一一踢醒，哈哈笑着说："陆五，曹建，你们可真会挑地方，快起来，跟我走吧！"

在审讯室里，陆五和曹建倒也爽快，承认洗浴中心的案子是他们干的，但不承认有幕后主使。他们说，自己是拆迁户，因为对金发集团野蛮拆迁的行为不满，才攻击郭子非的，两个人口径十分一致。案子审结后，移送检察院，到法院审理，都十分顺利，陆五和曹建很快被判了刑，送入姜涛所在的监狱。姜涛坐在办公桌前，正等着给陆五和曹建办入狱手续，他见到陆五、曹建走进来，便笑呵呵地说："二位出去才一年时间，又故地重游了，欢迎！"

两个家伙摆出一副见过场面的样子，一点也不怵，还给姜涛鞠了一个躬，说："政府，请多关照，给我俩安排个好点的监室吧！"

姜涛故意翻了翻面前的簿子，说："你们是重刑犯，只能'吃小灶'，常四那间，昨天刚好走了两个人，你们就住进去吧。三个人住一间，够照顾你们的了，可别给我闹事！啊？"

陆五、曹建一听，跟常四住一起，那是正中下怀啊，两人对望一眼，连连点头，一连声地说着"当然，当然，肯定，肯定"，换了囚服，便跟着监管人员去了监室。

他们走进监室时，常四正在床上躺着，见他们进来了，也不起身，懒洋洋地说："哥们，这就来陪我了？老板可真关心我，四年都过去了，他现在反倒怕我孤单，又派你们来了……"

陆五瓮声瓮气地说："老四，你别瞎想，这回是我们运气不好，做完事刚躲起来，便让条子逮住了。老板是真对我们好，他很惦记你，前不久还去你家看望你妈……"

常四长叹了口气，说："上回我妈来看我，说她还没抱上孙子，不甘心。我现在对老板毫无用处了，不知啥时候他能活动一下，帮我再减减刑，也好让我有个盼头，遂了我妈的心愿……"

陆五听常四这样说，乐了，哈哈笑着说："真是士别三日，要刮目相看了。当年豪气冲天的常老四，变得这么儿女情长了，哈哈哈！"

不一会，吃饭的时间到了，三个人到了食堂，每人领了两个包子，一碗稀饭。常四排在曹建身后，轮到曹建时，炊事员特意从边上挑了两个大个的包子给曹建，常四在一边看着，没吭声。三个人坐在了同一张桌子上，常四突然伸出手，将自己的包子跟曹建的换了，说："今天我好饿，你的包子大，跟我换换吧。"曹建急忙伸手抢，却只抢回一只，常四拿着曹建的一只包子，走到边上……

不一会儿，常四两手空空地走回来，忽然端起桌上滚烫的稀饭，全都泼到了曹建身上。曹建被烫得嗷嗷叫，骂道："常四，你他妈疯了！看我晚上怎么收拾你！"

常四却在一旁叫道："管教，我伤人了，快关我禁闭……"

眨眼工夫，站在不远处的姜涛就跑了过来，严肃地问："怎么回事？你们闹腾个啥？"一旁的陆五连忙说："没事，没事！常四不小心把稀饭洒了……"

常四大声说："怎么没事？我就是故意泼他的，你关我禁闭吧！"

姜涛看了看曹建身上的稀饭，瞪了常四一眼，说："你没发烧吧？好好的想坐禁闭？给我老实点，从明天开始，罚你打扫图书室一星期……"说罢，转身就走。

常四只得回到监室，跟陆五、曹建同处一室。他根本不敢躺下睡觉，只好蹲在床角，紧张地盯着陆五和曹建的动静。陆、曹两人却像没事一样，蒙上被子呼呼大睡。可越是这样，常四越是紧张。十点一过，监室就熄灯了，只有走廊上的灯光隐隐照进来。又过了片刻，曹建停止了打呼，他从床上坐起来，轻咳了一声，紧接着，陆五也从床上坐了起来。

曹建哼了一声，说："姓常的，看在从前的情分上，你把今天用稀饭泼我的道理讲清楚，只要有道理，我姓曹的绝不为难你。"

陆五跟着说："老常，你发的哪门子疯狂？大庭广众的，你让老曹下不来台，他以后怎么在江湖上混？"

常四两个眼睛瞪得圆圆的，盯着陆、曹两人的一举一动，好像根本没听见他们在说什么。曹建再也忍不住了，轻声吼道："妈的，你吭声呀！你哑了？再不吭声，老子整死你！"

此时的常四，正陷入极度焦虑的精神状态，别的话没听见，"老子整死你"这五个字却听了个一字不漏，他大吼一声，把被子一掀，从床上跳下来，直扑门边，把铁门捶得"吭吭"直响，边捶边喊："管教！快来，我交代，我有重大问题要揭发！"

陆、曹二人一见，顿时慌了手脚，曹建扑过去，一把卡住常四的脖子，

常四喘不过气来，还是拼命挣扎，使出全身气力，狠狠地踢监室的门。

这时，值班警察闻讯赶来，扯开曹建，把他关进禁闭室，又把常四带出了监室。

## 5. 无言结局

值班室里，姜涛正等着常四。

常四一见是姜涛，身体又筛糠似的抖起来。常四知道，安排监室是姜涛的工作，陆五和曹建能跟自己住在一室，那姜涛多半是林建荣的人了。

姜涛示意常四坐下，说："我有办法让你相信我。前不久我还是名户籍警，去过你家好几次，你母亲很牵挂你，担心你被人杀人灭口。我告诉她，要想保你的性命，只有依靠公安机关。我之所以现在才告诉你，是想让你看清林建荣的真面目，不要对他心存幻想。"

常四听了，心里一块石头落了地，说："前几天我妈看我时，就提醒我当心林建荣杀人灭口，我还没当回事。那两个家伙一进来，我马上就明白他们是冲着我来的。我为姓林的扛了四年多，现在没有利用价值了，就想置我于死地呀！"接着，他把四年前受林建荣指使、杀害女记者姜薇薇的事全盘供述。

常四刚讲完，那边监室里又叫起来，陆五拍着门，说有重要情况，要立刻上报。

姜涛请陆五坐下，陆五见是安排监室的姜涛，嗫嚅着不肯开口，姜涛拿出录音机，放了常四的一段话，说："常四都信任我了，你还有什么好犹豫的？"

陆五这才点点头，说："报告政府，曹建不止想杀常四，他的算盘是先和我联手害死常四，再顺手干掉我，造成我和常四斗殴而死的假象。"

姜涛笑笑，问："你这样说，有证据吗？"

陆五拿出一张纸条，上面写着："今晚动手，先灭常，再灭陆。"陆五解释说，他看到常四故意把稀饭泼在曹建身上，马上感到有蹊跷，就趁他们争吵之际，偷偷地把常四没换走的另一个包子给换了过来，打开一看，里面藏着这张纸条。原来林建荣不光要灭常四，也要向自己动手呀！

接下来，陆五把林建荣如何指派他和曹建砍伤郭子非、混进监狱、准备灭掉常四的事全抖了出来。

安排好陆五，姜涛终于轻松地舒了一口气。原来，当冯保平故意把陆、曹两人的行踪透露出来时，姜涛就产生了怀疑，他和马青峰一致认为，这很有可能是林建荣的"一石二鸟"之计。

于是，他们将计就计，姜涛先是通过常四母亲之口，让常四疑心林建荣要对他动手，接着又故意把三人安排在同一间监室。那位给罪犯发包子的炊事员是姜涛的好朋友，他在曹建的两个包子里都塞了张写有"今晚动手，先灭常，再灭陆"的纸条，在发包子时，故意让常四感觉包子有蹊跷，常四果然上当。其实，就算今天的计划不能成功，姜涛也早想好了其他的办法让他们内讧，因为，常四早已疑心重重，紧张得神经过敏了。

果然，事情的发展与预想完全一致，姜涛拨通了马青峰的手机，说："证据到手了，你可以行动了！"

林建荣是在睡梦中被抓捕的，他看着自己手上的铐子，老半天都回不过神来，问马青峰："你抓我？你怎么就能抓了我？"

马青峰笑呵呵地说："不错，是我

抓的你，抓捕你证据确凿，合理合法！要是还让你继续为非作歹，恣意妄为，那才是天理难容……"

林建荣还是直摇头，说："就凭你，是不可能有证据抓住我的，一定还有别人，一定！"马青峰这才明白林建荣的话外音，说："不错，发现你的犯罪事实、把你送上审判台的，是另外一个人的功劳！"

林建荣像头不服输的困兽，吼道："谁有这么大本事？谁能在我的眼皮底下与我为敌？他是谁？"

马青峰淡淡地说："他是一个从警校毕业不久的小警察，先做户籍警，后来又当了狱警，听说，这些都是你的主意，你替他安排好的。可笑的是，正是你的安排，把你自己送上了法庭……"

林建荣顿时委顿下来："是姜涛？我还是小看他了！"

马青峰哈哈大笑："你不仅小看了姜涛，还太高看了你自己。姜涛所坚持的东西，你永远也理解不了……"

三天后，林建荣在看守所离奇死亡，经过法医鉴定，最后确认为自杀。他的死讯传出后，全城大街小巷都放起了鞭炮……

与此同时，姜涛也被停职检查，因为有人举报他当了狱警后，非法收受犯人家属的钱财。没想到，关键时刻，马青峰却出面为姜涛解围，原来，犯人家属送的财物，姜涛都一一登记造册，由刑警队出具收条，暂时存放在刑警队，而姜家新买的那些家电，每一分账目都清清楚楚。为了迷惑林建荣，让他以为自己已经同流合污，放弃了追查，姜涛几乎花光了家里所有的积蓄……

这天，正是姜涛和马青峰"单挑"满一年的日子，赵明慧、姜涛和马青峰又在那个废弃的停车场见面了。赵明慧瞧瞧这个，看看那个，老半天不知说什么好，最后还是姜涛开了口，说："这一年，我和马青峰打了一场赌，一场充满刺激的豪赌！"

赵明慧好奇地问："谁取胜了？"

马青峰无奈地摇摇头，指指姜涛，说："我承认，这小子鬼点子比我多，耐心也比我好……"

姜涛双手乱摆，说："不，这场豪赌还没结束，我们之间没有胜利者。"

马青峰眼睛一亮"你是说，冯保平？"

姜涛点点头，说："林建荣死了，很多事死无对证，谁也不能把冯保平怎么样。我们只有继续赌下去，直到把他揪出来……"

马青峰一把握住姜涛的手，说："好，我们继续赌下去！"

赵明慧也伸出手，跟他们的手握在一起，响亮地说："一言为定！"

（题图、插图：杨宏富）

# 车上的**人**都没长眼睛

□ 朱永军

**这**天黄昏时分，一列行驶中的火车快要进站了。火车上的广播也不知调到了哪个频道，主持人讲了个让乘客心里发毛的故事，这事有名有姓的，是国外一家媒体报道的，故事大概是这样的：

前几日，国外一个小镇上发生了一场严重的车祸，一辆长途汽车和火车撞上了，汽车上的人员全部死亡，无一生还。要说车祸天天都有，没什么奇怪的，可这次车祸发生前却出了一件奇事。那天，等长途汽车的人里面，有一个年近八旬的老人带着他四岁的小孙子，汽车来时，小孙子死活不愿上车，还硬把爷爷也拉住，哭闹

着说：车上的人都没长眼睛，样子好吓人，还说车上到处都是血。等车的人中有一个是小孙子的远房堂叔，小孙子也哭喊着非让他下车。爷爷气得要揍小孙子，可平日里乖巧的小孙子这时却异常倔强。那位远房堂叔急着要进城办事，觉得这是小孩子调皮耍性子，就没理他。可小孙子死死地拉着车门，非让堂叔下来，最后，其他乘客硬是把小孙子的手给掰开了，汽车才得以出发。小孙子回去后一路哭闹，说再也见不到堂叔了……后来发生的车祸证明，汽车上的人确实像是没长眼睛一样：汽车在道口出了点故障，停下后，司机下去修车，其他人都乖乖地坐在车厢里，没一个人离开。火车来时，声音那么大，也没人看一眼，就这么等着死神的降临……

天哪！真的假？莫不是那孩子有什么特异功能？难道这世上真会有

鬼不成？这则故事听得乘客们一个个毛骨悚然，大家都竖起耳朵，想知道究竟是怎么回事，只听广播里说道："后来，科学家就这件事进行了调查，原来……"这时，广播突然中断了，喇叭里传来了列车播音员的声音："旅客们！阳河车站到了！有在阳河车站下车的旅客，请做好下车准备！"

哎呀！正听到关键时刻却要下车了，许多旅客都有点不情愿地站起来。说实话，这样的奇闻最能勾起人们探寻奥秘的好奇心，谁都想弄明白后事如何。下了车出站时，不少旅客还在就这事议论纷纷。有的说，这是小孩儿眼睛纯净，可以看到大人看不

到的灵异世界；有的说，自己也遇到过类似的怪事；还有人说，或许科学家调查后发现，这根本就是个恶作剧……虽然大家都将信将疑，可心里都对这件事百般猜测。

出了火车站，人们蜂拥着往附近的公交站点赶去。

这两年火车提速，在阳河停靠的火车车次减少了，但火车站附近的公交车车次却没有相应调整，这趟公交班车坐不上，得等半个来小时才有下趟车，因此，许多急着回家的人拼命往公交站点拥去。

这时候，公交班车刚刚进站，车站上稀稀拉拉地站着几个等车的人，从火车站拥出来的"大部队"一到，立刻把原来等车的那几个乘客挤到了一边。

人们正要上车，突然，有个稚嫩的声音在车门口响起："爷爷，车上有血！这车上的人咋都没长眼睛？"声音不大，但车门附近的旅客都听到了，大家一回头，只见一个肩上背着行李的老头，抱着个四五岁的男童。车门口的几个人犹豫了几秒钟，纷纷一脸惊惧、争先恐后地下了车。老头留着花白胡子，一脸仙风道骨，他像没听到孩子的话一样，竟然抱着孩子就上了车。

车上依然挤得水泄不通，那孩子环顾了一下四周，突然又说话了："爷爷，车上怎么这么多血，车上的人都

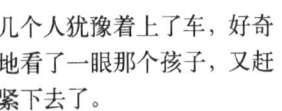

几个人犹豫着上了车，好奇地看了一眼那个孩子，又赶紧下去了。

这时，司机上车了，他纳闷地看了看宽敞的车厢，把头伸出车窗，对车站上的人大声喊道："走不走啊？不走开车了啊！"见大家没反应，他果断地发动汽车，关上了车门。

车开动了，这时候，那个孩子问老头："爷爷，刚才你为什么让我说三遍，车上有血，车上的人都没长眼睛？"

白胡子老头哈哈大笑，说："乖孙子，你看车子前边的那排座位。"车里不少乘客也顺着老人手指的方向看去，只见第一排座位上坐着一位白发苍苍的大娘和一个大肚子孕妇，看样子好像是母女俩。老头接着说："爷爷说第一遍，是因为车上的人如果长眼睛了，就能看到这位老太太和她怀孕的女儿早就等在车站上了，可被火车站出来的乘客一挤，根本上不去车；说第二遍，是因为，如果车上的人长眼睛，就会看到老人和孕妇虽然上了车，可根本就走不进车厢里面；说第三遍嘛，哈哈，车上的人要是长眼睛了，难道看不到她们两个没地方坐吗？哈哈……"

在老人的笑声中，前排的母女俩投来了感激的目光。好几个知道怎么回事儿的旅客，都陷入了沉思……

（题图、插图：安玉民 梁 丽）

没长眼睛啊！"车上大多数乘客都是从刚才那列火车上下来的，都听了广播，此刻听到这孩子的话，不少人都露出了惊恐的神色，人们面面相觑，过了片刻，突然，有几个人扭头逃也似的往车下挤，过道上一下子显得宽敞了许多。

"爷爷！车上有血！车上的人都没长眼睛！"这时，孩子挣脱了爷爷的怀抱，跳下地来，再次大声对着全车乘客叫了起来。这回，车上大部分人都听到了。不少人想了想，终于起身下了车，陆陆续续地，车上的人下去了一多半，空出了好几个座位。

人们下车后都没离开，一脸紧张地对着车子指指点点，议论纷纷。有

# 地上冒出的

## 灾难

□ 范大宇　改编

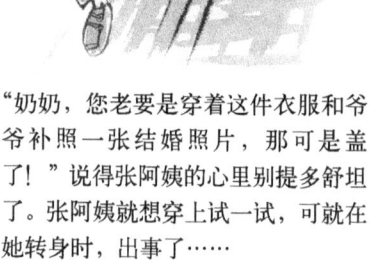

和平街道的张阿姨三十多岁就守寡，在她七十三岁时，有个王老爹看上了她，死活非要和她结成百年之好。鬼怕缠，人怕磨。张阿姨思前想后，笑了，唉，俗话说得好："满堂儿女，不如半路夫妻。"为了老年能有个依靠，能有个宁静的家，张阿姨就点头答应了。

老年人办婚事比年轻人要简单，这天，王老爹陪张阿姨去一家大商场买婚礼时穿的衣服。在三楼，张阿姨相中了一件红呢子的外套。张阿姨打年轻时就梦想着有一天能穿上呢子衣服，但是经济条件不允许呀，没想到老了老了，才有希望。可是一看价码，天，要二千多元，她心里直打鼓。售货小姐看出了张阿姨的犹豫，立即走上前，一口一个"奶奶"，小嘴甜极了：

"奶奶，您老要是穿着这件衣服和爷爷补照一张结婚照片，那可是盖了！"说得张阿姨的心里别提多舒坦了。张阿姨就想穿上试一试，可就在她转身时，出事了……

也许是过节的原因，这天商场人很多，人一多，空气就不太好，有个八九岁的小男孩在张阿姨身后突然呕吐起来，这时候，张阿姨正好转身，她只感到脚下一滑，一个趔趄，"砰"的一声，重重地摔在了地上。张阿姨"哎哟"了一声，就感到左大腿痛得厉害。她想站起来，但是站不起。那售货小姐挺有经验，一把揪住了那个小男孩，怎么呢，她眼尖，她看到张阿姨之所以滑倒了，是因为踩到了那个小男孩的呕吐物。

张阿姨被送到了医院，一拍片子，得，左大腿粉碎性骨折，治病要多少钱？医生说，至少10万！

王老爹倒是一个好人，他并没有因为张阿姨出了事儿而脚底抹油，但是他和张阿姨要负担高昂的医药费，显然很困难。好在王老爹是见过世面的，而且他的儿子就是律师，他让老父亲走法律程序。经分析，他们决定起诉商场和那个小男孩儿。因为这事儿发生在商场，商场负有保护顾客人身安全的责任；而那个小男孩儿的呕吐物导致了张阿姨的骨折，是事故的直接原因。

因为那小男孩只有八岁，不负法律责任，要起诉只能起诉他的监护人，也就是他的父母。一查一问，王老爹的心凉了。怎么呢？那小男孩家在农村，因为患了白血病才到城里来治病的。这样的家庭，能掏出多少钱呢？死马当活马治吧！总要讨个说法嘛。

王老爹跑前跑后，写好了起诉书，要求小男孩和商场各赔付6万块钱。法院择日开庭，因为案情简单，很快就宣判了：小男孩儿的监护人负有管教不严的责任，应对这起事件负有百分之八十的责任，责成赔付张阿姨3万元，而商场却不负责任。

· 解剖一个案例 明白一个道理 ·

这个结果张阿姨不能接受，王老爹也不服，问为什么商场没有责任，并举出实例，说有个顾客在饭店吃饭，坐的椅子断了，摔成了骨折，法院就判那家饭店赔钱。法官解释说：那饭店赔钱是对的，因为他们对自己的椅子没有认真检查，导致了顾客摔伤；而张阿姨所在的商场，不可能预见到小男孩突然呕吐，而且事故发生在瞬间，根本来不及采取补救措施。

最令张阿姨头痛的是：虽然法院判了那小男孩的监护人赔钱，可是他们给孩子治病已经欠了一屁股的债，现在一分钱也拿不出了，所以，张阿

姨虽然胜诉，也仅仅是墙上画饼空欢喜罢了。

要说王老爹真是个好人，就这样子对张阿姨一往情深，天天为她煲汤，给她增加营养，并上诉到了中级人民法院，要求改判商场负有责任，赔付给张阿姨治疗费。二审很快也下来了：维持原判！这下子，张阿姨不仅没拿到一分钱，还白白付出了起诉的手续费。

那王老爹也是个倔强脾气，他想不通，见谁和谁说这事儿。那天晚上，当律师的儿子就对王老爹说："爸，你们可以再上诉，但是这次不要再让商场负什么责任了。在这起事件中，他们是没有责任的。"

王老爹没听儿子说完就火了："你怎么尽帮着人家说话，你还是我的儿子吗？"儿子不急不慢地给父亲出主意，说："这事不能先让商场承担责任，一定要强调，商场给你们经济补偿和他们负有责任之间没有因果关系。"王老爹糊涂了："怎么，商场不负责任，也能赔钱？"儿子点点头，说："这在法律上叫做无过失赔付。"

王老爹听从了儿子的建议，再次上诉时，明确了商场不负责任，只说商场是事件发生地，出于人道主义，要求给予伤者经济补偿。当然，这次王老爹将经济补偿的标准提高了。法院的判决是：商场在突发事件中不可

能预见，所以不负责，但是张阿姨是在商场购物，对商场的繁荣是有利的，因此判决商场一次性给予张阿姨经济补偿3万元。

商场虽然觉得有点亏，可是他们在法律上没有负责，这让他们感到法律的公正；再说，他们给张阿姨一定的补偿，也提高了自己的知名度，美化了商场的形象；更重要的是，这有助于解决矛盾，弘扬社会主义精神文明，所以，商场最终接受了这个判决。

当张阿姨接到商场送来的支票时，她哭了，她对王老爹说："多亏了你呀！"

王老爹笑着说："是我那儿子的'功劳'！"

**律师点评：**

关于"地上冒出的灾难"这个故事，事实上法院适用的是"公平责任原则"。根据《民法通则》第132条规定，"当事人对造成损害都没有过错的，可以根据实际情况，由当事人分担民事责任"。公平责任原则是以公平的观念对适用过错责任原则和无过错责任原则不能归责的情况下，以衡平的方法分摊损失的一切法律原则。它体现的是"济贫扶弱"而非"劫富济贫"。因此，它的适用是有条件的，不能扩张地无限制适用。

（题图：安玉民　梁　丽）

# 别惹美女

□ 马莉莉

惯偷郝大顺最近收了个徒弟，外号"机灵豆"。这天，郝大顺带着"机灵豆"来到步行街上"实践课"。经过一番观察，郝大顺指着一个中年妇女，说："看，她就是我今天的目标对象！"

"机灵豆"朝那妇女看去，只见她肩上背了只坤包，胳膊紧紧地夹住包。"师傅，偷她的包，难度很大啊！"郝大顺却打了个响指，说了句"仔细看"，便朝中年妇女走去！

嗨！撞人、割包、夹钱包，一气呵成，郝大顺得手了！"机灵豆"看得目瞪口呆。郝大顺没事人似的走回来，笑道："看明白了吗？你也试试！"

这时，不远处走过来一个高挑、性感的女人，一下子吸引住了"机灵豆"的目光。这美女刚打完电话，把手机随意塞进了外套口袋里，手机挂件还露在口袋外面，随着美女的脚步，一上一下地摆动。"机灵豆"暗想，

自己技术不高，就拣容易的上手吧！想罢，就朝着那美女追去了。

郝大顺一看，赶紧在后面"哎"了一声，可是"机灵豆"眼里只有手机和美女，没注意到郝大顺的喊声。

"机灵豆"紧紧贴在美女身后走着，瞅准了机会，把手伸进她的口袋。美女毫无察觉，眼看就要得手，突然有人高喊一声："抓小偷！"好家伙，不知从哪跑出来五六个男人，把"机灵豆"一顿暴打，然后送进了派出所。

几天后，"机灵豆"出来了，看到郝大顺，他委屈地说："师傅，我太倒霉了，那手机看起来多好偷呀，谁想到……唉！是我出手太慢了吗？"

"傻徒弟，是你的目标定错了！"

"什么意思？"

"你想呀，这美女走在街上，难道只有你一个人盯着吗？满大街的男人都盯着呢！出手再快，也逃不过那么多双眼睛啊！为师告诫你：偷谁也别偷美女！"

# 傻哥开店

□ 焦松林

老李家的二儿子李达反应慢，被村里人称作"傻子"。李达的大哥先卖热水器，接着又兼营防盗门窗，开店没两年，就成了全村首富。李达却在大哥店里打零工，一天到晚，浑身脏兮兮。

老李看在眼里急在心里：像二儿子这个憨厚劲，以后可怎么办呀！就在这时，李达向老人提了个想法："爸爸，我也想开一爿店。"

老李听了，吃了一惊，说道："开店？咱家没几个钱，全部拿出来给你，也进不了多少材料。"

李达连连摇头，说："我不用钱，我就想借咱家的房子用用，也不用重新装修，就放一个工具箱，外加两把梯子，您就答应吧。"

听儿子把话说到这个份上，老李也不能再阻拦了。他心里可是一点儿底也没有：一个工具箱、两把梯子，能开出什么店来呢？

前后不过一天，李达的店铺在一片鞭炮声中开业了。左邻右舍纷纷赶来看热闹，只见屋里除了两把折叠梯、一个工具箱，果然什么都没有。

乡亲们看着没意思，正要离开，猛不防屋上垂下一个长长的彩条广告："专修热水器、防盗门窗，兼售后服务"。后面，是李达的手机号码。原来李达动的是这个心思！

还真别说，李达的店面一开，找上门来的顾客还真不少，有热水器漏水的，有防盗门锁坏了的，就这样，李达的生意就红火起来了。老大见弟弟出息了，就问弟弟，怎么想出这主意来的。

李达转了转眼珠，慢腾腾地答道："都是你惹出来的呗。你今天见这个赚钱就弄这个，明天看那个赚钱就弄那个，只管卖，不管修，买东西的人吃够了亏，我、我这是看不过眼去，想替你擦屁股呢。"

# 救你没商量

□ 结庐人

**有**个老板，又做成了一笔黑心生意，喝高了，踉跄着去卫生间。

他走到门边，可是摸来摸去找不着门把手，他就硬推，推不动，拉，也拉不动，再往左一使劲，这回门开了。老板心想：原来卫生间用的是移门。

老板想往里走，却发现门槛特别高，一琢磨：这样下水道堵了，水就漫不出来了，周到！想着，他把身子趴在门槛上，先迈左腿，再迈右腿，然后往下一蹦，同时伸手去摸拉链，只待双脚一着地，就可以痛快地方便了。

可是左等也不着地，右等也不着地，耳边还呼呼地响。这是咋回事？老板睁开眼一看，咦？这楼呀、窗户呀，怎么全都呼呼地往上跑呢？噢，刚才那哪是卫生间的门啊，那是窗户！自己这是从窗口掉楼外去了！

掉了好一会还没着地，看来这楼层不是一般的高。老板正害怕呢，突然腰上被什么东西挡了一下，然后脚底下一实，他着陆了！老板摸了摸头，头在，扩了扩胸，也不疼，站起来走两步，运转正常。看来是平安着陆了！他抬头一看，时值深夜，这幢楼一片黢黑，只有二十几层的一个窗户有灯光，窗户还开着。看来那就是自己刚出来的地方了。

老板出来本是找卫生间的，既然安全着陆了，那还得接着找哇！他四处一寻摸，发现两步远的地方有什么东西在冒着火花。到跟前一看，是一根长长的黑黑的线，老板脑子里灵光一闪：导火索！看来恐怖分子要搞恐怖袭击！怎么办？他当下义无返顾地拉开裤子，一泡尿向那团火花浇去。

挫败了恐怖分子的袭击，老板心里一松，酒劲儿上来，躺在路边呼呼睡去。

第二天他一睁眼，就看到密密麻麻的镜头和麦克风。见他睁开眼，记者们立即问："先生，请问，你从二十

八层楼上跳下来毫发无损，又在十万伏高压线上撒尿，也没事，你是怎么做到的？"

老板一听，原来那冒火花的不是导火索啊，他不好意思讲自己的丑事，一句"我是超人"，挡开众人，闪了。

其实，老板自己也纳闷：从那么高的楼上跳下来，又在高压线上撒尿，怎么会没事呢？他决定再现一下当时的情形，不过这回他跳楼的时候背了个降落伞，以便到时跳伞逃生。

耳边还是呼呼风响，快着地的时候，还是没有奇迹发生。这时老板突然想到一个严重问题，那就是：现在打开降落伞已经太晚了，自己要被摔死了！

正当这时，老板突然感到耳朵剧烈疼痛，仰脸一看，一个金甲神人正大头朝下，两手各揪着他的一个耳朵帮他减速。老板这才明白自己上回毫发无损的原因：原来是有神护卫。

着陆后，那金甲神人皱着眉头盯着老板，没好气地说："你怎么老玩这种无聊游戏，你烦不烦？"

世界上那么多人跳楼都摔死了，这说明金甲神人并不是什么人都救的。老板想探探他为什么要救自己，就说："爷就好这一口，怎么啦？谁让你多管闲事，什么地方不好揪，偏揪我的耳朵！我这耳朵只有我媳妇才有权揪！"

金甲神人摇摇头，没好气地说："要不是奉命保护你，鬼才管你呢！"

老板一听，不由心花怒放：有金甲神人奉命来专门保护老子，那不是说老子前途无量福大命大吗？哈哈……

自从知道这个秘密后，老板是什么危险玩什么，油库玩过火，越南踩过雷，当着老婆面，赞过人家美。由于有神护着，全都没事儿。

有一天，老板从一辆卡车旁走过，卡车爆胎了。车上装了满满一车石子，重心一偏，侧翻了，正好把老板压在底下，外面只露出个脑袋。

老板一息尚存，睁眼一看，果然金甲神人就站在自己旁边，立刻说："看什么看，还不把爷拉出来？就你这服务态度，小心我到玉帝面前告你。"

不料金甲神人这回却没有动手，反而如释重负地说："告去吧，反正我的任务完成了，歇着吧您哪！"说完，拍拍屁股就要走。

老板赶紧换了一种口吻，喊住了他："大仙请留步。小人死不足惜，但有一事不明，还请大仙解答。"

金甲神人头也不回，说："我知道你想问我，这次为什么不救你。告诉你吧，因为你长期贩卖伪劣轮胎，害人无数，上天要你受到应有的报应，死于爆胎。我的任务就是：确保你死于爆胎，而不是别的原因，所以我前面屡次救你，而这次不救。"

# 431

## 2009
SEMIMONTHLY
下半月刊

## 1月
STORIES

欢迎登录本刊主办"故事中国网"（www.storychina.cn）

## 故事会
—STORIES—

### 2009年1月
下半月刊·绿版

社长、主编：何承伟
常务副主编：吴　伦
副主编：姚自豪（上半月·红版）
副主编：夏一鸣（下半月·绿版）
本期责任编辑：杭　帆
电子信箱：hangfan1102@126.com

绿版发稿编辑：
夏一鸣　朱　虹　邢　悦
美术编辑：李宝强
电脑制作：郭瑾玮
通　联：归依玲

本社办公室电话：021-64375030
上半月刊编辑部电话：021-64332325
下半月刊编辑部电话：021-64336469
（上海市绍兴路74号 邮编：200020）
主管、主办：上海文艺出版社总社
出版单位：《故事会》杂志社

制作、发行总监：张　凯
电话：021-64313938
广告业务：上海故事会文化传媒有限公司
广告总监：张　淮
广告业务：021-34010383
广告投诉：021-64333738
广告经营许可证
沪工商广字3100320050022号
发行：中国图书进出口上海公司

·笑话·

## 就地取材

二妮新买了一条漂亮的格子裙。这天，她和老公、儿子一家三口去逛街，穿着新裙子就出门了。

走着走着，二妮似乎听到父子俩在自己背后嘀嘀咕咕地说着什么，回头一看，儿子正用手指比划着说得起劲。二妮笑着问道："说什么呢？"

"没什么，我们在下棋。"

"下棋？"二妮好奇道。

"是的，"儿子笑着说，"妈妈，你这条格子裙太好玩了，我和爸爸正在上面下五子棋呢。"

（赵娜娜）

（本栏插图：包丰一）

## 都不理我

这天，小熊猫从学校回家，一脸郁闷地对妈妈说："妈妈，班上的女生都不理我了。"

妈妈不解地问："为什么呢，她们不是老夸你的'墨镜'酷吗？"

小熊猫叹了一口气，说："今年流行红色隐形眼镜，她们全都追小白兔去了。"

（王丽群）

## 后悔抽烟

爸爸和五岁的儿子在客厅看电视。忽然，儿子不看电视了，一动不动地盯着爸爸看了老半天，然后，"咚、咚、咚"跑到妈妈身边，悄悄对她说："妈妈、妈妈，我发现爸爸好像很后悔抽烟呢！"

妈妈不以为然地说："他向来嗜烟如命，怎么会后悔抽烟呢？"

"是真的，"儿子肯定地说，"我亲眼看见他吸一口烟后，又赶紧后悔地把它吐出来！"

（李传胜）

## 合身的衣服

一个月前妻子过生日时，大卫给她买了一件价格不菲的衣服。这天晚饭后，大卫想起这事来，就问妻子："亲爱的，我上次给你买的那件衣服还合身吗？"

妻子正在忙着收拾餐桌，就头也不抬地说："太合身了！咱们家四个孩子也都说穿着正合身。"

大卫有点得意："我的眼光不错吧，我早跟你说过这是件好衣服嘛！"

"那倒不见得，"妻子苦笑道，"这衣服每洗一次就缩一截，咱们只有四个孩子，现在我都不敢再洗了。"

（米　米）

## 写真画

有个画家靠卖画为生，但生意却总是不太好。妻子给他出了个主意，现在不是追求"眼球经济"吗？如果把他们夫妻俩的"写真画"，挂在门外做个广告，效果肯定不错。画家一听很有道理，马上照着办了。

这天，丈母娘过来看女儿，看到"写真画"果然大感兴趣，指着画上的女人就问画家："这个姑娘是谁呀？"

画家说："妈，她是您女儿啊。"

"真是我女儿吗？"丈母娘看了看，皱起眉头说，"那她为什么要和陌生男人手牵手坐在一起？"

（史顺利）

## 愚蠢的小偷

汤姆和杰米是两个小偷。这天半夜，他们潜入一家工厂的仓库，发现里面有许多保险箱。

汤姆狂喜不已，搓着手对杰米说："兄弟啊，你踩的点太好啦，我们就要发大财了！"说完，就拿起工具开始撬保险箱。可奇怪的是，他们撬了半天，发现所有的保险箱竟然都是空的。

汤姆马上紧张地问杰米："兄弟，这到底是个什么工厂啊？"

杰米恍然大悟道："我想起来了，这是一家生产保险箱的工厂。"

（谢小英）

## 目光长远

**大**宝是个不折不扣的"体彩迷"，每隔几天就会忍不住买上一两张彩票。不过，他买彩票和别人还不一样，别人是盯住一个地方买，而他呢，四处打游击，骑着个自行车到处兜。

老婆很不理解，就问他："你买个彩票满世界跑干吗？我们小区不就有个投注站？"

大宝神秘一笑，悄悄地说："嘿嘿，这你就不懂了！我这叫防患于未然。你想，如果老是在一家投注站买彩票，万一中了个大奖，那我的身份不就暴露了吗？"

（于少双）

## 原地不动

**这**天，乔治上课迟到了二十分钟，他向老师解释说："早上，妈妈在家里弄丢了一美元，我帮她找钱，所以迟到了。"

老师摸摸乔治的头，说"是这样啊，我知道了，那你回到座位上听课吧！"

课间休息时，老师特意来到乔治身边，关切地问道："那一美元有没有找到啊？"

乔治不假思索地说："老师，我只花了一分钟就找到了。"老师诧异道："那你怎么来晚了？"

乔治挠挠头皮，不好意思地说："是这样的，我把那一美元踩在脚下原地不动，等妈妈上班了我才把它拿出来。"

（李传胜）

## 多写点

**丹**丹陪妈妈去湖边钓鱼。回家后，丹丹很快就把日记写好了：今天我和妈妈去湖边钓鱼，我们钓到了一条两斤重的大鱼，我们可高兴了。

妈妈看女儿写得这么简单，生气地说："多写点！"

丹丹低头想了想，把日记又改了一遍：今天我和妈妈去湖边钓鱼，我们钓到了一条五斤重的大鱼……

（赵娜娜）

# 人 缘 差

**这**天上社会学课，有七八个同学逃课没来。教社会学的王老师照例点名，点到的同学一个个地应声回答"到"。

当叫到"秦明"的名字时，教室里静悄悄的，没有一个人回答。王老师又连叫了三声"秦明"，依然没人回答。

王老师稍稍抬了一下头，从老花镜后仔细看了看全班同学，然后很纳闷地说："这个同学是不是人缘很差？怎么连一个朋友都没有！"

（小　凡）

# 难度较大

**小**李不小心吞下了一个乒乓球，赶紧跑去医院救治。医生对他实施了局部麻醉，躺在病床上，小李能清醒地感知手术的全过程。

小李觉得医生在手术时，东一榔头西一棒槌的，有点杂乱无章，便小心翼翼地问道："大夫，乒乓球拿出来了吗？"

"难度较大，"医生擦了擦额头上的汗，答道，"乒乓球在你的肚子里跳来跳去的。"

（田春生）

# 酒 桶

**约**翰买了一大桶酒放在户外。一天下来，酒少掉了不少，约翰很气愤，便在桶上贴了几个字："不许偷酒"。

第二天，酒又少了一些，约翰更生气了，他又在桶上加了几个字："偷酒者杀无赦"。

到了第三天，酒桶里只剩下小半桶酒了。有个邻居看见了，便跟约翰说："笨蛋，你不会在桶上贴'尿桶'两个字，看谁还敢偷喝！"

约翰觉得这主意不错，照办了。结果第四天，桶居然全满了。

（史顺利）

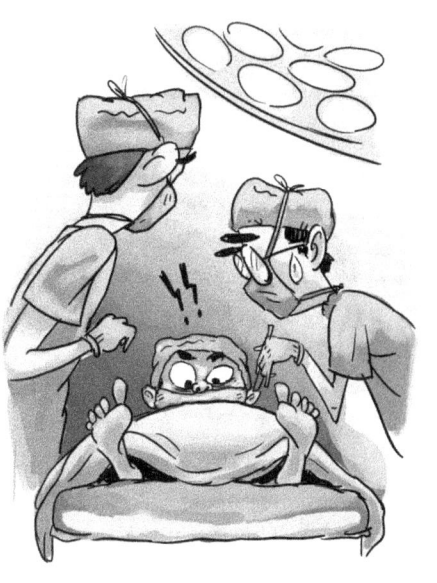

（本栏目欢迎来稿。来稿可从邮局寄发，也可从网上传递。如为电子邮件，请发以下信箱：hangfan1102@126.com）

浓浓的乡情，何尝不是一份
珍贵的财富⋯⋯

# 家有
## 聚宝盆

□ 徐树建

**最**近，局里刮起了一阵斗蟋蟀的风气，身边的领导、同事一下班就聚在一起斗蟋蟀，局长大人更是乐此不疲，在他的号召下，已经举办了好几次斗蟋蟀大赛了。

不过，听说局长一直搞不到一只厉害的蟋蟀，已经找了很久了，我便寻思着去弄几只蟋蟀来送给局长，好好表现一番。

想着想着，我突然眼睛一亮，想起家里的"聚宝盆"来。

说起这只聚宝盆，可有些年头了。那年，我还在上大学，爸爸突然离开了我们，家里的顶梁柱一下子塌了，我正想休学回家，妈妈却打来电话说："东子，你安心上课，妈有办法，能挣到不少钱哩！"

妈妈说的办法，其实就是上山去捉些蜈蚣、蝎子、蟋蟀之类的卖钱，老家的人都这样干。可捉毒物虫子是大男人才敢干的事情，我不忍心让妈妈干这个，妈妈却说："东子，妈没事，妈能捉到好多蜈蚣和蝎子，因为咱家有个'聚宝盆'！"

妈妈说，一天晚上，她把一个装了毒物的瓦盆放在门外，想让毒物在外面吸收露水，村里的人家都是这样做的。可是第二天早上，她打开瓦盆盖子，却发现里面满满当当的。刚开始，她还以为自己数错了，可一连好几天都是这样，妈这才确信这瓦盆是个宝贝。

我心想：只要问妈借来这只聚宝

盆，就不愁弄不到一只厉害的蟋蟀。打定主意，我立即带着大包小包赶回老家。一进门，我把东西往地上一放，劈头盖脸地就问："妈，咱家的那个聚宝盆呢？"

妈听了一愣，茫然地说："什么聚宝盆啊？"

我说："妈，您忘了，我才上大学那会儿，爸走了，我正准备休学，您说家里有个聚宝盆，什么蜈蚣、蝎子啊会莫名其妙地多起来，想起来了吧？现在那盆还在吗？"

妈恍然大悟地笑着说："噢，想起来了，你看妈这记性！东子，盆当然在啊，它是咱家的宝贝，妈能丢了吗？你问这个干什么？"

我跟妈当然用不着隐瞒，说"我想把它送给我们局长，年轻人得要求上进是不是？"

妈听完一下子笑容全没了，脸上显出沉思的样子来。我忙说："妈，您放心，我不会算错账的，那盆要真是聚宝盆，我能舍得送出去吗？我想，那只是因为盆里面含有什么成分，才引得蜈蚣、蟋蟀什么的爬进去……"

妈突然打断我，斩钉截铁地说："不，那是真正的聚宝盆，就是给我座金山我也不换！"顿了顿，又说，"还有东子，妈正要跟你说个事，你现在有出息了，可得对乡亲们好点啊，我听说乡亲们进了城，有时找你办点事，你对人家不理不睬的……"

我听了，一脸不耐烦地说："我为什么要帮他们办事？当年爸走的时候，咱家多艰难，您一个女人家要上山捉那些毒物，又有谁帮过我们啊？"

妈呆呆地看着我，像是不认识我似的，脸上露出痛苦的表情，说："东子，你怎么能这样想呢？你根本不了解村里人……唉，这样好了，今天你不要走，明天一早我把聚宝盆给你带走，好不好？"

我只好答应在家睡下，妈把被子晒得很香，我一下子就睡着了，就像回到了小时候一样。不知什么时候，妈叫醒了我，一看表，大清早的才五点多钟，我睡眼蒙眬地说："妈，干什

么起这么早啊？"

妈神秘地说："你想不想亲眼看看聚宝盆的神奇？想看的话就快起来！"

我忙起身，跟着妈出了门。村里的清晨格外宁静，四下里一个人也没有，只有我们娘儿俩一前一后地走着。当走到一户人家的门前时，妈示意我躲在大槐树的后面，还小声问我："东子，还记得这家吗？"

我点点头，说"好像是李大爷家吧？咱来这儿干什么？"

妈的神色看上去十分悲伤，说："你还不知道，李大爷的儿子前年得病死了，儿媳妇也改嫁了，只留下个孙女跟着他过，孙女现在上初中了，可怜李大爷这么大年纪了还要上山捉蜈蚣换钱……看，有人来了！"

我一看，只见远处轻手轻脚地过来一个人，那人径直来到李大爷家的窗户脚下，原来那儿和我家以前一样，也摆着个瓦盆，不用说是放毒物的。我看见那人弯下腰，把一样东西放进了瓦盆里，再盖好盖子悄悄离去。

我差点叫出声来，妈妈用眼神止住了我，我惊讶地看到妈的眼睛里满是泪水。

这之后，三三两两来的人越来越多，全是乡亲们，每个人都轻手轻脚地把一样东西放进瓦盆内，再无声无息地离去。他们这是干什么啊？

这时天已渐渐亮了，没有人再过来了。妈妈推了我一下，说："东子，你现在过去看看那瓦盆里是什么？"

我听了走过去，拎起盖子一看，吓了一大跳，只见瓦盆里蠕动着好多只蜈蚣、蝎子什么的。

妈妈的声音在身后响了起来："妈当年冷静下来后一想，也不相信这世上真有聚宝盆什么的，可我一直想不通这是怎么回事。直到一天早上，我发现原来是乡亲们把自己的毒物放进了我们的瓦盆，这其中就有李大爷。"妈叹口气又说，"乡亲们可怜我们孤儿寡母的，可是他们知道妈为人要强，所以便用这种方式悄悄地帮助我们，这点妈也一直没有说破。"

妈妈的眼泪终于流了下来，说："无论谁家遇到难处，乡亲们都会暗中互相帮助，现在大家又是这样帮助李大爷的，东子你现在知道了吧，一个普普通通的瓦盆就是这样变成聚宝盆的啊！"

我一个字一个字地听着，内心一时如潮水般翻涌，平复一下情绪后，我说："妈，咱家那只聚宝盆，您给我好吗？"

妈吃惊道："你还想送人？你不是已经知道它不是聚宝盆了吗？"

我摇摇头，字字用力地说："不，它是一只真正的聚宝盆，里面凝聚了乡亲们的爱，我要把它放在跟前，时时提醒我怎样做人！"

（题图、插图：安玉民　梁　丽）

# 得空调病的

□ 胡忠军

司马冰是个工程师，平日里最爱养个小动物什么的，调剂一下生活。最近，他买了一条松狮犬，起名豆豆。豆豆可爱又活泼，司马冰一有空就带着它出去溜达，很是开心。

夏天到了，这段时间豆豆又是拉稀又是咳嗽。司马冰赶忙抱它去宠物医院，兽医检查了一番后，问道："你家开空调了吧？"

司马冰点点头："那还用说，这种松狮犬最怕天热了，一天到晚都赖在空调房间里不肯走。"

兽医笑了笑，说道："这狗没什么大问题，就是得了点'空调病'。"

"空调病？"司马冰瞪大了眼睛，不敢相信，"狗也会得空调病？"

兽医解释说，狗也是很讲究空气质量的，尤其是这种松狮犬，非常娇贵，老是呆在空调房间里，就会得空调病，时间长了，还有可能危及生命。

司马冰一听急了，忙问："这、这可怎么办啊？"

兽医摇了摇头，说道："目前没有什么好办法，唯一能做的，就是把它放在自然环境里，天再热，也只能用扇子给它扇扇风。"

这下可把司马冰给难住了。这么热的天，不开空调，人难受点也就算了，关键是自己和老婆都要上班的，总不能请假在家给狗扇扇子吧。

晚上回到家，司马冰把这事和老婆说了，夫妻俩一合计，决定忍痛割爱，把狗卖掉。可眼下豆豆病恹恹的样子，谁敢买啊。正在愁眉不展的时候，司马冰忽然想起了自己的老母亲。

司马冰的母亲七十多岁了，一个人住在乡下。现在，只能把豆豆送到母亲那里，让她照看一段时间，等豆

豆的病全好了，再把它卖掉。

第二天，司马冰就把豆豆送到了乡下。老人一个人在家正感孤独，豆豆的到来，给她增添了不少的乐趣。按照儿子的吩咐，母亲每天都悉心照料豆豆，只要一见豆豆张嘴喘气，就用芭蕉扇给它扇风，一边扇扇子，一边还唱着儿歌，那样子，就好像在照顾自己病中的孩子。

还别说，母亲的芭蕉扇比啥药都灵验，半个月后，豆豆完全好了。不久，司马冰也为豆豆找到了买主。

一听说要卖豆豆，老人一百个不愿意。可司马冰还是不顾母亲的劝阻，把豆豆带走了。

豆豆的新主人是个姓王的大老

板，对豆豆可喜爱了。可是，没过多久，王老板就打来电话说，豆豆到家以后，一直精神委靡，不肯吃东西，还一个劲地叫唤。

司马冰知道，豆豆这是空调病又犯了，他连忙把扇扇子降温的那套方法说了。

好在王老板有钱，家里雇了保姆。既然豆豆不能吹空调，就让它住在保姆房间，把里面的空调关掉，让保姆给豆豆人工扇风。

然而，半个月过去了，豆豆不但不见好转，反而一天比一天叫得厉害，弄得王老板一家都睡不好觉。

王老板没辙了，带着豆豆找上门来，说："我2万块买的，情愿倒贴5000，你把豆豆收回去吧。"司马冰只好答应了，又把豆豆交给母亲代养。

说来也怪，豆豆一回到老人身边，病很快就又好了。

可是不久，司马冰又找来了新的买主。司马冰觉得，豆豆在王老板家不适应，可能是因为他家的保姆太年轻，性情急躁，给豆豆扇风不够柔和。而这次的买主是一对老年夫妇，这老两口家里没安空调，可以轮流给豆豆扇风。

然而，豆豆到了新家，仍是狂躁不安，不管老两口怎么扇风，就是一直叫唤。

这天，老两口带着狗找上门来，老头一副可怜巴巴的样子，说"这狗再养下去，非把俺折磨病不可，还是还给你吧，至于钱，随你的心意，反正俺是不能再把狗带回去了……"

人家把话说到这个分上，司马冰没法拒绝，只好将钱如数退还，收下豆豆，又一次把它送到了乡下。

照例，母亲的芭蕉扇又发挥了作用。司马冰心里感到很奇怪，母亲到底有啥绝招呢？

几次卖狗不成，司马冰只好打消了这个念头，打算就把豆豆交给母亲照管。

这天，司马冰突然接到乡下打来的电话，说母亲突发脑血栓，被送进了医院，夫妻俩急忙赶去。经过抢救，老人总算脱离了危险，可是，已经神志不清，有时连人都认不得了。

这下可忙坏了小两口。两个人都请了假，一个人在医院侍候老人，一个人在家照顾豆豆。老人的病情倒是渐渐有了起色，可豆豆却是一天比一天虚弱，夫妻俩看在眼里，急在心里。

这天，司马冰又去医院看望母亲，发现母亲躺在床上，双手四处摸索，好像在找什么东西。突然，她看到司马冰手里有本书，就伸手抓了过来，把书当扇子给儿子扇起风来，嘴里还念叨着什么。

司马冰心想：母亲经常给豆豆扇风，对豆豆有了感情，她这一定是想豆豆了。于是，他赶紧从老人手里拿过书，说道："妈，别扇了，我知道您

想豆豆了，明天我就把豆豆带来。"

第二天，司马冰向院方说明了情况，考虑到这样对老人恢复神志有帮助，医院破例让豆豆进了病房。

司马冰找了一张凳子，放在老人床头，把豆豆放在凳子上，还专门买了一把芭蕉扇，递到老人手里。

老人侧过身子，望着豆豆，眼神里充满了慈爱，手里的扇子轻轻晃动着。慢慢地，老人念叨的声音越来越大了，司马冰终于听清了那些字眼。

顿时，司马冰惊呆了，原来母亲念叨的不是别的，而是一首他儿时常听的催眠曲——

"小冰冰睡觉吧，山猫猴子来到了，红眼绿鼻子，四个毛蹄子，走路叭叭响，要吃活孩子……"

豆豆在老人的哼唱声中，就像小孩子一样，安静地闭上了眼睛……

这熟悉的儿歌，一下子把司马冰带回了幸福的儿时。他记得，每到夏天的夜晚，自己都是在母亲的哼唱中甜蜜入睡的。

他突然明白了，豆豆为什么离不开母亲，因为老人把豆豆当成儿子了，她的一举一动都倾注了感情。

想到这里，司马冰突然觉得很愧疚，他凑到母亲的耳边，轻轻地说："妈，豆豆不离开你，我也再不离开你了……"

（题图、插图：安玉民　梁　丽）

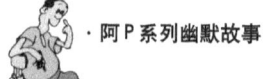

# 非得占个大便宜

□ 波 波

阿P在市场里开了一家小商店。

这天，阿P正在往店里搬啤酒，突然听到半空中传来一声巨响，就跟爆炸似的。阿P没防备，吓了一大跳，手中的啤酒箱子"哗"的一声摔了下来。接着，那响声一声接一声，整整二十四响，震得阿P脑袋直犯晕。旁边的老婆小兰也吓得够呛，一张小脸刷白刷白的。

好半天，阿P才稳住心神，抓住一个过路人，问到底是怎么回事，有人告诉阿P，对面那家大酒楼有人摆酒席，在放那种能吓破人胆的火铳。

阿P听了，低头看看打碎的啤酒瓶，再看看老婆，眼珠一转，计上心来。他赶忙吩咐小兰："别干活了，快躺下！"

小兰觉得奇怪，说："大白天的，你发什么疯啊？"阿P却得意地说："发财的机会来啦！你就说胸口疼，我去找那摆酒席的算账，让他们赔钱，这回非得占个大便宜，给少了我都不干！"

阿P跑进那家酒楼，一进门就大声嚷嚷："不好啦，不好啦！出人命啦！"正嚷得欢，就听背后有人喊了一声："阿P！"

阿P回头一瞧，啊！真的不是冤家不碰头，竟然是他的死对头周科长。这个周科长，是阿P原来单位里的顶头上司，就是他炒阿P鱿鱼的。

只见周科长激动地走过来，紧紧握住阿P的手，上下左右不住地摇晃："阿P啊，我万万没想到你会来！"一边说，一边把旁边的人叫过来，"来来来，我给你们介绍介绍，这是我最最

要好的朋友阿P，以前和我是一个科室的。现在人家下海了，都成小老板了，发大财了。"

旁边的一伙人都肃然起敬，围着阿P，又是握手，又是递名片，嘴里还老板长老板短地叫着，叫得阿P轻飘飘的，不要说刚才那股火气早就没了，就连自己姓啥都忘记了。

阿P就这样稀里糊涂被大家拥着往酒楼里走。路过门口的时候，阿P突然看到每个人都在往周科长的手里塞红包，还有人负责登记人名和礼金数。

阿P一个哆嗦，挺起的身板不由自主地弯了，他一抬眼，恰巧看到周科长正对着自己微笑，在一片老板声中，阿P手伸进衣兜里，把准备进货的五百块拿了出来："周兄，不成敬意，不成敬意。"

旁边的人满脸钦佩，都竖起大拇

· 多重性格 憨态可掬 ·

指直夸："到底是老板，出手大方啊！"

阿P直到喝完酒才闹明白是怎么一回事，他垂头丧气地回到家，一屁股坐在沙发上。

老婆小兰以为阿P没讨到赔款，便劝道："就算人家没赔钱，但总算是白吃了一顿，还不知足啊！"阿P一听，真是哭笑不得："白吃？整整五百块呀！"

阿P把来龙去脉讲了个大概，小兰也觉得冤："你瞧你，死要面子活受罪！这下好了，一个月的伙食费没了。"

两个人长吁短叹，突然小兰眼睛放光，说："有了，下个月咱爸过六十大寿，咱们也请请周科长，他要来肯定不止送五百，我们不会吃亏的。"

没想到，阿P一听这话，头更低了，叹了一口气说："你知道个啥，随完礼我才知道，敢情周科长摆的是乔迁酒，他们全家就要移民到加拿大去了，这个便宜咱是说啥也找不回来了。"

当晚阿P被罚睡客厅，到天快亮时，阿P突然想到：我不是送了周科长五百块吗？周科长不是移民到加拿大了吗？从今往后，我阿P在加拿大就有朋友了。到那时，我去加拿大旅游，这五百块还得要回来。

想到这里，阿P又高兴起来了。

（题图、插图：顾子易）

# 拇指在上

一家啤酒公司发布了一则消息：面向社会诚征宣传海报，开价是五十万美金。

消息一出，许多人趋之若鹜，不到半个月，就收到了上千幅广告作品。但是，大都不尽如人意，负责人只得从中选择了一件较为满意的作品。

这幅作品的大致内容是这样的：一只啤酒瓶的上半身，瓶内啤酒汹涌，在瓶颈处紧握着一只手，拇指朝上，正欲顶起啤酒瓶的瓶盖，旁边配上的广告标语是："忍不住的诱惑!"

但是，老总仅仅看了两秒钟就否决了这幅作品，理由是：用拇指来开瓶盖，这种做法十分危险，若是有消费者因为模仿广告而受伤的话，那就得不偿失了。

看到老总如此挑剔，许多人都望而却步。这时，一个学生却自信地走进了老总的办公室。同样是两秒钟的时间，老总突然从座位上蹦了起来，说："太棒了，这才是我想要的!"

第二天，这幅海报就铺天盖地般见诸各大平面媒体，内容其实很简单：一只啤酒瓶的上半身，瓶内啤酒汹涌，在瓶颈处紧握着一只手，用拇指紧紧地压住瓶盖，尽管这样，啤酒还是如汩汩清泉般溢了出来。这幅海报的广告标语是："精彩按捺不住!"

同样是一只拇指，仅仅是向上位移了一厘米，变换了一下姿势，就赢得了五十万美金! 这在许多人看来，未免也太投机取巧了，然而，你可曾想过：这短短一厘米的背后，境界的差距有多少米呢？

其实，一个真正富有创意的人，就是能从废墟中发掘到金矿的人!

**（作者：李丹崖；推荐者：沈士心）**

**"开卷故事"栏目征稿**

　　"开卷故事"欢迎广大读者踊跃荐稿! 推荐作品内容不限、范围不限，但每则作品都要有故事情节或细节，且提供一个新的知识点，或者绝妙的生活思路和方法，字数1000字以内。希望大家慧眼识金，挑选此类精彩作品。本期责任编辑的邮箱是 hangfan1102@126.com。

虽然，这是一份迟到的肯定，但在我们的心里，你早已当之无愧。

# 资 格

□ 黄 冈

## 意外落选

**教**师节将至，市里要评选全市"十佳教师"，要求每个学校推荐一名候选人。

这天，松山镇中学的教师们集中在会议室里，投票选举候选人。青年教师刘春明毫不迟疑地在选票上填写了"张富文"三个字。

刘春明虽然是新老师，入校时间不长，但这半年来，他耳闻目睹，知道了张老师不少的感人事迹，他觉得，这个候选人非张老师莫属。

然而，结果却出乎刘春明的意料，当选的是另一位王老师，张老师仅仅获得了一票，而这一票，就是刘春明投的。刘春明感到有些愤怒，他觉得大家一定都存了私心，毕竟，这"十佳教师"是人人都想争取的荣誉。可是，学校里不少年轻老师，甚至包括校长，都曾是张老师的学生呢，这不是忘恩负义吗？

散会后，刘春明走出会议室，一眼看到前面那个一瘸一拐的落寞身影，心里感到一阵刺痛，要知道，张老师的一条瘸腿，就是当初为了救一个学生落下的残疾。刘春明急忙赶上去，说："张老师，我觉得这次的投票太不公平了，您才最有资格当选！"

张老师抬头看了一眼刘春明，说："王老师也很好呀，实至名归。"

刘春明愤愤地说："我不明白的是，前几天学校内部评优，您是全票当选，可这次为什么相差这么大？"

张老师笑笑说"没事，这结果我早就想到了，其实我也已经习惯了。"

刘春明不解地问："习惯了？难道这种事经常发生？"

张老师苦笑一下，说"也不知为什么，这些年，每次学校内部评优，我都能高票当选；可是碰到校外更高一级的评选，我每次都榜上无名。"

刘春明气愤道："这事儿明摆着，肯定是学校的那点小荣誉人家根本没放在眼里，所以才不跟您争。不行，张老师，这个荣誉您可不能让！"他盯着张老师，又说，"评选上不是说可以自荐吗？我看，您去自荐吧。"

张老师慌忙摆摆手，道："算了，学校已经有候选人了。再说，我这么

大岁数了，能让我上上课就知足了。"

刘春明心里明白，张老师一定是怕得罪学校领导和同事，便也没再说什么，心里却暗自打定了一个主意。

## 查无此人

这天晚上，刘春明趴在宿舍的台灯下，给"十佳教师"评委会写了一封信。在信中，他细述了张老师从教三十多年来的诸多感人事迹。在信的最后，他笔锋一转，质问道：这样一个为教育事业奉献一生、为学生献出一切的老师评不上"十佳"，公道何在？我郑重地向你们推荐张富文老师，他比谁都有资格获得"十佳"称号！

刘春明写完后，又看了一遍信，自己感动得差点掉出眼泪来。他相信，这封信也一定会打动评委的。可是，信寄出去后，却如石沉大海，一直没有回音。

不久，全市"十佳教师"的候选名单公布，张富文老师榜上无名。

刘春明是个犟脾气，他认准的事情，十头牛也拉不回来。他特意请假去了市教委，决心问个明白。没想到，评委会负责人说，那封信他们收到了，也非常重视。但是，经查，市里的在编教师中，根本没有张富文这个人，所以他没有评选"十佳"的资格。

刘春明大吃一惊，说："我们天天在一起，怎么会没有这个人？"

对方说："你要不信，你过来我再

查一遍。"说着打开电脑，调出本市教师名册，输入"张富文"三个字，显示：查无此人。

"难道是名字错了？"刘春明想了想，又让对方调出松山镇的教师名单，从头至尾、仔仔细细地查找一遍，仍是没有。刘春明一头雾水，怔了半天，问："这名单会不会漏掉了人？"

对方笑了，说："不可能，市财政给教师发工资就是按照这个名单，要是漏掉了谁，人家早就找上门来了。这个人肯定不是在编的教师。"

刘春明脑中灵光一闪，问："那他会不会是民办教师？"对方断然否定："咱们市十年前就清退所有民办教师了。"

刘春明又问："那代课教师呢？"

对方又摇头说："三年前，市里专门发文辞退了所有的代课教师，你想想，现在正式教师都用不过来，哪里还用得上代课教师？"

刘春明不死心，说："说不定还没辞退光呢？""不可能，现在所有教师的工资都是按照名单统一发放，代课教师进不了名单，那谁给他出钱发工资呢？"

刘春明也觉得不可能，可这到底是咋回事呢？张富文活生生的一个人，怎么会查无此人呢？

## 有情有义

刘春明满腹疑惑地回到学校，刚进大门，就看到校长阴沉着脸站在办公室门口。看到刘春明后，校长向他招手："小刘，你来一下。"

刘春明赶紧跑过去，校长不高兴地问："你是不是去市教委了？"

刘春明说："是呀，不过校长，教委的教师名册里竟然没有张富文老师的名字，您说奇不奇怪？我这就去找张老师，带他去教委。"

"去什么去！"校长恼怒地盯着刘春明，"小刘呀小刘，你可坏了我们的大事了。"

刘春明感到莫名其妙，很委屈地问："校长，我哪里做错了？"

校长又是摇头又是叹息："刚才，市教委来电话，问张富文是怎么回事。唉，这个事情本来一直瞒着上面，这下完了，被你一下子给捅出去了。张老师这课恐怕是上不成了！"

刘春明心中一沉，更感到云里雾里："校长，这到底是怎么回事？"

校长让刘春明进屋坐下，叹口气说："说来我也有责任，应该早点告诉你的。其实，张老师是代课教师，并不在编制之内。这事说来话长……"

原来，张富文老师从十八岁起，就当了民办教师，因为种种原因，一直没能转正。唯一的一次机会，还让给了一位生活困难的教师。结果第二年，市里取消民办教师编制，学校考虑到张老师的教学水平和生计问题，

留他做了代课教师。虽然张老师是骨干教师，但限于政策，待遇比正式教师差了。可就是这样，张老师也毫无怨言，还是兢兢业业地教书。没想到，三年前，市里又要求清退所有代课教师。

听到这里，刘春明问："那后来怎么没有辞退呢？"

校长说："当时，我也非常为难，一来是舍不得，张老师的水平摆在那里，这样的老师任谁也不舍得放弃；二来呢，如果辞退张老师，他的生活

肯定会陷入困境，我也是张老师教出来的，不知怎么向他开这个口。可留用吧，他的工资又没地方出。"

刘春明更好奇了："那后来工资问题是怎么解决的？"

校长喝口水，说："说来也巧，那一年，正好是张老师从教三十周年，我们这些做学生的早就商量好，要聚会庆祝一下。当时，连在北京、深圳的学生都赶了回来，一共来了一百多个人。聚会的时候，正好赶上这事，我就瞒着张老师跟大伙商量。大伙都说，不能让张老师离开他热爱的讲台，工资上面不是不管了嘛，那就我们来管，我们凑钱给张老师发工资。"

刘春明吃惊地问："你们凑钱？"

校长点点头："是啊。我们一商量，老师的工资也不算高，我们这么多人，每人每年少抽几盒烟，省出几百块钱，凑在一起，就足够了。后来，我们干脆成立了一个基金会，谁手头比较宽裕就多拿出一点钱，存在一起给张老师将来用。"

刘春明听了，心中大为震动，由学生凑钱为老师发工资，这事闻所未闻。只有张老师这样有情有义的老师，才会教出这样有情有义的学生啊。

## 资格证书

校长顿了顿，接着说："因为怕张老师不肯接受我们的资助，大伙就决定瞒着他，我也一直没有把辞退代课

教师的事告诉他，就这样，一直让他代课到了现在。"

刘春明觉得不可思议，问："难道张老师一直不知道这件事？"

校长苦笑道："张老师除了教学，对其他事情都不敏感。这两年，因为基金会的钱越存越多，我还给张老师涨了两次工资呢。学校里的其他老师也知道这事，大家都特意瞒着他。"

刘春明一转念，突然明白了："所以，评校内优秀老师的时候，大家都选他，到了选市里荣誉的时候，却不投他票，就是因为知道他没有资格，投了票也没有用。"

校长点点头："就是这个道理，没有资格啊！"他的语气非常无奈。

刘春明懊悔不迭："我误会大家了，还以为大家都要抢这个荣誉呢。"说到这里，他腾地站起来，"不行，我这就去市教委，就说是我弄错了。"

校长一把拦住他："算了，没用了，教委的人马上就到了。"

刘春明傻眼了："他们还要调查？校长，您好好解释一下，说说张老师的情况，人心都是肉长的，他们也会通情达理的。"一转念，又说，"再说了，就是把张老师辞退了，你们的基金会也照样可以给他发工资呀。"

校长看了刘春明一眼，一脸苦笑道："小刘，你还是不了解张老师啊！我倒不是怕上面追究，我怕的是张老师如果知道这件事，以他的性格，你

以为他会继续接受我们的资助吗？"

刘春明不由语塞：是啊，这事万万不能让张老师知道。

校长叹口气道："唉，现在上面肯定是瞒不住了。你说得对，人心都是肉长的，我实话实说，争取他们能理解吧。你现在回去上课吧，其他的事就不要管了，由我来处理。"

刘春明松了一口气，校长既然这么说，看来还有挽回的余地。不过，要是张老师真的因此教不了学，自己的罪过可就大了。

刘春明出了门，突然想起一事，又回头问："校长，你们那个基金会的账号是多少？"

校长闻听一愣，立即明白了他的意思，说："算了，你的工资也不高，再说，你也没资格啊。"

刘春明不解道："资格？"

校长说："因为，你不是张老师的学生呀。"

刘春明胸口一热，认真地说："我是，我从你们身上，学到了很多。"

说话间，一辆轿车驶进了学校的大门，教委的人到了。校长深吸一口气，迎了上去……

一个月后，张富文老师得到一纸通知，经有关部门研究决定，他被破格录取为正式教师，终于获得了教师资格。

**（题图、插图：魏忠善）**

# 中奖彩票

□ 钱岩

都说买彩票是个撞大运的事情，谁知，还真让人给撞上了！孙家洼有个孙老汉，从来都是一分钱恨不得掰成两半使的，这些天来，不知咋了，他竟隔三岔五地到镇上买彩票，而且只买了几期，就中了个二等奖，奖金高达20万！

孙老汉高兴坏了，这事可不敢告诉别人，但儿子还是要告诉的。

孙老汉有两个儿子：大儿子孙孝，和老汉住在一个村上；二儿子孙顺，一家人在外地做生意。孙老汉决定先去告诉大儿子，再叫大儿子打电话告诉二儿子。嘿嘿，没想到吧，你们这老不死的爹，这下可是发大财了。

孙老汉来到村西头大儿子家，老大两口子正在吃饭，见爹来了，眼皮都懒得抬。孙老汉也不恼，自己拾个小凳靠墙角坐下，掏出烟袋，一边朝烟窝里装烟丝，一边笑着说："听说有人在镇上买彩票，中了20万呢！我去看了，那投注点爆竹都炸了一地！"

老大听了很不耐烦，骂道："你没事跑来就是为了说这个？是不是也做梦想吃屎？告诉你，那中奖的家伙，肯定天天吃屎了！"

孙老汉这个气呀，说道："你娃怎么能这么说话呢？怎么能咒你爹是吃屎的人！"

老大两口子正在往嘴里扒饭，一听都愣住了，嘴就那么大张着，饭粒"扑落落"直往下掉。好一会儿，才不相信地问："这么说，你、你就是那、那中20万大、大奖的人？"

孙老汉忙摇摇手阻止道："小声点，这事千万不能让外人知道了！"

天哪，爹竟是那中大奖的人！老大两口子忙扔了手里的饭碗，扑过来，一个摇孙老汉的胳膊，一个揉孙老汉的腿，喊道："爹，爹——"孙老汉听了，真是感慨万分：这声爹要是刚才进门时就听到，那该有多好！

老大两口子急着要看那中奖的彩票，说着手就伸进爹口袋里掏，只是掏遍口袋，也没有发现彩票。

孙老汉不糊涂，心知这彩票要是落到这两人手中，那就不是他的了，于是笑着说："彩票我没带在身上。老大，你给老二打个电话，叫他明天一定赶回来，到时我把彩票拿给你们看，大家一起乐呵乐呵。这老二，我都五年没见着他了，怪想他的。"

无论怎么哄，反正孙老汉不见兔子不撒鹰，老大两口子很失望。老大媳妇不满道："爹，你心里只有老二这个儿子，可老二心里有没有你这个老子呢？你想，五六年了，都不和老子照个面，天下有这么做儿子的吗？爹，亏得你有福气，还有老大在身边照顾着你……"

孙老汉鼻子哼了一下，没多吭声，就是坚持要给老二打电话。

老大心里老不情愿，但表面上还是装作很高兴的样子，拨通了电话："老二啊，咱爹中大奖了……"

孙老汉在一旁，也想跟二儿子聊几句，可老大捏着电话就是不撒手："什么，你明天就回来，好啊，我跟爹说，那就挂了啊……"然后，"啪"的一声挂断了电话。

孙老汉有些生气了，老大在边上解释说："爹，这是长途，贵着呢，反正老二明天就回来了，有的是时间，慢慢聊。"

孙老汉走后，老大媳妇捶了老大一拳，说："要死了，你还真打啊！"

老大笑嘻嘻地开了口："我刚才拨的是空号，那是做戏给爹看的，"顿了顿，又说，"明天爹肯定等不来老二的，到时我们就找个人冒充老二给家里打来电话，就说他正在谈一笔生意，实在抽不出时间。还说他现在有钱，不在乎这些，奖金全给大哥吧。"

老大媳妇笑着拍手道："想不到你这笨人，关键时候倒想出个好主意来。"

第二天，老大两口子就带着买来的鱼肉，乐呵呵地来到孙老汉那低矮的老屋，说今天老二要回来，一家人难得团圆一次，得庆贺庆贺。

在孙老汉这儿，一有机会，老大两口子就在屋子里翻找，只是能找的地方都找遍了，就是没有那张让他们牵肠挂肚的彩票。

眼看太阳都快要落山了，也不见老二回来，孙老汉显得有些着急。老大两口子看时机已经成熟，决定让"老二"给家里打电话了。正联系着，忽听见孙老汉欢叫起来，抬头一看，原来，老二两口子风尘仆仆地赶回来了！

老大两口子惊得目瞪口呆，正在纳闷呢，只听孙老汉在一旁说道："昨

天从你那里出来，我突然想起有事情要交代老二，就借了个手机打过去，老大，怎么跟你说的不一样呢？"老大听了这话，脸都红到耳根子了。

老二瞥了一眼老大，说："大哥，爹的事怎么能不跟我说呢！这不，我一接到电话，连夜就去买火车票赶回来。"

两个儿子全到齐了，两家人都迫不及待地要看那张中奖彩票。这时，只见孙老汉想了想，然后笑嘻嘻地脱了左脚的鞋，又脱了袜子，从袜筒里掏出那张中奖彩票来。老大两口子见了，悔得肠子都青了，心说：这老爷

子怎么越活越精怪了。

老二咳嗽一声先开了口，说："这次爹买彩票能中奖，其实是我们做儿子的福气。在爹眼里，手心手背都是肉，所以我建议奖金两家平均分，20万，正好一家分10万。"

此话一出，便遭到老大的反对："这不公平！你们把爹丢在乡下不管不问的，平时都靠我们两口子照顾爹。分钱可以，但我要多分两万！"

兄弟两家都想多分一份，就这么吵来吵去，全然不顾一旁的孙老汉。这时，孙老汉急了，捂紧手里的彩票，说道："敢情我买的彩票中了奖，自己一分钱没有啊！这不行，我也要分一份！"

啥，老头也要分钱，这两份变三份，每家要少三四万！老大、老二两家此时终于达成一致意见，坚决不同意老父亲参与分奖金。

"爹，你都这么大岁数了，要这么多钱干什么？放在家里，这不是招小偷、强盗惦记嘛。弄不好，钱丢了，老命也会搭上，我们可不是吓唬你！"

孙老汉长叹一声，说："好吧，我那一份不要也就算了，只是这中奖的号码是用我和另一个人的生日组合的，这个人……"

儿子们笑道："这个人不用猜肯定是老妈。只是老妈走了这么多年了，我们总不能分几万块钱烧给她吧？"

孙老汉摇头苦笑道："你们猜错了，这个人不是你们老妈，是吴婶……"

儿子们一听这话，顿时气不打一处来。原来，这吴婶和孙老汉同住在一个村上，比孙老汉小五岁，是个苦命的女人。早些年死了丈夫，前几年又死了儿子，现在是孤苦伶仃一个人。孙老汉和吴婶是同病相怜啊，平日里互帮互助，慢慢地两人有了感情，就想撮合到一起。可孙老汉的两个儿子坚决不同意，说他们丢不起人。

孙老汉说："这吴婶也真可怜，胆里长满了石头，疼起来直打滚，可就是没钱上医院做手术。这次彩票能中奖，也有她的功劳。这样吧，分她2万块钱，让她上医院把手术做了……"

还没等孙老汉说完，儿子媳妇们就吵吵嚷嚷不干了："凭什么她吴婶生病，要我们拿钱出来？爹你可别犯糊涂，她不是你老婆！"

孙老汉见儿子们不同意，几乎是哀求道："那就分给吴婶1万，行不行？20万哪，就给1万，要不5000块？再少做手术肯定就不够了……"

"不要说5000块，就是1块钱我们也不会拿出来！"见父亲很固执，儿子们很生气。为了怕夜长梦多，老大冲上去，从孙老汉的手里硬生生地把彩票抢了过去。

彩票在手，兄弟俩喜笑颜开，正准备出门时，孙老汉在背后喊了一嗓子："慢着！"

两个儿子回过头来，一脸疑惑，只见孙老汉走过来，指了指老大手里的彩票说："你们以为这张彩票真的中奖了？"

兄弟俩心说老家伙一定是在耍什么把戏呢。老二立马掏出手机打给投注站，一边拿过彩票，一边询问："请问二等奖中奖号码，没错没错……"

孙老汉在旁边摇着头，说："你再问问期数，看仔细喽。"

"期数？"老二一脸狐疑，眼睛在彩票上左右移动，找到一行小字，上面清清楚楚印着的是"第24期"。

这时，电话里传来一个声音说："你好，这期开奖的是第25期……"

"25期？"老二嘀咕了一句，当即傻眼了。老大上前一把抢过彩票，看了一眼，然后愤愤地撕了个粉碎，拽着老二头也不回地走了。

原来，这张彩票虽然号码和中奖号码一模一样，但期数却是上一期的。

儿子们走后，孙老汉从右脚袜筒里哆哆嗦嗦掏出一张彩票来，这才是那张中奖的彩票。唉，谁让他们这么贪，连5000块都舍不得拿出来！

孙老汉一抹眼泪，决定自己悄悄去领奖，领了奖就带吴婶上大医院去做手术。因为他对吴婶许诺过，他买彩票就是为了中奖，中了奖就带她去做手术。他不能不守诺言。

**（题图、插图：谢 颖）**

不是歌里唱的那个眼睛大、辫子长的小芳，这个小芳可大有来头呢！

# 村里有个伴娘叫小芳

□ 刘江波

**有**些人天生爱凑热闹，哪里人多就往哪钻，二柱子就是这样，整天游手好闲，最大的乐趣就是闹洞房。哪家有结婚的让他知道了，准保领着一伙人去闹腾，不把新娘子闹得痛哭流涕不算完，所以在梨树村，新人们一听到此人的名字头都疼。

这天，是村里梁子的大喜日子，梁子娶了个城里姑娘回来，听说不光新娘子好看，就连那伴娘也是个大美人，而且还是老师呢。二柱子听到这个信，乐得拔腿就往梁子家跑。到那一看，新娘子花枝招展的自不用说，那伴娘果然身材苗条，脸蛋漂亮。

喝完喜酒，二柱子借着酒劲，带着一帮人围住了伴娘。一听伴娘叫小芳，二柱子领头唱起了《村里有个姑娘叫小芳》，然后拦住人家死活不让走，还非要跟小芳交朋友。小芳看他纠缠不休，气得用力一推，差点把二

柱子摔了个跟头。

看着小芳跟着新娘走了，大家都哄笑起来，二柱子脸上挂不住了，他冲着小芳的背影咬着牙说："你等着，晚上闹洞房的时候，看我怎么收拾你。"

提起闹洞房，大伙都来了精神，连平时不爱凑热闹的四锁也过来了，说："柱子，这主意好啊，我看新娘子不太好逗，咱们干脆就逗逗伴娘！"

天刚擦黑的时候，二柱子召集了十来个能疯能闹的调皮鬼，呼啦一下就挤进了新房。二柱子一使眼色，四锁清清嗓子说话了："不说不笑不热闹，闹洞房嘛，凡是新人都得过这一

关，按老规矩，一人出一个节目。"

闹洞房有几个传统节目，不是挂个苹果让新人一起咬，就是放些糖块在新娘衣服里让新郎翻。一看还是这几个节目，二柱子早烦了，吵吵嚷嚷地打断了："这不行，都什么年代了还玩这个，咱今天换点新鲜的，给新娘'挂奶瓶'，给新郎穿'比基尼'！"

一听这话，新郎梁子可傻了，他早就听说这两招是二柱子从城里学来的："挂奶瓶"就是在新娘胸前挂个孩子吃奶用的奶瓶，叫新郎去喝；而"比基尼"更损，是让新郎穿上女式比基尼走上几圈。这两招是现在城里最流行的，往往能整得新人们苦不堪言。

梁子连忙递给二柱子一盒好烟，一个劲地说好话："柱子哥，这可不行，您就饶了兄弟吧！"

但二柱子不依不饶，掏出一个奶瓶就要给新娘挂上，好在四锁这时出来打圆场："闹归闹，不过咱也得讲究个文明，既然这两招新郎说不行，咱就换换。依我的主意，不如就让新娘学几个简单的动作。学得像呢，咱马上走人，学不上来呢，可有个小小的惩罚，新娘得挨个亲我们一口。"

说着，四锁指了指二柱子，给屋里的人使了个眼色，大家立刻明白了。原来，这二柱子从小就爱舞刀弄棒，也真能亮几个架势，他要摆上几招，棒小伙子都学不上来，何况是文文静静的新娘子。

这主意又新鲜又刺激，还有便宜占，这帮小伙子哪有不乐的，屋里的叫好声、鼓掌声响成一片，梁子急得直挠头："四锁，你这主意也不怎么样，哪有新娘子亲你们的道理。"

二柱子可不管这套，撸胳膊挽袖子就叫起来："新娘子再不同意，我们可给新郎穿比基尼了。"

新娘吓得一直没敢吭声，这时候被逼无奈，只好小声说了一句："不文明的可不能学。"

二柱子一看新娘中了圈套，立刻把外衣一甩，双腿跳起来，原地就是一个空翻，站稳后再一抬腿，脚都快踢到肩膀上了，他得意地冲着大家一抱拳，赢得了一片喝彩声。

这两个动作虽然够文明，但新娘怎么能做得上来，她涨红了脸，连头都不敢抬。二柱子见了，便嬉皮笑脸地凑上前去，非要让新娘亲他一口不可。梁子怎么哀求也没有用，倒是一旁的伴娘小芳突然站起来，说："你们这不是存心难为人嘛，新娘子穿着婚纱，怎么能做空翻呢？"

二柱子就是想借机把小芳拖下水，听她出来替新娘说话，心里乐开了花，忙说："新娘穿婚纱，你穿的可不是，要不然你替新娘子做吧。"

二柱子以为这句话，肯定能把小芳吓得躲一边去，谁知这姑娘还真有股倔劲："那我要是替新娘做上来了，

你们是不是就不难为她了？"

屋里的笑声更大了，二柱子笑得直揉肚子："你要是做上来了，咱二话不说，走人！但你要是做不上来，惩罚要加倍，每个人都要亲两口。"

"行！"小芳马上走过来，示意大伙让开一点地方，然后身子一纵接连来了两个空翻，动作干净利落，毫不拖泥带水。落地后，小芳站直了身子一抬腿，那脚能够到了脑门上的头发，比二柱子踢得还高呢。这一下，把大伙都看傻了，乱哄哄的屋里立刻安静下来。

小芳笑着说："咱可有言在先，你们不能再难为新娘子。"

四锁一扯二柱子，小声说了一句："这丫头练过，咱们走吧。"

二柱子也被小芳给镇住了，可就这么走了，自己也太没面子了，他运了运气，说："慢着，看来是真人不露相啊！新娘子我们是不难为了，但今天我想难为难为伴娘。我再摆个动作，你要学不上来，还得亲我两口。"

小芳一皱眉，说："我一个女老师，又不是练武的，就因为从小爱翻跟头踢腿的，刚才碰巧做上了，你怎么还没完没了的！"

听她这么说，二柱子悬着的心放了下来，原来刚才是碰巧啊！这下他更来了蛮不讲理的劲："今天我就是没完了，你要学不上来，就得亲我，要不我亲你也行。"

说完，二柱子单脚站立，另一只腿举起来，越举越高，一直举到和耳朵都贴上了。四锁带头叫起好来，这个动作二柱子轻易不露，也确实有难度，就是真练过几年功夫的，都未必做得上来。

果然，小芳愁眉苦脸地站在那，看样子真把她难住了。二柱子把腿放下来，得意地把脸凑过去让小芳亲。小芳一把推开他，二柱子立刻瞪起了眼睛："怎么，想赖，兄弟们动手。"

一看二柱子要蛮干，新郎新娘脸都吓白了，小芳也说起了好话"这位大哥，今天是人家大喜的日子，咱们开开玩笑也就算了，别太过分了。"

二柱子占了上风，更是得理不饶人，他又把脸凑过去："要么你就学着做，要么你就亲我两口，别的话你也不用说了。"

看二柱子得寸进尺，小芳也有点火了，她提高了声音说："好，我学，要是学不上来，我愿赌服输，但要是学上来了，你怎么办？"

二柱子一听她叫起板来，马上一拍胸脯："要是学上来，我爬着回家，大伙都是证人。"

"好，一言为定！"小芳说完，便走到屋子的中央，试着踢了几脚，活动了一下筋骨。二柱子他们还在边上不断地起哄，小芳也不理会，只见她左脚独立支撑，右脚慢慢地举起，一点一点地抬高，眼看着就扳过了头顶。屋子里一下子就安静了下来，二柱子不敢相信地张大了嘴巴。

小芳这个姿势可比二柱子的难多了，不但贴上了耳朵，还能从脑袋那边转过来。她摆了足足有五分钟，看大伙都不吭声了，这才慢慢地放了下来："这位大哥，你看我学得像吗？"

没有人敢接她的话，这个哪里是伴娘，明明就是超人嘛！新娘子到现在终于长舒了一口气，说话也硬气起来："梁子，快给每人发盒好烟，再给柱子哥找副手套。"

二柱子不好耍赖，只得硬着头皮在地上爬了几步，大伙想笑又不敢，都在那强忍着一边笑一边嘀咕：这伴娘哪找来的，一个女老师怎么能有这身功夫？

二柱子带着人灰溜溜地出了梁子家，走出好一段路了，突然间，二柱子一拍脑袋说："哥几个，这事不对，哪有这么巧的事，这主意从头到尾都是四锁一个人出的，他人呢？"

大伙这才发现四锁没跟来，心说这里面一定有问题，几个人一合计，顺着原路又回去了。快走到梁子家的时候，远远地就看见四锁把一个女人送上了出租车。借着路灯，早有眼尖的人认出来了，那女人就是伴娘小芳！

这下大家火了，上去就把四锁围住了，个个伸出拳头，吓得四锁抱头求饶："别打别打，我全招。这个小芳是老师，一点不假，但她是市里杂技团的老师，是我托朋友请来的。梁子结婚前就跟我说了，说你们闹洞房越来越过分，上次小王结婚，把新娘都闹哭了。他不想咱们兄弟在大喜的日子撕破脸伤了感情，不让你们闹又不行，所以我就给他出了这个主意。"

二柱子听完，上前一把揪住四锁："你小子太不地道，梁子到底给了你什么好处，统统交出来，不然我饶不了你。"

四锁苦笑一声："哪有什么好处呀！下个月我也要结婚了，我这是给自己留条后路，说实话，你们这样的闹法，谁不害怕？"

（题图、插图：魏忠善）

# 2008年 2009年 "《故事会》最有影响力的故事"征文大赛 评选揭晓 拉开帷幕

## 四大奖励措施　除稿酬外追加千字千元奖金

2008年"《故事会》最有影响力的故事"征文大赛评选工作已结束，经评委会审定，下列作品荣获**优秀作品奖**（按发表先后排列）：

《留下一张笑脸》（许申高）、《有话好好说》（梅纪国）、《小事不小》（于强）、《喜宴》（子不语）、《最后的号码是个×》（王兴菜）、《窗外》（韦强）、《木板车的爱》（张春风）、《大雪有痕》（彭晓风）、《芙蓉街66号》（东关）、《天使在身边》（曹景建）、《邪门的功夫》（书剑）、《最后一支烟》（扈国臣）、《千万别放弃》（刘祖光）、《学外语》（王明新）。

（以上所有得奖作品除稿酬外另追加千字千元的奖金）

下列作品荣获**入围作品奖**（按发表先后排列）：

《讨封》（常山）、《床头婴》（尤培堂）、《命悬一线》（郭振宇）、《牛黄狗宝》（柴兴志）、《一巴掌的爱》（赵守玉）、《斗书商》（李兴春）、《庄稼汉咬老婆》（朱美洪）、《老鳖真值钱》（刘自忠）、《捕大雁》（尹全生）、《阿P当委员》（金石）。

（以上所有得奖作品除稿酬外另追加每千字四百元的奖金）

《故事会》杂志社已在上海召开了颁奖大会，《〈故事会〉2008年最有影响力的故事》一书也正在编辑中，不久就将与读者见面。

**为鼓励多出优秀作品《故事会》杂志社决定继续举办2009年"《故事会》最有影响力的故事"征文大赛，并对优秀作品实行四大奖励措施：**

1. 入选作品除在杂志上发表外，还将收入《〈故事会〉2009年最有影响力的故事》一书。2. 入选作品可得两笔稿酬：在《故事会》杂志发表的作品，首发稿酬每千字500元；获"《故事会》最有影响力的故事"优秀作品奖，再追加每千字1000元的奖金。3. 入选作品均颁发获奖证书。4. 本刊将邀请有关作者参加上半年在上海举办的第十四届"故事创作研习班"，下半年在外地举办的优秀作品改稿会以及年底的颁奖大会，所有费用均由《故事会》编辑部承担。

征稿范围：1.具有现实感、新鲜感且可读性强的中短篇（包括超短篇）原创作品；2.故事性强、有口传性、能引起读者兴趣的推荐作品。

超短篇故事（如幽默故事）的字数一般在1500字以内，短篇故事（如中国新传说）的字数一般在5000字以内，中篇故事的字数一般在15000字以内。

来稿方法：1. 从邮局寄发，请在信封上注明"征文大赛"字样，本刊地址：上海市绍兴路74号《故事会》杂志社，邮编：200020。2. 从网上传递，请在主题上注明"征文大赛"字样。重点作者的稿件可直接与有关责任编辑联系，本期责任编辑的信箱是：hangfan1102@126.com。

一只小小的送奶箱，也是一份情感的寄托，看着上面那红彤彤的"福"字，就仿佛看见了一张慈祥的笑脸……

# 拆不掉的 送奶箱

□ 谢元清

老卢家住在六楼，他家的大门口挂着一只送奶箱，箱子已经十分陈旧了，上面还贴着一张褪了色的剪纸"福"字。

这送奶箱是许多年前，牛奶公司为了配送袋装鲜奶给安装的。如今城里人早都改喝盒装奶了，送奶箱自然派不上用场，大家都相继拆除了。可不知为啥，老卢家的送奶箱仍孤零零地挂在楼道里，显得有些碍眼。

这天，物业公司的潘经理找到老卢，婉转地说："老卢，你家那只送奶箱没用了吧，为什么不拆掉它呀？都快成古董了。"

老卢"嘿嘿"一笑，说："用是没啥用了，不过你先别拆它，需要拆时，我自己会动手的。"

哪知，老卢说归说，压根儿就没有拆的意思，日子一天天过去，送奶箱仍然纹丝不动地挂着，潘经理每次从那儿经过，都不由得皱起眉头来。

过了几个月，小区安排统一粉刷楼道内墙，潘经理灵机一动，贴出了一张告示：为了方便粉刷涂料，请各住户在三日内将春联、送奶箱等自行拆除，逾期者将由工人统一拆除。潘经理特意在"送奶箱"三个字下划了横线，这是有专指的，因为整个小区里，只剩下老卢一家有送奶箱了。

哪知，三天过去了，老卢家却没

有一点动静。这下，潘经理火了，对着刷墙的工人说："把送奶箱给我拆了，有事我负责。"工人也不含糊，三下五除二把东西拆了，扔进了门口的垃圾桶。

不料，潘经理前脚刚走，老卢后脚就提着大包小包回来了，他往告示栏里瞄了一眼，眉头一皱，加快脚步往楼上走去。不一会儿，只见老卢又急冲冲地跑下楼，指着正在刷墙的工人嚷道："你们谁把我家的送奶箱拆了？它挂在那里又不妨碍谁，干吗要拆？"

这时，潘经理正和一个工头在不远处商量事情，听了这话，他赶忙接过话茬，开玩笑似的说："是我叫工人拆的，老卢，不就一只破塑料匣子嘛，还当宝贝了，你没看到告示呀？"

老卢急得直跺脚："我去儿子家住了几天，自然没看见！送奶箱现在在哪里？快点给我！"

见老卢如此着急，潘经理心里"咯噔"一下：难道这送奶箱里还有什么名堂……糟了，报纸上不是曾经登过有人把送奶箱当"红包箱"搞腐败的事吗？老卢在政府里头上班，听说也是一个小头目，难道有人往他送奶箱里塞红包什么的？

想到这里，潘经理感到事情非同小可，一溜烟跑到门口，幸好运垃圾的车没来，送奶箱还在垃圾桶里，他拾起送奶箱摇了摇，可是怪了，里头空空的，没有任何东西。糟糕！要是真有人塞红包，那可就说不清楚了！

潘经理心里嘀咕着，忐忑不安地将送奶箱交给老卢："刚卸下来还没半个小时，现在完璧归赵！"哪知，老卢接过送奶箱，看也没看，说了声："谢谢。"就提着送奶箱，一摇三晃地上楼去了。

望着老卢的背影，潘经理挠挠头皮，有些闹不明白了：看样子又不像是这送奶箱有"问题"呢。

第二天，潘经理吃过午饭，就到小区里征求住户安装电子防盗门的意见。经过老卢家时，他抬眼一瞧，那只送奶箱又挂出来了。

这下潘经理纳闷了：这只送奶箱到底派什么用场呢？难道里头真有什么秘密？

潘经理太好奇了，便想摘下来看个究竟，哪知，他刚伸手，门"吱呀"一声推开，老卢出来了。

潘经理猝不及防，两只手定格在送奶箱上，尴尬好一阵，才结结巴巴地解释说："安装电子防盗门的事，想征求一下你们家的意见……你、你怎么又把送奶箱挂上啦？"

老卢脸一红，轻轻叹了一口气，说："这只送奶箱其实有一个特殊用场，只是怕你见笑，我一直不好意思告诉你，既然你多次过问，我还是告诉你好了。"

老卢把潘经理让进屋坐下，倒了

· 大千世界　众生百相 ·

一杯水递过去，一本正经地说："我有一个八十多岁的老母亲，她不识字，刚来我这里时，经常会走错楼层。后来，妈灵机一动，想起自己不是会剪纸嘛，以前每年春节，家里贴的红彤彤的窗花都是她剪的，妈就亲手剪了一个'福'字贴在送奶箱上，从此她认准了这只送奶箱，就再也没有找错家门。"

想不到一只小小的送奶箱竟有这样的故事，潘经理听了好不感动，不禁对老卢肃然起敬，竖起拇指说："老卢，你真是个孝子啊！"

老卢一听这话，神色黯淡下来，

他走到一张小方桌前摇头叹道："孝子我是愧不敢当，母亲一个含辛茹苦把我拉扯大，不知吃了多少苦，可是她住不惯城里的高楼，执意要回乡下老家，每年只有过年时，她才肯来这里住个十天半个月……想来她一个人孤零零的，我实在是没有尽到孝道啊！"

潘经理走过去一瞧，不禁大吃一惊，只见小方桌上摆满了各式供品，两根蜡烛忽闪忽闪地点着，台上端端正正摆着一张慈眉善目的老太太遗像。潘经理疑惑了，忍不住问道："老、老人家……"

老卢眼圈有些红了："母亲去年过世了，那时我工作忙，侍奉母亲少，现在有时间了，她又走了……今天是她的忌日，按老家的说法，这一天，新故的亲人会回家看看，所以，我准备了些她生前爱吃的饺子、面馍、芋粉……如果门口没有挂送奶箱，她老人家会找不到家门的……我知道，人死万事空，这只是一种寄托……我保证，今天一过就把送奶箱拆下来好好地珍藏……"

潘经理听了这话，有些哽咽了："老卢，请你原谅，我差一点拆了你的一片孝心和真情啊！"

（题图、插图：刘斌昆）

(本栏目欢迎来稿。来稿可从邮局寄发，也可从网上传递。如为电子邮件，请发以下信箱：hangfan1102@126.com)

# 救命之恩

□ 刘自忠

宏光制鞋厂是一家不大的企业，老板宾大壮原来也是一个打工仔，多年打拼后，终于开了一家属于自己的厂子，生意还算过得去。

这天刚下班，宾大壮还在办公室里忙，突然听到一阵惊呼声，只见会计慌慌张张地跑进门来，叫道："不好了，咱们厂起火了！"

宾大壮一惊，急忙冲下楼去，果然生产车间里冒起了浓烟，大伙正提着水不断地去浇，可火势太大了，水泼过去，一点用也没有。

宾大壮急忙一面叫人报火警，一面迅速指挥抢救。厂子里乱作一团，突然，有个人跑了过来，抢过工人手里的水盆，往自己头上一淋，然后转身就想冲进冒着火的车间。这人叫张小强，是车间里的一个小组长。

大伙都吓坏了，急忙将张小强拉住，叫道："你不要命了，进去会被烧死的。"张小强却一把推开拉他的人，喊道："不行，我一定要进去！"

好在又有几个工人过来，强行将他拉住了。宾大壮一看，火已经将车间入口都封住了，就算冲得进去，也未必能出得来，便也过去劝说张小强："里面没有人，东西就算再重要，也不会比自己的命更珍贵。"张小强这才罢手。

这时，众人将水管拉来了，正对着里面喷水。突然，只见一条人影一闪，飞快地冲进了车间，原来张小强趁人不注意，又冲了进去。宾大壮急得大叫："张小强，快出来！"工友们也一边大声叫着，一边不断地往门口喷水。

过了好一阵，才见张小强跟跄跄跄地从里面冲出来，手中还抱着一个人，他刚冲到门外，就一下昏倒在了地上。大伙立即上去，将他和抱着的人一起抬到了安全的地方。宾大壮上前一看，吓了一跳，躺在张小强怀里的，竟然是自己八岁的儿子宾冰，原来张小强是进去救人的。

宾大壮霎时冷汗就下来了，他也来不及多问，立即让工人将两人送去医院。这时，消防队的车子也到了，很快将大火给扑灭了，由于烧的只是一个加工的车间，损失不算太大。

张小强只是被熏晕了，到医院一会儿就醒了，倒是小宾冰头上受了伤，还需要在医院接受进一步治疗。宾大壮连声向张小强道谢，还问他怎么会知道儿子被困在里面，可张小强一声不吭，什么也没有说。

宾大壮心里不禁犯疑：从张小强当时急着进去救人的情况看，他是知道孩子在里面的，那他为什么不说出来？看来，他是有事瞒着大家，莫非这次的失火与他有关？想到这儿，宾大壮立即对张小强有了异样的感觉。

不久，宾冰醒来了，宾大壮就问他当时的情况。孩子说，他放学后在厂里玩，当时大家都下班了，他就从窗口溜了进去，正好看到地上有个打火机，就拿来玩，却不小心将物品烧着了，他吓得想跑出来，因为一时心慌，竟撞到了一台机器，晕了过去。

这样看来，张小强和这起火灾还真没有关系，唯一能解释的就是，他正好看到孩子进了厂房，火灾发生后，便想自己进去救人抢功劳，所以才不说出来。这个张小强，虽然表面英勇，其实也是有私心的。不过，人家毕竟是冒着生命危险救了儿子，不管怎样都要感激。

等儿子出院后，宾大壮特意请张小强到饭店吃了一顿，说了一通感激的话，然后拿出一个红包递过去说："这是我的一点心意，你就收下吧！"

张小强急忙推辞："这事不管是谁遇上了，都会把人救出来的，我这没什么！"

宾大壮心里明白，看来这点钱还

不能让人家满意，便说："那么好吧，我就不为难你了，不过你放心，我一定会回报你的。"他想，过段时间，找个机会将张小强提拔上来，也算是还了一份情。

很快，就到了月底发工钱的时候，因为火灾烧掉了很多成品，每个人的工作量没法核算，所以这个月不像往常那样是按件计酬的，大家只拿到一些基本的生活费。

这下，厂里炸开了锅，很多工人心里都不服，纷纷来找宾大壮说理。人来多了，宾大壮不禁怒道："工厂受了损失，大家都有份。再说了，我还没追究你们的责任呢，下班后没将门窗关好，这才让孩子溜进去的。"

宾大壮是铁了心要赖掉这个月的工钱，尽管他从前也是打工仔，知道打工仔的辛苦，但他更体会到钱的来之不易，不能轻易放出去。

这时，张小强也来了，宾大壮看见他，说："放心吧，你对我有恩，你的钱我一分不少，但其他人的事你就不要管了，谁做了多少工，我已经算不清楚了，怎么给大家钱？"

张小强吃惊道："厂里应该有统计吧！就算被烧掉的部分没法计算，可还有出厂的产品啊，这部分工钱应该发给大家吧。"

宾大壮摆摆手说："我说过，你的钱我一定给，你就别来帮人家说话了，能给他们发些生活费，已经是仁至义尽了，我的损失谁又来赔我？"

张小强无可奈何，只得低头离开。走到办公室门口时，他突然回过头来，问："老板，你不是想知道，我那天为什么会进去救你儿子吗？"

宾大壮愣了一下，忙问："为什么？"

"其实，我进去并不是为了救你儿子，"张小强说，"因为，我当时并不知道孩子在里面。"

宾大壮吃了一惊，不解地看着张小强，问："那你为什么还非要进去呢？"

张小强叹了口气，说："我在几家厂子打过工，遇过很多的老板，他们会找各种各样的理由来克扣民工的钱。当时，车间一着火，我马上就想到里面有一本账本，上面有每次生产数量的统计，还有大家的签字，这才拼了命进去。可等我进了火场，突然发现一个孩子倒在地上，情急之下，只好先救人，也没心思去抢账本了。可以这么说，其实孩子不能算是我救的，应该是那个账本救了他。"

宾大壮实在没想到，张小强冲进火场的原因竟然是这个，就是怕他赖了大伙的钱，而自己偏偏真的做了。

看着张小强离去的背影，宾大壮呆立许久都没回过神来。他突然想起自己做打工仔时，每到月底拿着工钱时的情形……

（题图、插图：谢 颖）

这个恶仆胆大包天，他竟要倒打一耙，状告主子！

# 给恶人下个套儿

□ 小可

## 恶仆欺主

**北**宋时期，山东登州府有一个举人，名叫刘知圣，家境富裕，学业也甚是优异。这年秋风刚起，父母就打发他动身进京，预备来年春天参加朝廷科考，还特地让家仆刘士喜随同前往，服侍左右。

一路辛苦自不必细说。到达京城后，主仆两人便找了家旅馆安顿下来。同旅馆住的，有不少也是进京赶考的书生，刘知圣在埋头用功之余，就和他们聚在一起，或探讨学业，或吟诗赋词。而那些随同的仆人们呢，一来二往地自然也熟了起来，嘻嘻哈哈插科打诨，什么话都说。

刘知圣开始倒也没觉得这有什么不妥，可有一天他突然发现，刘士喜晚上没回来，第二天一问，原来是和那些仆人们一起去妓院逍遥了。刘知圣挺生气，数落道："你怎么能到那种地方去呢？"

刘士喜嘀咕说"公子啊，考状元是你们的事，我们这些做下人的，反正闲着也是闲着，那地方他们都去得，我为什么就去不得呢？"

刘知圣更生气了："再怎么闲着，总不能闲到妓院去吧？听说妓女都是刮骨的刀呢！"

刘士喜嘻嘻笑了："那是吓唬人的。公子，你不知道，妓院那小娘子……嘿嘿，嘿嘿……唉，我们这些下人天天要伺候你们，不去放松放松，只怕是早晚有一天要累死。"

刘知圣一时说不过他，只好随他去了。谁知这一来，刘士喜胆子越发大了，只要瞅着空儿，就往妓院里钻，

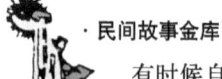

有时候自己吃得满嘴流油，却用两三只冷馒头打发刘知圣。

这天早上，刘知圣起床，连叫了数遍，都没见刘士喜应声。一直到了

晌午，刘士喜才摇摇晃晃地和几个仆人带着一身酒气回来。

刘知圣瞅他那红扑扑的脸，就知道昨夜准是又在妓院宿下了，不由恼怒地大骂道："天下有你这样做奴才的吗？看来，不把你送开封府找包大人治罪，是万万不成了！"

刘士喜没想到刘知圣这回动了真怒，害怕了，再三求饶。但刘知圣怒气难消，一边骂一边真就取来纸笔，当下写了状子，把刘士喜来京城后的种种恶行罗列出来，要将他送开封府。

这时，旅馆里那些平日和刘士喜一起厮混的仆人们闻声都围了上来，得知刘知圣要把刘士喜送开封府，想想此例一开，他们今后的日子也不会好过，便纷纷替刘士喜说情，刘士喜也再三发誓保证一定悔改，刘知圣这才作罢。

人群散开后，刘知圣瞅瞅写好的状子，想想自己这些日子的遭遇，觉得即使不送刘士喜去开封府，自己且在纸上治他一回，也好消消肚里的气。于是大笔一挥，在状子上判道：该恶奴所犯罪行属实，着打三十大板。写罢，还觉不过瘾，就又"刷刷"一签：包拯。然后将笔一扔，拿起状子左看右看，着实兴奋了一番。

### 反咬一口

按说，这事情过去也就过去了。

可没想到的是，第二天，刘士喜收拾房间时，看到了这个判词，见主人要打他三十大板，心里很不舒服：不就这么点事吗？三十大板，能把人打死啊！

刘士喜把这事儿在仆人中一说，就有人告诉他，私下以官府名义写判词那是犯罪，告到官府，是要挨板子的。刘士喜昨儿个被刘知圣怒骂后，正为回去以后如何向老爷交差而犯愁呢，听此一说，心想：这不正好是个机会吗？用这事治住了主人，没准他回去就不会再告自己的状了。可这仆人说的到底当真不当真呢？他心里也没底。

为了保险起见，这天上午，刘士喜特地悄悄带着那张状子上街，想找个什么人问问。正巧看到一家茶馆门口插着一杆幌子，上写三个字"算如神"，幌子下坐着一位先生，脸瘦瘦的，下巴上有一绺长长的白须，细长的眼睛眯缝着，很有几分仙风道骨的样子。

刘士喜心里一喜，就过去给先生作了个揖，说："先生，小的有礼了！小的想请先生算一卦，看看近日是有灾呢，还是有喜。"

那先生上上下下打量了刘士喜一番，捋了捋白须，说："你是陪家里小主人来京城赶考的吧？"

刘士喜大惊：怎么这先生只一眼就看出了自己的身份？于是赶紧回答："在下正是，还望先生给算上一算。"他边说边从怀里摸出一锭银子，递给先生。

先生把银子拿在手里掂了掂，鼻子里"哼"了一声："你想做大事，这点银子怎出得了手？"

刘士喜心里越发惊讶：他怎么连我心里正在琢磨的事都知道？是啊，仆人要告主人，这事情还不大吗？于是赶紧又掏出一锭银子，恭恭敬敬地递上，说："区区碎银，不成敬意，求先生给在下一颗定心丸。"

先生这才"嘿嘿"一笑，手捋白须，缓缓说道："你现在印堂半边发青、半边发亮，成败皆在两可之间，看在这银子的面上，老夫决定推你一把。你且把事儿从头说来老夫听听。"

刘士喜大喜，立即就把状子递上，把刘知圣要送他见官打板子的事情，和仆人告诉他的话，都一五一十地说了，至于他自己的那些事儿，自然不提。

先生把状子仔仔细细看了一遍，点头道："私自写下此等判词，的确有违朝制，送到官府，挨板子无疑。开封府包拯从来嫉恶如仇，如若你真是被冤枉的，告上去，只怕你家小主人的屁股会被板子打烂！"

刘士喜闻听此言喜笑颜开，迫不及待地抢过先生手里的状子，就一路狂奔来到开封府，摘下大门口的鼓槌，把个鸣冤鼓敲得"咚咚"响。

## 顺水推舟

此时，包拯正在府内批阅公文，一听大堂外鸣冤鼓响，立即命人将击鼓人传上堂来。刘士喜进门给包拯一跪，双手高高举着状子，说："青天大老爷，小人有冤啊！"

包拯道："有何冤屈，快快说来。"刘士喜说："大人啊，我家小主人刘知圣是个进京赶考的举人，小的一心一意侍奉他，可他却私冒大人之名，要打小人三十大板。小人冤枉啊！"

包拯命人把状子呈上来，从头到尾看了一遍，沉吟片刻，将惊堂木一拍，大声喝道："胆敢私冒本官下判，简直岂有此理！来人呀，把他给我带来，本官要细细查问！"喝毕，见师爷公孙先生蹭上堂来，便和他耳语起来。

说话间，刘知圣就带到了。刘知圣一个举人，哪里见过这种阵势，他刚才正闭门诵读四书五经，突然开封府来带人，还以为是搞错了呢。此刻，他见刘士喜跪在一边，满脸得意之色，方知是这奴才告了自己。只是，他好生迷惘，不知刘士喜为何告自己，告的又是什么？

包拯命人把状子给刘知圣看："这可是你亲笔所写？"刘知圣接过一瞅，点头说："正是小人所写。"

包拯脸色一沉："你身为举人，可知道私下判人有违朝制？"刘知圣吓得脸都白了："大人，小人并不知道！否则，哪里敢做出此等违法之事？"

包拯瞅瞅一副书生模样的刘知圣，继续追问："你为何如此重判你的下人？"刘知圣直摇头："大人啊，只因他太不像话……"于是，便一五一

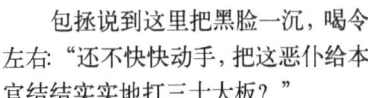

十把刘士喜的不是说了一遍。

包拯转眼瞪着刘士喜："你家小主人说的可是实情？"刘士喜忙喊道："大人啊，陪同主人来赶考的仆人何止上千，哪个不是这般行事？又不单我一个。可冒充大人您私下处罚仆人的，大概除了我家主人，不会有第二个了吧？大人，您要不处罚他，小的可是万万不敢啊！"

包拯微微一笑："那按你的意思，该如何处罚他啊？"刘士喜兴奋地回答说："那就请大人把他判我的三十大板，仍然打回到他屁股上去吧！"

"哈哈哈哈！"包拯朗声大笑起来，转而对刘知圣点点头，说："你眼下虽说还是待考的举人，可下的判词却正中我意，看来，你很有办案的天赋啊！"

说着，包拯把那张状子递给师爷公孙先生，嘱道："你且照此念一遍吧！"公孙先生立即应声照念起来。

念到后面"着打三十大板"时，包拯对刘士喜道："其实本官早就风闻你等恶仆欺凌主人甚是嚣张之事，有心想压压此等歪风，只是苦于没有合适的机会，所以本官便派师爷和手下一干人，乔扮各色人等出去查探。没想今天'踏破铁鞋无觅处，得来全不费工夫'，你自己送上门来了！"

包拯说到这里把黑脸一沉，喝令左右："还不快快动手，把这恶仆给本官结结实实地打三十大板？"

刘士喜一下瘫倒在地，正好对上公孙先生的眼睛，发现这师爷可不就是那个"算如神"先生吗？怪不得刚才听他的声音好生耳熟，原来他是故意装成算命先生，去打探情况的，自己是中了圈套了。

三十大板可不是吃素的！待两边衙役将刘士喜按倒，亮出屁股，"噼噼啪啪"三十响之后，刘士喜已经哭不动、嚎不动，身子更不能动了。

包拯放眼瞅瞅，道："你这恶仆，回答本官，回去之后改不改了啊？"刘士喜头点得跟鸡啄米似的："小的记住了，小的以后再也不敢了……"

包拯又转过脸，对刘知圣道："日后万不可再私下里写这种判词了，不知者不为过，这次本官就不责罚你了。只要你一心向学，将来有你断案的时候。不过，你也得记住本官一句话：当官要以民为天，万万不能徇私枉法啊！"刘知圣连连点头称是。

（题图、插图：黄全昌）

一次浪漫的邂逅，让她重新找回了少女的情愫，不想这却是一场生死较量的序幕……

# 偷天陷阱

□ 刘振涛

## 欲擒故纵

世上总没有十全十美的事情。美智子虽然年轻、漂亮又有钱，可她觉得自己很孤独，丈夫忙于工作应酬，常常没有时间陪她。一个人的时候，她经常去酒吧打发时光。

这天，美智子来到一家酒吧，刚找了张空位子坐下，就有一个醉醺醺的小平头走过来，大大咧咧地坐在她的对面："啊！蛮漂亮的！我陪你喝一杯怎么样？"说着就动手动脚的。

这时，一个高个子男人走过来，大声对美智子说："老婆，我等你半天了，怎么才来？"小平头见来人比自己高出半个脑袋，知趣地慌忙离开。

高个男人自我介绍说："我叫伊藤，刚才多有得罪。"美智子不禁怦然心动，这男人不但英俊潇洒，还带着种武士般的彪悍，很有男人味，自己正因为丈夫去神户出差一个月而无聊呢，没想到碰上这么一出。她嫣然一笑，颇为感激地请伊藤坐下，说："怎么会呢？刚才还要谢谢你呢。"

聊起来才得知，伊藤不但单身，而且兴趣爱好竟和美智子那么的相似。两个人一直聊到深夜，俨然是一对老朋友了。相互留了电话后，伊藤提出送她回家，美智子没有拒绝。当送到住处的楼下时，伊藤吻了她。

接下来几天，伊藤却神秘地失踪了，美智子顿时有一种强烈的失落感。就在她忍不住要给伊藤打电话时，伊藤却突然出现在她的楼下，美智子仿佛受了委屈一般扑进他的怀里。这天，两人都喝了不少酒，美智子本以为伊藤会拥抱、亲吻她……然而，伊藤却很有礼貌地离开了她的房间，这下美智子更爱慕他了，但又羞于开口把他留下来，只好企盼下一次的相逢。

美智子却不知道，伊藤从她家出来，就和小平头碰了面，商量了一会，他带着诡秘的笑，和小平头分开……

深谙女人恋爱心理的伊藤，吊足了美智子的胃口。第四天，他给美智子打电话，约她到著名的海滨山庄去游玩，美智子欣然应允。

虽然她隐隐感觉有些对不起丈夫，丈夫当初发达时，为了以示忠诚，为自己买下了近千万日元的意外保险，受益人是妻子！美智子着实感动了一阵子，可没过两年，丈夫居然在外面有了私生子，美智子的心伤透了，想到这，她仿佛有了底气，理直气壮地踏上了旅程……

海滨山庄位于一处偏僻的海湾，是情侣幽会的最佳栖息之所。白天，他们爬山、嬉水；晚上，更是无尽的缠绵……

数日后，回到家里，伊藤俨然成了男主人，看着美智子忙前忙后的，自己则耳朵里塞着音乐播放器的耳机，一边听《索兰调》，一边打着拍子……

## 蓄谋已久

伊藤离开后，美智子每次回忆时都会轻笑出来。不过，伊藤没有再找她，只是偶尔通下电话，说几句就挂了。

隔了几天，美智子突然收到一封信，里面装有二十多张照片，竟是她和伊藤在海滨山庄里幽会的画面。美智子顿时花容失色，她急忙给伊藤打电话。不一会儿伊藤就赶来了，气呼呼地把一个信封摔在桌子上，美智子打开一看，信封里装的和自己收到的一模一样，就连打印的勒索信都一字不差，信上说：

"你是有身份、地位的人士，你比我更清楚这些照片散布到网上是什么后果！只有一个小要求，200万日元，这点钱对你来说是小数目。请在明晚十一点，把钱放进深井街的第二个垃圾箱内，如果报警，后果自负。"

美智子手足无措，不禁嘤嘤地哭了起来，伊藤却心有不甘："200万，我们两个加起来就是400万元啊！不行，必须报警！"

美智子却猛地抬起头，说千万不能报警，伊藤为难地说："可……我只有三十多万啊！"说着，他掏出一个纸包放在桌子上。

美智子定定地看着伊藤，泪水滚落下来："我这里有些私房钱，你拿去吧，"说着，回到卧室，拿出一部分现

金和两张卡，"我下午就去取出来。"

伊藤沉思一会儿："不能这样听任摆布！这样，到时候你去放钱，我提前躲在暗处，找机会跟踪勒索我们的人，你看好吗？"美智子犹豫了，最后还是点点头："你可要小心啊，这些人心狠手辣，没有人性的。"

看着美智子幽怨的眼睛，伊藤一把抱住她"钱你暂时先垫上，我一定会还给你的。"美智子依偎在他的怀里，漂亮的嘴角很不自然地抽动了一下。

这时，楼下响起熟悉的汽车喇叭声，美智子突然一惊："我丈夫回来了，你快走！我们再电话联络……"

丈夫告诉美智子，公司那边出了点小麻烦，收拾点东西马上就要走。美智子已经习惯了他逼真的谎话，也并不在意，何况自己还有事要处理。

忽然，美智子灵机一动，一个蓄谋已久的计划在脑海深处清晰了……

## 工于心计

第二天晚上十点左右，美智子打电话给伊藤，让他马上过来。伊藤很快赶到，两个人商量了一下，一切按计划行事。

伊藤提前十分钟绕道来到指定的垃圾箱对面，在一处拆迁的废墟后面藏起来。他给小平头打了个电话，小平头这时开着一辆破面包车，已经在另一条街等候了。

不久，美智子的车缓缓停在垃圾箱跟前，她四下打量了一下，飞快地把一只黑色的大号皮包扔进垃圾箱里，然后上车急促地开走了。

伊藤心里暗自高兴，早知道这么轻松就能拿到钱，真不该通知小平头，他后悔之余，下意识用力地握了下拳头。

这时，小平头已经把车开过来停下，动作迅速地抓起皮包，伊藤也从废墟里冲出来，一个健步跳上车，然后车子飞速地驶出市区。在街道另一头，一个身影晃了一下就消失了。

在市郊的一个水库大坝上，可以借着月光看到很远的景物，这是伊藤和小平头事先说好的地点。车熄火后，小平头拎着皮包下车，还没走两步远，头上便挨了一下，栽倒在地。

伊藤扬起扳手冷笑道:"混蛋,我一个人花了这么大的心思,却要分你一半的钱,太便宜了吧?"他打开皮包仔细地检查了一遍,都是货真价实的钞票,伊藤的眼睛都红了。然后,他把小平头弄上车,把车开到了大坝的边缘停住,说:"龟田君,对不起,以后每年我都会拜祭你的。"说完,用力把那辆破面包车推了下去……

伊藤回到美智子的住处,沮丧地说自己看到一辆面包车,想跟踪却无法靠近。美智子微笑着,从床下面掏出一把乌黑的手枪对准了他。

伊藤慌了,一边大叫着,一边快速移动脚步,想伺机夺门而逃。

美智子看出了他的企图,挥着枪口说:"那道门你是打不开的,而且我丈夫把房子全部都装了隔音壁,即使你喊破了喉咙,也是没用的。"顿了下,美智子平静地看着他,"其实,从海滨山庄开始,我就感觉到了你的意图,我故意让你达到目的,你们拿走钱的时候,我就在不远处看着你。"

伊藤深深懊悔自己的大意,他这才知道美智子是个有心计的女人。现在,想伺机夺枪不大可能,弄不好这个狠毒的女人真的会把自己干掉。

美智子停了一会儿,说"我知道你还有个同伙龟田君! 没想到吧? 我从你的手机里追查到并收买了他,想让他干掉我丈夫的死嫁祸给你,但他一直没有和我联系,我知道,

一定是你把他杀了!"

伊藤做梦也想不到这个漂亮女人有如此的心机,他突然感觉美智子浑身有一股杀气渗透出来:"美智子,是、是我错了,我、我把钱都还给你,行、行吗?"

"行!"美智子回答得很痛快,"只要你帮我一个忙,那些钱还是你的。"

"行行行!"伊藤点头如啄米,"只要你放过我,十个忙我都帮! 你尽管吩咐!"

## 同归于尽

美智子指着高大的衣柜,命令伊藤打开。伊藤照做了,一看却大吃一惊,里面居然是美智子的丈夫,手脚被绳子绑着,嘴上贴着胶带,肥胖的身体被憋得大汗淋漓。

美智子痛苦地看着丈夫:"哪个女人能忍受自己的丈夫和别的女人生下孽债? 我能接受私生子来分割我的财产吗? 你的所有财产都是我的,你的千万意外保险金也是我的,谁也不能拿走一丝一毫!"

美智子似乎变了个人,歇斯底里起来,突然,"砰砰"两声,她对着丈夫的心窝连开两枪,枪声震得伊藤耳鼓嗡嗡作响。

伊藤从没见过像美智子这样的漂亮女人开枪杀人,那种狰狞不该出现在一张娇媚的脸上。伊藤有些颤抖和

恐惧，这是从未有过的惊恐。

其实，美智子早就有此打算。当她得知丈夫在外面有了私生子后，她意识到自己的婚姻将会发生质变。首要的事情，是把所有的财产握在自己的手心里。于是，美智子一直在暗暗筹划着……

恰巧此时，伊藤闯入了美智子的视线，当她发现伊藤的企图后，便马上买通了龟田，并允诺说，只要干掉伊藤，赃款全归龟田，另外再加200万把骗回来的丈夫杀掉，嫁祸给伊藤。

美智子的如意算盘是：等龟田办完了事，一定会出逃，到时把这个活口灭了不会太费事，却不料伊藤见财起意先把龟田干掉了，现在只有自己动手来完成全部计划了，美智子谋算过，应该不会留下破绽……

美智子命令伊藤："快！把他的绳子解开，血如果不流通，会把绳子的勒痕留在上面的。"

伊藤用有些发抖的手解开绳子，

美智子把枪扔给他"我打不准，你再补两枪！"伊藤接过手枪后，镇定了许多，狞笑着对准了美智子："真是最毒妇人心啊，你想嫁祸给我？你太小看我了。"说完，扣动了扳机。

"咔"，居然没有子弹了，伊藤刚要扑过去，美智子手里不知何时多了一把小巧的手枪，伊藤的身形顿时定在那儿，一动不敢动，面如死灰。

美智子哈哈大笑："我连丈夫都防，会不防你吗？"说完，一连串的子弹穿进伊藤的胸膛，"谢谢你的勒索，你帮我大忙了，伊藤君！"

伊藤紧紧握着空枪，嘴唇翕动着，眼睛直勾勾地看着天花板，高大的身躯向后轰然倒下……

美智子把小手枪上的指纹擦干净后，用布裹着，塞到了丈夫的手里。然后，她把头发弄散，打开窗户，便突然凄厉地痛哭起来，边哭边拨打报警电话。

警方赶到后，美智子再一次哭得晕了过去，在场的人不由跟着落下同情的泪水。为了防止她再度休克，警方安排美智子住进了医院。

然而，让美智子没有想到的是，在清理现场时发现，伊藤衣袋里的音乐播放器还在工作着，那是已经打开的录音状态……

（题图、插图：佐　夫）

## 亲情的力量

小宝家有只老山羊，生了二十几只小山羊，便理所当然地成为羊群的头羊。每天，小宝放学后，都要赶着羊群到山坡上去吃草。老山羊总是昂首挺胸地走在最前面，如果有哪只羊脱离队伍了，老山羊严肃地"咩咩"一叫，那只羊准会乖乖地回到队伍里去。

不久，小宝家里盖了个新羊圈。这天，小宝打开栅栏，想把羊都赶到它们的"新家"去。

谁知老山羊还以为是赶它们去吃草呢，带着羊群出了院门向山坡跑去。小宝一下子急了，跑到老山羊面前，抓住它的角使劲往回拽，可老山羊的力气太大了，它倔强地就是把头扭向山坡的方向。

小宝心想：要想把羊群顺利地赶到新羊圈，必须由这个头羊来带领。于是，小宝拽住老山羊的角狠命地拉，谁知老山羊和他较上了劲，四肢用力，一抖脖子，把小宝摔了个仰面朝天。

这时，母亲走过来拍拍小宝身上的土，说："你不能硬拉！"说着，她指着一边刚刚生下不久的小羊羔说，"你试试看，抱着小羊羔走！"

小宝依言抱起一只小羊羔往新羊圈走去。小羊羔"咩咩"地叫着，老山羊一声声答应着紧追不舍，后面的羊群纷纷跟了上来，小宝终于顺利地把羊群领进了"新家"。

在力学原理中，力有大小，但再大的力也无法与亲情的力量相比，因为亲情的力量是无穷的。

（作者：杨启范）

## 积攒温暖

儿童福利院里，珍妮正带着十几个孩子在做游戏，孩子们似乎在向她报告什么，这个说阿姨昨天亲他了，那个说收到小朋友送给他的画。

有人问珍妮："你们在玩什么呢？"珍妮微笑着，说："我在教孩子们积攒温暖。"

"积攒温暖？"

"是啊，"珍妮说，"这些孩子小小

年纪就成了孤儿，生活对于他们而言就像冬天一样，所以我想教会他们积攒温暖，将平时人们给予的一点一滴的温暖积攒起来，慢慢地心里就会有一轮太阳。"

珍妮又说起了自己的故事。原来，她是个私生女，从小在白眼中长大，男孩子欺负她，女孩子孤立她，她的亲人们，总是嫌她是家族的耻辱。

但是，珍妮记得更多的，却是那些曾经温暖了她的人和事。

她说那个揪她辫子的男孩，有一次竟然在她的衣兜里放了两颗奶糖；

总是拿她当出气筒的舅舅，出差带回来两条一模一样的漂亮裙子，一条给表姐，而另一条，竟然是给她的；

她的外公，那个爱面子的老人，一看到她就会黑下脸来，临终时，却殷殷嘱咐家人一定要供她上大学。

说到动情处，珍妮哽咽了。她说，自己真的很感激生命里的这些温暖，让她慢慢地感到了生活的美好。

积攒温暖，这应该是我们听到的最美好的一个词。

（作者：梧桐听雨；推荐者：雨　烟）

几个人在风景区游玩，在一处凉亭歇脚休息时，大家看见这个亭子的正中，悬挂着一口巨钟。

小高很是感兴趣，便询问起撞钟的价格来，看钟的老者回答说："撞一次两块钱，你就撞三次吧！"

小高连忙把六块钱交到看钟人的手里，然后运足力气用那根悬挂的圆木撞钟。每撞一次，钟声悠然间，便听看钟人跟着喊一声："一撞身体棒……二撞保平安……三撞财运旺……"

很快，三次钟已经撞完了。这时，小高发现看钟人正在与其他游客闲聊，便乘其不注意，又多撞了一次。

小高正在暗暗自喜，看钟人却突然回过身子，对他喊道："怎么能撞四次呢？这个便宜是不能赚的，你刚才的三次等于白撞了！"

小高一脸不解地问道："为什么不能撞四次，有什么说法吗？"

看钟人笑道"四大皆空嘛！"周围的人听了，全都哈哈大笑起来，只有小高面红耳赤地呆立一旁。

贪念产生于一瞬间，如果付诸行动，就有可能在瞬间，把原本拥有的一切输得精光！

（作者：清　山；推荐者：阿　朱）

**（本栏插图**：安玉民　梁　丽）

## 只撞三次钟

**学写作文，从读故事开始**

望子成龙的心情固然可以理解，但也要想想，自己的孩子是不是这块料啊！

# 真的不是

□ 书 剑

有一户人家，姓马，是方圆百里数一数二的有钱人家，山坡上骡马成群，山庄里佣仆如云，再快的马跑上一袋烟工夫，也跑不出他们马家的地界。

按说这样的人家，过日子还有什么愁的！可偏偏不，你看男主人马大海那张老脸，整天拉得比马脸还长。原因嘛，说起来也简单，是被他的宝贝儿子马雄气的。

马雄这名字听起来挺有气势，人却是个草包。打小起文武老师给他请了一大堆，可马雄今年都二十岁了，却还是文不能拿笔、武不能提刀。

尤其让马大海发愁的是，这小子胆子特别小，看到山坡上成群的骡马，居然吓得直往人后躲。唉，眼看自己越来越老，保不定哪天就撒手归西，儿子这熊样，偌大的家产怎么放心交给他？

马大海想来想去，总觉得要想个狠招儿，让马雄威猛起来。

这天，马大海在自家山庄转悠，经过山背后那座屠宰场时，不由心里一动。这个场子才建不久，专门屠宰那些不能再劳作的老牛老马老驴老骡。平日里，这儿畜生的惨叫声不绝于耳，一般人都不会想到这里来，更不用说马雄了。马大海心想：我何不把儿子放到这地方来栽培栽培？

于是，马大海把马雄领进屠宰场，绷着脸说："从今天开始，你天天在这里给我看着他们干活，学学怎么

做我们马家的男人。听到没有？"马雄吓得簌簌发抖，可老子的威势根本不容他反抗，只能战战兢兢地答应。

不一会儿，马雄就看到一个赤膊大汉提着铁锤，三步两步走到一匹老马跟前，那老马仿佛知道自己就要挨刀子似的，眼眶里溢满了泪水，"扑通"朝大汉跪下来。可大汉脸上毫无表情，扬起手中的铁锤就朝老马脑门砸去。老马还没来得及"哼哼"，就踉

跄倒地。随后，那大汉扔了铁锤，换过一柄锋利的钢刀，就开始给老马开膛剖肚、剥皮取肉。

马大海不动声色地看着这一切，可一旁的马雄却恶心得"哇哇"吐了一地。马大海呵斥道："你看也得看，不看也得看。"又吩咐管家说，"你给我盯着少爷，让他天天在这儿看着！"

一晃过了十多天。这天，马大海悄悄来到屠宰场，正好有个大汉在杀牛，那场面比杀马更加血腥，马大海偷眼看马雄，发现他正睁大眼睛看着，而且居然还要管家给他泡杯茶来。马大海心里一宽：在这种场合还有心情喝茶，可谓小成了！

马雄见马大海来了，屁颠屁颠地跑过来，嚷着："爹，你让我看到啥时候啊？我都看厌了！"

马大海点点头说"好啊，爹就等着你这句话，从今天开始，你不必再看了。"马雄大喜。

谁知马大海接着又说"不过，你得给我学着动手，什么时候你也会这套功夫了，爹就放你回家。"

马雄一听，伤心地哭开了："爹，动刀子我可不敢啊……"马大海理也不理他，背起手就走了。

又过了十多天，马大海叫来管家，问："少爷怎么样了？"管家苦着脸说："老爷，畜生没宰成，少爷自己倒尿了一裤子。小的斗胆说一句，少

爷他、他真的不是这块料啊……"

马大海一听，猛拍桌子，瞪眼喝道："你说什么？你敢小瞧少爷？你想让他永远这副熊样，等我老了好让你欺负是不是？"

管家吓得叩头如捣蒜，"噼里啪啦"猛抽自己嘴巴："小的该死！从今往后，小的一定盯紧少爷！"

一晃又过了十多天，这天管家得意洋洋地来向马大海禀报，说是少爷现在和以前大不一样了，请老爷过去看看。马大海大喜，连忙赶去屠宰场，果见马雄锤马杀牛都不在话下，动作凶猛彪悍，连眉头都不皱一下。

马雄神气活现地对马大海说："爹，现在我总可以回家了吧？再在这儿待下去，我可真要闷死了！"

谁知马大海还是摇头："你小子真想回家，就得再给我动一次刀子。"

马雄不屑地说："这有什么难的？畜生在哪儿？快快牵来！"

马大海一挥手，有人将畜生牵了来，马雄一见，惊得面如土色："爹，这是我的心肝宝贝，使不得啊！"

原来牵过来的是一匹性格温良、长相俊美的小白马，它可是马雄一手喂养长大的。小白马与马雄已多日不见，今天乍一见主人，高兴得就想过来亲热。

马雄"扑通"一声跪倒在马大海面前，泪流满面地喊道："爹，你要我杀什么都可以，就是不能杀它啊！

爹，你就饶了它吧！"

马大海气得脸色铁青，朝马雄吼道："你小子太让我失望了！你对畜生都存仁慈之心，将来怎么能打理我们马家的祖业？你给我听着，今天要是不给我杀了这畜生，就再也别想做我们马家的人！"

马雄呆呆地站着，好久好久，突然他猛地仰天一声喊，举起手中的铁锤狠狠地朝小白马的脑门砸去……再回转身来的时候，他的眼神已近乎疯狂，咬牙切齿地问马大海："爹，还要杀什么，你说，我还想杀！杀！"

看着儿子这副豁出去的样子，马大海心里非常得意……

回家以后，马大海正在考虑接下来该怎么进一步训练马雄，忽听大门外传来管家不要命的喊叫："老爷，老爷，不好啦！出大事啦！"

管家跌跌撞撞地跑进来，见了马大海腿都软了："老爷，不好啦！刚才您前脚走，少爷后脚就上街去了，没来由地和人家吵架，结果、结果……"

"咣啷"一声，马大海手中正拿着的算盘掉到地上，珠子滚了一地。他抓住管家急问道："结果怎么了？快说！"

管家哭丧着脸说："结果少爷狂性大发，一锤砸在人家脑门上，当场就把人家给砸死了。现在他……他已经被官府逮了去……"

（题图、插图：谭海彦）

是情义相投的师生，是彼此信任的知己，更是不共戴天的敌人……

# 刺杀少佐

□ 李志明

## 莫逆之交

云山镇有户姓耿的人家，三代行医，深通岐黄。尤其是到了耿爷这第三代，名声更是如雷贯耳，寻常小病自不必说，就是各种疑难杂症，到了他手里无不药到病除。

这天，耿爷正在院子里练八卦掌，儿子突然慌慌张张来报，说是驻扎在镇上的鬼子少佐川岛正在前厅等候。耿爷心里一惊，十天前他曾被请去山里，为抗日游击队队长罗大虎治病，莫非此事被鬼子知道了？

耿爷心神不宁地来到前厅，不料川岛见了他深深一鞠躬，让随从奉上包装精美的锦缎和醇酒，说："小小礼物，不成敬意，请先生笑纳。"

耿爷吃不准川岛这是什么意思，说："老夫治病从来只收诊金不收礼物。说吧，你哪儿不舒服？"

川岛笑道："先生，我不是来看病的，而是专程拜访您的！我非常喜欢中医，并一直在研习。但中医实在太深奥了，有很多地方不得要领，希望能得到先生您的指教。"

耿爷听了不禁哑然失笑：中医是我们中华民族的国粹，博大精深，你们杀人放火的鬼子懂什么？但川岛根本不理会耿爷对他的蔑视，开始侃侃

而谈自己接触过的一个奇怪病例，竟说得头头是道。

耿爷不由来了兴致，说："看来你对中医的确做过一番研究。不过，中医重在实践，不知你脉切得如何？"说着，有意伸出胳膊试他一试。

川岛丝毫没有怯意，像模像样地用食指、中指和无名指分按耿爷胳膊上的寸、关、尺三部，轻按一下，又重按一下。在查看了耿爷的舌苔后，颇有把握地说："先生舌苔薄白，脉象浮紧，症状应为外感风寒，所以现在可能会感到头痛，身体发冷。不知我说得对不对？"

耿爷轻捻长髯不语，心里却暗暗吃惊。因为他昨晚的确受了凉，早晨起床后就感到头有点沉，刚才在院子里练八卦掌，就是为了发汗驱寒。看来，这家伙肚子里还真有些东西呢！

不过，耿爷可不想和鬼子交往。川岛似乎看出了耿爷的心思，也不说穿，却掏出一张发黄的纸，恭恭敬敬奉上。

耿爷疑惑地问："这是……"

川岛说："先生，这是我从长白山一位药农手里买来的，是专治跌打损伤的秘方，送给先生，万望笑纳。"

耿爷一听立刻摇头："既是秘方，不可轻易向人展示，请阁下带回珍藏。"

谁知川岛淡淡一笑："秘方本来就是治病救人的，知道的人越多，救

的人不也就越多吗？我还有其他几种秘方，改日带来给先生。"

川岛这番话，在耿爷心里掀起一阵涟漪。医家从来都把秘方视为生命，就是耿爷自己，可以施医、施药、施金钱，但决不会把秘方施与他人。川岛的话，让耿爷自愧不如。耿爷不觉在心里对他生出一份好感。

从此，川岛就经常来耿爷这里登门拜访。每次来，他都不穿军装，完全是一副青年学者的儒雅作派。据川岛自己说，他十二年前毕业于东京医科大学，到中国后，一次偶然的机会领略到中医的神奇，从此便迷上了。

因为既懂西医又对中医颇有研究，所以谈吐之间，川岛的不少见解都令耿爷有"耳目一新"之感。耿爷从中获益匪浅，渐渐地，也就真把川岛视为门生，悉心加以指点。

## 以毒攻毒

这天早上，耿爷正在前厅整理自己的行医资料，就见日军司令官龟田带着一队鬼子兵抬着副担架匆匆进来，耿爷一看，躺在担架上的人竟是川岛，他头肿如斗，蜷曲着身子，一副痛苦不堪的样子。

原来川岛昨夜突然发病，鬼子军医给他打针、吃药折腾了一夜，却丝毫不见好转，川岛便要求将他送到耿爷这里来。

耿爷立即为川岛诊脉，对他说："你现在的脉象十分杂乱，当不止一种病，除了急性痹症外，还有不明原因的肿胀。当务之急，先治痹症，减轻疼痛，然后再对付肿胀。你以为如何？"

川岛不住地点头："我信任先生，先生只管放手治吧！"

耿爷又凝神细细思索一番，然后开了一个方子，让儿子去抓药，抓来

后，又亲自下厨煎熬。正要端给川岛去喝时，儿子神色紧张地进来对耿爷耳语道："爹，鬼子在咱家门口设了岗哨，不准外人进，也不准咱家人出。"

耿爷心里不由一沉，看来治好川岛的病便罢，万一治不好，一家老小难逃一死。

耿爷正要对儿子说啥，不料龟田后脚也走了进来，阴森森地对耿爷说："少佐如此信任你，你不会在这汤药里做手脚吧？"

耿爷冷冷回道："凡上门求医者，我都会尽心医治，更何况他还是我的学生呢！"

龟田点点头："这就好！我可以告诉你一个秘密，你曾给游击队长看过病，我们本来要抓你的，是少佐坚决不让，他说留着你不会影响我们的圣战，但杀了你世上就少了一个名医，所以你们全家才能活到今天。现在，你还坚持让他服这碗药吗？"

龟田这番话的言外之意，耿爷自然能听出来。其实，龟田的怀疑不是多余的，耿爷确实在药里下了毒，而且是"草乌"和"乌头"两种大毒，用量之大足以致人死命。但耿爷下这样的猛药，不是要川岛死，而是想救他活。依川岛目前的症状，耿爷认为只有用这种"以大毒攻恶毒"的办法博命一试。所以他稍一犹豫后，还是将药端给了川岛。

果然，药服下后不一会儿，川岛

就有了明显反应，汗如泉涌，全身骨骼"啪啪"作响，两袋烟过后，就沉沉睡去，等醒来时脸上已经完全没了痛苦的表情，只是肿胀如故。川岛拉着耿爷的手，感激地说："先生真乃扁鹊重生、华佗再世啊！"

耿爷也十分感慨："重病需用猛药，但毕竟是险中求胜，老夫也是冒死一搏啊！"

川岛深为感动："先生救命之恩，学生永生不忘！"

耿爷朝他摆摆手："仁者救人，这是医家的信条。再说了，你不愿杀老夫，老夫也一样，不愿一位医学才俊就这么死去。眼下的问题是，你肿胀的原因老夫尚未明白，一时也不敢贸然用药，容老夫仔细斟酌后再作一二。"

此后几天，耿爷殚精竭虑想弄清川岛肿胀的原因，可总也不得要领。

## 敌我两难

这天夜里，耿爷坐在川岛床前，一边陪他聊天，一边观察他的气色。忽然，耿爷听到身后有轻微的窸窸窣窣声，他心里一惊，猛回头，只见一个蒙面人举刀直向川岛冲来。耿爷伸手一挡，喝问："什么人？"

蒙面人答："中国人！前来讨还血债！"

耿爷一怔，觉得这声音有些耳熟，问道："你到底是谁？"蒙面人摘下面巾，耿爷一看，原来是自己进山救治过的游击队队长罗大虎。

罗大虎神色激动地说："耿爷，你知道你救活的是什么人吗？他是鬼子特务长，是专门对付我们抗日游击队的，我们一直想干掉他，今天正是天赐良机！"

耿爷沉声道："你别乱来！他是老夫的病人，又是老夫的学生。你今天若当着老夫的面，闹出什么动静来，老夫不会答应。"

罗大虎眼一瞪："耿爷，你说什么？不行，今天就是死，我也要除掉这个祸患！这是我的任务！"说罢，举刀就向川岛砍去，可又被耿爷一把挡住。罗大虎急了，拔枪就要扣动扳机，耿爷用手指朝他胳膊肘上一点，罗大虎只觉一阵酸麻，"咣当"一声枪掉在了地上。

这时，从前院传来鬼子兵的说话声，耿爷眼疾手快"呼"地拾起地上的枪，把它塞到罗大虎手里，然后推开后窗，轻声催促："快，从后院翻墙出去。"罗大虎恨恨地瞪了耿爷一眼，跺跺脚，只得拔腿而去。

耿爷怔在原地，半晌没动。躺在床上的川岛此时却感激得涕泪直流："先生，谢谢您，您又救了我一次！"

耿爷冷冷道："你怎么不喊你的兵来救你？"

川岛回答："我不愿失去先生。"

见耿爷一脸疑问，他解释说，"先生，既然您已经出手相救，如果我再当着您的面，让人将您的同胞逮走，您以后还会拿我当学生吗？"

耿爷惊愕道："你怎么肯定老夫定能救你？"川岛微微一笑："先生一出手，我就看出先生身手不凡。"

川岛话音未落，突然远处传来一阵激烈的枪声，耿爷心头一紧：不会是罗大虎遇难了吧？不想川岛在身后轻声安慰道："先生，其实，他如果能逃脱的话，倒是您救了他一命啊！"

"什么意思？"耿爷不解。

只见川岛从怀里亮出一把手枪，在耿爷眼前晃了晃："今夜若不是先生您在场，他根本就走不出这个屋子！"

耿爷一怔，正好与川岛得意的眼神相遇，他心里吃惊不已：这个川岛，看上去温文儒雅，原来竟如此工于心计？自己与他朝夕相处，竟不知他时刻枪不离身。耿爷此时才意识到，川岛其实正是危险的敌人！

这一夜，耿爷彻夜未眠。第二天，听说鬼子并未抓到罗大虎，他悬着的心才放下来。此后月余，耿爷依然尽力施救川岛，为他消除肿胀，但效果都不明显。

这天，耿爷对川岛说，他想用穴位按摩的办法试试，川岛因为见识过耿爷阻挡罗大虎打枪时的点穴功夫，一听就高兴地说："太好啦！按摩是中医一绝，我正想请教先生呢！"

自此，耿爷一日三次给川岛按摩，一边按摩，一边还给他讲解每个穴位的作用。

数天后，按摩作用显现，川岛的肿胀减轻许多，病情明显好转。

### 生死抉择

这天晚上，川岛告诉耿爷，第二天他有任务外出，只能暂时中断治疗了，耿爷一时无语。

第二天一大早，接川岛的车还没

来，倒是耿爷的儿子带着全家上了马车。川岛问他们要去哪里，耿爷淡淡地说，去后山三清观还愿。

耿家人走后，耿爷对川岛说"你身体还未完全康复，四处奔波定会加重病情。不如趁现在等车的工夫，老夫再给你做一次按摩吧？"耿爷的关切之情溢于言表，川岛心里热乎乎的，欣然同意。

也许是因为川岛要走，耿爷显得有些心事重重。川岛问他怎么了，耿爷一声叹息："川岛，你是个医学奇才，我儿子远远比不上你啊！如果你潜心学医，老夫定会全力成全，你将来的成就决不在老夫之下。你干吗要拿武器杀人呢？你的手本该是替人诊脉开方的啊！"

自打结交以来，耿爷从来不和川岛谈论医学以外的话题，所以听了耿爷今天这番话，川岛不由一愣。

不过耿爷如此评价自己，川岛还是有点沾沾自喜，便说："承蒙先生器重！学生这些日子从先生这里获益匪浅，也正想把自己所学传授给我们军……"川岛正说着，突然发现自己说漏了嘴，赶紧打住。他看到，耿爷的脸黑了下来。

耿爷在川岛肩上轻轻一按，摇摇头说："可惜，你没有机会了！"

川岛一听这话，顿时汗如雨下。他想站起来，可四肢绵软无力，竟动弹不得，不由惊愕道："先生要杀我？"耿爷沉脸不答。

其实，自打发生罗大虎那件事后，耿爷就已经下定决心，不让川岛活着走出自家院门，但为了全家人的安全着想，他得找个合适的时机。昨晚川岛说要走，耿爷就料定守卫的鬼子会因此放松对家人的看管，于是便让儿子一早带着全家先一步逃离，自己则留下来完成最后的心愿。

川岛不懂："先生既然倾力救我，为何又要杀我？"

耿爷回答说："一来你是老夫的学生，二来你是老夫的病人，全力施救是老夫行医的信条，所以老夫要救你；可你又是老夫的敌人，所以老夫不得不杀你！"

川岛愤愤道："先生，没有我，您全家早已命丧黄泉，您杀我是忘恩负义啊！"

耿爷仰天长啸："可如果让你活着出去，我们的抗日游击队就会蒙受重大损失啊！"
……

片刻，龟田赶到了，他跳下车，一头扑进屋子，看到川岛正沉沉大睡。龟田大吼着，让川岛赶快起来，然而，任他怎么吼叫，川岛就是一动不动。龟田这才知道大事不好，冲出屋子要找耿爷算账，却发现耿爷神情淡定地站在屋檐下，眺望着远方……

（题图、插图：谭海彦）

本作品根据美国作家彼得·拉弗西的同名小说改编。

# 贵妇的谎言

□ 五行 改编

这天夜里，勋爵夫人丹尼斯在睡梦中突然惊醒，她感觉有只手搭在自己的肩上，不禁"哇"的大声尖叫起来，紧张地问道："谁？"

"是我，别怕，亲爱的！"那人说着扭亮了床头的台灯。

原来是丈夫艾德里安勋爵！丹尼斯长长地出了口气，埋怨道："你回家来为什么也不先打个招呼？"

丹尼斯知道，近来英国经济不景气，丈夫在董事会忙得不可开交，老是要到伦敦出差。而她呢，则住在乡下的庄园里，与丈夫是聚少离多。由于他们没有孩子，丹尼斯在家里过得相当冷清。她曾把妹妹贾尼斯邀来庄园作伴，没想到妹妹个性太嚣张，没多久，姐妹俩就分道扬镳了。

"我……"艾德里安吞吞吐吐的，听起来还有点紧张，这引起了丹尼斯的警觉，她问道："生意有麻烦？"

"不是生意问题，我、我今晚开车撞了人！"艾德里安重重地叹了一口气，把事情的经过讲了一遍，说在A337公路上有个家伙想搭便车，冲到了马路中央，他一时来不及刹车，撞了上去，那人当场毙命。

丹尼斯惊呆了："人撞死了？"

"是的。"艾德里安低下了头，"但我没敢报警。和那人在一起的，还有个女孩，吓得晕过去了。我下了车，见那人死了，就赶紧开车逃了。"

丹尼斯两眼瞪得滚圆："你把他们扔下了？"

"唉，怪就怪我开完会后喝了不少酒。你知道这意味着什么！如果警察做酒精测试，那我肯定要坐牢

58

的！"

丹尼斯抬头瞪着丈夫："那你把那女孩也丢在路边不管？"

艾德里安苦笑一声，说"她不会认出我的，她吓傻了。我注意到当时有好几辆车经过，可没有一辆停下来，但我担心有人会记下我的车牌号码，然后报警。"

艾德里安抬起头，声音变得异常的温和："你明白，我这么做也是为了我们这个家。如果警察来了，"他顿了一下，"亲爱的，你愿不愿帮助我，说我整晚都和你待在家里？"

丹尼斯倒吸了一口冷气："你是要我帮你撒谎？"

艾德里安哀求道"亲爱的，求求你了，看在上帝的份上，如果连你都靠不住，那我还能指望谁？"

丹尼斯沉默了，她脑子里折腾了好一会儿，最后才下定了决心，说："好吧，我答应你，不过你得带我去检查一下车子，看有没有留下什么蛛丝马迹。警察如果来查问，肯定要先检查车子的。"

"车子没有问题！那人撞在保险杠上，就像皮球一样弹开了。我检查了车身，没有划痕。如果警察来问，他们什么也得不到。全靠你了！你对警察说，我七点钟到的家，然后足不出户。"

丹尼斯提醒道："为保险起见，我们还是去看看车子吧，艾德里安，你

酒喝多了，未必能发现车子上的痕迹。"

艾德里安听听也有道理，就说："那好吧。"丹尼斯赶紧披上外衣，拿了个手电筒和丈夫一起下了楼。

车就停在庄园外的车道上，丹尼斯仔细检查了一下车子，发现丈夫说得没错，上面果然没有明显的痕迹。丹尼斯撤灭了手电筒，说："把车停回车库里吧。"

艾德里安忙点头，道："说得对！你开进去吧，我现在手脚不利索，会刮伤车子的。"说着，把钥匙递给了丹尼斯，自己则去打开车库。

丹尼斯坐进车，一股浓烈的气味扑面而来，她感到有点儿不对劲，再深吸一口，女人的敏感使她感觉出了什么问题，顿时脸色大变……

回到屋子里，艾德里安说想再喝一杯。丹尼斯没有理睬他，独自上了楼上的卧室，拿起了床边的电话……

等艾德里安手里拿着杯威士忌进了卧室，丹尼斯劈头就问："那女的是谁？"

"你说什么？"艾德里安手一抖，酒杯里的酒差点泼了出来。

"别装聋作哑！你回答我，今晚和你一起呆在车里的那个女的是谁？刚才我闻到车里全都是廉价香水的味道。"

艾德里安呆住了。他开始装起糊涂来，说董事会散会后，有位女同事

顺便搭了他的车。

"我才不信你的鬼话呢！你说那个娼妇到底是谁？"

"根本不是那么回事，亲爱的。"

"你是准备和她过夜的吧。你回家是因为出了事，想让我给你作不在现场的伪证！"

"你冷静点。"

"冷静点？告诉我她的名字！"

"不记得了。"

"你当我是什么？你这个没良心的蠢货！"

"你冷静点，好不好？"

"我在庄园里独守空房，一守就是一个星期，而你却在外面和别的女人风流快活。'在伦敦开会'，见鬼去吧——是在旅馆开的吧？"

"丹尼斯，不说这些好不好，警察随时都会来的。"

"他们已经往这儿来了。"

"什么？"艾德里安瞪圆了通红的双眼。

"我刚才给他们打了电话，和他们说了你的事。"

艾德里安听了，似乎还不相信。

"要不了几分钟，警察就会赶到这里，到时你就能看到一闪一闪的蓝色警灯。"

艾德里安这下全傻了，跌跌撞撞走到阳台上，两手抓住栏杆，远处，警笛声隐约可闻。他转过身，怒吼起来"女人疯了真可怕！告诉你吧，那女的是你亲妹妹贾尼斯，我们已经好了几个月了。"

丹尼斯一听，血直往头上涌，她像发怒的狮子般一边叫着，一边狠命地撞过去，艾德里安猝不及防，向后倒去，整个人从阳台上翻落，重重跌了下去……

这时，丹尼斯也彻底清醒了。

警笛声越来越近，丹尼斯想了想，一口气灌了两杯白兰地，然后，揉乱了头发，一步一步走下楼梯，来到丈夫身边，号啕大哭起来。

不一会儿，警车就开到了。上面下来几个警察，围了过来。丹尼斯哭诉道："你们来得太晚了。我试图阻止艾德里安，可他还是自杀了。"

一个警察蹲下身子摸了摸脉搏，确认艾德里安已经死亡，便转向丹尼斯问道："这一切是怎么发生的？勋爵夫人。"

丹尼斯答道:"今天,我丈夫回到家时,状态非常糟糕,告诉我说他出了车祸,撞死了人,一时惊惶失措逃离了现场。我试图使他冷静下来,可他还是控制不了自己的情绪,就从阳台上跳了下去。"

"他说是他出的车祸,是吗?"

"是的。他还说那个男的已被撞死了。"见警察迟疑了一下,丹尼斯又追问了一句,"是这样吧?"

"我们接到报告,说一个男的今晚在A337公路上被撞死了。有人记下了肇事车号,我们查到,注册的是你丈夫的名字。"

这样看来,她的故事真的天衣无缝了,丹尼斯又假装悲痛地说:"太可怕了!这么突然,真是个悲剧。"

"是的,尊敬的勋爵夫人,现在我想看看车子。"

丹尼斯告诉警察,车子已经被艾德里安停进了车库。

二十分钟后,警察回到了屋子里,问:"您和艾德里安勋爵之间一切都还好吧,夫人?"

"很完美。"她不假思索回答道。

"婚姻很幸福?"

"绝对幸福。"

"您今晚喝了多少?"

丹尼斯心中掠过一丝不安,想了想说:"早些时候喝了点白兰地,压压惊的。我现在很清楚我在说什么。"

"抱歉,我们要对您进行酒精测试。"

"为什么?我今天没开车来着,我一个晚上都没碰过车。"

"请您听我把话说完。是这样的:撞人逃逸的车子是一个女的驾驶的,有两位目击证人都可以证明。那个和受害人一起的女孩也说,车上有个男的下来,可那个女的就坐在驾驶位上没动。"

女的?丹尼斯脑子里一闪而过,艾德里安一定是让妹妹贾尼斯开的车,这个该死的!

"如果那个女的不是您,也就没有什么问题了。我们会提取车门和方向盘上的指纹,和您作个对比。嗨,车子里的香水味可真浓啊!"

丹尼斯这下矛盾了,眼下她有两种选择:一是供出贾尼斯。可这么一来,自己杀死艾德里安的动机也就暴露了,那将犯下谋杀罪啊!还有一个是……因为是她把车开进车库的,方向盘上都是她的指纹。

想到此,丹尼斯装作十分忏悔的样子,痛哭道:"人是我撞死的!是我开的车!艾德里安深感绝望,他知道我会因此而坐牢,不能忍受和我分离的痛苦。这是他自杀的原因。"

没多久,法院做出了判决,丹尼斯因开车过失杀人,被判蹲两年的监狱。

(题图、插图:佐 夫)

就是死，也情愿做个逃回家的亡灵！

# 逃 兵

□ 叶林生

**解**放初期，国民党有一个团的败兵，从云南边境逃到了缅甸境内。后来，残军头目李建接到台湾指令，要他立即将所有人马撤往台湾。就在这时，有人密报，说一营有两个士兵当了逃兵，被一营营长皮定元抓了回来，但没有按军法处置。

李建听了，不由心中一怔。他知道，眼下是非常时期，如果让此苗头传染蔓延，事情就会非常麻烦。于是，他当即叫来一营营长皮定元，劈头问道："听说你抓回了两个逃兵，为什么不斩立决？"

皮定元已跟随李建十多年，不仅性格刚强，一身义气，而且治军严明，当年在淮海战役中，身为连长的他就曾亲手枪毙过部下的五个逃兵。因此，他深得李建的赏识和重用。

可如今面对李建的责问，皮定元却有些忧虑地说："司令，逃兵按军纪该杀，不过在眼下这节骨眼儿上，如果再杀逃兵，只怕更会引起军心混乱。是不是先放他们一马……"

然而，一向杀人如麻的李建摇了摇头："不行！正因为是在这节骨眼儿上，才更需要杀一儆百。明天，我要让全体官兵亲眼看到这两个逃兵的下场！"接着，他直截了当地问皮定元，"你看，刑场选在哪儿最好？"

皮定元略一迟疑："那……阴阳坡，怎么样？"

"阴阳坡？为什么选在那个地方？"李建有些疑惑地闪了闪鹰眼。因为他知道，阴阳坡是个很诡异的地方，人如果由东往西经过那里，常常会不知不觉地偏离了方向，甚至还会莫名其妙地往回倒走。

皮定元不慌不忙解释道："这样

可以告诫所有人，谁想当逃兵，就像走阴阳坡一样，往前是没有路的。"

李建点了点头："嗯，有道理，就这么定了！"

阴阳坡不远，就在营地后面一道坐南向北的山坡边。第二天一早，残军官兵全体紧急集合，齐刷刷列队在刑场一侧。

李建杀气腾腾地训完了一通话，正要朝旁边的执行兵挥手，却见皮定元跨步上前："报告司令！这两个逃兵出在我们一营，我身为营长难辞其咎，为了严明军法，还是由我来亲自执行吧！"

看来这又是皮定元的效忠之举，李建欣然赞许："好，好样的，不愧是我的爱将！"

皮定元面色如铁，两眼血红，他先朝队伍缓缓扫视一遍，接着一声喝令，两个五花大绑的逃兵被押上前来，面朝山坡跪在地上。

这两个逃兵，一个叫张二顺，一个叫吴腊狗，都是当年被抓出来的壮丁，和皮定元还是同乡。此时此刻，皮定元似乎已变得毫无表情，他拔出手枪跨上前去，冷冷地打量着他们："谁当逃兵，一律枪毙，这你们是知道的！你们不怕死吗？"

张二顺和吴腊狗都挺起胸来："要说死，这些年我们在枪林弹雨里早就死过多少回了，还怕死这一回吗？一辈子在人家的地盘上东游西荡，人不人鬼不鬼的，我们算什么？就是死，我们也情愿做个逃回家的亡灵！"接着，两人又凄然地笑了笑说，"营长，事情已经到了这一步，别再犹豫啦，你就快动手吧。我们虽然没能逃成，可也算是试过了，这辈子不后悔。"

皮定元咬了咬牙："既是如此，那就对不住你们两位弟兄了。不是我皮定元不讲交情，实在是军法难容啊！"说着，他"咔嚓"一声将子弹顶上了枪膛，忽又冷冷地下令，"给他们松绑。"

两人的绑绳被松开了，皮定元接着吩咐："端酒来。"

酒端来了，是烈酒，满满的两大碗，皮定元横眼一瞪"怎么是两碗？再端一碗来！"

"再端一碗？"端酒的士兵看了看张二顺和吴腊狗，又不解地看了看皮定元："营长，这酒是、是给他们两人的……"

"听见没有？再给老子端一碗来！"

列队的官兵们先是你看看我，我看看你，随即许多人都暗自点点头。这情景，李建也一下子看明白了。

想当年，在一次惨烈的交战中，皮定元身负重伤，倒在地上奄奄一息，是张二顺和吴腊狗舍生忘死，背起他杀开一条血路，最后冲出了包围圈。此时此刻，重义气的皮定元是要

陪一碗酒，送送他这两个曾救过自己性命的弟兄。

又一大碗酒端上来了，皮定元亲自将酒一人一碗端给张二顺和吴腊狗，然后接过刚端来的第三碗酒，仰起脖子与他们同时一饮而尽。

陪完送行酒，皮定元"啪"地将碗摔碎在地上，接着，他拿枪托在沙地上画了两个间隔五米的圆圈，让张二顺和吴腊狗站进去，两人就这么一东一西面对面地分开站立。然后，皮定元指着旁边两个士兵说："把你们手里的枪顶上火，交给他们。"

"这……"两个士兵更糊涂了，"营长，这枪怎么能给……"

皮定元吼道："这是命令！老子

再说一遍，把你们的枪顶上火，交给他们，听见没有？"

此刻，身后的李建也有些诧异，但随即又露出了狠毒的狞笑——显然，皮定元这是要让两个逃兵互相开枪射杀。想当年，自己也曾采用过各种让逃兵相互残杀的手段。李建觉得，如此别出心裁地正法逃兵，会更具有触目惊心的震慑力！

果然，两支顶上火的步枪分别递了上去，皮定元让张二顺和吴腊狗互相朝前端平了枪。

张二顺和吴腊狗扭头望着皮定元，握枪的双手都有些颤抖，接着，他们丢下枪，"扑通"跪倒在地："营长，你这……这让我们怎么下得了手啊？"

"没种的东西！"皮定元凶狠地骂着，命令士兵拿来黑布，索性给他们全都蒙上了双眼，"现在，你们横也是死，竖也是死，死到临头了连这都下不了手，你们还算是条汉子吗？给老子爬起来站好，端枪！"

"好，我们听你的……"张二顺和吴腊狗面对面站起了身，慢慢地再次端起枪来。

皮定元一左一右盯着他们两人，站到一旁，然后斩钉截铁般吼道："你们听着！活着做了鬼事，死要死得像个人样儿！现在老子开始报数，老子数到三，你们就开火！"吼罢，他侧身闪开大声喊道，"预备——一、二、三……"

枪同时响了，"乒乒乒"三声，三声枪响来自三个不同方向。枪响之后，张二顺和吴腊狗倒下了，令人惊异的是，皮定元也同时中弹倒下。

大家这才猛然发现，原来皮定元也开了一枪。刚才，皮定元让张二顺和吴腊狗站在两个圆圈里，自己则站在一侧，这看似不经意，其实是皮定元早就算好了的。这样，他们三个人同时向前开枪的位置，竟然就成了一个奇特的长三角形——皮定元的一枪打中了与他平行的张二顺；张二顺的一枪打中了他对面的吴腊狗；而面朝着西的吴腊狗那一枪，则由于身体和端枪方向的偏位，子弹没有打中张二顺，却打中了与他斜对面的皮定元！

李建呆住了。

这时，有人跑步送来了一封信，李建忙打开一看，竟是皮定元写下的遗书：

李司令：现在你该明白了，其实我也是个逃兵，因为我家中有个双眼失明的老母，还有新婚不久的妻子……当我们的逃跑计划失败时，张二顺和吴腊狗为了能保住我，让我演了一出亲手抓回逃兵的"苦肉计"。我本想利用营长的身份，再设法大事化小，留住他们的性命，可惜我已经没有办法实现了。既然如此，我皮定元也决不苟且偷生，只有用生死弟兄的子弹，让我陪着他们一起上路……

李建如梦初醒，一种莫名的悲哀使他感到不寒而栗，埋葬三个逃兵的时候，他站在旁边一言不发，神情十分沮丧。

当三座新坟垒好之后，李建盯着看了很久，突然又吩咐士兵说："把那坟头都掉个向，让他们朝着北吧。"

（题图、插图：安玉民 梁 丽）

·本刊信息传真·

## 2009年 上故事中国网看什么？

不知不觉，日历又翻到新的一年，在2009年，故事中国网(www.storychina.cn)将一如既往地陪伴您度过快乐的故事时光。

《故事会》编辑将在网上系统地讲述故事创作理论，从故事的结构到故事的叙述，结合实例，深入浅出地说明。无论是故事初学者还是普通读者，都能从中有所收获。全体编辑都在论坛开设了在线专区，您可以通过这种最为便捷和直接的方式来向《故事会》投稿。

由故事中国网(www.storychina.cn)主办的"2008年'我最喜欢的《故事会》作品'网络评选"活动进入总评阶段，2008年24篇入围作品将进行最后的大较量，从中评出红、绿版最受网友欢迎故事各一篇，欢迎您来为喜爱的故事投上一票！

在2008年广受好评的"故事点评"和"咬文嚼字"活动将延续，前者欢迎大家对每期《故事会》的作品进行点评，凡入选在网站发布的故事评论将获得50到100元的稿费；后者鼓励大家将《故事会》中发现的语言文字上的错误，"举报"给网站，您就有机会获得《故事会》系列图书。

2009年，我们还为您准备了特别的新年活动，到底是什么？来故事中国网看看就知道了！

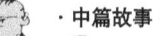
一幅神秘的地图引出一场惊天的阴谋，大山深处的山村里，
除了冷漠、猜疑和敌视，究竟还隐藏着怎样的秘密……

# 生死假期

□唐雪嫣

## 1. 迪厅奇遇

高明飞是大学三年级的学生，今年二十一岁，长得又高又壮，是个胆大机敏，充满冒险精神的小伙子。去年假期，他跟几个朋友去攀岩，虽然差点摔下来，但那种惊险和刺激让他激动不已，至今难忘。

明天学校就要放假了，晚上闲来无事，高明飞就一个人上街闲逛，走着走着来到了一家名叫"黑森林"的迪厅。这个另类的名字，立刻引起了他的兴趣，便迈步走了进去。迪厅里面的客人不多，但气氛很好，都是些年轻男女，在舞池里尽情地扭动着身体。高明飞没有跳舞的心情，就在门边的一个角落里坐下自顾喝酒。

迪厅里灯光忽明忽暗，高明飞坐的位置很隐蔽，几乎没人注意到这儿还有人。在响亮铿锵的鼓点中，高明飞看见一个人匆匆离开舞池，朝门口走去，在推门离去时，他顺手一甩，一团黑东西恰好落到离高明飞不远的桌子下面，同时有一张巴掌大的纸片，晃晃悠悠地飘落在高明飞面前。

开始，高明飞也没当回事，他正在寻思去哪里度假呢。可是就在这时，一束强光扫过那张纸，高明飞依稀看见，上面竟然像是一副手工绘制的地图。他马上想到刚才离开的那个人，衣着古怪，染着黄色的长发，看上去像个痞子，他手上怎么会有这种东西？高明飞不由得好奇，便弯下腰捡起纸片。地图上的地势蜿蜒曲折，好像挺复杂，迪厅的光线昏暗，一时间也看不清楚，他就顺手揣进了口袋。

高明飞正想去看看那包被扔掉的黑东西。突然，震耳的音乐戛然而止，所有的灯光亮了起来。舞池里的人们都停了下来，面面相觑，不知道发生了什么事。

正在猜疑之间，只见两个大汉急匆匆地冲进来，守住了门口，还有几个人走上了舞台，其中一个满脸横肉的大汉咬牙切齿，一副愤怒的样子。在他前面，是一个西装革履的中年人，面色阴沉、目露凶光，让人见了不由发冷。在他俩身后，还跟着几个凶神恶煞一般的大汉。

穿西装的中年人拿过麦克风，用低沉的声音说："不好意思，耽误各位的雅兴了。我是这儿的老板，认识我的人都叫我'刀哥'。"

一听说刀哥，人群中一阵骚动，大家都小声议论起来。高明飞也兴奋起来，他早就听说过刀哥这个名字，据说此人十三岁就出来混了，是个心狠手辣、翻脸无情的角色，现在更是黑道上无人敢惹的煞星。

只见刀哥回身拍了拍那个怒气冲冲的大汉，冷冷地说："我的兄弟刚才进门的时候，不小心把钱包丢了，里面的钱是小意思，尽管拿走，但钱包却有点重要意义，所以我们一定要拿

回来。我可以向各位保证，只要拿回钱包，我决不再追究，为了表示我的诚意，现在我让人把灯关了，谁拿了钱包，把它扔在地上就行。"

难道，刚才的痞子是个小偷？他偷了大汉的钱包后，拿走了钱却扔掉了钱包？高明飞急忙低头朝那张桌子下面看去，可那里空荡荡的什么也没有。这时，刀哥的一个手下正准备跑去关灯，一个把守大门的大汉突然叫了起来："刀哥，钱包在这儿。"

原来，舞池里的人们回到座位时，不知是谁无意中将钱包踢到了空地上。那大汉跑过去捡起钱包双手递给刀哥，刀哥忙打开翻了翻，突然暴怒起来，狠狠地将钱包摔在地上，大吼起来："东西不见了，三郎，你们给我搜，一个都别放过！"

说着，刀哥骂骂咧咧地带人冲下舞台，场面顿时一片混乱。高明飞心头火起，大声抗议道："凭什么搜我们？这是侵犯人权，犯法的！"其他人也纷纷附和。

可是，那些四肢发达、头脑简单的打手才不管这些，竟然强行进行搜身。高明飞知道跟刀哥这种人，是无法讲理的。于是他不再叫喊，而是迅速转动脑子，他想那个小偷应该只是拿走了钱，钱包里除了那张地图，其他的东西都还在。一张地图值得刀哥如此大动肝火？莫非里面有什么见不

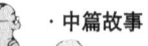

得人的秘密？

这么一想，高明飞激动起来，他决心不交出地图。

这时，那帮家伙已经搜了过来，高明飞觉得地图藏在身上的任何地方，都会被搜出来，这可怎么办呢？

高明飞把心一横，决心豁出去了，即使挨顿揍，也得打电话报警。可当他掏出手机刚要拨号时，又不由灵机一动。他把手机放在桌下，借着身体的掩护，悄悄地卸下了手机的电池，把地图折成小块塞了进去，再迅速扣上手机盖。完成这一切后，他才长出了一口气。

不久，警察也赶来了，有人偷偷

发送手机短信报了警，警察带走了刀哥等人。不过，大家也没有心思蹦迪了，纷纷诅咒着离开了迪厅。

高明飞回到自己租住的房间，从手机中取出地图仔细察看，原来，这是本省一个偏远山区的地图，其中的一个地方，还用红笔标出了记号。高明飞断定，这张地图里面一定包含着一个大秘密，所以刀哥才不惜代价也要拿回去。可是，这个秘密是什么呢？

高明飞兴奋得一夜没睡，他知道这个假期该怎么过了。他决定要去寻找这地图上神秘的地方，他想，或许可以凭着自己的机敏破获一个惊天大案呢，这样的冒险机会简直是可遇而不可求啊。

当然高明飞不是一个鲁莽的人，为了稳妥起见，他将地图扫描进电脑，写了一封关于整件事情经过的电子邮件，然后设置成自动发信。万一自己出了什么意外，十天后，这封信就会自动发送到一个同学的邮箱。他又把地图复印了一份，原件藏在床下，自己则带着复印件，收拾好行囊，然后怀着激动而又忐忑的心，踏上了行程。

## 2.深山探险

高明飞按着地图，顺利地来到了那片山区，可越走下去路越窄，人烟越稀少，到了最后，连手机都没有了信号，也找不到任何交通工具，只能靠着双腿步行。

高明飞一边按照地图指引的方向前行，一边拿着指南针校正前进的方向。走到后来，山里已经找不到路了，他只能艰难地在茅草荆棘中跋涉，累得筋疲力尽，衣服裤子也都刮破了。这些困难，都是高明飞出发前没有想到的，可是开弓没有回头箭，现在要是退回去，连自己都会瞧不起自己的。于是他咬着牙，坚持走下去。

这张地图里到底藏着什么秘密呢？高明飞边走边猜测着，突然他想起不久前看到的一则新闻，说这一带发现了金矿。莫非是有人发现了矿藏，在偷偷开采吗？这可是违法的啊，要真是这样，自己单枪匹马将此事大白于天下，该是多么刺激的一件事呀！想到这里，高明飞又劲头十足起来。

高明飞在树林里钻了大半天，终于来到一座大山脚下。这座山脉由南向北，然后以半圆形又向南延伸出去。按地图上面的标记，翻过这座山，就应该到达目的地了。高明飞不由兴奋起来。不过，他又想，如果真的有人在偷开金矿，肯定会有人把守，一旦被人发现，身上的地图会暴露他的目的。他想了想，找了个隐蔽的地方，从包里拿出水果刀，把地图用塑胶袋封好，埋了起来，上面做了记号。

此时太阳已经落山，阵阵雾气弥漫开来，山里不时传来野兽的嚎叫声。高明飞不由加快了脚步，在经过一片稀疏的林区时，他看到前面有个小山村，但周围静悄悄的，并没有他想象的采矿迹象。

高明飞决定先到村里借宿一夜，趁机打听一下情况。不料这时，突然听到"砰"的一声枪响，他身旁的一个枝丫被枪击中，掉在了地上。

高明飞惊得慌忙钻进林子，拼命朝前奔跑。

此时，天色已经完全暗了下来，黑暗中他不知道开枪人在哪里，更不知道隐藏着什么样的危险，他什么都顾不得了，气喘吁吁地奔到一间屋子前，想都没想就一头冲了进去。

屋子里有个五十来岁的男人正在吃饭，见有人冲进来，不由地一愣。高明飞连忙大声说："大叔，救我，有人要杀我！"

那个男人惊疑不定地上下打量高明飞，好半天，才露出一丝奇怪的笑意，说"有人要杀你？为什么？你是什么人？"说着，他向外面望了一眼。

这男人的表情让高明飞心里一震，他这才意识到，自己身处险地，这个男人看上去像个老实巴交的农民，可谁知道他和开枪的人是不是一伙呢？

高明飞心里这么想着，嘴上却说着早就编好的理由："我是大学生，趁着假期出来玩的，没想到在这儿迷了

路，我也不知道为啥有人开枪打我。"

男人皱了皱眉头，刚要开口，这时，外面传来了喊声："老江子，有个人跑到这边来了，你看到他了吗？"

高明飞回头一看，只见一个满脸杀气的汉子，提着一支步枪正大步走来。他吓坏了，求救似的看着老江子。老江子犹豫了一下，迎了出去，拦住那人，一面嘀嘀咕咕说着什么，一面不住地回身指着屋里。

过了一会儿，那汉子绷着脸进了屋，阴森森地瞪了高明飞一眼，挤出一声冷笑："迷路了？算你幸运，没挨着枪子，我还以为是什么牲口呢。"那人说罢，把枪往背上一背扬长而去。

老江子叹了口气说："这个大虎，打猎也不看清楚，这要是一枪打中了你，你可死得够冤枉的。没事了，你赶紧走吧。"

高明飞觉得，老江子说这话的时

候，表情十分怪异，分明是在帮大虎撒谎。自己当然不能揭穿他，但又不甘心就这么离开，正想着找什么借口留下来，继续寻找谜底。突然，他感到小腿一阵疼痛，低头一看，原来是被荆棘划开了一个大口子，刚才光顾紧张了，没感觉出来，如今却火辣辣的疼。高明飞抚着伤腿，叫道："哎哟，大叔，我受伤了，天色又这么晚，您就让我在这儿住一宿吧！"

老江子脸色一变，断然说道："不行，我这儿又不是旅馆，你赶紧走！"

没想到他会这么说，高明飞倒是一愣，他低头挽起裤腿，见伤口又深又长，赶紧从背包里拿出纱布包了起来。做完这一切，他站起身来，装作一个趔趄差点摔倒，然后痛苦地说："大叔，我的腿疼得厉害，走不出这山了。您行行好，让我住下来吧，等伤一好我就走，我会给您钱的。"

老江子脸色木然，也不知道在想些什么，过了好半天才叹口气说："你的腿确实不适合再走路了，唉，那你就留下来吧。"

## 3.神秘山村

老江子虽然把高明飞留了下来，但态度依然冷冰冰的，高明飞几次想借聊天从他嘴里探听一些消息，但老江子都不理他。

吃过晚饭，高明飞就躺下了。这几天他跋山涉水，早已经疲惫不堪，但回想起刚才的事情，却怎么也睡不着。半夜的时候，他听到身边的老江子爬起身来，轻轻地喊他，高明飞觉得不对劲，就闭着眼睛，还故意打出呼噜声。

老江子悄悄下了床，随后传来一阵拉拉链的声音。高明飞偷偷把眼睛睁开一条缝，看到老江子拿着手电筒，正在翻自己的背包，接着又搜查自己的衣服口袋。高明飞暗暗庆幸，多亏了早有防范，将地图藏了起来。

老江子的行为，更让高明飞心里疑虑重重，直到快天亮时，他才迷迷糊糊地睡着。

第二天，高明飞醒来时，发现老江子已经不在屋里了。他信步来到厨房，发现厨房旁边有扇门，里面隐隐传来说话声。高明飞刚想走进去，却见老江子从里面出来。

看到他，老江子愣了一下，随即手忙脚乱地关上门，用一把大锁锁好，勉强笑着说："我女儿住在这里，不过，她精神不好，见人又咬又打的，所以只好把她锁在里面。走走走，咱们吃饭去。"

可能是从高明飞身上，没发现什么值得怀疑的东西，老江子比昨天明显热情了一些。吃过早饭，他叫高明飞跟他一起去地里。高明飞心里明白，他是不想让自己一个人呆在家里，在厨房后面的那扇门里，一定藏着什么秘密。

高明飞一瘸一拐地跟着老江子出了门，来到地里时，已经有几个人在干活了。这些村民看到高明飞，都隐隐露出些敌意。

正在这时，有两个人说笑着抬着一只山鹿从山上下来，两人看到高明飞，不约而同停下了脚步，大声喝问："你是什么人？为什么在这里？"

老江子急忙上前说："是个迷路的大学生，腿受伤了，伤好了就会离开这儿。"

那两人怀疑地互相看了一眼，抬着山鹿走了。高明飞瞪大了眼睛，想了想，似乎明白了什么。

他想这里是大山深处，人迹罕至，更是政府难以管理的地方。于是，山里的各种野生动物就成了村民们捕猎的对象，而那个刀哥，肯定就是这些野生动物的买家。为了防止在深山里迷路，刀哥特意绘制了那份地图。没想到地图丢了，他们担心事情被人发现，所以才会那么紧张……

高明飞的脑子里飞速转过这些念头，表面上却不露声色。老江子打着哈哈说："大学生，你看到了，我们这儿的人，本来就靠打猎赚两个零花钱，不这样，我们活不下去啊，你……你不会说出去吧？"

高明飞连忙说"不会，不会。"老江子仔细看着高明飞，说："其实，这

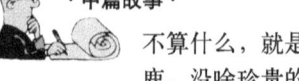

不算什么，就是有几头鹿，没啥珍贵的保护动物。再说了，这深山老林的，就算有人报警，也不会有人来管的。"

高明飞明白，老江子说这番话，是想提醒自己，就算他出去后报了警，警察也不会管这件事。他一边随口敷衍着老江子，一边却在想：既然秘密已经识破了，再呆下去也没什么必要，还是明天就离开吧。

当天晚上，高明飞还是睡在老江子的床上，这回他睡得很沉，直到半夜，被尿憋醒，才爬起身来，找到手电来到门外。当高明飞转身准备回屋时，突然听到一个女人的哭泣声，声音不大，却悲怆凄苦，好像有着无穷

的委屈，在这寂静的夜里，听来分外凄楚。

声音是从厨房里面传出来的，高明飞想起老江子说过，他那精神不好的女儿，就住在里面。高明飞起了好奇心，便悄悄来到厨房那扇门前。门板的做工十分粗糙，有很多缝隙，高明飞用手电对着门照过去，只见一个女孩子坐在床上，见光线射进来，她惊慌地叫了声："谁？"

高明飞看清楚了，这女孩虽然满是泪水，却遮不住一脸的清秀之气，身上完全是城里女孩的时尚打扮。她双手垂在身前，却被绳子牢牢地绑在一起。见此情景，高明飞疑心顿起：这个女孩根本不像山里人，她怎么会是老江子的女儿？再说，就算女儿精神不好，做父亲的怎么会绑住自己的女儿呢？除非她是被老江子绑架的。

这么一想，高明飞心里顿时腾起一股怒火，真没想到，老江子原来是这种人。他随即小声对女孩说："你等我，我来救你。"说着，便想找家伙撬开门锁，却听身后突然传来老江子愤怒的声音"半夜三更你不睡觉，想干什么？"

高明飞见自己被发现了，不由大吃一惊。但事到如今，他索性横下一条心，转过身来，大声吼道："我要是睡觉，还能看到你犯下的罪行吗？你这是非法绑架啊！"

老江子瞪着他，眼里喷出火来：

"谁说我绑架她？她是我女儿，她有病，我这也是没办法。"

高明飞还是不信，老江子气得直喘粗气，霍地从口袋里掏出钥匙，把门打开冲进屋里，指着高明飞对女孩说："玲玲，你告诉他，是不是因为你有病，我才把你关起来的？哭哭哭，你早晚得把所有人都给害死。"

玲玲有些激动，她看了看高明飞，又看了看老江子，然后气愤地说："爸爸，我有病，我病得还不轻呢，你干脆弄死我得了，你能绑我一天，还能绑我一辈子吗？"

高明飞愣了，虽然他不明白玲玲说的是什么意思，但那种语气，清清楚楚说明了她就是老江子的女儿。高明飞有些尴尬，不好意思地说："大叔，抱歉，我还以为……"老江子沉着脸一把将他推出门去。

第二天，天刚放亮，老江子就把高明飞送出村子，给他指了一条小路，说："大学生，山里的生活你不懂，就别瞎琢磨了，赶紧回城里过你的快活日子吧。"

老江子表情茫然地望着高明飞离去，直到高明飞走出老远，他还像根木头站在那里。高明飞呢，在走出老江子视线后，绕了个圈，来到自己埋藏东西的地方，取出了地图。

高明飞根本就没打算回去，他越想越觉得事情奇怪，老江子为什么要说玲玲"你早晚得把所有人都给害

死"？他这话的意思，是不是暗示女儿别乱说话？而玲玲看来也有所顾虑，所以没有透露任何信息给自己。

高明飞百思不得其解，不过可以确定一点，这个小山村里，绝非非法狩猎那么简单，一定有着什么惊天的大秘密。而自己似乎已经越来越接近真相了。于是，高明飞决定等到夜里，悄悄潜回去把玲玲救出来，从她嘴里就可以知道全部的秘密了。

## 4. 落入魔掌

高明飞在山里躲了一天，赶到老江子家时，已是深夜。屋里静悄悄的，估计老江子已经睡着了。他知道关押玲玲的屋子有个破木板钉成的窗户，只要悄悄用水果刀把木板拆了，就可以神不知鬼不觉地带走她。于是，他绕着屋后，趴在木板上小声喊道："玲玲，我是来救你的。"

屋里没人回答，高明飞觉得有些奇怪：难道玲玲睡得这么死吗？他正准备再喊一遍，突然听到身后有动静，没等他反应过来，手上的水果刀已经被人夺去。他回头一看，不由惊呆了。面前站着的除了那个开枪打他的大虎和老江子，居然还有四个人：刀哥、三郎，还有另外两个保镖模样的打手。

刀哥阴沉着脸，对老江子说："你不是跟我说，这小子肯定不会有问题

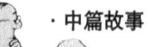

的吗？"

老江子脸涨得通红，一个劲地点头，也不敢回嘴。高明飞被推进屋里，三郎马上动手对他全身搜了一遍，幸亏高明飞将地图塞进了鞋里，没有被他发现。

见没搜出可疑的东西，刀哥恶狠狠地说："天堂有路你不走，偏偏又赶回来送死。说，你到底是什么人？为什么到这儿来？"

高明飞知道，无论如何不能说出真相，便说："我就是迷路误闯进来的，我看老江子非法关押个女孩，所以想救她走。"

老江子说："刀哥，我搜过他的包，没发现什么特别的东西，估计他只是迷路的人。"

刀哥突然一抬手，"啪"的一下扇了老江子一记耳光，恶狠狠地骂道："都是你惹的祸，你要是听大虎的话，管他看没看到什么，早把他干掉，哪会有今天的事情？滚，去挖个大坑，一会儿就把这小子埋了。至于你女儿的事，我慢慢再和你算账！"

高明飞惊呆了，在这天高皇帝远的地方，真把自己埋了也没人知道啊！这一想，他恐惧地大叫一声，转身想逃。三郎骂了一声，挥起枪托狠狠地砸在他的头上，高明飞只觉得天旋地转，晕了过去。

不知道过了多久，高明飞被肩上一阵钻心的疼痛痛醒。睁眼一看，见玲玲趴在自己身边，拼命咬自己的肩膀。高明飞惊得滚到一旁，这才发现自己的双手被紧紧绑着。

没等高明飞发问，玲玲焦急地小声说："我怎么叫你也不醒，我的手又被绑着不能动，只好用嘴咬你了，他们要活埋你，你快想办法逃吧。"

玲玲的话刚说完，屋外"哈哈哈"传来大虎的狂笑："老子守在这儿呢，就算给这小子解开绳子，他还能逃到哪去？就乖乖地等死吧。"

高明飞知道，这次恐怕是在劫难逃了，他索性豁出去了，不过死之前，他想先把心里的疑问弄清楚。于是他问玲玲："你爸爸为什么要把你绑起来？你知道了什么秘密？"

玲玲叹息一声，把事情原原本本说了一遍：原来，玲玲的母亲早逝，老江子为了让女儿能够接受教育，在她九岁的时候，就把她送到山外的亲戚家读书。几天前，玲玲放暑假回家，一次上山去玩，无意中在山里隐秘之处，发现那儿种植了大片罂粟。她惊呆了，因为这是违法的。同时，她也明白了，为什么家里这么穷，爸爸却能供得起她念大学，原来，他在干这种罪恶勾当。玲玲想劝老江子悬崖勒马，老江子却说，他是为了让她读书才这么做的，再说，跟刀哥这样的人合作，不是说不干就可以不干的。

玲玲劝不动爸爸，就跟他大吵起来，并且威胁说她要报警。这一切被

赶来的大虎听到了，大虎担心事情败露，便命令老江子妥善处理此事。老江子也害怕玲玲真的报警，那样，所有的村民都将受到法律的惩罚，没办法，只好把玲玲软禁起来。

高明飞不由苦笑起来，自己还以为是什么金矿、什么野生动物呢，原来是罂粟。那天，大虎一定是以为他发现了罂粟，才开枪想要灭口。现在，他终于全知道了，这地图果然藏着大秘密，可现在知道这些又有什么用呢？

"哈哈哈，"外面又传来大虎的冷笑，"说吧，尽管说吧，反正你小子也是快死的人了，就让这些秘密陪着你进棺材吧！"就在这时，刀哥带人进来了，大虎上前一把揪起高明飞，冷笑着说："小子，你该上路了。"

玲玲大声喊道："你们这是犯法，你们不能这么做……放了他……"

没等她说完，刀哥恶狠狠地骂道："你还是想想你自己吧，这时候还敢替别人操心？"说着一指玲玲，"把她也给我带去，让她看看反对我会是什么下场！"

高明飞被带到一个挖好的坑旁，清冷的月光，照在老江子满头大汗的脸上，他凑到高明飞身边，小声说："对不起，是我害了你，你做鬼也别来找我算账啊……"

他的声音越来越低，可没等他说完，大虎就一把推开他，冷笑道："跟一个快死的人，哪有那么多话可说的？"

老江子还要往高明飞身旁凑，刀哥大喝一声："老江子你不动手，还等什么？"老江子哆哆嗦嗦地拿起铁锹，嘴里却哀求说："刀哥，可千万别滥杀无辜啊，你们刚才也搜过他的身，他真是个迷路的学生，咱们就是想赚点钱，又不是土匪，可不能沾上人命啊！求求你了，刀哥……"说着，老江子朝刀哥跪了下去。

刀哥鄙视地看着老江子，狞笑着说："就算我改变主意，现在也都晚了，你的宝贝女儿把什么都跟他说了，你说我能放过他吗？"

玲玲突然挣脱了身边的人，冲到刀哥面前，也"扑通"跪在地上，满脸泪水哀求说："都是我的错，求求您放过他吧！我们不会把这里的事说出

去的。您要是不相信，我可以不再上学。我本来就是这大山里的孩子，不该去见识外面的花花世界，以后我再也不离开这里半步。求求您了！求求您了！"说着，给刀哥磕起头来。

突然，一个打手"咦"了一声，弯腰捡起一样东西，用力一扯，竟扯起一溜浮土，一根长长的塑料管子被他从坑底拉了上来。刀哥吃了一惊，凶狠地瞪着老江子，骂道："你埋这根管子干什么？是想给这小子呼吸用的吗？"

老江子吓得面无血色，小声哀求道："刀哥，我、我只是不想杀人啊，你……大人有大量放过他吧……"

刀哥抬腿一脚将老江子踹开，怒吼道："你好大的胆子，要不是看你是种大烟的好手，现在我就宰了你。"他又指着玲玲对老江子说，"我对你已经格外开恩，她要不是你的女儿，早死了八遍了。现在，我要让她亲眼看着这小子死，记住这个血的教训，以后再想胡说八道时，就先想想。"

说着，刀哥慢慢地拔出手枪，把枪顶在高明飞的脑袋上："小子，这不能怪我，要怪就怪你自己吧，下次投胎转世，千万不要再迷路了。"

就在刀哥要扣动扳机的瞬间，玲玲忽然大喊"你不是人，你是畜生。"接着，她猛地从地上跃起，一头撞在刀哥身上。刀哥没有防备，被撞得连连退了几步，仰面倒了下去。大虎连忙冲上前，一脚把玲玲踹倒。

刀哥爬起身来，目露凶光，二话不说，冲着玲玲"砰"的一声，玲玲的额头出现一个血洞，"扑通"一声栽倒在挖好的坑里。

## 5. 绝处求生

老江子惊呆了，半天才发出一声撕心裂肺的惨叫，他跳进坑里，搂着玲玲的尸体痛哭失声，边哭边说："孩子，是爸爸对不起你！爸爸是真想让你过上正常人的生活，可是我没有钱供你读书，没有钱给你买漂亮的衣服，我什么都没有啊。我本想用我的命换来你的好日子，可、可没想到反而害了你呀……"老江子哭诉着猛地抬起头，冲着刀哥大喊一声，"我跟你拼了，王八蛋！"

可老江子刚爬上坑，就被气势汹汹的刀哥一脚又踹了下去，他摔倒在坑里，脑袋撞在坑角上，挣扎了几下就不动了。

刀哥骂道："就你也配和我拼？既然你们都不想活了，我就成全你们。"说着，他上前一脚将高明飞踹下土坑，冷笑道，"坑虽然浅了点，埋三个人没问题，尝尝被活埋的滋味吧。"

大虎他们便拿起铁锹开始填土。在这巨大的恐惧下，高明飞脑子里突然灵光一闪，大喊道："刀哥，你知道我是怎么来到这儿的？告诉你，是我捡到了你们的地图。你不是担心地图会泄漏出去，暴露这儿的位置吗？那你就先放了我。"

刀哥愣住了，随即命人把高明飞拉出土坑，问道："地图在哪里？还有谁知道这张地图的事？"

高明飞大声说："你把老江子放了，我就告诉你。"

刀哥狞笑道："胆子不小啊，敢跟我讨价还价？我让你尝尝我的手段，我就不信你敢不说出来。三郎，你先把那个老不死的埋了。"说罢，他和大虎几个押着高明飞回屋去了。

到了屋里，高明飞知道，如果不说出点东西来，自己就会遭受皮肉之苦。他强压下悲愤，一股脑儿地把捡到地图的经过说了一遍。大虎从他鞋里搜出地图交给刀哥。刀哥扫了一眼，突然抡起一张小板凳朝高明飞的头上砸去，鲜血立刻流了下来。刀哥用地图在高明飞的脸上一抹，眨眼间，地图变成可怖的血色。

刀哥看了眼地图，阴森森地说："为什么是复印件？原件在哪里？还有谁知道这件事？"

"原件在我家的床下，如果我死了，就会有人将原件送给警察。你可以去我家，将原件先拿到手，"高明飞装作害怕的样子继续说，"这件事我没告诉别人，不过，我在电子邮箱里设了一封自动发信，里面也有地图扫描件，再有几天如果我还没回去，这封信就会自动发给我的同学，警察也就会知道这里的一切。"

刀哥瞪了高明飞一会儿，说："你家的地址、电子邮箱和密码，要是敢骗我，我会让你死得很难看。"

这样，正中高明飞的下怀，他的目的就是要拖延时间，虽然他不知道自己还有没有生还的机会，但现在首要的是先保住命。于是，高明飞爽快地写下了这一切，不过，他却编了个假的电子邮箱名，他想只要找不到那封预设的信，刀哥肯定不敢杀他。

刀哥拿了高明飞写的东西，派了一个手下连夜出山去处理事情。

之后，刀哥就走了，留下大虎和三郎看守高明飞。高明飞手脚被绑

着，像只待宰的羔羊，被扔在墙角落里。此时，高明飞是又悔又恨，没想到这次冒险会送掉自己的小命！

一天过去了，高明飞正想着如何逃出虎口，刀哥怒气冲冲地冲进屋里，二话没说，就对他一阵拳打脚踢。高明飞知道，肯定是假邮箱的事情被发现了，便大喊道："别打、别打，我告诉你真正的邮箱……"

刀哥像没听见一样，继续踢打他，直到打累了，才拔出匕首，贴在高明飞的脸上，说："这次你再敢骗我，我就用刀把你身上的肉一块一块割下来喂狗。"

高明飞知道，一旦刀哥取消了那封邮件，自己的死期也就到了，所以，他一边表示保证不敢再骗刀哥，一边又写了一个假邮箱给刀哥。

刀哥走后，高明飞想下次刀哥再来，肯定不会放过他了，说不定这个恶魔真的会割了他的肉喂狗。这么一想，高明飞不由打了个寒噤，决定逃出去。

这时，大虎和三郎在厨房喝酒，门关着，高明飞做什么那两个人都看不见，正是逃走的好机会。但他的手脚都被绑住了，没法挣脱。情急之下，高明飞突然想到曾经玩过的解绳扣游戏，于是他两只脚轮番用力前蹬，想将绳扣弄松，可是只蹬了一会儿，他的脚踝就磨破了。但求生的渴求让他

咬紧牙关坚持，大约过了二十多分钟，脚踝已经鲜血淋漓，幸好绳子一点点松了下来，他用一只脚蹬掉另一只脚上的鞋，然后把那只脚拉出绳扣。他成功了。

高明飞记得自己被抓的时候，窗子上撬开的那个洞没被封上，便小心翼翼地爬出破洞，轻手轻脚刚跑出了几步，突然听到一声大喝："什么人？站住。"

此时天已大亮，高明飞吓得一激灵，抬头一看，原来是一个早起的村民，正戒备地看着他。村民的喊声惊动了大虎和三郎，两人冲了出来，高明飞双手被反绑在背后，根本就跑不快，很快就被大虎追上一把揪住。

高明飞差点气炸了肺，人都说村民朴实，可这儿的人咋都是刀哥的帮凶呢？他一边挣扎着，一边冲那个村民大喊"他们是罪犯，你帮他们就是同谋……老江子被他们活埋了，玲玲也被他们杀了，早晚也得轮到你们……"

下午的时候，刀哥又来了，他冲高明飞嘿嘿冷笑着说："小子，你到底又骗了我一次，不过不要紧，我不再需要你了，你的邮件已经被取消了。"

高明飞听了，吃惊地瞪大了眼睛，心说：这怎么可能啊？

这时，一个大汉得意地补充说："我们找到了你的同学，骗他说出了你的邮箱，然后找电脑高手破解了你

的密码。小子，你的死期到了。"

高明飞彻底傻了，他还是低估了刀哥，没想到他能想出这样的办法。

# 6. 柳暗花明

刀哥等人推着高明飞走出了屋子，就在高明飞以为自己必死无疑的时候，突然听到一声大喝："刀哥，你不能再杀人了。"

随着这个声音，七八个村民迎面跑来，他们的手里都拿着棍棒斧头等武器，一个个面露敌意，拦住了刀哥一行人的去路。刀哥停下脚步，大喝道："你们要干什么？想造反呀？别忘了，我是你们的财神爷。"

一个村民大声喝问："他说你活埋了老江子，杀了玲玲，是不是真的？"

刀哥狞笑道："是又怎么样？他们胆敢背叛我，死有余辜，你们要是敢背叛我，也会是一样的下场。"说着，他一挥手，三郎等人不约而同拔出手枪，对准那些村民。

村民们你望着我，我望着你，突然，一个村民愤怒地喊道："老江子那么好的人，你都忍心杀他，你还是人吗？玲玲还是个二十来岁的女孩啊，你们怎么能下得了手？我们为了生活，昧着良心帮你种罂粟，但决不能看着你作孽杀人！你放了他。"

"放了他？让他出去举报我们吗？别忘了，罂粟是你们种的，你们也是犯法的，我们是一根绳子上的蚂蚱，出了事谁也跑不了。"刀哥嘴里叫嚷着，举起手里的枪，"这个人我一定要杀，你们要是不想活，就跟他一起上路吧！"

高明飞紧张地看着这一切，他不想死，他希望村民们能坚持到底，救他出去。可是，他也害怕刀哥真的下令开枪，那些村民就完了……

就在双方一触即发的瞬间，只听得后面传来一声大喊"不许动，放下武器，我们是警察。"

所有的人都惊呆了，只见大批荷枪实弹的警察出现在眼前，黑洞洞的枪口对着刀哥他们。刀哥见势不妙，第一个扔下枪举起双手。

这时，只见一个浑身泥土的人冲了出来，在所有人还没反应过来前，他已经冲到刀哥身前，一把揪住刀哥

·中篇故事·

的衣领。刀哥定睛一看，吓得七魂丢了六魄，一边拼命挣扎，一边大叫"老江子，你、你死了也别来找我啊……"

眼前的这人，竟然是被活埋了的老江子。

老江子疯狂地大笑起来，边笑边说："你以为我死了吗？我死了，我女儿的仇谁来报？！"老江子的笑声又变成了呜咽，"我怎么那么蠢，蠢得居然跟你这样的禽兽合作？你想埋掉高明飞，我没办法，又不能眼睁睁看着他死，就埋了根管子准备让他借此保命，却被你们发现了，就对我下毒手。幸好我挖坑的时候，挖出一个老鼠洞，这个鼠洞直通地面，所以才救了我。天意啊，是老天要我来为女儿报仇，惩罚你们这帮恶魔啊！"

听了这话，大家才明白，原来是老江子的好心救了他自己一命。

刀哥恶狠狠地对老江子破口大骂："你这老不死的，命倒挺好，还挨千刀地带来了警察，我真该一枪打烂你的脑袋……"

老江子突然迅速从地上捡起刀哥扔下的那把枪，在所有人都没反应过来之前，他把枪顶在刀哥的胸膛上，扣动了扳机。刀哥看着自己胸前的血喷洒出来，接着颓然倒地。

老江子瞪着血红的眼睛，哈哈狂笑起来："玲玲，爸爸亲手为你报仇了……是爸爸害了你呀……是爸爸把

这些魔鬼引到这儿的……"喊着喊着，他突然回身向村民们跪倒，"我不该怂恿你们种罂粟，我被金钱吞掉了良心，我对不起你们，我有罪啊……"

两个警察冲上前想去抢下老江子手里的枪，他却突然调转枪口，对准自己的太阳穴，随着"砰"的一声枪响，老江子像截木头一样栽倒在地。

三郎、大虎等人束手就擒，那些村民们也将接受法律的惩罚。警方一举破获了这个地区禁毒史上最大规模的非法种植罂粟大案，那间"黑森林"迪厅也被查封了，从里面搜出了大批的毒品，原来那里是刀哥的大本营。

高明飞终于如愿以偿地做了一件惊天动地的大事，可他却丝毫高兴不起来，玲玲和老江子的影子，总是出现在他的脑海中。破获这场惊天大案所付出的代价，对高明飞来说，实在是太过沉重了。

高明飞又来到那片种植罂粟的山区，在群山环绕中的一片谷地里，四周林木掩映，十分隐蔽。谷地上，种着大片的罂粟，接近一米高的罂粟茎上，顶着无数妖艳的罂粟花，随风轻轻摇动。

看着这些给人们带来灾难的鲜红花朵，高明飞仿佛看到了玲玲和老江子的鲜血。想着这些天九死一生的经历，他真的希望，这些罪恶之花能永远在这美丽的大山中枯萎，在那些贪婪的人们心中枯萎。

（题图、插图：杨宏富）

80

# 为了出口窝囊气

□ 柴兴志

大刘和小刘是铁哥们儿，大刘膀大腰圆、孔武有力，小刘瘦小伶俐、脑筋活络，两个人优势互补、默契十足，经常凑在一起捞点儿外快。

这天，小刘听说国家要限量发行一套奥运邮票，便约了大刘一起来到邮局。到那儿一看，乖乖，排队的人围着邮局都绕了三圈。

小刘朝大刘一使眼色，大刘心领神会，上去一肩膀撞开排队的人群，趁着一时混乱，小刘在人缝里三钻两钻就排到了前面。

小刘刚想喘口气，忽觉腰里被什么东西划了一下，一摸衣袋，不好！衣袋被划开了一条口子，里面的五百

块钱没有了，急忙回头看时，一个戴棒球帽的家伙已经转身挤出了人群。

小刘一声没吭，退出人群拉了大刘一把，说："那个戴棒球帽的小子把我的钱偷了。"

大刘急了："我去抓他，你赶快报警！"说着，抬腿就要追上去，小刘一把拉住他："报警有啥用，咱又没抓住他的手腕，不如找个没人的地方收拾他！"大刘马上会意，两个人若即若离地跟上了棒球帽。

棒球帽走进了一条僻静的小巷，大刘、小刘快步跟了进去，看看小巷里没有行人，大刘一个箭步扑上去，勒住棒球帽的脖子把他拖到了墙角，小刘冲上来就是一个大耳光："偷到老子头上了，瞎了你的狗眼！"

棒球帽不知道他们是哪路神仙，做贼心虚又不敢叫唤，只好假装被勒得喘不过气来，两腿发软就要昏倒。

大刘赶紧把胳膊一松，棒球帽猛地从他的腋下钻出来，兔子似的朝巷口蹿去。大刘、小刘急忙追赶，忽见巷口跳出来两个小伙子，一左一右扭住了棒球帽。其中一个小伙子亮出了警官证。原来便衣警察也发现棒球帽有盗窃嫌疑，他们还怀疑大刘、小刘是同伙，所以一直跟在后面，正好堵住了逃跑的棒球帽。

警察把他们一起带到了派出所，所长亲自进行了查问，大刘、小刘说明了被盗的经过，可是，提到那丢失的五百多块钱，棒球帽连连叫冤，就是死不认账。俗话说：抓贼抓赃，你说被盗，你得有证据，得证明棒球帽袋里的钱是你的，现在棒球帽死不认

账，所长只好先让大刘、小刘回家，留下棒球帽继续审查。

大刘、小刘不服气，扯开嗓子嚷嚷起来，一定要讨回被盗的钱，所长火了："我们办案讲证据，你拿出证据来，我就把钱给你！"

两人无话可说，只好垂头丧气地出了派出所，回来一想真是吃了哑巴亏，越想越窝囊……

过了几天，奥运会足球比赛门票要发售了，又一个发财的好机会来了。大刘和小刘照样没有提前去排队，到了当天早晨才来到了体育场，没想到这里的安保措施很严，没有提前领到顺序号的人根本不许进售票厅。

看到凭号排队的人像一条长龙，两个人傻了眼，正在东张西望找空子钻的时候，小刘眼前一亮，看见棒球帽竟然排在队伍的前面。一个小偷懂什么足球，肯定又是来趁乱掏腰包的！

小刘眼珠一转有了主意，倒卖门票又费力又担风险，不如就在外边守株待兔，等棒球帽办完了事出来，给他来个黑吃黑。小刘跟大刘咬咬耳朵，两个人也不去夹塞买票了，躲在对面的花坛后面，紧紧盯住了售票大厅的出口。

大刘、小刘等了不到一个小时，就见棒球帽乐呵呵地走了出来。棒球帽在前面走，大刘、小刘隐蔽在后面

紧跟，当棒球帽转弯经过一个大花坛时，小刘看看附近没有人，急忙一推大刘，大刘一个箭步蹿出去，猛地勒住棒球帽的脖子，把他拖到了花坛后面。

棒球帽刚要装昏倒，一看原来是老相识，赶紧摊开手表白："我是来买票的，没偷东西。"

大刘伸出拳头在他眼前一晃："少废话，还钱！"棒球帽一个劲地摇头："我，我没欠你钱呀？"

大刘想起上次的窝囊气，狠狠一拳把棒球帽打了个四仰八叉，小刘扑上去压住棒球帽，从他身上搜出了一叠钱和球票，从中拿出五百元放进了自己的口袋。钱要回来了，可大刘、小刘想想在派出所受的窝囊气，火气难消，上去又给了棒球帽几脚。

大刘、小刘出了心里的窝囊气，刚要开路，突然有两个人拦住了他们的去路，定睛一看，正是上次那两个便衣警察！警察问明情况，当时就拿出手铐，把他们和棒球帽铐在一起，带回了派出所。

所长当然还记得他们，自从上次放了棒球帽以后，便派了两个便衣跟踪准备抓现行。棒球帽被带进了审讯室，他知道这次是瞒不过去了，便竹筒倒豆子，交代了刚才在售票大厅的偷窃行为，但他怎么也不肯承认偷了大刘他们的钱。

那边，大刘、小刘还在洋洋得意，

问所长："我们帮你抓了个盗窃犯，怎么着也得给点奖金吧。"

所长一拍桌子："想得美！你们刚才干了什么？那是抢劫！"

小刘赶紧辩解"我们没抢劫，我们要回来的是被偷的钱。"

所长喝道："证据呢？你们抢劫倒是有人证、物证。别啰嗦了，我宣布，依法刑事拘留！"

大刘、小刘一齐叫起来："这、这真是冤枉啊！"

没等所长说话，一个正在看案卷的女士"扑哧"笑了出来，所长一拍脑袋："怎么把你这个大律师忘了，正好，请你给他们讲讲吧！"

**律师点评**

大刘、小刘主观上有通过黑吃黑占便宜的目的和动机，客观上又以勒脖子、挥拳头等暴力手段相威胁，强行从"棒球帽"身上摸出现金和球票，符合抢劫行为的构成要件。所以，根据我国刑法第263条之规定，他们的行为已明显构成抢劫罪，处以三年以上十年以下有期徒刑，并处罚金。

至于"棒球帽"到底是不是小偷，应当对他如何处置的问题属于公检法司职权范围，作为公民只有报案、提供线索，扭送执法机关的权利和义务。

（题图、插图：安玉民 梁 丽）

# 只有三两重

□ 明 强

从前有个大财主，家财万贯，可财主夫人的肚子不争气，只生了三个女儿。三个女儿都出嫁了，其中大女婿和二女婿又奸又猾，三女婿却傻里傻气的。财主担心将来分家产时，三女婿要吃亏，就想帮他一把，可又不能明着给，只好暗地里想办法。

这天，财主偷偷找来三女婿，拿出一块黄金说："明天你大姐夫、二姐夫来了之后，我问你这块黄金有多重，你就说三两，明白吗？"

三女婿忙点头说："知道了。"

第二天，三位女婿都来了，财主拿出一块红布包着的黄金，说："谁能说准这块黄金有多重，我就给谁。"

大女婿马上就说："起码有一斤。"二女婿摇着头说："不对，只有八两。"财主望了望三女婿说："你估计呢？"三女婿想了一下，说："三两。"

财主让丫环找来秤一称，果然是三两。大女婿和二女婿心想：老三平日里傻傻的，怎么今天这么准？肯定有问题！

眼看黄金就要归三女婿了，两个女婿连忙说："这不算数，再比一次。"

这时，财主夫人正巧进屋，大女婿说："我们来估计岳母大人有多重，谁说准了就给谁。"财主只好依着他。

大女婿打量了岳母一番，胸有成竹地说："有一百八十斤。"二女婿用手比划着说："应该有一百五十斤。"两人说完都望着三女婿，三女婿想都不用想，冲口而出道："三两。"

大家哈哈大笑，财主只能在一旁摇头。可三女婿不依不饶，非要称一次定输赢。财主只能让丫环找来一杆大秤，还有箩筐和绳子，打算把秤架在树杈上称。可刚把财主夫人放进挂在秤上的箩筐里，绳子忽然断了，吓得财主夫人屁滚尿流。

三女婿喊叫起来："我说是三两嘛，你们不相信，还要往里面掺水。"

# 先要说清楚

□ 天 一

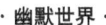

老谭是一家银行的信贷科长。找他贷款，说难真难，一般人申请个三五十次，他也不见得搭理你；可说容易也真容易，一句话，只要填饱他的胃袋子和钱袋子，一切都好说。

这天晚上，老谭从"喝得美"大酒店里摇摇晃晃地走出来。看他那红光满面的样子，不消说，这顿酒喝得相当成功，肯定又是宾主尽欢、各取所需了。

老谭跟主人道了别，嘴里哼着小曲，一步三晃地往家走。刚晃了没几步，就被一个人拦了下来，对方恭恭敬敬招呼道："谭科长。"

老谭斜着醉眼一看："啊呀，刘经理，这么巧啊。"

刘经理满脸堆笑："不是巧，我是特意在这里等您的。谭科长，我那个贷款……"

老谭张嘴打了个酒嗝，道："我说刘经理，你不要着急，我们正在研究呢。不过，先要说清楚……"他一边说，一边摸了摸扣子。

刘经理心领神会，这是要回扣呢，忙说："清楚、清楚，谭科长，您明天有没有空？我想请您吃个便饭，顺便汇报一下工作。"说着，伸手搀扶了一下老谭，顺手把一张银行卡塞进了他的口袋里。

真是上路！老谭酒醉人不醉，佯装不觉，哈哈一笑："好吧，咱们明天再说。"

刘经理知道事情成了一半，喜道："那咱们一言为定，明天见。"刚想转身，忽又想起什么，殷勤地问，"谭科长，要不要我送您回家？"

老谭大着舌头："不、不用，这点、点、点酒，小意思。"说着右手一甩，把刘经理撇在身后，接着又跟跟跄跄继续往前走，可走出没多远，又被一

个人拦了下来。

对方毕恭毕敬："您好，打扰一下。"

老谭抬眼一看，不认识，心想肯定又是求自己贷款的，就问："你是谁？找我要钱吗？"

对方大吃一惊："我没说，您都知道了？"

老谭哼了一声，不屑地说："你们找我，除了要钱，还能干什么？"

对方深鞠一躬，说："大哥，我是从外地来这里出差的，没想到钱包让人给偷了，连回去的火车票都买不起了。我人生地不熟的，在这里求了半天，还差十八块钱才够。您行行好，就帮我一把吧。大哥，您留下名字和地址，我保证，回去以后一定把钱还给您……"

老谭酒意上涌，头昏脑胀的，一听这长篇大论就不耐烦："真啰嗦，要钱是吧，要多少？"

那人看这糊涂酒鬼这么痛快，心中窃喜，伸过手来，说："十八块，大哥，您多给点也行，我都一天没吃饭了。"

老谭就伸手去兜里摸钱。这时候，周围有几个闲人围过来看热闹，有人见老谭喝高了，小声提醒说："别上当，他是骗子，都在这里要了两天钱了。"

老谭才不听他的，从口袋里摸出一张二十元的钞票递过去："给，拿去吧。"

眼看着钞票就要到骗子的手里，关键时刻，老谭总算悬崖勒马，手一缩，把钱又收回来，说："别着急，我可没喝多，不糊涂。"

那人以为露馅了，急了："大哥，我真的不是骗子，您就好心帮帮我吧！"

老谭摇晃着脑袋说："给你钱可以，不过，先要说清楚。"说着，他一摸衣服扣子。

那人茫然不解"大哥，说清楚什么？"

老谭又摸一遍扣子，见对方还傻乎乎地装糊涂，火了："真是不懂规矩，想从我手里借钱，先要说清楚——给我的回扣是多少？"

（本栏题图、插图：顾子易　王　俭）

# 我爱记歌词

□东 关

最近，"唱翻天"歌厅组织了一个"我爱记歌词"比赛，这个比赛一不比歌喉，二不比唱功，就是比你的记忆力。只要能连续唱对一百首歌的歌词，就可以捧走二十万元巨奖。

可是，活动举行了快半年，愣是没人能拿走那笔奖金。为什么？太难了！这一百首歌都是随机产生的，要想把这些歌词全部唱对，一字不差，可不容易哪。

尽管如此，前来挑战的人还是天天爆满，连几十、几百公里以外的高手都给吸引来了。不过，他们无一不是高兴而来、遗憾而走。

"唱翻天"的老板刘麻子却是乐得合不拢嘴。想当初，歌厅生意清淡，刘麻子无意间从电视里学到这个点子，只是想吸引一下人气来着。没想到，竟让"唱翻天"声名远扬，自己

更是赚得盆满钵溢。

这天晚上，歌厅里依然人头攒动，众人争相上台一试身手。刘麻子看看时间不早了，正想宣布今晚的比赛结束，却见一个人走上台来，四十多岁的样子，看着有几分面熟。

那人略显紧张，拿过话筒后，红着脸说："开……开、开始吧。"竟有几分口吃。

刘麻子暗暗好笑：口齿都不清，你还想拿走大奖？

不料，十首歌过后，刘麻子不由刮目相看，此人虽然讲话口吃，但唱起歌来却相当流利，记忆力也不错，观众群里已经有人开始欢呼了。

三十首歌过后，观众们疯狂了，拼命跺脚、尖叫，若不是歌厅在一楼，楼上还有几层住宅房压着，只怕房顶都要被掀翻了。

五十首歌过后，刘麻子头上开始冒汗。他抬表一看，已是凌晨两点了，忙上台宣布暂停比赛，后面的五十首歌等晚上再继续接上。

天亮后，有高手冲击"我爱记歌词"比赛大奖的消息不胫而走。当天上午，歌厅的门票就被抢购一空了。电视台更是派出了摄制组，准备进行现场直播。

当晚，歌厅里人山人海。在观众们的助威声中，那人一首接一首地唱，势如破竹，等到第一百首歌唱完，全场一片静默，过了两秒钟，突然爆发出惊天动地的欢呼声。

刘麻子傻眼了，没办法，只好强装欢颜，亲手将二十万元现金捧到对方怀里。

记者自然不会放过这激动人心的时刻，现场采访大奖得主："你能记住这么多歌曲，一定经常唱歌吧？"

那人摇摇头："没有，我只是天天听人家唱歌。"

记者感叹道："那你的记忆力一定十分超群！"

那人谦虚地说："不是，关键是我天天听、夜夜听，时间一长，自然就记住了。你要是每天听十几个小时，你也会记住的。"

记者万分佩服："一天要听十几个小时？真是太刻苦了！你是不是为了拿这次的大奖，专门这样练习的？"

那人白了记者一眼："练习？你想象力可真够丰富的！你以为我愿意听啊？我是不得不听！"

记者很奇怪："难道是有人逼着你听吗？"

那人点点头："人家天天唱，咱能有什么办法呢？跟你这样说吧，因为歌声骚扰，我这两年就没睡过一个好觉，都神经衰弱了。"他低头看了一眼怀里的钞票，眉开眼笑，"不过，现在看来，也值了！这笔钱算是补偿吧。"

记者趁机问："这笔钱你准备怎么花？"

那人毫不犹豫："我准备去买房子，搬家，马上搬家！"

"你家是住在……"

那人伸手指指头顶，痛心疾首地说："就在楼上！我早在这里住够了，这歌厅的噪声，我可一天也受不了了！"

# 另类贺卡

□ 夏绪乾

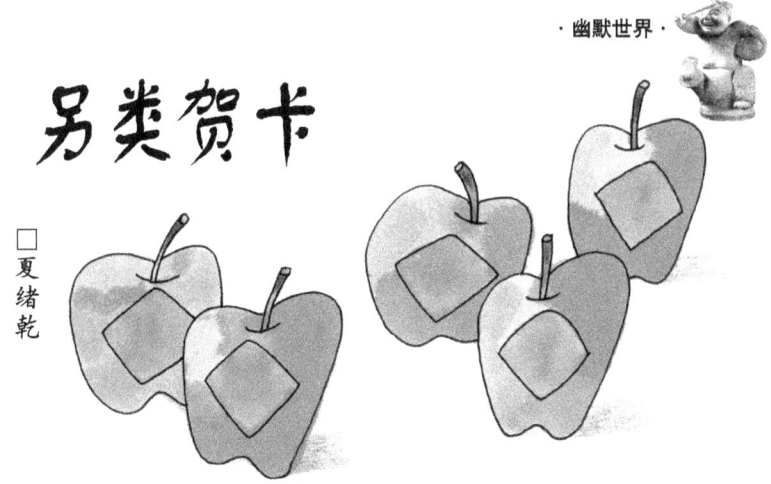

**这**天一大早，海波从邮局出来，忙不迭地给在邻市的女友打电话："小雯，明天是你生日，我刚用特快专递给你寄了一份贺卡，你一定要及早处理，不要搁太久了！"

小雯在电话那头笑道："你太夸张了吧！一张薄薄的贺卡犯得着用特快专递寄吗？"

海波不无得意地说："孤陋寡闻了吧？你肯定想不到，我寄的不是一般的贺卡，而是最新潮、最时尚的'另类贺卡'。"

小雯好奇地追问："别卖关子了，到底是什么宝贝？我都快急死了！"

可海波就是不肯透露，还说："急什么呀？到时候，绝对会给你一个大大的惊喜！"

第二天，海波估摸着东西应该到了，可等了整整一天，小雯怎么没有一点动静呢。海波实在忍不住，摸出手机一看，这才发现，原来手机早没电关机了。

海波慌手慌脚地换上电池，打开手机，一下子涌进来好几条小雯发的短信，都是一个意思，就是问海波到底遇到什么事了，千万不要想不开做傻事。

海波傻了：到底发生什么事了？小雯怎么会发这么奇怪的短信呢？

海波连忙拨打小雯的手机，接听的却是小雯的妈妈。她告诉海波，东西中午就到了，是自己帮着收的。可等小雯下班回家，看到那些东西，一下子就慌了，连拨了好几个电话，都没打通，又一口气发了好几条短信，也没回音。最后，小雯竟一下子晕倒了，现在还躺在床上呢。

海波一听慌了神，马上挂掉电

# 冤枉儿子 （文：李传胜；图：包丰一）

1. 马大哈把自己的胡子剃掉了，回到家中，考问儿子马小哈："儿子，看得出爸爸有什么不一样吗？"

2. 马小哈上下看了看爸爸，竟一口答道："没什么不一样啊。"

3. 马大哈不乐意了，指指下巴说："看清楚点，我的胡子没了！"

4. 胡子没了又怎么啦？"马小哈像受了天大的冤枉似的，说，'"又不是我拿的！"

话，开车赶过去。等他赶到时已是半夜了，小雯还昏昏沉沉地躺在床上，一见到海波，她露出又惊又喜的表情，连连说："真的是你，原来你没有、没有……"

海波忙问："怎么会这样，你收到我寄的苹果了吗？"

小雯费力地用手指了指旁边的桌子。海波一看愣了，忙问："我寄的可是五个苹果，怎么少了一个？"

小雯妈妈听到了，随口答道："哦，那个苹果啊，我中午吃了！"

海波惊诧道："啊？您怎么能给吃了呢？"

原来，海波听说，最近流行印字的"苹果贺卡"，就早早地到苹果园定制了五个艺术苹果寄给小雯。那五个苹果上各印着一个字，连起来就是："我想死你了"。

可没想到，小雯妈妈随手把印着"你"字的苹果吃掉了。结果，小雯看到的"另类贺卡"便成了："我想死了"。

**绿版编辑部各编辑邮箱：**

夏一鸣： gshxym@163.com

邢　悦： simyyue@126.com

朱　虹： zhong98305@sina.com

杭　帆： hangfan1102@126.com

# 432

## 2009
SEMIMONTHLY
上半月版

## 2月

STORIES

欢迎登录本刊主办的"故事中国网"（www.storychina.cn）

## 2009年2月
上半月·红版

社　长、主　编：何承伟
常务副主编：吴　伦
副主编：姚自豪（上半月·红版）
副主编：夏一鸣（下半月·绿版）
本期责任编辑：叶小萌
电子邮箱：xiaomeng.ye@gmail.com

红版发稿编辑：
姚自豪　郑继文　吕佳　周　吟
美术编辑：李宝强
电脑制作：郭瑾玮
通　联：归依玲
本社办公室电话：021-64375030
上半月刊编辑部电话：021-64332325
下半月刊编辑部电话：021-64336469
（上海市绍兴路74号 邮编：200020）
主管、主办：上海文艺出版总社
出版单位：《故事会》杂志社

制作、发行总监：张　凯
电话：021-64313938
广告业务：上海故事会文化传媒有限公司
广告总监：张　淮
广告业务：021-34010383
广告投诉：021-64333738
广告经营许可证
沪工商广字3100320050022号
发行：中国图书进出口上海公司

# 新时代猫狗

**朱**先生在院里养了一条狗和一只猫，那条狗从不看门，却喜欢抓老鼠，而那只猫从不抓老鼠，却在有陌生人来的时候叫个不停。

一天，一只麻雀路过此地，发现那猫狗的异常举动后，就问："你们为什么这么做？不觉得很奇怪吗？"

狗和猫异口同声地回答："你可真土，不知道现在流行跳槽吗？"

（朱　帅）

（本栏插图：包丰一）

# 真　疼

**周**日，丽丽在老公的陪同下去美容院打了耳洞。

回到家，妈妈问丽丽："打耳洞疼不疼啊？"

还没等丽丽回答，老公伸出红肿的右手对丈母娘喊道："您看看我被她掐肿的手背就知道了。"

丽丽心疼地问老公："掐疼了吧？我帮你敷药。"

老公叹了口气，说："这算啥，等你站到柜台前挑钻石耳钉时，我才是真疼呢。"

（梁　斌）

# 减肥与增肥

一个胖子和一个瘦子在酒吧互相抱怨，胖子说自己太胖要减肥，瘦子嫌自己太瘦要增肥。老板就给他们支了个招，让胖子每天打沙包一小时，坚持下来就可以瘦了。瘦子就提问，自己要怎么练才能胖。老板想了想，说："你就去当那个沙包吧。"

（蓝献伟）

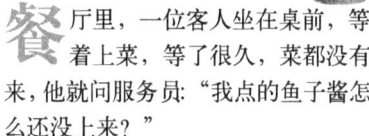

## 养什么

老公想养小动物，但遭到妻子的反对。那天妻子在办公室说起此事，同事建议她养花。妻子一想，养花不错，能净化空气、美化环境。最好养的植物要数仙人球了，于是她向同事要了盆仙人球，装在小纸箱里，拎着坐车回家了。

到家后，妻子把纸箱递给老公，说："你不是想养这养那的吗？这个给你养着，小心啊，有刺！"

老公一脸惊喜地叫道："老婆，真是太酷了，你给我要了只刺猬呀！"（梁　斌）

## 充分利用

餐厅里，一位客人坐在桌前，等着上菜，等了很久，菜都没有来，他就问服务员："我点的鱼子酱怎么还没上来？"

服务员开玩笑地说"对不起，您要的鱼子酱还在鱼妈妈肚子里呢。"

客人听了却生气了，说："那什么时候才能生出来？"

服务员指了指旁边的桌子，说："快了，快了。"客人回头一看，只见旁边桌的一位男士手拿刀叉，正向餐盘里的鱼肚子伸去。

服务员接着说："这位客人是医生，这不正给鱼妈妈做剖腹产嘛！"

（朱　帅）

## 吵 架

一对夫妻闹不合，怕影响孩子，于是跑到厨房里偷偷地吵架。

在客厅里做作业的孩子还是听到了动静，他跑过去一看，懵了："你们一个拿勺，一个拿擀面杖，这是干啥啊？"

父亲放下"武器"，说："没什么，我们排个节目……"

儿子好奇地问："排节目怎么没台词呢？"

母亲连忙接腔"儿子你不懂，这叫哑剧。"

（何其谷）

## 不想挑刺

**大**力带儿子到同事小赵家玩，中午小赵要留大力父子俩吃饭，说："我今天给你们做个我家的特色菜——凉拌仙人掌。"

不料，大力的儿子拉住爸爸的衣袖，说："我不要吃，我最不喜欢吃鱼！"

大力笑着回答："傻孩子，这仙人掌是植物，不是鱼。"

儿子一脸认真地说："可吃它们都需要挑刺呀！"

（梁　斌）

## 不会飞的是什么

**一**天，丁丁一家去全聚德吃烤鸭。上菜后，丁丁对父亲说："您是飞行员，我出个关于飞行的题，您要是答不上，只准喝酒，不准吃菜。"

父亲说："好哇，谁还能考倒你爸！"

丁丁问："蝴蝶为什么能飞？"父亲说："它有翅膀。"

"鸽子为什么能飞？""有翅膀。"

"飞机为什么能飞？""有翅膀。"

"有了翅膀可是不能飞的是什么？"父亲哑了，连喝了三杯酒后，说："儿子，现在可以告诉我了吧？"

丁丁用筷子敲着菜盆，说"就是这——烤鸭！"

（何其谷）

## 我来此办事

**有**一个人到省里去办事，到了目的地发现没有停车位，只好把车停在马路边。他在汽车的挡风玻璃上留了一张纸条，上面写着"我来此办事。"

那个人办完事，回到自己的汽车边，发现挡风玻璃上多了一张红罚单，而且自己的纸条上又多了一行字："我也是。"

（柯　琦）

# 赶 紧 走

**周**二，大华去接儿子放学。下课铃一响，儿子就从教室里飞奔出来。

大华看了一愣，问："今天怎么这么快？老师上课就把作业留好了？"

儿子气喘吁吁地说："别问了，赶快走！"

大华一脸茫然，又问："你这么慌张干什么，出什么事了？"

儿子一边拉着大华往外走，一边小声地说："没有，快走吧。今天老师忘留作业了，等他想起来就晚了。"

（梁 斌）

# 内部消息

**单**位举行篮球比赛，比赛的部门是行政处对计划处。小刚在行政处，他的女朋友却在计划处，比赛前，小刚很为难，他琢磨着自己到底该为哪边加油才对。

比赛开始了，只听小刚高喊道："行政计划处加油！"小刚暗自得意，为自己的聪明而自豪。

比赛结束后，小刚接了个电话，是他的师傅打来的。师傅问小刚："刚才我听说公司准备把咱们行政处和计划处合并，成立行政计划处。大家都说是你说的，你能不能给师傅透露点内部消息？"

（梁 斌）

# 借你女儿一用

**一**位母亲带着她六岁的女儿在服装店里挑选衣服，小姑娘耐心地看着她妈妈一件又一件地试穿衣服，每试完一件，小姑娘都会惊叫："妈妈，你真好看！"

这时，一位肥胖的女士从隔壁试衣间走了出来，她对孩子的母亲说道："我能不能借你的女儿一用？"

（庄伟斌）

本栏欢迎来稿，读者、作者可将有新鲜感、有精彩细节的笑话佳作投寄给我们。来稿一经采用，最高稿费为一则100元。本期责任编辑电子信箱：xiaomeng.ye@gmail.com。

# 看谁先到家

以前，董事长也是很爱玩的，玩古董、养花鸟、打游戏、搓麻将、收藏工艺品、参加野战俱乐部等等，自从出了车祸，久卧孤榻，想玩也玩不了啦，只能默默怀念那段曾经有过的美好时光。

这天，席先生和董事长聊的话题，正是从"玩"字开始的……

有钱人爱玩，王总新近淘到了一对绿毛龟，这龟被人称作"水中翡翠"，是极品，王总一直把它们当作心肝宝贝似的，供养在办公室里。这天晚上，王总在家里打电话，邀请好友马经理第二天上午到他的办公室观赏，王总那九岁的儿子小宝听见了，吵嚷着也要去看，王总拗不过，只好答应了。

第二天，王总在上班时带上了小宝，一会儿，马经理也来了，几个人围着玻璃缸，尽情地观赏着，就在这时，清洁工吴婶进来给绿毛龟换水，王总就陪着马经理侃起了大山，侃着侃着，话题扯到了小孩的读书上，王总感叹道："现在的小孩功课可真难呀，我这刚上三年级的小子，前些日子问了我一道语文题，到现在我还没想出好的答案来呢。"

小学三年级的题目怎么可能难住一个堂堂的老总呢？马经理摇头表示不信，就问是什么题目，王总说，其实也是个老题目了，就是要求根据《龟兔赛跑》的内容，再编一个故事，结果还得让乌龟赢，可绞尽脑汁编了十多个，老师说都听到过了，没有新意，没过关。

马经理想想也是，这是个老题目了，要想编出一个老师从未听过的故事，确实难了点。这时，一旁的吴婶插上了话："王总，俺知道一个办法，只要试一下，就能整出个新鲜的故事来。"这吴婶，是公司不久前才招的清洁工，虽说快六十了，可为人很本分，手脚也勤快。

两位老总一听这话，一下来了兴趣：一个清洁工能有什么方法呢？吴婶说，以前人们编的《龟兔赛跑》，都是拍脑袋凭空想出来的，现在只要把这个游戏从头到尾认真地做一遍，肯定能得到一个别人没想到的答案。

王总一听，不由皱起了眉头，两个堂堂的老总，怎么能玩小孩子的游戏？他刚要开口拒绝，儿子小宝却欢呼雀跃起来，一定要看大人们做游戏，王总最宠爱这宝贝儿子了，要是惹得儿子不开心，闹腾起来可没完没了，只好答应了。于是，两个老总就商量起来：游戏里有两个角色，一个乌龟，一个兔子，另外还得有一个裁判，两人都是老总，自然不能做乌龟，王总当了兔子，马经理当了裁判，当然，吴婶就是乌龟了。

吴婶笑了笑，说："别急，比赛肯定得有奖品，不知道你们准备用什么做奖品。"看来这老太太还挺精明的，王总"哈哈"一笑，从兜里掏出五张百元票子，拍在桌上，问："这下行了吗？"

吴婶忙说行，不过她又提出一个新想法：既然题目要求比赛结果是乌龟赢，看来这比赛的规则还得由"乌龟"来定。两位老总想了想，连说有理，吴婶接着说："那游戏现在就开始了，比赛的起点就是这里，终点嘛，就是'兔子'和'乌龟'的家，谁先跑到家里，就算谁赢。"

王总又一琢磨，你别说，还真是巧了，刚好他的家在城中，吴婶住在城郊，从这里出发，距离都差不多远，也算是比较公平，于是三人当即商

定：马经理先等在醉仙楼，谁先到家，就用家里的座机给马经理打个电话，然后由他判定谁赢。商量完后，王总让马经理带小宝先去醉仙楼，他这个"兔子"该行动了。

王总一下楼，就掏出手机往家里打电话，原来刚才太太呼他好几次，碍于老朋友在场，他没好意思接，可现在，回电话又没人听，他得先回家看看，再说自己的宝马车就停在外面，到家也不过十分钟的车程，他这个"兔子"误不了和"乌龟"的赛跑。

王总发动车，一踩油门，直奔"城

中新村"。十年前，他还是一个打工仔，来到这个城市后，一滴汗水摔八瓣，终于挣下了第一桶金，在城市中心地带买了这幢房子，还娶妻生子，拥有了一个幸福的家……想到这些，王总禁不住有点意气风发的感觉。车子刚到住宅区的门口，王总突然看见许多民工打扮的人正围着一个女人，吵吵嚷嚷的，再一看，这女人却是自己的太太！王总心想，糟了，他们都是来找自己讨要工钱的，要是这时候回去，那帮民工还不把自己的车子当乌龟壳一样砸个稀巴烂？好险哪，他连忙悄悄地把车倒了回来。

王总重新回到路上，心想：看来这个家暂时是回不得了，不过问题不大，自己在"万景华庭"还有一套房子，那还是三年前，他的公司走上了正轨，生意越做越红火，就在这个时候，他的初恋情人找上门来，一把鼻涕一把眼泪地要和他重续前缘，于是他便偷偷地在那儿又安了一个家。

很快，王总到了另一个家的门口，可摁了半天门铃却不见开门，王总只好掏出钥匙自己开门，想先进去打个电话，把这场"龟兔赛跑"的结果确定下来再说，可试了半天，钥匙怎么也插不进锁眼里，奇怪了，他急忙掏出手机拨通了情人的号码，还没开口，电话那头先吱喝了起来："你这个没良心的！都一星期了还不回来看看我……门锁是我让人给换的，你要是再不回来，我跟你没完！呜呜……"

王总听了哭笑不得，连忙安抚了一番，并保证今晚一定过来陪她，电话那头终于破涕为笑。

看来这第二个家也进不成了，好在天无绝人之路，不是有个成语叫做"狡兔三窟"吗？今天的王总就是那只狡猾的"兔子"，紧接着，他又发动了车，向开发区的"浪漫家园"开去。那里是新落成的豪华别墅区，一年前公司新招了一个秘书，是个二十刚出头的女大学生。王总恩威并施，很快就让她投怀送抱了。"浪漫家园"里有他们偷偷置下的安乐窝，虽说还未正式入住，但固定电话已经通了，而且那里和"醉仙楼"同一个方向，顺道打个电话还不是小事一桩？

不大一会儿工夫，"浪漫家园"到了，王总停好车，一只脚刚迈出车门，顿时就傻眼了：他家别墅对面的一户人家，正人来人往地往里搬家具呢，那映着大肚子指挥的，正是王总生意场上的死对头黄阿胖！真是冤家路窄，居然和这家伙"撞房"了，要是被黄阿胖发现自己在这里金屋藏娇，这麻烦可就大了！

王总惊出一身冷汗，连忙偷偷缩回了车，一溜烟开出了好远，才长长地出了一口气，就在这时，手机响了，马经理打来了电话："王总，你怎么还不过来？我和小宝在醉仙楼都等好半

天了。"王总连声道歉，并说马上就到。一会儿，王总到了醉仙楼，马经理笑吟吟地迎上来，说："老朋友，今天你这个'兔子'可是输到家喽！"

王总关心的是吴婶有没有打来电话，这时，马经理递给王总一封信，是吴婶写的，信上是这样说的：今天一见王总的儿子小宝，看着他那么可爱，那么开心，那么幸福，不知怎的，吴婶马上想到了自己的小孙子毛毛，毛毛和小宝一样大，他的爹妈为了生计，双双到南方打工去了，把孤零零的一个孩子扔在家里。看到小宝，想到毛毛，吴婶一刻也呆不住了，她不好意思开口向王总请假，而且手头也没有回家的路费，万不得已，才玩了这个游戏……吴婶说，她不会再来城里了，那五百块钱刚好顶这段时间的工钱。

马经理看了看王总，说："'龟兔赛跑'的游戏已经结束了，想知道'乌龟'为什么能赢吗？因为像吴婶他们没有城里人的娇气，他们为了生计四处流浪，没有固定的住处，只有背上那只沉重的龟壳才是唯一的遮挡，所以，吴婶这个'乌龟'根本用不着跑，只要能把头和四肢缩进去，也就算是到家了……"

王总听了，久久没有吭声……

**（本期作者：陈登岭）**
**（题图、插图：安玉民 梁 丽）**

老人间的爱情平淡真实，像春天的微风一般绵绵长长……

□王瑞霞

# 爱

# 在一日三餐里

七十多岁的根奶奶最近迷上了看韩剧，每天午饭后，她就守在电视机前面，等待着韩剧的播放。那些谈情说爱的韩剧看得多了，根奶奶的心态也就不平衡了，她常常对根爷爷抱怨："瞧电视上那些小伙子大姑娘，多热乎儿，多有趣儿！咱不也是从年轻时过来的？咱算是白活了一辈子啦！"

这天下午，根爷爷听烦了根奶奶的抱怨，忍不住说："老脸老皮的，你要我也学电视上的，啃你咬你呀？"

根奶奶一下子火了："我老脸老皮？咋不瞅瞅你那张脸？老核桃一样！再说了，我一过门就老脸老皮的？细皮细肉时，也不记得你细看过

我一眼啊！我这辈子，算是白搭给你了！你是块木头！"

根奶奶越说越生气，收拾了几件衣服，到闺女家去住了。

根奶奶和根爷爷一块儿生活了五十多年，谁也没离开过谁，可这一回，根奶奶是下决心抛下根爷爷了，无情无趣，这日子过得有啥意思？

根奶奶的闺女也五十多岁了，也熬成奶奶了，不过她还得下地干庄稼活儿。

闺女家的人都外出打工去了，根奶奶一来，就对她闺女说："妮儿，做饭你别管了，下地回来，吃现成的就中了。"闺女答应着，就下地干活儿去了。

天黑时，闺女回到家，根奶奶已经盛好了饭。

北方农村，主食是馒头，说"饭"，其实是汤，大米汤、小米汤、面汤之类的，"做饭"，也就是做汤。

根奶奶她们吃完饭后，锅里还剩下一些汤，闺女忍不住，说："娘，你做多了。"

根奶奶听了一愣，闺女的话让她莫名地觉得刺耳、不舒服。

第二天，闺女还没起床，根奶奶早把饭做好了。

吃饭时，闺女喝完一碗汤，拿勺子再去盛时，锅里已经干了。

闺女又有点儿不高兴了："娘，你又做少了。"

根奶奶听了又一愣，心里很不舒服，再细细一想，根奶奶明白过来了：老头子吃她做的饭，吃了五十多年，竟从没挑剔过她做得多了还是少了，难怪听了闺女嫌多嫌少的话，心里会不舒服，想到这里，根奶奶委屈地说："上顿你不是嫌多吗？"

闺女说："那也得够喝呀！"

接下来的两天，根奶奶的汤，不是做多了，就是做少了，没一次是正好的。

其实在农村，这也很正常，因为汤不是主食，做起来就不讲究了，添水多了，剩下的就喂鸡喂狗，反正是汤，没几粒米，就是扔了也不可惜 若是添水少了，不够喝，就喝水补充，当

然也有心细的女人，做出的汤刚刚好；也有细心的男人，埋怨女人做多了做少了。

这天吃完午饭，看着锅里剩的一碗多米汤，闺女终于不客气地说："娘，你咋连个饭也做不成了？"

根奶奶苦着脸，说："你娘我虽是个粗人，做啥都没个准头，可我做饭偏偏准得很哪，顿顿都是不多不少，刚刚好啊，咋一到你家，就做不成饭了？"

闺女忍不住笑了："就你那马虎劲儿，做出的饭能不多不少、刚刚好？哄小孩子吧！"

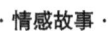
根奶奶一下子急了，硬起脖子，说："谁哄你啦？不信的话，问问你爹去！"

真是说曹操，曹操到，这时候，就听见根爷爷在门外说道："妮儿，我接你娘来了。"

根奶奶说了句"就说我不在"，赶紧躲进里屋。

根爷爷进得屋来，看着闺女问道："妮儿，你娘吃完饭，出去溜达了？"

闺女说："爹，我问你，我娘做饭有准儿吗？"

根爷爷笑了，说："就你娘那忽忽拉拉的性子，做饭能有准儿吗？她做多，我就多吃，剩下可惜了，她生的做成熟的也不容易；做少哩，我就少吃，尽着你娘吃，五十多年了，就这么过的，这也没啥大不了的呀！"

根爷爷话音刚落，突然，里屋的门"砰"的一声响了，只见根奶奶面色绯红，突然出现在门口，这个七十多岁的老太太，竟像个小女孩一般扑进了根爷爷的怀里，然后"咿咿呀呀"哭起来，那声音甜得呀，啧，能渗出蜜糖来！

根奶奶闺女一看这情景，眼也直了，脸也红了，要知道，别说她老爹老妈了，在人前，她都没跟自己男人碰过手指头！

根奶奶抱着根爷爷的腰，猫在根

爷爷怀里，还在"咿咿呀呀"哭个不停，根奶奶终于明白，虽说根爷爷没对她说过一个"爱"字，但根爷爷把对她的爱，都藏进了一日三餐里。五十年，一年三百六十五天，一天三顿饭，这么多的爱加起来，怕就是天底下最大最深的爱啦，韩剧里的那些小男生？嘿，他们还得学着点！

（题图、插图：安玉民　梁　丽）

**红版编辑部各编辑邮箱：**

姚自豪：yaobianji@126.com;
郑继文：zjw002@vip.163.com;
周　吟：keyin118@163.com;
吕　佳：lujia411@yahoo.com.cn;
叶小萌：xiaomeng.ye@gmail.com。

# 要的就是坦诚

□ 梅永远

这天下午，我陪广告公司的薛总在一家咖啡厅等客户。我们的座位靠窗，楼下是一个车水马龙的十字路口。薛总一边和我闲聊着，一边不时地看着窗外，突然，薛总笑了，我问他为何笑，他先是没回答，只是神色有点怪怪的，显得有点神神道道的，在我的追问下，他说："我现在还不能完全断定，但十有八九，这个路口在十分钟之内将会发生一起车祸！"

我扭头看了看楼下，这个路口虽然繁华，但此刻正是上下班的高峰期，车速很慢，十分钟之内怎么会发生车祸？我斩钉截铁地答道："我不信！"

薛总笑得更加开心了："敢打赌不？"

既然断定车祸不可能，我当然敢赌！其实薛总不知道，我是打赌高手，平时和人打赌总是赢多输少。我假装不知深浅地问："赌什么？"

薛总依旧轻松地笑着说："那好，就赌一顿饭吧，谁输了谁请客！"

我刚想说"好"，只听一声尖利的刹车声，赶紧朝窗外看去，只见楼下路口有个人被一辆小车撞翻在地，还好，车速不快，被撞的人应该没有大碍，可是小事故也是车祸啊！我简直惊呆了，这……这……薛总怎么会预测得这么准呢？

我不得不重新打量起薛总，他正

得意洋洋地看着我，乐呵呵地说："怎么样，这顿饭输了吧！"

我想追问薛总到底是如何预知会有车祸发生的，正在这时，我们等的人到了，那是我们的老客户，一家大型纯净水公司的老总，我们都叫她柳姐。我给双方作了介绍后，他们就谈起了正事，看得出两家公司都有诚意，很快就草签了意向书。

谈判结束后，我想起了刚才和薛总打的那个赌，便又提起了这事，问薛总是怎么预知车祸的，柳姐在一旁听了也很惊奇，也跟着追问起来，没想到薛总却卖起了关子，笑得像个弥勒佛似的："现在先不告诉你们，如果有兴趣的话，敢不敢再跟我赌一把？"

赌，当然要赌！即使是输定了，好奇心也让我非赌不可，我毫不犹豫地点点头。

薛总笑得有些诡异了："那就再加一张健身卡作为赌注好吗？"

我心里有些嘀咕，说道："先得让我听听赌什么吧？"

薛总看了看柳姐，突然有点吞吞吐吐了："这个……"

柳姐有些狐疑，说："你怎么啦？有啥说啥吧！"

薛总犹豫了片刻，终于开了口："我说——柳总明天脸上会长出痘痘！"

我再一次惊呆了，柳姐也惊得目瞪口呆，我看着柳姐那光洁的面颊，简直有些哭笑不得，她皮肤保养很好，我从来就没见她脸上生过痘痘，这个赌我觉得自己赢定了，还没等我开口，旁边的柳姐轻轻一推咖啡杯，冷冷地对薛总说道："我跟你赌！如果你输了，我就不跟你们合作了！"

薛总似乎有些为难："这跟工作无关吧？"

柳姐说："你敢不敢赌？"

薛总稍一迟疑，旋即说道："好吧，赌定了！"他说着又转向我："我们回去准备方案吧！"

我笑了："你怎么知道自己会赢？"

薛总神色坦然地说："回去准备吧，我不会让你白费工夫的！"

事情的发展竟然完全出乎我的意料，第二天一早，我就接到了柳姐的电话，她几乎是哭着对我说："我脸上长了好几个疙瘩！"天哪，莫非我们的薛总是诸葛亮再世，会神机妙算？我赶紧打电话给薛总想问问他到底有何法术，薛总说中午吃饭的时候再说吧，他在酒店的包厢已经订了位，准备请柳姐吃饭。

到了中午，我早早地赶到了酒店，一会儿，柳姐也急急赶来了，我一看，果然，她的脸上长了好几个红色的痘痘，在她雪白的肌肤映衬下，显得分外醒目。

柳姐似乎有些生气，也难怪，像她那样如此在乎形象的人，怎么能容忍脸上有这样显眼的瑕疵呢？所以一见薛总，她马上板着脸，用一种兴师问罪的口吻说道："你到底对我施了什么法术？"

薛总有些不好意思地说："我哪有那么大的本事啊？"

我把健身卡递给薛总，说："薛总，我是愿赌服输，只是你也别卖关子了，快说说是怎么回事吧。"

薛总没接健身卡，双手抱拳说："对不住二位，我就是想和你们吃个饭，找个理由而已！"顿了一下，他转身问柳姐："柳总用的化妆品是不是SK-II啊？"

柳姐一听更加疑惑了："对啊，你怎么知道的？我一直用这个的，可是从来不过敏的。"

薛总有些惋惜地说道："你昨天应该又新用了一瓶这个品牌的防晒霜吧，可惜啊，这一次你用的是假货。"

我和柳姐几乎异口同声地说道："怎么可能？"柳姐望着我，眼珠子都要瞪出来了，因为这套化妆品是我送给柳姐的。

我大声说："不可能，你凭什么说是假的？"

薛总叹了口气，说："唉，我这人就是爱显摆，好故弄玄虚，这下把我的老底都要兜出来了——我以前就是专卖假冒化妆品的，尤其是这个牌子的假货卖得最多，我只要稍微闻点味道就能分辨出真假，柳姐昨天用的防晒霜的香味我太熟悉了，就是我曾经卖过的，一用就会过敏，不过没事，过两天就会消了……后来，我因为这个被抓进去过，很后悔，出来后就打算踏踏实实做点生意，于是开了这家广告公司，敝公司的宗旨就是诚信经营。"

我刚醒过神来，一个念头又一闪，问道："那你昨天又是如何知道那里会发生车祸的？"

薛总答道："以前混的时候，认识了几个狐朋狗友，专门玩'碰瓷'的，昨天我看见了其中两个在楼下转悠，我就估计那里可能要发生'车祸'了。"

我恍然大悟，被薛总的一番话给镇住了，我立刻对柳姐坦白了："柳姐，对不起，送你的化妆品是我跟一个朋友打赌赢来的！"

我刚说完，薛总和柳姐愣住了，盯着我看。

我又说："我这个人就是好奇心重，喜欢打赌，今天听了薛总的话，呵呵，今后我再也不敢轻易打赌了！"

不过，柳姐还是原谅了我，并且决定和薛总合作了，因为薛总给柳姐的纯净水公司提供的广告方案题目正是《纯净，犹如我的坦诚》，仅仅一句玩笑引出的赌约背后，是他的坦诚打动了柳姐……

（题图：杨宏富）

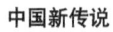

# 走出迷宫

□ 李善平

栾高两口子生了一个男孩子，小名"祥儿"，可三个月后发现这孩子突然嘴斜眼歪，该说话时又口齿不清，七岁了也只能说几个单词：爸、吃、走、屙。生活不能自理，上了两年学，能认些字，可会写的不多。那天，栾高与妻子商量："孩子这个样子，家里没钱养活他，要不把孩子弄到一个地方丢了，兴许别人会捡去养，我们今后想办法再生一个？"妻子忙说："这孩子虽傻，但毕竟是我身上掉下的肉啊！"

栾高叹了口气，说"我们如果有一个健康的孩子，等老了还能有个依靠，有了这个傻孩子，今后别说老有所依了，他的生活都成了问题……"妻子犹豫了一阵，点点头，流泪答应了。

那么，把祥儿带到哪里去丢呢？到大街上，众目睽睽，一是自己不敢，二是孩子的小手一直紧紧地抓着大人，丢不掉；再说，这祥儿记别的不

行，但偏偏记得住街道、线路和门牌号码。栾高思来想去，突然心头一个豁亮，想到了城郊有个废弃的露天迷宫，多年前因为管理不善，许多进去的人走不出来，弄得老板无法经营便放弃了，再后来当地有人以承包的名义接手，自己卖票自己当导游，生意十分清淡，但偶尔仍有人来。

栾高想，一旦把祥儿带进去，那迷宫内没有任何标示，迷宫虽然是露天的，但是墙体很高，祥儿绝对是走不出来的，孩子丢了，游人捡到也是问不出个结果，所以，这实在是个不

错的主意。夫妻俩商量之后，选了个日子，由栾高领着祥儿去迷宫"游玩"。

说来也巧，这天小雨，而且雾很大。栾高领着祥儿来到露天迷宫，那个"导游"已经下班，四下早已没了人迹。栾高心里一激动，拉着祥儿就往里面闯。进去以后，转弯抹角，走了很远，栾高趁祥儿不注意，便转身跑了，可是跑出没多远，栾高发现里面曲里拐弯，非常复杂，他转了一阵，见里面到处是路，又到处都不是路，他越转越慌，直转得头昏目眩……

一个小时过去了，天色渐渐昏暗了，可栾高还是没法走出去，他急得汗流浃背，喊了几声，除了回声在迷宫中"嗡嗡"回荡，里外全无人应答。栾高此时有些后悔，他倒不是后悔自己不该把孩子带到这里来，而是自己不该跟着进来，后悔没有看一下导游写在门口的电话号码。正当栾高心急如焚的时候，偏偏又下起了雪，一阵紧一阵，他明白，今夜若是出去不了，就有可能冻死在里面！

正在这时，栾高忽然看见一个黑影向自己走来，走近一看，正是儿子祥儿，祥儿一把死死地抓住父亲的衣襟角，说："爸，回！"

栾高颤抖着声音问："你咋找到这里的？"祥儿说："记，转。"栾高望着儿子忽闪忽闪的大眼睛，忽然意识到自己当初生出这个念头来就是错误的，是罪过，要天打雷劈的，娃娃

·大千世界 众生百相·

长得丑，不会说话，但好歹是条命，自己要丢儿子，结果自己反倒被丢了！想到这里，栾高念叨着儿子的名字说："祥儿，我父子俩今晚要在这里住世界上最便宜的宾馆了，不要钱，只要命，不冻死，算我父子命大了，你如果有办法让我们走出去，今后爹爹再也不扔你了。"

祥儿虽然不会说，但他听得懂爹的话，他见栾高眼泪汪汪的，连忙用手比划，让栾高打电话求援，栾高嘀咕道："可我又不知道导游的电话号码……"祥儿一听，嘴里"哇哇"叫，

随即捡起一粒石子在墙体上写了一串阿拉伯字，栾高一看，竟然是一个电话号码，他按着这号码掏出手机一拨，通了，果然是迷宫的导游，导游在电话中问："你是啥时候进来的？"

栾高说："黄昏。"

导游说："你违规！门口的牌子上写得明明白白，过了五点不准进人，先生你没看？"栾高急得满头流汗，恳求道："老板，麻烦你了，今后我们再也不敢擅自闯入了。"导游在电话那头咳嗽了一阵，吭哧了一阵，说："要我带你出来可以，给钱。"

"多少？""五百。"

"这么多？""这是紧急救助，明白不？"说完，对方搁下了电话。

栾高有些生气，他口袋里只有五十块钱，再说，这导游张口就要五百，宰得也太凶了！栾高对祥儿说："儿子，我们打110，让警察叔叔来救我们！"随即，他拨通了110专线，可是当他听到接线员声音的时候，电话却"啪"的一声断了，原来他的手机没电，自动关机了。

栾高看着祥儿鼻涕口水直流，只觉得心头冰冷，看来在这个风雪夜里，他要和儿子在迷宫里相依为命了。栾高抱起儿子，靠在墙边，突然，他看到墙上儿子刚才写的一串电话号码，又想到儿子刚才的举止，心里霍地热了，他指了指那号码，问道："你是怎么知道这个电话的？"祥儿听了，用手指了指外面，又指了指墙，栾高明白了，儿子进门时记住了导游的电话，栾高同时还想起，儿子在平时记了很多电话号码，例如掏下水道的，开锁的，搬家的，甚至连办假证的，他都记得一清二楚，这都是他平时在无意中随便记的，而这些电话，正常人是不太注意的，说不定这正是儿子的特长。栾高想，干脆考考儿子的记性吧，想到这里，便问："祥儿，你还记得我们走了多少圈吗？"祥儿便用手中的石头在墙上画箭头：东15圈，西11圈，南8圈，北9圈……栾高一看，大吃一惊，哎呀，怪不得他能找到我！他心头一阵惊喜，便又问："还记得出去的路吗？"

祥儿不说话，拉着父亲就走，东一圈西一圈，穿进返出，遇上转弯多的地方，这个傻儿子也会摸着脑袋想上一会儿，到下半夜，父子两人居然硬是走出了迷宫，一出大门，栾高一把搂紧了儿子，满眶全是泪水："祥儿，我的好祥儿啊！"

从此，栾高逢人就说："人啊，不怕迷路，就怕迷失人的本性！"不久，栾高请了个家庭教师教儿子专门学数学，只读了三年，老师哭笑不得地对栾高说："你快把你儿子送到科技大学的少年班去读吧，我教不了啦，这娃太厉害了！"

（题图、插图：魏忠善）

□ 韩春玲

# 为你写信

佳琪是名"的姐"，住在机场附近，几乎天天去机场出口的地方等客人。这天，佳琪送了一个客人，兜了一圈又回到了机场，等着接送下一拨的客人，就在这时，她看见一个人正从机场大门急匆匆地走出来，佳琪的眼睛都瞪直了，那人是佳琪的男友杜宇朋呀！他不是在深圳吗，而且还刚找了个银行的工作，怎么突然跑这来了？

"宇朋！"佳琪疑惑地冲男友喊了一声，等杜宇朋来到跟前，佳琪打量了一下，见他两手空空，连一个旅行包也没有，一点没出门的样子，更是一脸诧异地问："宇朋，你这是——"

杜宇朋神色有些慌张，吞吞吐吐地说："我……我刚下飞机啊……"

"是出差吗？"

杜宇朋的神色还是有点慌乱，但他竭力掩饰着："我、我是专程来向你求婚的。"

"向我求婚？"佳琪的脸一下子红了：两人恋爱一年之久，杜宇朋从来就没有表露过什么心迹，难道说他今天是专门乘飞机过来向我求婚的？这么想着，佳琪不好意思地低下头，偷偷地拿眼角瞟了杜宇朋一下，却发现杜宇朋的神情还像刚才一样，有几分慌乱，有几分担心，而且好像在故意隐瞒什么，不管怎么说，反正根本不像求婚的样儿，于是正色道："杜宇朋，你真的是来向我求婚的？"

到了这会儿，杜宇朋渐渐镇定了，他解释说："当然是真的，这么大的事儿，我能开玩笑吗？"

佳琪还是不相信，不过她并没有打破沙锅问到底，接下来，她就是要

看看：杜宇朋到底在玩什么花样，于是就说："是吗？那接下来我们去哪里？"

杜宇朋来到佳琪的出租车旁，上前为佳琪打开车门，随即他绕到出租车的另一边，也拉开车门坐了进去，两人坐稳后，出租车一路向一家餐厅飞驰而去。

到了那里，杜宇朋下车一看，哦，"神圣餐厅"，这是一家颇具浪漫色彩的餐厅，来这里的人多半是情侣。两人走进餐厅，见这里环境幽雅，置身其中，便立刻感觉到这里果真是情侣们吐露心迹的好地方，于是便点了菜，尽情享受着餐厅里回响的钢琴曲的美妙旋律。

坐了片刻，杜宇朋的手机响起了提示音："您有新短消息哦！"

佳琪瞟了杜宇朋一眼，见他翻开手机盖，按了几下键，不料新的提示音又来了："一万元已打到卡上……"提示音还没说完，杜宇朋慌忙把手机挂了，而后又神色慌张地看了佳琪一眼，见佳琪正盯着他看，杜宇朋更加不知所措了。

显然，杜宇朋的手机设置的是语音短信功能，只要按动阅读键，手机就会自动把短信内容读出来，而按键时，杜宇朋又恰恰忽略了这一点，所以，那条他不愿让佳琪知道的短信刚读了第一句，他就把手机挂了。

佳琪试探地问："有什么事吗？"

杜宇朋稳了稳情绪，说："哦，没什么，一个业务，对方付的钱。"

第六感觉告诉佳琪，杜宇朋在撒谎，她觉得杜宇朋让人往卡上打钱，是临时为求婚准备的，如果他真的是来求婚，应该事先备好钱，为什么要等到来了以后再告诉朋友往卡上打钱呢？佳琪猜不透，只是觉得杜宇朋这次来不但神秘，而且诡异！

酒菜上来后，席间，杜宇朋只是走开一会儿，去打了几个电话，其他表现都很好，又是甜言蜜语，又是夹菜倒茶，把佳琪伺候得像个高贵的公主。此时此刻，杜宇朋的这种体贴超过了以往任何时候，佳琪更加猜不透了，她瞪大双眼，疑惑地望着杜宇朋，心乱如麻地想：难道这真是杜宇朋苦思冥想的时尚求婚方式？

杜宇朋被看得不好意思了，打趣道："怎么？是不是感觉有点惊喜啊？佳琪，我告诉你，惊喜还在后头呢！"

果然，过了一会儿，一位女孩手持一大束玫瑰走了过来，她来到了佳琪的面前，说："请问你是佳琪小姐吗？这八朵'蓝色妖姬'是杜宇朋先生让我送来的，而且，杜先生还说，他要用这八朵玫瑰，祝福你们的爱情永远甜蜜！"

"蓝色妖姬"是佳琪最喜欢的玫瑰品种，看着眼前这花，佳琪的心醉了，她在众人羡慕的眼神里，伸手接过了花，她想，这也一定是杜宇朋刚才打电话安排的。

接下来，两人又聊了好久，眼看天色已晚，杜宇朋说："佳琪，我已在这家餐厅订了房间，现在不早了，我送你回家吧。"

佳琪点了点头，今天，她惊也惊了，疑也疑了，喜也喜了，剩下的只是一个无法解开的谜团……

半个小时后，车停在了佳琪家的楼下，上楼之前，杜宇朋突然说："佳琪，看看你的信箱吧。"

杜宇朋知道，佳琪对手写的书信有一种偏爱，她常常说，异地恋的时候，打电话、发手机短信、投电子邮件，虽说便捷，但没有手写书信特有的那份温馨，就像看电子书时，永远也找不到看书本时的那份悠闲和惬意，为此，他和佳琪相处的一年多，杜宇朋还是写了不少信。这时，佳琪说"不用看，只要你不给我写信，我是很少收到信的。"

杜宇朋还是坚持说"看看吧，说不准今天就有一封呢。"

听杜宇朋这么说，佳琪便从挎包里取出钥匙，打开了信箱，一看，里面果然有一封信，佳琪拿出信来，一看那字迹，就知道是杜宇朋写给她的。现在看来，杜宇朋以这种方式求婚，看似匆忙而无头绪，但似乎一切都是他精心安排好的。

两人上了楼，进了屋。几年前，佳琪是一个人来到这个陌生的城市的，所以房子不大，但很温馨。

杜宇朋来不及坐下，便解释说，那信，是他写给佳琪的求婚信，并问佳琪能否答应让他本人亲自诵读给她听，佳琪听了，没说话，只是含着眼泪使劲地点头。

杜宇朋接过信，拆开，铺展开，然后深情地念了起来："亲爱的佳琪，请允许我用书信这么古老的方式向你求婚。说心里话，以前，甚至是前天早上，我也不是很清楚你在我心中的地

位，但是今天中午，我突然明白了，你就是我的一切，我不能没有你，我要牵着你的手，从黑头走到白首……"

听着听着，佳琪突然失声哭了。

杜宇朋慌忙停下来，问道："佳琪，你怎么啦？你是不是猜出来了？其实刚才那条短信，那一万元钱是我让朋友打上的，就是为了想给你买——"

"不要说了。"佳琪示意杜宇朋停下，然后依偎在他的胸前，说"宇朋，我答应嫁给你，其实你也不要急着让朋友打钱给我买钻戒，即使没有钻戒，没有房子，那也无所谓，有这封信就足够了。"

一个月后，杜宇朋和佳琪结婚了，新婚之夜，杜宇朋又拿出那封求婚信，鼓起勇气，说出了真相："琪，你知道吗？其实，这不是一封求婚信，那次，我欺骗了你。当时，我并不是按照信上的内容读给你听的，那晚读给你的求婚信，是我事先打好腹稿、背给你听的……"说着，杜宇朋把信递了过去，"你先看看信，然后再听我慢慢给你解释。"

佳琪说"不用看了，其实我早就知道了，这原本是你写给我的断交信。当时，你念给我听的时候，我就在想，你把信发出后，一定是后悔了，所以，为了不让我看到这封信的内容，你就乘飞机追了过来，然后，那天晚上，你谎称给我读信，一直没让我看到它。"

杜宇朋心里暗暗佩服佳琪的推断：是呀，恋爱一年多，杜宇朋始终没有勇气向佳琪求婚，事业的困顿令他身心疲惫，沮丧之时，他就给佳琪写了一封绝交信，可信寄出以后，他才深切地感受到他是深深爱着佳琪的，他不能没有佳琪，于是，他就匆匆赶到邮局，问那封信还能不能追回，邮局的工作人员告诉他，除非坐飞机去追，才可能追得上。于是杜宇朋就真的坐飞机追信来了，可他哪里想到，一下飞机，正好遇到佳琪，当然，由于来得匆忙，信用卡里没有足够的钱，不得已他才偷偷地给朋友发短信，让朋友往卡里打钱。

杜宇朋很清楚，这封信一直是由他保管的，佳琪根本就没有读过，可她怎么知道那是一封绝交信呢？

佳琪见老公疑惑不解，便站起来，拉着杜宇朋来到梳妆台的那面镜子前，说："你忘了，读信时，你的身后是这面镜子，从镜子里，我看到了信的内容，虽说字是左右颠倒的，但信的内容很少，所以我还是很快明白了大致的意思。"

杜宇朋恍然大悟：当时在"读"那封所谓的求婚信时，佳琪哭了，他还感到有点不可思议，现在，他终于理解了佳琪当时的心情……

（题图、插图：魏忠善）

# 一个非典型粉丝的故事

□ 老 三

6月14日是世界献血日，那天，当红的玉女歌手甜甜到医院献血献爱心，一时引来了数家媒体的争相报道，就在一大批粉丝被她的举动感动得热泪盈眶的时候，意想不到的事情发生了：第二天，甜甜的两张献血照片在网上发表后，有人就在照片上察觉了疑点——第一张照片是医生正往甜甜的右臂上扎针采血，第二张照片是她献完血后，在众人簇拥下走出采血室，照片中的她却用右手按压着左臂上的针孔，明明采血时扎的是右臂，怎么转眼之间成了左臂？这分明有假！现在假东西多啦，可谁都想不到竟然会冒出个"假献血"！

以甜甜的知名度，在网上，她的名字就是点击率，尤其是这种负面新闻，更是如核爆炸一般迅速扩散，几小时内，揭露甜甜假献血的帖子就被到处转载，引起了一片叫骂声。这一切，严重地激怒了一个人，他叫肖强。甜甜的绰号叫"少男杀手"，肖强就是被"杀"者之一，肖强就是甜甜的铁杆崇拜者，网上管这种人叫"骨灰级粉丝"。

肖强是一个高中毕业生，学习不行，什么也考不上，在家待业。"假献血"事件一发生，肖强就意识到不眠不休的网战生活又要开始了！他给上班的父母留了张字条，说要去外地同学家玩几天，散散心，然后就锁上门

离开了家，其实他没有走远，而是步行去了离家一公里的一家网吧，上网开始战斗。

肖强去最先张贴那个帖子的网站注册，发帖为甜甜辩护、消毒。他声称自己敢用脑袋担保，甜甜绝不是这种人，做不出这种事，里面一定有蹊跷，有误会，甚至有阴谋，照片是有人造的假。

肖强叼着烟卷，击打键盘的手指犹如游龙飞凤一般，为捍卫心中偶像的清白和尊严，他要不眠不休地拼搏，渴了，喝一瓶矿泉水；饿了，泡一包方便面。

夜里十点多，肖强再次用搜索引擎搜索，居然发现了一个新开张的QQ群，名字叫"甜甜假献血事件大批判联盟"，这还了得？他立即申请加入了这个QQ群，这个QQ群的群主Q名叫"甜甜去死"，肖强一进群里就跟他扛上了，两人全戴上了耳机，通过麦克风对骂。

"甜甜去死"骂道："你为什么护着那个女人？她是你妈？"

肖强回骂道："我是你爹！你这个没良心的畜生！"

两人在网上骂得昏天黑地，骂着骂着，肖强骂累了，他摘下耳机，准备抽口烟，歇一会儿再战斗。

就在肖强摘下耳麦的瞬间，他惊讶地发现对面那个上网的家伙，正戴着耳机，对着麦克风骂得正欢"你的真名就叫肖强吗？怎么不敢放屁了？我就是要在群里把甜甜批倒批臭，你拿我怎么着？"

肖强朝这小子一打量，见他也是个小伙子，最多20岁。

肖强狠狠地瞪着他，缓缓地站起身，绕到了那人的背后，用力拍了一下他的肩膀，冷冷地问："你就是'甜甜去死'？"

小伙子住了口，慢慢摘下耳机，眼睛斜视着肖强，疑惑地说："你是……"

"肖强。你出来一下。"肖强说完，转身就走，走出网吧，来到街口的一块空地上。

肖强在抽了半支烟后，那小伙子终于磨磨蹭蹭地出来了，就在这时，肖强二话不说，冲上前去，朝那小伙子狠狠抡了一拳，正打在对方的太阳穴上……

打过架的人都知道，人有时候真抗打，打得头破血流、遍体鳞伤，却没什么大事，皮外伤一好，照样生龙活虎；可人有时候也真不抗打，一拳就能出人命，很不幸的是，那小伙子就属于第二种，他挨了肖强这一拳，只是低低地哼了一声，然后就像一根棍子一样，笔直地摔在地上，随即就不动弹了。

肖强哪知道？他又上去踢了两脚，见那人仍不动，这才消了气，于是骂骂咧咧地回到网吧继续上网去了。

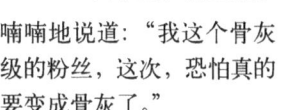

大约过了七八分钟时间，肖强忽然看到几名警察进了网吧，他们向网吧老板打听着什么，老板向肖强这边一指，警察们立刻围拢上来，不由分说给肖强戴上手铐，押了出去，推上了警车。

车子没有去派出所，而是直接去了分局刑警队。两名警察把肖强带进了审讯室，年老的一个警察询问，年轻的一个警察记录。肖强还没当回事，他竹筒倒豆子，把事情经过详细交代了一遍，末了，他说："好啦，叔叔，就这么回事，我可以回去了吧？我只打了他一下，最多罚点款，你们总不至于为这个就拘留我吧？现在网上还有很多污蔑甜甜的帖子，我还没忙完。"

那个老警察没有回答，而是站起身来，去打了一个电话，好像在核实什么事情："情况怎么样了……确定了吗？好，我知道了。"那警察放下电话，回过身来，盯了肖强片刻，摇头叹息着，走到墙边，打开了一个绿色的铁皮柜子，取出一副脚镣，走了过来，"哗啦啦"一阵响，给肖强上了脚镣……

肖强慌了，说："叔叔，你这是干什么？我……"

老警察低沉地说了一句："你打的那个小伙子，死了。"

肖强只觉得眼前一黑，好久好久，他才回过神来，淌下了两行清泪，喃喃地说道："我这个骨灰级的粉丝，这次，恐怕真的要变成骨灰了。"

与此同时，在省城一家大饭店的一个豪华包房里，歌手甜甜以及她的经纪人、签约公司的宣传和策划等一干人，正在开香槟庆贺，最高兴的是一个叫阿牙的人，因为他是甜甜第4张新专辑《甜甜Four》的发行人。

阿牙笑逐颜开地说："真是太划算了，只用了两张照片，发了个帖子，就带来了几千万的点击率，几十万的评论，取得了巨大的宣传效果啊！哈哈……"

经纪人说："还有四十多家电视台、报纸、广播也都主动参与这次的"假献血事件"了，这要是打广告，得多少钱？"

只有甜甜有些闷闷不乐，说："可是，看到网上那么多人骂我，真叫人难受。"

阿牙说："小姐，没关系的，再忍受一夜，明天一早，我们就召开记者会，公布第三张照片，你左小臂采血的那张，告诉他们，你确实献血了，只不过第一张照片在右小臂上扎针，是为了先抽出点血来验血，真正抽血时，是扎的左小臂，呵呵！"

阿牙的算盘打得不错，可新专辑《甜甜Four》的发行一塌糊涂，因为粉丝们很快得悉了真相……

（题图：刘斌昆）

# 来生账

□ 李兴春

刘老好早年丧偶，无儿无女，亲戚朋友也很少，他辛苦工作了大半辈子，省吃俭用，小有积蓄。后来，刘老好认识了一个人，叫华癞子，是做建材生意的，这华癞子认识刘老好后就与他称兄道弟，关系好得像亲兄弟一样，逢年过节也来走动走动。刘老好家里下水管堵了，或是电灯线抽芯了，华癞子都帮他疏通更换。每次见面，华癞子一口一个"大哥"，喊得刘老好心里热乎乎的。

有一次，华癞子来找刘老好，说"我遇到了一件急事，想问你借4万块钱，这钱我一定会还……"刘老好还没等华癞子说完，就取出了4万块钱，放到华癞子的手上。于是华癞子立了个借条，上面写明半年后还钱，并当场签字盖了手印。

半年后华癞子没来还钱，刘老好也不好意思去催，他是个老好人脾气，又从心底认华癞子这个兄弟，只希望华癞子主动还钱，抹不下脸上门

讨账。

一晃过了一年，华癞子的铺子关了，人也杳无音信，刘老好这才开始想是不是应该要一下账了，可打华癞子的手机却总是关机，而那段时间刘老好又正在办退休手续，和单位上有点纠纷，便忘了这事，这一晃又过了一年。

刘老好退休后生了一场大病，一下就把积蓄花得差不多了，华癞子的那笔欠款这时对他就显得特别重要，于是他到处找华癞子，可还是连人影

都找不着，更让人揪心的是华癞子的手机也停了，无奈之下刘老好上了法院，法院工作人员听他说了这事，一看借条，再一算日期，说："老人家，这事怕不好办了，借款到期你没及时要，已经过了两年诉讼时效，法院也不能帮你追回这笔钱了。"

刘老好一听，惊得张大了嘴说不出一句话来："什……什么？只两年的时间，就过了诉讼时效？连法院也没辙了？"他请教了律师，也是这样说，不过律师给他讲了一个专业名词，叫"私力救济"，也就是说，公家不替他出面，他自己还可以继续找华癞子要账，即使华癞子一时不还，也可以要求他重新换一张借条，只要华癞子承认这笔账，就可以重新获得两年的诉讼时效，刘老好只要在这两年中再提起诉讼，法院又会受理了。

终于有一天，刘老好找到了华癞子，可华癞子翻脸不认账了，说根本没借过刘老好的钱，那张借条是伪造的。刘老好这才明白华癞子为什么不生癞痢却叫癞子，原来是"赖账"的"赖"字，不是"癞痢头"的癞字，他赖的可不只是刘老好这笔账啊！

这一下可轮到刘老好没辙了，他只好又去请讨债公司来要账，但是没用，华癞子是死活不肯还，刘老好气得大病一场，再也没好起来，他到死都想不通：好心借别人钱，白纸黑字打了借条，杀人偿命、欠债还钱是天经地义的事，咋过了两年，法律就不管了呢？华癞子赖账倒赖出理了？

刘老好出殡那天，只有一个弟弟来料理他的丧事，还有单位上的几个同事在场，光景十分凄凉，可出人意料的是华癞子突然来了，他在刘老好灵前上了一炷香，然后对着刘老好的遗像说："大哥，我来看看你……"过了一会，他取出一大叠花花绿绿的"地府银行"发行的冥币交给刘老好的兄弟，说"我还你哥的四万块钱来了，可现在真钱他用不着了，我就给他换成四百亿冥币，够他阴间用了，

请他别再咒我了。"原来这两天华癫子突然觉得身体不舒服，好像被什么东西死死地勒住了身子，抽不上气来，华癫子做贼心虚，他怀疑这是刘老好在"作祟"，听说刘老好死的时候眼睛都没闭上，嘴里念叨着，说是转世投胎也要把华癫子欠他的"来生账"要回来，"来生账"就是"勒身账"，所以华癫子才觉得有什么东西勒住身子抽不上气来。华癫子是个很迷信的人，就问别人这诅咒咋个才能解，有人告诉他说"你只有买点纸钱到刘老好灵前烧给他，就当还他的钱，他才闭得上眼睛不咒你。"

买纸钱也花不了几个钱，于是华癫子动心了，他先是偷偷去了刘老好的家，亲眼验证刘老好确是死了，人死账清，他也没什么顾忌了，这才买了冥币送到刘老好灵前，在灵前对刘老好哭诉。刘老好的弟弟挺机敏，他事先多了个心，华癫子一来，他就暗中安排人在旁边用手机录音、录像，接过冥币后并没有烧，他对华癫子说："华癫子，我哥这4万块钱你该还我了，他无儿无女，我是他的继承人。你刚才在灵前对我说，你问他借了4万块钱，他多次讨债你都没还，现在你不想赖帐，要把钱还给他，这都是证明，还有你给我的冥币也是证明，证明你又重新认这笔账了，你要不还，我们法庭上见。"

华癫子大吃一惊："我没还他真

钱，我还的是纸钱。"

刘老好的弟弟说："纸钱不能证明，但是你在灵前说的那段话就能足够表明你已经开始认账了。"

这个官司法院不但受理了，而且法院最后判华癫子偿还刘老好的弟弟4万元。判决强制执行后，有人戏谑地问华癫子："你平常做了那么多缺德事，赖账从不给人留把柄，那天怎么会良心发现要给刘老好烧纸钱呢？"

华癫子哑巴吃黄连，有苦说不出，他随口说了一句话，倒是挺富有哲理的："一个人做点好事并不难，难的是一辈子不做好事啊！"

**律师说法：**

根据《中华人民共和国民法通则》第137条、第138条等有关规定，一般侵权纠纷诉讼时效为2年。这个故事告诉我们：如果有人向你借了钱，写了借条，则必须掌握有效时间，你应当在立借据并确认还款之日起的2年内主张权利（讨债或诉讼），当然，2年以后如债务人依旧认账并自愿还债的，则不受2年诉讼时效的约束。故事中的"华癫子"从逃避债务到亲临刘老好灵前承认欠款，这是一种新的承认，诉讼时效则可以重新起算，刘老好遗留的债权也就重新获得了法律的保护。

（题图、插图：谭海彦）

# 名诗
# 谁作

□ 李春荣

**登楼题诗**

说到鹳雀楼，自然会想到那首琅琅上口的唐诗——《登鹳雀楼》，相传唐代武则天当皇帝的时候，这首诗引来了一场风波。

蒲坂城有一个大学士名叫朱斌，那天，他请一位远道而来的朋友在马家客店喝酒，酒过三巡，菜过五味，朋友突然问："我第一次来蒲坂城，这里有没有可玩的地方？"

朱斌立刻说："有，这蒲坂城是个临河大城，西边就是黄河，我们可去看一看黄河。"朋友没见过黄河，很有兴味。

朱斌就跟朋友出了马家客店，命令随从带他们去黄河边。来到黄河边，眼前波涛滚滚、气势壮阔的景象，让朋友啧啧称赞。朱斌又把朋友带上崖边，指着前方的鹳雀楼，说："我们登上这鹳雀楼再看一看。"

朋友瞧了一眼前方的鹳雀楼，诧异地问："一座小木楼，才三层楼，有什么看的？"

朱斌摇头，说："这座小楼可不一般，它是北周年间大将军宇文护造的，是观战楼啊！"

朋友随朱斌登上鹳雀楼，来到第二层，俯瞰着黄河的景象，饶有兴趣地说："登楼观景是文人作诗的好地方，朱兄，我们来吟诗作对，如何？"

朱斌是个文人，作诗自然是信手

拈来的事，于是两个人一边联诗，一边往楼上走。不一会，就登上三楼，这时，朋友环视四周，又吟出一首好诗。朱斌低头踱步，深思沉吟，环楼一周后，又愁眉紧锁，一时对不上好的诗句来，他急得满头大汗，想想自己可是堂堂的大学士，今日若输在吟诗作对上，岂不丢了颜面，让人耻笑！

朱斌又寻思再三，突然茅塞顿开，于是把手一挥，说："我想好了。"说毕，他让随从拿来毛笔和墨水，就在三层楼的木墙上挥笔写下这样一首诗："白日依山尽，黄河入海流。欲穷千里目，更上一层楼。"下边还写上日期：十月十八日。

朋友一看，连声说："这首诗写得好，日后，你定会因这首诗而名扬天下。"

## 读诗见人

果然，不久之后，这首诗便在民间流传，很快就流传到皇宫，传到皇帝武则天的耳中，武则天一听，反复吟诵，连连称赞："这是一首好诗！"

一天早朝时，武则天又吟诵这首诗，并问一位大臣："这首诗从哪儿传来？"那位大臣回答："从蒲坂城传来"。

武则天问："这诗写在哪儿？"

那位大臣回答："写在鹳雀楼上。"

武则天又问："是谁写的？"

那位大臣顿了顿，回答："诗上没有写名字。"

武则天命令道"查一下，看这诗是谁写的，把这个作诗人叫来！"

大臣急忙赶到蒲坂城，对蒲坂城的节度使王祥云说明来意。王祥云有个小儿子叫王青焕，自小爱舞文弄墨，今年二十有余，已作了不少的诗，可就是没有一首在民间流传得开。王祥云一心想让儿子王青焕成名，正想不出好办法，听大臣这么一说，他立刻心中一喜，就想借这个天赐的良机，把儿子推荐给大臣，让大臣带儿子进宫见皇帝武则天。

于是，王祥云便对大臣说"这诗不是别人所作，是我的小儿王青焕的习作。"说着，又拿出王青焕写的一本诗集递给大臣，大臣一看，频频点头，当下就见了王青焕，谈了一阵，第二天便把王青焕带回朝廷。

王青焕长得年轻俊美，武则天一向偏爱美男，一见之下，更是喜欢王青焕，当即就让他在朝里做官，王青焕也一下声名显赫。

## 对诗公堂

再说朱斌，他陪朋友在蒲坂城马家客店小住几日之后就出游了，过了很长时间才回到蒲坂城，他听到武则天赞扬那首诗并召见诗作者的消息，顿时怒从心生，于是立刻起程赶赴都城，状告王青焕盗名，要为自己的诗正名。

朱斌找到大臣，大臣知道此事后，大吃一惊，为了弄清真相，他把王青焕和朱斌一齐叫到府上，对两人说："你俩都说那首诗是自己作的，我现在就让你们各写一首诗，要与那首诗的每句首字与尾字相同，谁写得好，就证明那首诗是谁作的。"

那首诗每句的首字是：白、黄、欲、更，尾字是：尽、流、目、楼。

顷刻，王青焕作出这样一首诗："白云落雪尽，黄山涧水流。欲知天地目，更需观天楼。"

朱斌也作出一首诗："白耕力耗尽，黄粱美梦流。欲图再开目，更是居香楼。"

大臣把两人的诗读了又读，再三斟酌，觉得两首诗平分秋色，各有意境，一时竟分不出个结果，正在为难时，却听外面下人通报，又有一个人前来告诗状，大臣一听，不知所措。

## 名诗作者

又一个告诗状的人是谁呢？原来是蒲坂城马家客店的老板马大山，他走进大臣的府内，一眼看见王青焕，便对大臣说："大人，你面前站着的这个人是个明盗。"

大臣一脸疑惑，问："他是蒲坂节度使王祥云的小儿子，你怎么说他是个明盗？"

马大山说："我知道他是节度使的儿子，我也知道他会写诗，但是，那首诗不是他写的，是他爹凭着是节度使，借皇上欣赏那首诗，想借机名扬天下，就说是他写的。"

朱斌附和道"马大山说得对，那首诗是我在鹳雀楼上所作，他明目张胆地剽窃我的诗作。"

朱斌本以为马大山会支持他的说法，不料，马大山却指着朱斌说道"你也是贼，不过，不是明贼，是暗贼。"朱斌大吃一惊："你胡说，那首诗是我写在鹳雀楼上的，现在字迹还在。"

大臣拦住朱斌，对马大山说："你说他是暗盗是怎么回事？"

马大山说："那首诗不是朱斌所作，是他背诵了别人的诗，再写到鹳

# 如何给女友

## 一个惊喜

□ 老宣

有人说："女人的节日就是男人的'劫日'。"这话一点也不假，节日一到，男人辛苦积攒的血汗钱在"爱"的名义下要遭受"浩劫"了……

### 钻戒和《地雷战》

张成帽以前是宣钟创意工作室的副总，离开工作室后，一直也没和宣钟有什么联系，不知为什么，今天突

雀楼上去的。"

大臣问："何出此言？"

马大山说："瞧！"说着，从口袋摸出一张麻纸，递给大臣，大臣一看，只见麻纸上有一首诗："白日依山尽，黄河入海流。欲穷千里目，更上一层楼。"在诗的下边，还有一段话："王之涣游蒲坂，承蒙马老板热情招待，老板知我善诗，要我作诗一首相赠，想起昨日登鹳雀楼，便书此诗。九月十二日。"

朱斌说："我这诗写在鹳雀楼上，是王之涣游鹳雀楼时抄我的诗。"

马大山说："我亲眼见你在我房间里读这首诗，你连声说好，当时就背诵下来了。"

朱斌大喊："你又胡说！"

马大山说："你瞧这日期，王之涣是九月十二日写的，你是十月十八日才在鹳雀楼上写的，谁会抄谁？"

朱斌顿时哑然无声。

（题图、插图：黄全昌）

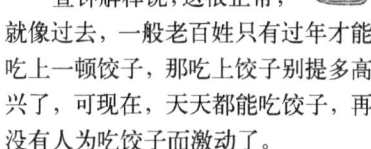

然找上门来，宣钟见到以前的同事很高兴，连忙上前打招呼："张总，过得怎么样？"

"还好，还好。"

"有固定女朋友了吗？"

"有了，有了，"张成帽说，"我找你就是为这事，以前没有女朋友比较烦恼，现在有了女朋友更烦恼。"

"那有什么烦恼？"

张成帽说，他现在的这个女友，就喜过节，什么情人节、三八妇女节、五一劳动节、五四青年节、国庆节、中秋节、元宵节、感恩节、圣诞节、万圣节……不管是中式的，还是西式的，逢节必过，就连母亲节、儿童节、清明节，她都不放过。

宣钟"扑哧"一笑，问："她为什么那样喜欢过节呢？"

"咳，这也怪我，刚认识时，一过节我就给她买礼物，后来她就落下来这么一个毛病，就盼着过节，过节还必须买礼物，否则就不高兴，说我不在乎她了。现在，这买礼物倒成了应该的了，不买礼物还不成。我就怕下半年，也不知道这下半年怎么会有这么多节，一个接着一个。"

张成帽缓了一口气，接着说"其实，我倒也不是在乎花钱，可让我烦心的是，你给她花了钱，买了礼物，却没有应有的效果。刚开始还行，她见到礼物，还挺开心，又蹦又跳，可现在，你即使给她买再贵重的礼品，也

很难看到她脸上有笑容了。"

宣钟解释说，这很正常，就像过去，一般老百姓只有过年才能吃上一顿饺子，那吃上饺子别提多高兴了，可现在，天天都能吃饺子，再没有人为吃饺子而激动。

"她这个状态还不像吃饺子，倒有点像抽白面的，而且还是后期，抽了也没什么感觉，不抽反而浑身不舒服。"张成帽愁眉不展地说，"这不，又快到八一建军节了，今年还是建军八十年大庆，我正发愁，给她买什么礼物，才能让她满意呢。你是不是对女性心理有所研究？"

"我对她们也不太懂，不过我觉得女人可能和客户一样，她们要的并不是产品，而是一种感觉。现在，让客户满意的观点已经过时了，你要想法让客户刻骨铭心地记着你，让他们对你保持长期的忠诚度，仅仅让客户满意是不够的，你必须让他们感到惊喜！"

宣钟说到这里，停顿了一下，接着就举了一个国外的例子：有个旅游刊物的记者，入住了一家酒店，洗澡时发现浴缸的水管坏了，就打电话通知酒店来修，没有几分钟，修理工就来了，等修完了，客人正要下水洗澡，酒店经理来了，对他说，由于酒店没有事先做好检查工作，给客人带来不便，为了表示歉意，现在就把客人的房间换成总统套间。客人大喜过望，

以后逢人就夸这家酒店好，于是无形之中就给这家酒店带来了不少生意。让客户惊喜，这就是服务业的真谛！

张成帽搔了搔后脑勺，疑惑地问："可怎样让我女友惊喜呢？"

宣钟问他准备送什么，张成帽说是想送女友一个钻戒，其实他已经送过两个钻戒了，可又找不到更贵重的礼物，宣钟告诉张成帽，送钻戒，远远不能使他的女友惊喜："张总，咱们做服务业的都知道，要想让客人高兴，所提供的价值一定要超出她的预期，现在提高礼物价值不大可能了，只有先降低她的预期，所以，你不能把钻戒直接给她，你必须先想办法把她的预期降下来，然后再掏出钻戒，

这样她才能喜出望外。"

张成帽问："怎么做呢？"

宣钟笑眯眯地问张成帽小时候有没有看过电影《地雷战》，电影里面有个鬼子挖地雷的镜头：一个鬼子找到了一个地雷，小心翼翼地挖着，其实那是个假地雷，在它下面，用线还连着一颗真地雷呢，鬼子哪里知道这个？等把假地雷挖出来，正得意扬扬呢，没想到真地雷炸了。

宣钟说："我们可以借鉴一下地雷战的做法，你准备一个首饰盒，把首饰盒分成两层，把你的钻戒藏在底层，在上层放一个你奶奶用过的顶针或者鸽子腿上戴的那种脚环，中间用线连着。当你把首饰盒递给你女友，她兴冲冲地接过来，打开一看，发现竟是拴鸽子的脚环，肯定会大失所望，这样就大大降低了她的期望值，正当她怒不可遏地准备把脚环砸到你脑袋上时，没想到竟拽出了下面的钻戒，她肯定会转怒为喜，而且这种喜悦指数要远远大于你直接把钻戒放到她面前那种喜悦。"

张成帽还是将信将疑："真的吗？"

"那当然，一样的东西，不一样的感觉！"

"好，那我就试试。"张成帽走了。

## 蛐蛐笼子和初恋情人

过了一个月，张成帽又来了，宣

钟一见他，便问道："怎么样？我给你出的那个假地雷带真地雷的主意如何？"

"还好，还好！多亏我一看她刚要变脸，赶紧喊'底下还有呢！底下还有呢'，再晚一点，不管假地雷，还是真地雷，都得飞过来，砸在我脑袋上。"张成帽接着说，"老宣，你看九九重阳节又快到了，咱们又得开始筹划了。"

"重阳节也过啊？"

"没告诉你？逢节必过嘛。唉，该买的咱们都买过了，真不知这次买什么能让她高兴。"

"张总，别忘了，客户要的不是东西，而是感觉，这东西一定要买吗？"

"那还去偷啊？"

宣钟说不是这个意思，他说，礼物是表达感情的东西，这种东西不一定非得去买，可以亲手做，亲手做的礼物更能体现真诚，更能让女友欢喜。张成帽一听傻了眼："可我除了小时候学过编蛐蛐笼子，其他什么也不会啊！"

"那也行啊，重阳节讲究的是'遍插茱萸'，你可以用茱萸编一对蛐蛐笼子耳饰，让她戴在耳朵上，绝对酷！"

张总一听喜上眉梢："这还真是挺有新意的！"

"如果在笼子里再放只蛐蛐，那就更有情调了，你想，九九重阳，花前月下，柳荫树旁，你们俩正准备卿卿我我，突然间，蛐蛐声起，好一派田园诗画的意境！"

"诗画不诗画我倒不在意，不过这招倒是挺省钱的。多谢你啊，老宣，我现在真后悔年少时没有多学几门手艺。"张成帽说着就乐呵呵地走了，去找能编蛐蛐笼子的茱萸去了。

宣钟原以为下一个节日之前张成帽肯定还会来，没想到好几个节日过去了，张成帽都没有露面，直到快到冬天，他才走进了宣钟的公司。

"张总，这几个节你怎么熬过来的啊？"

"咳，我又给她编了几个笼子，编了个蝈蝈笼子当手机套，编了个鸡笼子当衣物筐，马上就要到她的生日了，这回我事先就声明，绝对不要什么笼子了，所以，只好又找你商量商量，看看买什么生日礼物。"

"张总，还是那句老话——客户要的不是东西，要的是感觉，给她感觉一定要买礼物吗？"

"可我除了编笼子，别的真的不会做了。"

"我不是这个意思，我是说，送给她惊喜，不一定要送给她实物，我们可以通过非物质文化的东西给她带来惊喜，比如搞个生日活动之类的。"

张成帽觉得这倒是一个新思路，于是宣钟就问他女友平时有没有说过什么能让她特别心动、特别留恋的，张成帽想了想，说："她倒是经常提起她的初恋，总说我比起以前那个他来，这个不行，那个不行。"

"她的初恋是谁啊？"

"我也不知道。"

宣钟立刻有了主意："张总，你看这样好不好，每个人一生当中，都有这么一个心结，希望能再次见到自己的初恋情人。她过生日那天，咱们干脆就把她的初恋情人请来，一定能给她一个惊喜！"

张成帽听了有些顾虑："这好吗？会不会引狼入室？"

"不会的，他们要联系早就偷着联系了，而且这样做，反而断了他们的念想，你想啊，你和她的旧友都认识了，她哪还好意思私下联系呀！"

"那好，就这么定了。"张成帽又

问："那到哪里去找她的初恋情人呢？"

宣钟说："这好办，这事就交给我了，我去找私家侦探，实在不行，人肉搜索也行。现在网络这么发达，人要想隐藏起来还真难。"

"那就拜托你了，12月9日就是她的生日，生日派对就在我家吧，晚上七点。"

"行，没问题！"

## 前任和现任

12月9日晚上六点，宣钟准时来到张成帽的家，张总连忙指着身边的一个漂亮女人介绍道："这是我的女友蒙蒙。"

宣钟客气地寒暄着："幸会！幸会！"

一会儿，张成帽把宣钟拉到一边，急切地问："怎么样？找到了吗？"

"找到了，我还见过了呢！"宣钟还想说什么，蒙蒙走了过来，打断了他们的话："你们俩嘀咕什么呢？"

宣钟和张成帽只好不再做声了。

七点一过，门铃就响了，张成帽把门一打开，"呼啦啦"，一下子进来十几个人，每个人一进门都亲切地叫着"蒙蒙"，蒙蒙突然见到这么一群似曾相识的

人，一下惊呆了，站在那里，不知所措。

张成帽也有些傻眼，忙把宣钟拉到一旁，问："怎么会有这么多？"

宣钟苦笑着说："根据私家侦探调查，蒙蒙和他们每个人都有过一段恋爱史，而且她每次恋爱，都对人家说这是第一次，所以他们每个人都认为自己是蒙蒙的初恋情人，我也无法分辨，只好都带来了。"

这时候，屋里的人似乎都明白了相互关系和共同属性，于是乎屋子里立刻热闹起来，人们七嘴八舌，谈着当时的感受，有的还互相安慰着，这些人说的话，可有意思呢——

"当时她可把我害苦了，为她欠下的债我至今还没还清呢。"

"你这个有点像蒙特利尔奥运会，奥运会都过去二十多年了，市民还在偿还开奥运会欠下的债呢！"

"你呢？"

"我还行，三个月就结束了，没受多大苦。"

"我完了是你吗？"

"不是，中间还有三个呢。"

"你排老几？"

"我排老七。"

"那你应该是大哥，我排在你后面。"

"你岁数大，应该叫你大哥。"

"不，不，这事不论大小，只论先后。"

还有人问宣钟："你是第几棒？"

宣钟说："你们的事我没搀和。"

"那还好。"

这时候，人群中有人问："谁是现任？""谁是现任？"

张成帽只好走到众人面前，有些尴尬，讪讪地说："我是现任，我就是现任，今天把大家请来，就是想给蒙蒙过一个独特的生日，让她能找到女王的感觉。"

众人欢呼，纷纷向张成帽表示敬意"你胸怀太宽广了，能容她者必成大事！""张总，太感谢你了，我说这两年她怎么不烦我了，原来你接手了，祝你们永远在一起，千万别分手！"

……

蒙蒙看着眼前的情景，不知道是什么滋味，反正是太出乎她的意料了，她偎依在张成帽身旁，亲昵地说："帽帽，看着他们，我才知道你对我最好……"

（题图、插图：谢 颖）

# "我不能"
# 和"我可以"

张欣应聘到一所村小学当代课老师，由于缺少经验，她感到这个班的孩子调皮，不好管，于是就有了外出打工的想法。这天，娘劝她："娃哩，你好歹也是个高中生，能在咱村找份工作不容易，就这样放弃，不是很可惜？听说德仁小学的李伟老师是全县的优秀教师，你不如去他那儿取经？"张欣听了娘的话，来到了德仁小学。她向李老师说明了来意，想旁听一节课，李老师答应了。

张欣没想到：旁听的那节课，竟是李老师和学生做的一个游戏——

上课铃响后，张欣坐到教室的最后面。课堂上，李老师说："同学们，新学期开始了，你们已经步入了六年级，就要进入少年时代了。我们来做个游戏，就是将你们这些年做不了、没做好的事情写在一张纸上，真实地写，到时我会给你们一个惊喜！"

同学们听了欢呼雀跃，一个个铺

开作文纸，写了起来。张欣则是云里雾里的，不知李老师要干什么。她把凳子往前挪了挪，见前边的一位同学写道："我没法将篮球投入篮筐里，我不会做几何题，我没办法让喻冬喜欢我……"她认认真真地写着，都写了半张纸了，仍旧没有停下来的意思。

张欣又伸着头看了前排几位同学的字条，他们都在纸上写下了他们不能做的事。这个游戏已引起了张欣的好奇心，她看见李老师也在纸上写着，便走到讲台边，只见李老师写的是："我无法让马青已瘫痪的母亲来参加家长会，我无法不用体罚的办法管教石头，他实在太顽皮了……"

张欣迷茫了：难道这就是李老师优秀的教学方法？

快下课了，李老师问道"都写完了吗？现在交到前面来！"学生们依次来到讲台前，把写好的纸投到了一个空的纸盒里，李老师把自己的那份也投了进去。下课铃响了，李老师冲张欣笑笑："游戏还没结束哩！"

紧接着，李老师带上那个纸盒子，走出教室，学生们都尾随其后。李老师精神抖擞地走向操场旁的空地，他将纸盒子交给一位同学，自己拿着空地旁的铁锹在地上挖起来，直到那坑挖了有三尺多深。

张欣正犯着糊涂，就听李老师

说："同学们，刚才大家都把这些年来遇到的'我不能'写了下来，现在，我们来为'我不能'先生举行葬礼！"说罢，学生们立即动手，将一盒"我不能"丢进坑里，然后，李老师又挥动铁锹，把土重新填回坑里。

这时，李老师又下令了："同学们，默哀吧！"于是，学生们立即手牵手在"墓地"周围围成了一个圈，低下头来"默哀"，没有谁的脸上有嬉皮笑脸的表情，此时此刻，好像正在进行一场真正的葬礼！

随后，李老师念了一段悼词"各位同学，今天，很荣幸能邀请你们来参加'我不能'先生的葬礼。'我不能'先生在世的时候，参与我们的生命，影响我们很深，它的名字，几乎天天被我们挂在嘴边，出现在各种场合，现在，我们真心希望'我不能'先生能平静安息，并衷心希望它的兄弟姊妹在以后的日子里能一刻不离地陪伴着我们，它的兄弟姐妹就是——'我可以'、'我愿意'、'我行'、'我能'！"

这鼓舞人心的悼词令张欣的灵魂似乎都在震颤，她什么也没说，而是向李老师深深地鞠了一躬，然后转身跑了。

回到家里，张欣对娘说："娘，我知道该怎么做了！"

（作者：凤仙草；推荐者：佚 名）
（题图、插图：安玉民 梁 丽）

# 最鲜艳的旗帜

□ 赵娜娜

## 至关重要的任务

故事发生在第一次世界大战时期，德国集结了大量兵力向法国进攻，法国陆军部队伤亡惨重。

正当指挥官要下令全线撤退的时候，恐怖的事发生了：天上下起了鹅毛般的大雪，很快，大雪覆盖了大地，到处都是白茫茫的一片。

指挥官打了个激灵：下起了大雪，部队怎么顺利地撤退？在顶住了敌人的又一波攻击后，指挥官眼中含着泪水，他看了看筋疲力尽的士兵们，清了清自己的嗓子，尽量让自己的底气足一些："士兵们，你们当中，谁跑得比较快？"

士兵们意识到：指挥官可能要召集敢死队，大家兴奋起来，眼里喷射出骇人的目光。

一个大个子站了起来："报告长官，我叫埃托奥，我跑得最快，我的百米速度是 11 秒 7！"

指挥官瞧瞧这个身材魁梧的大个子，满意地点点头。

一个消瘦的士兵底气十足地说："报告长官，我跑得比他快！"

指挥官皱皱眉头："你能跑多快？"

士兵大声回答："报告长官，我也不知道到底能跑多快，可我的邻居曾说过，我跑得比狗还快！"

指挥官的眉头终于慢慢舒展开来，他看着这个傲气十足的家伙，说

"很好，你叫什么名字？"

士兵回答："报告长官，我叫杰西卡。"

指挥官点点头："很好，杰西卡和埃托奥，你们负责把这些旗帜插到雪地上。这里有两捆旗帜，每捆二十支。"说着，他指着地上的两捆红色旗帜。

埃托奥张大嘴巴，问："长官，你是要我们杀掉敌人将领后，把旗帜插到敌人的大本营吗？还是砍掉他的头颅，把旗子插到他的脖子里？"

指挥官摇摇头："当然不是。我们要撤退，但是老天下起了大雪，为了防止战士们患上雪盲症，你们的任务就是，把这些鲜艳的旗帜插到我们撤退的雪地上，每隔一段距离就插上一支。"

原来雪地行军的时候，很容易患上雪盲症，因为在一片茫茫的雪地里，没有其他参照物。如果眼睛连续搜索而找不到任何一个落点，它就会因紧张而失明，战士们也就会患上雪盲症。所以，指挥官对付雪盲症的办法是，派先驱部队每隔一段距离，插上一面红色旗帜，这样，一望无垠的白雪中便出现了一个个的红色景物，搜索的目光便有了落点。

指挥官命令道："记住：你们的动作要快，我们的部队已经坚持不了多久了，而且我们的炮弹已经所剩不多，当我们把所有的大炮对准敌军全力开火时，就是我们要撤退的时候，你们在听到炮声前一定要完成任务！"

指挥官把望远镜交到埃托奥手上，说："这是所剩的唯一的望远镜，这个'千里眼'交给你，帮助你完成任务。"

埃托奥愣住了："可是……没有望远镜，你怎么指挥战斗？"

指挥官强挤出一丝笑，说"指挥战斗？我们现在要赶紧撤退！真要说指挥战斗的人，是你们两个！在这个特殊时期，你们就是部队的最高指挥官，你们要指挥我们的部队顺利地撤退。"

## 突如其来的危险

时间紧迫，埃托奥和杰西卡把两捆旗帜背起，各自揣了一把手枪，一路小跑开始撤退。

埃托奥和杰西卡首先要穿过一个小树林。当他们筋疲力尽地爬出树林、蹒跚地向前挪动时，突然埃托奥一个趔趄，一下滑了下去，但他下意识地抱住一棵树，虽然人没有大碍，但要命的是，后背上的一捆旗帜却滚到了深沟里。

深沟四周滑得厉害，想要下去取出旗帜难于登天，正当两人无计可施的时候，突然树林里传来"沙沙"的声音。

埃托奥的耳朵竖了起来："老伙

计，听，有情况。"

杰西卡耸耸肩膀，说："别大惊小怪的，可能是一只松鼠，或者是其他的动物出来觅食，我们快点赶路！"

走出小树林，两人来到了平坦的雪地，雪地反射出的耀眼强光，刺得两人睁不开眼睛。时间就是生命，容不得半点耽搁。

埃托奥取下第一支旗帜，把它猛地插入雪中。埃托奥摸摸旗帜，说："伙计，我们就指望你了，希望你能站好这一岗！"

这时候，天空中刮起了大风，大雪虽然停了，但寒风就像匕首一样，划过两人的脸。

旗帜插到第十二支的时候，埃托奥发现旗帜根本不够用了，前面还是一片白茫茫的雪地，不得已，他们插旗帜的时候，隔的距离更长了，但这是徒劳的，很快，两人背上的旗帜没有了。

埃托奥伸长脖子拿起望远镜向前方望了望，这时，突然后面传来"砰"的一声，一旁的雪花溅了起来，还没等他们反应过来，"砰"，埃托奥应声倒地！他中枪了，腹部撕心裂肺地疼痛，鲜血很快涌了出来。

杰西卡机警地掏出手枪，迅速环顾四周，可是除了白茫茫的雪地，就是刚刚插上的旗帜，没有发现可疑的人。

杰西卡咆哮起来："是谁？快出来！"

"砰砰"两枪打在旁边的空地上，这下杰西卡终于看清了，近处有一个雪堆，敌人的两个侦察兵正趴在地上朝这边瞄准！杰西卡的汗毛竖了起来："埃托奥，快看，是敌人的侦察兵！他们绕到我们部队后方，肯定是想勘察地形，然后让我们腹背受敌，狡猾的敌人！"

埃托奥咬咬牙："我们一定要把侦察兵消灭，不然就危险了。"

杰西卡冲埃托奥大喊："老伙计，你趴下，我去结果了这两个混蛋！"

杰西卡朝着敌人射了几枪，可手枪的射程太近，而敌人离得又太远，所以根本打不到他们，但敌人用的是射程远的长管步枪，现在自己成了敌人练习射击的目标了。

杰西卡像一只狗一样，一边左右乱窜，一边向前凑近，子弹在杰西卡的身旁"嗖嗖"飞过，他甚至能嗅到子弹的味道。杰西卡咬紧牙关，向前一百五十米，一百米，五十米，终于到了手枪的射程之内，杰西卡瞄准侦察兵，"砰砰"枪响后，两个侦察兵应声倒地。

## 象征胜利的标记

杰西卡趴在雪地上，疼痛难忍，他的左腿因刚才侦察兵的枪击而受伤了。

当杰西卡踉踉跄跄地跑回来找埃托奥的时候，发现他正匍匐着向雪地的东南方向爬去，他脚下的雪地上出现了斑驳的血迹。

杰西卡露出一脸的焦虑，说："埃托奥，我的老伙计，你怎么了？"

埃托奥大口喘着粗气，脸上却显得很兴奋，说："伙计，我们有救了，快看，前面有一片树林。"说着，他用颤抖的手，把望远镜递给了杰西卡。

杰西卡伸长脖子，用望远镜往远处望了望，他兴奋地叫了起来："上帝保佑我们，是树林！虽然看得很模糊，但我确定那真的是树林，树林本身就是一颗颗的巨型旗帜啊，我们只要朝树林的方向撤退就行了！"

但是杰西卡想到，树林离他们还有一段距离，他们手上已经没有作为参照物的红旗，而且望远镜只有这一个，部队撤到这里的时候肯定会束手无策。

埃托奥因为寒冷和剧痛，牙齿咬得"格格"直响："没旗帜……树林里不是有吗，我们……去树林找些树枝插在雪上……"

杰西卡说："老伙计，你在这里等我，我去树林里找一些'标记'。"

"可是你的腿……"

杰西卡强挤出一丝笑"没事，我可是比狗还跑得快的杰西卡，这对我没什么影响，我一只腿仍然比正常人跑得快！"

玩笑过后，杰西卡跑了两步，突然又摔倒在地上，他愤怒地用拳头捶打着雪地："该死！我的腿，我的腿跑不动了！"

埃托奥费力地挪动了一下身体："老伙计，你把我……搀起，我们一起去找'标记'，一定要完成任务！"

没有别的方法，为了完成任务，埃托奥和杰西卡只能咬紧牙往前冲了。他们费力地站了起来，互相搂住对方的肩膀，每前进一步都那么吃力。埃托奥的伤口开始恶化，血流得更凶，雪地里甚至传来鲜血落在地上

的声音!

埃托奥的身子渐渐发冷,杰西卡颤抖着说:"老伙计,再忍忍,我们快看到树林了。"

可是没多久,埃托奥的身子变得僵硬,杰西卡受力过重,两人一同栽倒在雪地里。

杰西卡疯狂地喊着埃托奥,可是再也听不到战友的回应,埃托奥静静地睡着了。

杰西卡的眼里含着泪水:"老伙计,你睡吧,天堂里没有寒冷与疼痛⋯⋯"

这时候,远方传来炮火轰鸣的巨大声响,那震耳欲聋的声音让人热血沸腾,是部队向敌人开火了,部队马上要撤离了!

杰西卡慌了:全完了,我们没有完成任务!等部队赶到这里,我早已经冻死了,那战友怎么知道树林的方向?他回头朝部队战斗的地方遥望着,默默地忏悔⋯⋯

就在这时,奇迹发生了,杰西卡看到身后的雪地上出现了一条斑驳的印记,那是埃托奥和他一路走向树林时留下的血迹,那条血迹在茫茫雪地里就像一个巨大的标记,显得格外鲜艳,杰西卡兴奋起来,他用身子在雪地里匍匐着⋯⋯

等部队顺着那条斑驳的血路撤到此地时,战友们发现埃托奥和杰西卡两人偎依在一起,永远地睡着了,在他们身旁,有一个用鲜血做成的醒目的箭头,箭头指向了树林的方向,指向了胜利的方向⋯⋯

(题图、插图:谭海彦)

· 本刊信息传真 ·

## 2009 年故事中国网年度大奖评选启动

2009 年,故事中国网(www.storychina.cn)将启动两项全新的年度大奖评选行动。其一为年度中国最佳故事评比,今年在所有报刊杂志上发表的故事作品均可申请参赛,每月入围作品进入年终决选,将由专家组成的评审组和网友意见共同决定最终获奖作品,并将赢得高额奖金;其二为中国杰出故事家评选,将邀请业内专家提名、投票,最终评出一位 2009 年度在故事领域成绩卓著的个人获此殊荣。两项评选的详情请登录故事中国网了解。

今年,故事中国网还推出"编辑讲故事"的新栏目,由《故事会》每期责任编辑针对不同专题,有系统地讲述故事创作理论,从故事的结构到故事的叙述,结合实例,深入浅出地说明。无论是故事初学者还是普通读者,都能从中获得收益。全体编辑都在论坛开设了在线专区,您可以通过这种最为便捷和直接的方式来向《故事会》投稿。

在 2008 年广受好评的"故事点评"和"咬文嚼字"活动将延续,前者欢迎大家对每期《故事会》的作品进行点评,凡入选在网站发布的故事评论将获得 50 到 100 元的稿费;后者邀你在《故事会》中发现的任何语言文字上的错误,通过网站"举报",就有机会获得《故事会》系列图书。

# 阿P破案

□ 孙新峰

阿P最近到一家社会事务调查服务中心，当一名调查员，对啦，就是人们常说的私人侦探。这天，表弟二柱从乡下打电话来，求他回去一趟，阿P也没多问，便搭车回老家了。

到家后，阿P才明白，原来是二柱喜欢上了同村的杏花，表白了几次，杏花都不予理睬。二柱知道杏花崇拜阿P哥，于是请阿P哥回来帮忙。

阿P知道这事后，心里得意透了，没想到自己还有崇拜者，他当时就把胸脯拍得咚咚响："杏花打小就听我的，这事包我身上了。"阿P还要吹下去，就听外面有人喊："出人命啦，黑妹在卡子河被杀了。"几乎是职业反应，阿P撒腿就往外蹿。

出事的地方，黑压压的聚了一堆人，他们围着岸边的一具尸体指指点点，有说淹死，有说谋杀……

卡子河是一个不大的水库，没啥特点，不过，北岸有一块狭长的沙滩伸进河里，可以从上面走到河边戏戏水、洗洗手什么的，发现黑妹的人叫栓子，当时，他见水里漂着一个人，马上跑近前去，认出是黑妹后，把她捞了上来，一探鼻息，已经死了，便慌张地喊了起来。

这会儿，二柱发现杏花也在人堆里，就趁机过去套近乎，阿P却一脸严肃地走上前，先看了看死者的鞋，又看了看死者的脸，叹了口气。黑妹之所以叫这名，就是因为肤色较黑，可此刻她的脸白得吓人。阿P觉得表现自己的机会来了，他刚想发表一下意见，黑妹妈赶到了，一头拱开阿P，呼天抢地哭起来："黑妹呀，你一大早说到大黄庄有事，可咋就寻了短见呀——不不，是哪个丧天良的把你给害了呀？"人们又是劝、又是骂，一时乱哄哄的，三挤两挤把阿P挤到外边去了。阿P气坏了，自己好歹是个侦探，这些乡亲竟全然不把他放在眼里，不由大叫："大家不要破坏现场，赶紧报警。"这话在理，人群顿时安静下来，都注意到了阿P："这不是阿P吗，啥时候回来的？"

二柱要阿P做媒，自然要拍他的马屁："我表哥现在是私家大侦探，不如让他来破这个案子。"大家顿时肃然起敬："阿P，那你就露一手吧。"阿P正想方设法露脸呢，现在经人一捧，心里美得不行，嘴上开始跑马了："好、好，在警察未来之前，我阿P先破了这个案子，让大家开开眼。现在，你们不许碰尸体，先把黑妹妈弄走，免得干扰。"

两个老太婆好说歹说，把黑妹妈架走了，接下来，阿P进入了角色，他先仔细查看一番沙滩上的脚印，又回身观察了一下每个人的脚，然后问："黑妹不会自杀吧？"大家马上否定，说黑妹性格开朗，谁自杀也轮不到她自杀，阿P又问："黑妹最近跟谁有矛盾吗？"大家一致反映，黑妹人缘特好，就是几天前跟杏花吵了一架。

杏花正在和二柱说话，听到这话，吓得说话都结巴了："我、我们只是小吵了一下，我、我没杀她，是、是她自己想不开。"

阿P意味深长地看了她一眼，说起案情来："这块沙滩很平缓，失足溺水的可能性很小，黑妹是被谋杀的。"

一听是谋杀，现场气氛紧张了，大家不敢乱发言，眼巴巴地等待下文。被人众星拱月般簇拥着的阿P，感觉好极了，他一伸手："沙滩上共有四个人的脚印……"大家一听，佩服得不得了，到底是行家呀，沙滩上的脚印乱七八糟，可阿P一眼就看出是四个人的。"了不得，神探！"阿P继续说："别打岔，我指的是新脚印。其中一个是黑妹的，只有去，没有回，因为她是被栓子抱上岸的，因此，栓子的脚印去河边的浅，回来的时候深。还有两个人的脚印，都比栓子的浅，没有负重，综合这几点，说明黑妹不是被人背来的，换句话说，黑妹不是被移尸至此，河边就是第一现场。"

一环套一环，推理得头头是道，大家情不自禁地喝起彩来。

阿P更得意了，摇头晃脑地继续分析："剩下的两个脚印，一个来去都较正常，另一个去的时候较正常，回来是跑回来的，因为脚印跳跃很大，脚尖吃沙很深，说明这个人急于离开现场，很可能就是凶手。至于是将黑妹推下水去淹死，还是将她击昏或打死后推进水里，我无权验尸，警察来了自有分晓。不过，我可以进一步告诉大家，凶手就在我们中间，我给她三分钟时间，让她站出来。"

这下，人群炸锅了，你看我我看你，议论纷纷，只有二柱和杏花脸色阴晴不定，想说什么又不敢说。

三分钟过去，阿P开始揭秘了："沙滩上有一片不显眼的干牛粪，很巧，那两个人都踩上去了，这表明他们当时很紧张，我刚才观察了一下大家的脚，发现其中两个人鞋帮上有牛粪残迹。"

这么一说，大家都低头看起别人的脚来，还没看出个所以然呢，杏花"哇"的一声哭了出来："我一个多小时前是去过河边，那只是手脏了，顺便去洗洗手，可我没杀黑妹呀！"

阿P已经完全进入了角色，以至于忘了他还要作媒，他问杏花："你为什么要跑着回来？""我、我只是一时开心嘛！""开心？"阿P冷笑两声，突然扭头喝问二柱："那你呢？"

二柱吓得一哆嗦："我、我承认我也到过河边，可那是因为早晨去地里了，干完活后到河边洗洗汗，就在你来家之前半个小时，我、我……"

阿P说："刚才黑妹妈说，黑妹一大早就出去了，从她脸色被泡得发白看，应该死了很久了，而你们俩在一个多小时前，先后到过河边，难道就没看到尸体吗？"

大家一听，简直佩服得五体投地了，齐声大喝："老实交待！"

二柱和杏花惊恐异常，越想说越说不出来。这时，随着一阵警笛声，两辆警车停在了前面的土坡上，阿P抢功心切，威胁说："现在赶紧交待可以算自首，还能保条命，等警察来了，哼哼……"杏花一听，更紧张了，刚要说什么，二柱"扑通"跪下了："我交待，是我干的，我喜欢杏花，黑妹跟她吵架，我气不过，就、就把黑妹给杀了。"

杏花赶紧补了一句："是他自己干的，不关我的事。"

阿P十分意外，他推断是杏花下的毒手，没想到竟然是二柱干的，愣了一会，他才痛心地说："二柱，做人要有正义和良知，你为私情竟然干出这种事，我……唉，法不容情呀，你别怪哥心狠。"

大家都被阿P大义灭亲的精神感动了，纷纷安慰起来，这会，警察赶到了现场，听说有个私人侦探"三下

两下"就把案子破了，十分惊奇，在简单地问了一下案情后，又问死者是如何被谋杀的，阿P对这点还真是疏忽了，挠了挠头说："还没来得及问。"

法医听了，便去检验尸体，他翻了一下黑妹的瞳孔，又搭了搭脉，突然惊喜地说："人还有救。"经过一番抢救，黑妹在吐了一阵水后，竟然活过来了，等黑妹清醒后，警察问是谁想杀她，黑妹看了看大家，不好意思地说："没人杀我呀，是我自己不小心掉水里了。"

原来，大黄庄有个姐妹说买了一种新增白霜，效果特好，黑妹一大早就上她家抹去了，没想到，抹了后白得太假了，满脸都是粉，回来经过卡子河时就想把它洗掉。那块沙滩在外面较缓，伸进水里后有个陡坎，能淹没人，黑妹身子弯得太狠，把脚下的沙踩塌了，一下子滑进水里去了。黑妹不会水，连惊带吓，喝了好几口水，一会就呛昏了。还好，肚子里有水，没沉下去，就在那漂着，正好被栓子发现了，及时把她救上来。不过，栓子见她脸白得跟纸一样，又没呼吸，以为她死了。

警察了解了事情的真相后忍不住责怪道："你们干吗不救人？多危险呐。"大家都说阿P不让动。"真是胡闹！"警察把阿P狠狠训了一顿，走了。

阿P这回脸可丢大了，转身去找替罪羊，他气咻咻地问杏花："你没杀人你慌什么？"杏花说"都是你吓的，我跟黑妹吵过架，又到过河边，怕到时说不清楚。"阿P又一把揪住二柱"你发哪门子神经，没杀人为什么要承认杀人？"

二柱低下头说："我，我以为是杏花杀的人，心里一直很紧张，后来，警察来了，我见杏花要崩溃了，一冲动，就把罪扛下了。"阿P气得要吐血，这到底是谁把谁给绕进去了？还想再发泄两句，二柱挖苦说："你少说别人，人死没死都没搞清楚，就在那装高手。"大伙一听，轰地笑了起来。

阿P恨不得找个地缝钻进去，索性蹲在地上，捂住耳朵让大家炮轰。等了一会不见动静，一看，人都走散了，只有二柱和杏花还在现场粘乎，只见杏花深情地注视着二柱，说："真想不到，你肯为我去死……"阿P想起自己被二柱叫回来是要当媒人的，所以赶紧站起身，刚想发表演讲，杏花却把头一扭，挽起二柱的胳膊："走，咱们回去！"

阿P好不尴尬，不过，望着二柱和杏花远去的背影，他突然咧开嘴笑了："我回来是干吗呀？不就是为了撮合二柱和杏花吗？也正是我的阴错阳差，才使他们走到一块了，哈哈，这不是我的功劳吗？"想到这里，阿P又高兴起来。

（题图、插图：顾子易）

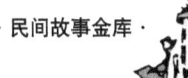

# 难得的
## 知己

□ 朱留军

王老实是一位老实本分的渔民，早上起来，拿着鱼网来到村西边的河上，每天只打十网，多了也不再打，不管这十网是一无所有，还是收获甚丰，他都不太在意，因为他从来也没想着要从捕鱼上发多大的财，只是为了奉养年迈的老母，能够聊以度日就相当满足了。

这一天，王老实一大早又来到河

边，打下了十网，收获还算不错，他特地来到河边的一个无人之地，将网洗干净了，然后脱去身上的脏衣服，跳进河里洗起澡来。

刚洗了一会儿，王老实忽然觉得双脚一紧，被什么东西抓住了，拖到了水底。原来是一个落水鬼为了自己能够投胎，拉他作了垫背。

王老实感到命在顷刻，顿时十分悲痛，忍不住放声大哭起来，不承想那个落水鬼见他哭得伤心，反而又将他拖出水面，问他为何如此悲痛，王老实止住哭声，一声哀叹，说道："我是一个渔夫，死了也没有什么可惜的，只可惜家有高堂老母，全靠我一人奉养，我死之后，老人家必然饿死。"说罢，他又放声大哭。

那个落水鬼听了，长长地叹了一口气，无奈之下就放了他，自己沉入了水底。

这个落水鬼其实也是一个倒霉蛋：他姓张，是个秀才，在私塾教书。三年前在一次酒醉后掉入这条河中淹死，可张秀才死后不久，十殿阎君查看他的生前所为，虽然嗜酒如命，却从来没做过一件伤天害理之事，并且还处处时时仗义直言，主持公道，于是认为他命不该绝，决定再还他十年阳寿，但必须按规矩行事：找到一个垫背的，方能还阳。

张秀才在这条河里一呆就是三年，三年来，从这条河上渡过的人何止千千万万，可是遇到穷苦的单身过客，张秀才不忍心下手；遇到真正大奸大恶的人，又没有机会下手，因为这些人大多是达官显贵，或者富商豪绅，总是仆人成群，前呼后拥，他孤掌难鸣。

就这样，三年过去了，张秀才一直也没找到合适的机会下手，这一次他看见王老实下河洗澡，犹豫了一会，便决定下手，可问明情况之后，心又软了。

张秀才事后决定：今后不再为了那十年阳寿去害一个无辜的人，宁可舍弃了也在所不惜。

这一天，张秀才正在水底唉声叹气，忽听岸上传来"噼里啪啦"的鞭炮声，他浮出水面一看，原来是王老实正在河边焚香祷告，张秀才忍不住好奇起来，隐住身形，来到王老实身边，只听见王老实口中念念有词，仔细听来却是在为他张秀才超度亡灵，祈求上苍保佑他尽早投生。

张秀才听了，不由得大为羞惭，他想，自己害人未遂，而被害之人却如此对待自己，于是忍不住显出身来，冲着王老实倒身下拜，两人坐在河边谈得十分投机，虽然人鬼殊途，却成了刎颈之交。

有一天，这一人一鬼再次相会，双方订下了约定：从今以后，张秀才每天为王老实在水下赶鱼，这样王老实就能多打鱼了，鱼变卖后，除了奉养老母和自己吃穿用度之外，每天要打一壶美酒给张秀才解馋，剩余钱财全部施舍给乞丐。

从那之后，王老实每天按照约定行事，每晚都买来美酒给张秀才，这一人一鬼每晚对酌直到夜半更深，星稀月朗，才依依不舍地分手。这样的日子真是快乐似神仙，一晃便三年过去了。

这天晚上，一人一鬼又在一起对酌，酒至半酣，张秀才忽然长叹一声，说："王兄，你我虽然阴阳相隔，但三年来义气相投，堪称莫逆，但天下无不散的筵席，可能明天我就要远走他乡了。"

王老实忙问其故，张秀才说"由于我不忍心害人，不知哪路天神将此事上奏天帝，天帝感我忠义，降旨封我为襄阳城隍，要我明日起程去襄阳

赴任。"

王老实连忙道贺，然后开怀畅饮起来。

分别的时候，张秀才抓住王老实的手，说："我走之后，你将会一日不堪一日，最后穷困潦倒，到那时你已了无牵挂，可到襄阳找我。"接着，他又说了到襄阳后如何寻找的路径，说完，便纵身入水。

果然，第二天晚上，王老实再次来到聚会的旧地时，再也见不到张秀才了。

张秀才走后，王老实的日子果然渐渐艰难了，原来三年来，这一人一鬼为了救济穷人，将方圆数十里内的鱼虾几乎打尽，现在张秀才走了，没人为王老实赶鱼了，王老实渐渐连老母也奉养不起了，无奈之下，只好一边捕鱼，一边讨饭。

一转眼又是三年，母亲寿终正寝，王老实葬了老母，觉得在家乡再也呆不下去了，想起当初张秀才临别之言，决定到襄阳走一遭。

王老实一路上风餐露宿，靠乞讨度日，终于在三个月后来到了襄阳城内，他打听到城隍庙的所在。

这天晚上，王老实沐浴更衣，三拜天地之后，来到了城隍庙内，撮土为香，朝神像三叩九拜之后，神像后走出一个鬼卒，将王老实带到后堂等候。

到了后堂，王老实看到一个官员模样的，正在内堂议事，下面跪着一帮听差、杂役，那官员看到王老实走进后堂，连忙喝退众人，自己却马上走入内室，半晌不见出来。

王老实奇怪了：刚才看到的那个官员，不正是昔日老友张秀才吗？他为什么走入内室避而不见呢？

王老实正这么想着，内室的门终于开了，只见张秀才恢复了旧时的装束、面貌，抢步来到王老实面前，倒身下拜："仁兄，请恕怠慢之罪。"

张秀才告诉王老实：自从接任城隍一职后，每天只能勤勉公务，战战兢兢，如履薄冰，稍有闲暇，想到的尽是和王老实把酒言欢的快乐时光，只可惜时光不会倒流，有时真想辞官不做，去他乡寻找。今天王老实来了，本当即刻相见，但他和王老实是贫贱之交，不能以高高在上的官员模样相会，这才走入内室，沐浴更衣，焚香以告天地，恢复本来面目才敢出来相见。王老实听了，顿时恍然大悟。

两人当夜把酒言欢，联床夜话，一连三天，张秀才白天处理日常公务，夜晚和王老实不眠不休，彻夜畅谈，诉说着自己的为官之苦，王老实这才知道老友虽身居高位，却失去了生活的乐趣，反不如自己捕鱼讨饭快乐逍遥。

第三天晚上，王老实开口劝道："贤弟，请听愚兄一言——贤弟以前过惯了那种闲云野鹤的逍遥日子，如今身居官场，身子在此，心思在彼，岂能不烦？怎能不苦？"

张秀才听得连连点头，王老实又说："既然你已身处宦海，就要用官场的规矩来办事，遇事不管采用了什么手段、什么方法，只要为的是兴天下、安黎民，无愧于心，就可以高枕无忧。此乃愚兄浅见，望弟慎思之。"

张秀才听了，沉吟半晌，忽然眼睛一亮，眼前已是云开雾散，一片光明，他禁不住仰天大笑，然后赤足跳下床来，冲着王老实倒身三拜，说道："仁兄一席话，胜读百卷书，我明白了！"

天亮后，王老实起来，一看，张秀才还满脸喜悦地酣然睡着……

王老实会过了老友后已全无牵挂，他也不辞行，不顾书吏、鬼卒如何苦苦挽留，吩咐他们不可惊动老爷休息，便悄悄地离开了城隍庙，开始云游天下。

传说华山之上有人看到王老实驾鹤升天，北海之人传说他踏浪而去，却无从考证，但有一点是肯定的，那就是王老实后半生的日子必定是过得很快乐的……

（题图、插图：黄全昌）

您手中有没有得意之作？本刊辟有二十多个原创性栏目，如中国新传说、我的故事、情感故事、16岁故事和中篇故事等；您读到或听到什么有趣事可以和大家一起分享吗？3分钟典藏故事、第一推荐和快乐辞典等都是本刊推荐性栏目。热忱欢迎来稿，本期责任编辑信箱：xiaomeng.ye@gmail.com。

□ 一 冰

# 拉斯维加斯的*爱情*

珍妮和约翰是一对新婚夫妻，他们决定周游一遍世界来祝贺他们的婚礼，闻名世界的赌城拉斯维加斯也是他们蜜月之行的一站。这天下午，他们到达拉斯维加斯，安排好宾馆后，两人就在街头转了一圈，还去一家赌场小赌了几把，当然都输了，不过他们并不在乎，来到赌城怎么能不赌呢？小赌几把，只当是参加了一个节目，留个纪念。明天一早，他们就要离开这里了。

两人尽兴后，就回到了宾馆，珍妮感觉有些累了，就洗了澡上床睡了。她睡的时候，约翰还在看电视。珍妮一觉睡到第二天早上，一睁开眼睛，忽然看到屋里全是烟雾。她还以为是着火了，吓得跳了起来，这才看清楚是约翰正坐在床边吸烟。约翰两

眼通红，目光空洞，面色苍白，一副失魂落魄的样子，一夜没见，仿佛一下子变了个人似的。

珍妮不顾烟熏，关切地问约翰："亲爱的，你怎么了？"

约翰一言不发地又点燃了一支香烟，珍妮看到他的手在微微地颤抖，打火机打了好几次才把烟点着。珍妮嗔怪地把他的烟拿掉，握着他的手柔声又问："亲爱的，到底发生什么事了？你不要这样，对我说说吧。"

"我、我对不起你！"约翰把头埋进了珍妮的怀里，讲了起来。原来，昨天晚上，珍妮睡着了，他仍然非常兴奋。他迷上了在赌场下注时的感觉，就忍不住又溜出去，进了一家赌场。没想到，一夜之间，他把他们身上所有的钱都输光了。

珍妮听说，也有点生气，但她见约翰的样子，知道他心里肯定也很难过，于是她安慰他："亲爱的，没关

系，也就是几万美元，大不了我们结束蜜月旅游，马上回家嘛。"

约翰沮丧地说："可是，可是我们现在已经身无分文了，连回去的路费都没有了。"珍妮说："那也不要紧，我们可以给父母打电话，让他们往我们的信用卡上打一点钱，我们买两张机票，立即就走。"珍妮说完，就拿起了床头上的电话，给她父母拨打求助电话，她父母立即就去银行打钱了。

过了一会，约翰去了一趟洗手间，然后出来，说他要去银行看看钱到了没有。珍妮在屋里等了好久，约翰都没回来。她只好起来洗脸，一走进洗手间，只见洗手台上放着一封信，信是约翰写的，他说他已经没有脸再见到珍妮和他们的家人，决定不回去了，还让珍妮忘了他，也不要找他。信的下面还有一张纸，那是离婚协议书！

这一切仿佛晴天霹雳一般，把珍妮吓傻了，她想不明白，不就是输了几万美元吗，值得这样吗？他们还可以回去工作挣钱，她想找到约翰好好安慰他一番，可打他的手机，手机已经关机了。到街上去找，可人海茫茫，哪里有他的踪影？

就这样，约翰失踪了。

最初几天，珍妮发疯一般地到处找约翰，她还去了警察局，可警察局看了约翰留下的信说，约翰是个成年人，他的失踪是自觉的，而不是被迫的，这是他们的家事，不属于警察职权范围，他们没有责任去查。珍妮没办法了，但她不愿意一个人回家去，最后她决定，留在拉斯维加斯继续找丈夫，她断定丈夫一定还在这里。

于是，珍妮就在拉斯维加斯找了一份工作，边工作，边拿着丈夫的照片四处找人打听。她制作了一张招牌，上面写着"寻找我的丈夫约翰"，旁边有约翰的照片。在工作之余，她就去车站、街头展示招牌，并发放寻人启事。

就这样，转眼三个月过去了，约翰仍然音讯全无。不过，因为珍妮这样疯狂地寻找丈夫的举动，吸引了当地多家媒体的注意，记者纷纷来报道她，整个拉斯维加斯都知道了有一个在寻找丈夫的年轻女人，很多人都主动投入到帮她寻找的行列中去，并积极为她提供线索。

这天，珍妮接到一个女人的电话，她声称自己知道约翰的下落，珍妮大喜过望。两人约好了见面的地点，珍妮就赶去了。

那是个四十多岁的中年妇女，她叫罗拉。从罗拉的穿着打扮上就可以看出她是个有钱人，但看起来她的面色有些憔悴，令珍妮没想到的是，两人一见面，罗拉就开门见山地对珍妮说："约翰在我手上。"

珍妮激动起来，她一下子紧紧地

抓住了罗拉的手，说："请你把我丈夫还给我，我肚子里已经有了他的孩子，我们不能没有他，他也不能没有我们！"

罗拉挣脱她的手，问："你知道你丈夫为什么要离开你吗？"

珍妮说："他只是一时糊涂，在赌场输了几万美元。"

罗拉摇了摇头，说："不只是几万美元，而是100多万美元。"

"不可能！"珍妮叫了起来，"他身上根本就没有那么多钱。"

罗拉盯着珍妮："是我借给他的钱，他急于翻本，就找我借钱，一夜之间，他输掉了100多万。"

珍妮懵了，半天都没有反应过来，因为100多万美元对他们来说简直就是一笔天文数字，没想到约翰居然敢借这么多。显然罗拉也看出了她的疑惑，就从提包里拿出了一张复印的纸，递到珍妮面前。珍妮仔细一看，那是一张借据，正是约翰的字迹，显示欠款数额高达150万美元。

"怎么会这样？"珍妮几乎要崩溃了，但她仍不死心地说："就算真有那么多，我们一定能挣钱还你的。请你把我丈夫还给我，我们保证一分不少地还给你！"

罗拉又摇了摇头，说："你们还不起的，别说本金，就算是利息你们都还不起。"

珍妮又呆傻了半晌，忽然想起一件事来，她问："那你想怎么办？你今天来找我干什么呢？"

罗拉叹了一口气，说："其实，这笔钱也用不着你来还。""为什么？"

罗拉的脸有些红了，她说："坦白地对你说吧，我、我爱上了约翰……"

珍妮这才明白了，原来，那天晚上约翰去了一家赌场赌钱，把身上的钱都输光了。这时，一个打扮得光彩照人的中年女人出来了，她就是罗拉，也是这家赌场的老板。守寡多年的罗拉一见到约翰就喜欢上了这个高大帅气的年轻男人，于是她主动提出可以借钱给约翰继续赌，约翰赌性大发，也不顾别人的用意，就借钱赌了起来，可不知不觉之中，他就输掉了150万美元。等到天亮时他才清醒过来，这时已经没有了退路了，他不愿

连累珍妮，也没对她说明详情，就去了罗拉的家……

罗拉继续说："我本来以为你会离开这里回到家乡，可是你居然留在了拉斯维加斯，还四处找约翰，害得约翰都不敢出门了，我们还决定举办婚礼呢，可是因为你，也迟迟不能如愿。"

"他不可能跟你结婚的！他有妻子！"珍妮愤怒地大叫起来，"你想怎么办？"

罗拉没有理会她的愤怒，说"我告诉你，现在约翰也束手无策，要不然他不会离开你。你虽然年轻美貌，但没有钱；我虽然老了，但我有的是钱。本来他现在已经没有选择的权利了，可你一直呆在这里捣乱，弄得我们不能好好地在一起，所以我们得想办法了结这件事。这里是赌城，所以这里唯一的法则就是赌。现在我给你一次机会，我和你赌一把，你如果赢了，你就把约翰带走，他欠的钱也一笔勾销；你如果输了，请你忘掉约翰并离开这里。"

珍妮怔住了："可我不会赌博。"

"不会也不行，这是你最后的机会，不过，为了公平，你可以选择赌场。"说完，罗拉就扬长而去了。

珍妮无奈，只好同意了，她选择了自己打工的那家赌场。消息很快传开了，很多人都关心这一场赌局，纷纷涌过来看热闹。

三天后，赌局开始，约翰终于也露面了，看起来他的气色很不好，瘦了许多。珍妮和他对望了一眼，就立刻明白了：丈夫仍然爱着自己。

按照规矩，是五盘三胜制。赌博方式为比扑克的点数，谁的点数大谁就赢。珍妮第一次坐在牌桌上，因事关重大，紧张得连牌都拿不起来了。没想到，第一局，她居然赢了；第二局，她又赢了；第三局，还是她赢，最后，赌场老板宣布——珍妮胜！

约翰闻讯，惊喜地冲过来搂住了珍妮。全场顿时掌声雷动，罗拉却不相信，她瞪着牌桌说："不可能！不可能！这次不算！"

珍妮见她反悔，当然不同意，但赌场老板却说："好，继续发牌！罗拉夫人，如果有一局你胜，就算你胜了！"发牌师继续发牌，果然，珍妮的牌每次都比罗拉大。

罗拉咆哮起来："你、你们犯规，你们出老千！"

"哈哈哈！"赌场老板哈哈一笑，他指了一下全场的观众，说："是的，我是在出老千。罗拉夫人，请你看一看场上，今天，全赌城的老千高手都来了，他们都是来帮珍妮的，你能赢得了他们吗？罗拉夫人，你什么都可以赌，但是一定不要赌爱情啊！"

罗拉一下子瘫在了椅子上……

（题图、插图：佐　夫）

当你的朋友遇到困难向你借钱时，你是选择转身离去，还是慷慨解囊？对你来说，钱与情，哪个更重要？看看这个故事——

□ 王兴菜

# 借钱啊，借钱

## 1. 借钱之痛

李计虎三十刚出头，身上有两道别人少有的光环，第一道光环是李家庄几十年来的第一个大学生，这第二道光环是李家庄几十年来第一个进入市里大企业工作的人。按理说，一个从山沟里走出来的人，有了这两道光环，在村民眼里算个体面的人物了，可最近，李计虎却为自己这两道光环日夜发愁，为啥？一切都归在一个"钱"字上。

李计虎小名叫虎子，上高中时，父母相继去世，一家只剩下他一个人。考上大学，学费不够，靠的就是乡亲们你十块我八块，从鸡屁股里、从羊身上一点一点凑出来的。人活在世上，要知恩图报，李计虎懂这个理，所以自打李计虎工作后，李家庄的人进城就捡了大便宜：迷路，吃饭，钱不够花，统统都来找李计虎，甚至进城时上厕所，也得乐滋滋地跑到李计虎的家里，上完厕所，转身就走，简直把他家当成公共厕所了。

渐渐的，李计虎就有点吃不消了，乡亲们把虎子当成了银行，手头只要紧了，就乐呵呵地跑来管他借钱，虽说借的不多，几十几百的借，可温水煮青蛙，总有受不了的那一天。自打工作到现在，快十年了，李计虎的工资大半都借给了乡亲们。

这天，李计虎满脸愁容地从市医院里走出来，他刚检查出来自己肺得

了点病，医生说，从目前的情形看，光医疗费怕就得五六万。李计虎再一查自己的存款，总共才两万多一点，人没事的时候还好，一有事，就开始想以前借出去的那些钱。李计虎掰着指头一算，吓了一跳，他借给乡亲们的钱居然有六万多块！

一路上，李计虎都在想着那六万多块钱，回到家里，妻子小芸正忙着在厨房里做饭。小芸人漂亮，心眼好，毕业快十年了，小芸和他一起同甘共苦，直到去年才买了这套两居室的房子，光是贷款还欠下银行十来万。看着小芸忙碌的背影，李计虎不知怎么的，"哗哗"地往外流泪，他赶紧用手背偷偷抹去眼泪，生怕小芸看见了。是的，这两年，小芸明显老了，不讲究穿戴保养，女人还能不老？

对他李计虎，小芸是什么事都依

着，唯一有点意见的，就是乡亲们管他借钱这件事，毕竟他们也不富裕，是勒紧了自己的裤腰带，把辛苦钱借给乡亲们。

吃饭的时候，李计虎把今天医院检查的情况向小芸说了一遍。小芸惊叫一声："啊，要这么多钱啊，虎子你没事吧？什么病啊？咱们家没这么多现钱吧？"

李计虎不好意思地低下头："病倒是小病，可要动个手术，要花点钱。小芸，要是以前我不借乡亲们那么多钱就好了，毕竟咱们不是有钱人。"

小芸赶紧拉住李计虎的手说："虎子，你总算意识到这一点了，你以后就别再借他们了，话说回来了，你也不能老借给他们，乡亲们向你借钱都快成习惯了。只要不再借钱，这治病的六万我去想办法。"

李计虎一脸愁容地说："不借，可怎么样才能不借呢？"

小芸诡异地一笑："要想不借，有一个方法倒可以试试。"李计虎赶紧问："什么方法？"

小芸说："你让他们把以前借的钱都还了。"

李计虎急了，一下子站了起来，脸涨红了："什么？让他们还钱，那怎么行，这同跟他们翻脸有什么区别？"

小芸不高兴地说："你咋这么死心眼呢？你要想不让他们再管你借钱，那你就必须向他们要那些以前欠的钱，这样，不就是告诉他们——你自己也遇到困难了，没有闲钱借给他们了吗？至于钱嘛，你要不要得回来都无所谓，主要是以后他们就不管你再借了，你这病以后有得花钱呢。"

一说到自己的病，李计虎就没话答了，一屁股坐在沙发上，想了半天，是呀，眼下只能这么做了，即使要不回钱，以后乡亲们也不会再来管他借钱了。想到这里，李计虎带着伤感唠叨着："还钱，还钱啊，我虎子要让乡亲们还钱了！"

## 2. 还钱之痛

隔天是周末，一大早，李计虎家的门就被人捶得砰砰响，不按门铃，又把门捶得这么响，一听就知道是老家来人了。李计虎赶紧披衣起床开门，果然，门口站着满脸带笑的李大爹，李计虎赶紧问候了一句："哟，大爹来了。"

"来了，来了。"说着，李大爹一脚跨进了屋里，不等虎子说，就一屁股坐到了沙发上："还是这家伙坐着舒服，屁股蛋都找不着了。"

三句话一过，李大爹就切入了正题："虎子，我这次来啊，是管你拿点钱使，你也知道，我家的你三妹妹快要嫁人了，我想给她买点上妆衣服，

体体面面的去婆家。"

这么早李大爹就来找他，李计虎早猜到他是来借钱的，所以和李大爹聊天时，他就很紧张，一个劲地祈祷李大爹不要开口借钱，可最后还是开了口。看着李大爹笑眯眯的眼神，虎子狠下心说："大爹，我……最近手头有点紧，您看……"

李大爹的笑容一下子凝固了，愣住了，他怎么也没想到虎子会这样说，随即赶紧笑着说："没事，没事，有钱没钱，一样买衣服，我给你妹妹少买点就行，借钱的事就算了吧。"

两人接着聊了几句，李大爹显然不太高兴，灰着脸，最后，李计虎鼓足勇气说："大爹，我最近要动一个大手术，得花上六七万，您看看能不能把以前借的钱先还我点，以后……我再那个……"

都说"站着借钱，跪着讨钱"，这话一点不假，李计虎感到自己脸上跟火烧一样，不敢看李大爹一眼，后面连自己都不知道自己说了些啥。李大爹显然没想到李计虎会这么说，一下子愣在那里，半天才缓过来："虎子，你说啥？还钱？多少钱？"

李计虎低下头："大爹您以前一共向我借了15次钱，一共是八千六百多，您还八千就行了。"

李大爹像只木鸡一样呆了："虎子，有这么多吗？"

"大水相亲您来借了五百，大水

带媳妇进城添置结婚用的衣服，您借了一千五，二水结婚盖房子买木料您借了八百，二水媳妇生孩子住院时，您借了五百……"李计虎说着，还从口袋里掏出一个小本子，递给了李大爹，"大爹，还有这个本子上，记的都是乡亲们这几年借我的钱，一共是六万多块钱，您回去的时候，麻烦替我说一声，就说虎子现在手头紧，乡亲们先还了，以后等我手头宽了，再借给乡亲们。"

李大爹简直不敢相信眼前这一切，天哪，一向被村里人视为骄傲的虎子，居然会向他讨钱，脸上好像被

人打了几十个巴掌，红到发黑，他木然地站起来，接过那沉甸甸的账本，头也不回地往外走去，嘴里喃喃地说："还钱，还钱，虎子让我们还钱了！"说完，他佝偻着腰打开门，离开了虎子的家。李大爹走后，李计虎一屁股坐在椅子上，眼里立刻挤满了泪水，嘴唇哆嗦着说："大爹，虎子对不住您老人家了，虎子他自己有自己的难处啊！"

一个月快过去了，医院催李计虎去做手术，说再不做手术，病情要恶化了。李计虎始终下不了决心去做，毕竟对他一个工薪族来说，六万多不是一个小数字，而且这六万多也只是第一次手术的费用，天知道，后来还需不需要继续做手术、拿大把大把的钱填窟窿呢？

接着又是半个月过去了，这天，李大爹一大早就敲开了李计虎家的门，这次，李大爹没进屋，他站在门口对虎子说："虎子，我就不进去了，你们城里人的屋干净，我鞋上都是泥，给你们踩脏了麻烦。虎子，这个包里一共是六万七千多块钱，你的账本，乡亲们都还清了，以后咱们就互不相欠。"说着，他把包递给了李计虎。

李计虎接过那沉甸甸的包，打开一看，零钱整钱还有硬币装了整整一大包。李大爹叹了口气，又轻轻摇了摇头，接着转身就走了。看着李大爹

衰老的背影，一步步走下了楼梯，李计虎难过极了，他直挺挺地站在房门口十几分钟，脑子里一片空白，最后，他"扑通"一声跪在了房门口，说道："李大爹，虎子对不起您啊，还有李家庄的乡亲们，虎子对不住你们了，虎子让你们难过了！"

### 3. 亲情之痛

清明节，李计虎像往年一样，回李家庄给父母添坟，临走的时候，他去超市买了很多点心和礼物，准备送给乡亲们，也想借这次回乡，给乡亲们赔个不是。

以前，李计虎回到村里都是前呼后拥的，可这次完全变了样，一到村里，就感到四下里都是冷冷清清的，李计虎同村里人打招呼，乡亲们都爱理不理，脾气好的还能冲他勉强挤出点笑意，脾气差的脸一扭就走了，拿他李计虎当外人了。

李计虎一个人来到东山的坟地，拿出准备好的纸钱，一边烧着一边哭道："我的爹娘啊，你们说说，儿这辈子活得怎么就这么窝心啊？"挖土、添坟，忙完这一切之后，他又拿起铁锹，又挖了半天的土，把坟前的枯草全部拔掉，把坟前的引水沟清理得干干净净，这才一步一步走回村里。

从坟地回到村里，李计虎想买两只山鸡回去炖给小芸吃，临来前，小芸还特意嘱咐他，一定要给她带两只山鸡回去，说老家的鸡吃虫子长大的，吃着香还有营养。

这事要是搁在以前，不用他张嘴，李大爹和乡亲们早就把山鸡和山货备好了，可今年，李计虎心里很清楚：没人再给他这个"忘恩负义"的家伙准备什么山鸡了，但想到小芸一年到头忙碌着，就这么一点小小的要求，还不满足？于是，李计虎便硬着头皮进了几户乡亲家。

这几户人家听李计虎说要买鸡，有的说鸡一早上就放跑了，现在都散在山里，抓不着；有的则说鸡太小了，刚长成个儿，抓着吃怪可惜的。李计虎当然知道怎么回事，说一千道一万，人家根本不想卖给他！

没办法，李计虎只好把最后的希望寄托到李大爹家，李计虎拎着点心，鼓起勇气，敲开了李大爹家的院门，没想到开门的是李大爹的二儿子二水。二水一看院门口站着的是李计虎，立刻黑着脸说："我爹他不在家。"说着就要关上院门。

李计虎赶紧上前一步，用手推开了门："二水，我有件事要跟你说说。"

见李计虎站在门口不走，还用手把门挡着，二水只好说："有啥事进来说吧。"

进了院子，李计虎把点心随手放在院子里的石凳上，二水冷笑着说："干吗？城里人还给乡下人送起礼来

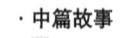

了？"李计虎只好赔着笑说："这是我临来的时候，给大爹买的点心，还有，二水，我想买两只山鸡带回去，你看看能不能给我逮两只……"

二水斩钉截铁地说："没有，一早上就放出圈了，早跑到后山找虫吃去了，哪里抓得着？"

见二水这么横，李计虎只好说："哦，没有就算了，我去别人家看看。"

二水把头一抬"虎子，实话告诉你吧，我家里不是没有山鸡，就是有，也不想卖给你！"

李计虎惊讶地看二水，顿时感到脸火辣辣的，像被人狠狠抽了几下，他开口不是，闭口不是，站在院子里。

二水像只斗胜的公鸡，越跳越高，越说越乐和："虎子，这么说吧，我们家鸡有的是，但我们家的鸡比较讲情义，比较值钱，所以，你要买也可以，一只鸡一百块，怎么样？你要同意，我这就去给你抓。"

李计虎勉强挤出点笑容："二水，咱们庄养出的鸡值这个钱……"说着，他从兜里掏出两张一百块的人民币，递给了二水，二水根本不客气，伸手接过那两张人民币，往兜里一装，就往院外走。

李计虎急了，问二水："二水，你去哪里？"

二水站在院门口："你不是要买鸡吗？跟我走啊，我上后山给你抓去。"

没办法，李计虎只好跟着二水出了院子，往后山走。路上，有人问二水去哪里，二水从兜里掏出那两张人民币，得意地晃了晃："虎子有钱，花一百块钱买一只鸡，这不，我上山给他抓鸡去呢！"

二水一路上吆喝着，差不多半个庄的人都知道李计虎花一百块钱买一只鸡的事，弄得一群闲着无聊的村民跟在他们屁股后头上山去看热闹。李计虎简直无地自容，他没想到二水居然想出这个法子来折腾他，羞辱他。

到了山上，二水拎着一个棍子，钻到厚厚的山草里，东一下，西一下，开始撵起了鸡，整个后山顿时被他搅乱了套。过了一会，二水顶着一头乱草钻出了草丛，笑嘻嘻地对李计虎说："虎子，你也看到了，山草太厚，我一个人逮不住鸡，你得给我搭把手，我们俩一起逮。"

李计虎眼见自己被二水拉上了架子，没了退路，一咬牙，挽起西服袖子，同二水一起钻进了草丛。李计虎在厚厚的草丛里爬着爬着，泪就落下了，他赶紧胡乱擦了几把，可很快，眼前的山草又模糊了。没一会，李计虎抓到了一只，可二水看了看就摇了摇头，让他把鸡放了："这不是我们家的鸡，是别人家的。"

眼看一个钟头快过去了，二水总

算逮到两只鸡，二水指着鸡翅膀上的红斑点说："这是我们家的鸡，你看这翅膀被我爹染成了红色。"

二水拎着两只鸡在前，李计虎跟在后头，两人顺着山路往回走，走到院门口，二水手悄悄一松，两只鸡就挣脱开来，没命地跑走了，二水赶紧甩了甩手，假意道："哎呀，这该死的鸡，啄我手了。"

李计虎当然知道二水是故意松手让鸡跑的，到了这个份上，他看出来了，二水是打心眼里不想给他逮鸡。

两人进了院子，见李大爹已经从田里回来了，正坐在院子里喝水。李大爹见李计虎一身脏兮兮地跟着二水进了院子，赶紧站起来问道："虎子来了，你咋弄得这么脏呢？"

李计虎不好意思地说："大爹，我跟着二水上山逮鸡去了。"

二水在旁边挖苦道："爹，虎子哥真有钱，愿意出一百块钱买我们家一只鸡，这不，给了我两百块钱，我上山去给他逮了两只鸡……"说着，又把那两百块钱掏出来晃了晃。

李大爹一听急了："孽种，你给我滚，有你这样的畜生吗？"

二水鼻子"哼"了一声，吹着口哨，一颠一颠地走出了院子。见二水

走了，李大爹赶紧进了屋，没大一会，从屋里走了出来，手里拿着一把零钱，他沾着唾沫把零钱数了数，不好意思地说："虎子，我这现钱还不够二百，这一共才一百六十七块钱，你先拿着，剩下的我以后想办法再还你，二水这孩子没上过学，性子暴，你别介意。"他边说边把那把零钱递到了李计虎面前。

李计虎立刻感到喉咙里有抽动的声响，他赶紧忍住了，眼泪涌到了眼圈却硬是没掉下来，他强作笑容，说："大爹，我不能拿这钱。说实话，我虎子真的连这两只鸡都不如，花两百块钱，我觉得值了。"

李大爹叹了口气说"虎子，我估摸着你这两天要来给你爹娘扫墓，山鸡我早就给你备好了。早晨我出门的时候，还特意嘱咐二水，说要是你来了，就把两只鸡拎给你，可没想到二

水这个畜生，居然还弄了这样一出，难为你了。"

李大爹蹲下来，把那摞零钱用块石头压住，点上烟袋说："虎子啊，乡亲们都说你变了，可你大爹知道你没变，我知道你急用钱，才开了这个口。刚开始我也没想通，后来我想通了，其实你在城里过日子比我们还难得多，在那里你是没人疼，没人爱，啥都要花钱，不比我们，吃的，喝的，烧的，用的，都可以自己弄出来。你说说，你这棵小树苗还没长几片叶子，大家都去摘，那还得了，大爹知道你活得累。"

李大爹不说"你活得累"这句还好，一说到这句，李计虎六尺高的汉子再也忍不住了，他背过身去，"哇"地一声，号啕大哭起来……

李计虎是抹着眼泪离开李家的，他拎着两只鸡，李大爹陪着，朝村口走去。走到村小学时，李计虎看见自己上小学时的那几间危房依然破破烂烂地立在那里，这校舍建了差不多有三十年了，李计虎站在校门口，想起城里车水马龙的街市和那些喝着牛奶、啃着面包的孩子，不由心酸起来，直觉得胸口隐隐作痛。

这时，正巧老校长从校园里走出来，见了虎子，赶紧上前拉着他的手说："这不是虎子吗？"接着，老校长叹着气说："虎子，你在城里，认识的人多，能不能给我们反映一下，现在这李家庄小学快要关门了，有好几间房子都是危房，现在三年级和四年级的孩子是轮着来上课的。"

李计虎跟着老校长走进了校园，转了一圈，直看得触目惊心，有几间房子正中间漏了天，能上课的几间房也好不到哪里去，四面漏风，八方漏雨，春寒料峭，孩子们在屋里冻得直哆嗦，皲裂的小手握着铅笔，在本子上吃力地一横一竖划着。

从学校走出来，李计虎的心更沉重了，他忽然感觉自己太无能了，他觉得自己日思夜想的老家太沉重了，他觉得自己要做的太多太多……

清明节回乡这一趟，李计虎第一次强烈地意识到："现在这个社会，有钱对一个人来说太重要了，尤其是从山窝里走出去的人。"这个从穷山庄里走出去的李计虎，多么希望自己能摇身一变，成为一个百万富翁啊!

## 4. 痛定思痛

转眼到了十月，李家庄小学那排旧校舍拆了，一排十八间红砖青瓦的新校舍建好了。县里的教育部门领导要亲自参加落成典礼，来庆贺这个山沟沟里的村庄有了新学校，同时来参加落成典礼的还有捐资建校的人。

落成典礼这天上午，坑坑洼洼的山路边，停了几辆小车。李家庄的人从一大早上，就擦亮眼睛等着那个捐钱给他们建校的人，可太阳老高了，那人还没来。

眼看预定的典礼开始时间快到了，还不见捐资人的影子，县教育局领导着急得不行，打电话过去问，那个捐资人说："对不起，路上出了意外，马上就到，车已经开到村口了。"

那个领导挂上电话，赶紧对台下村民说："捐钱建学校的人已经到村口了，等人家来了，咱们得好好鼓鼓掌。"

听到这个消息，台下立刻乱了起来，村民纷纷扭头向学校外的村路上看，想知道这个恩人究竟是谁。

不一会儿，一辆黑色的小轿车到了，整个操场响起热烈的掌声，可那辆车开到学校门口，就停在那里，车门一直关着，没人从里面走下来。

一分钟过去了，三分钟过去了，车门还是没打开。坐在主席台上的一个头头坐不下去，赶紧走过来，车门就在这时打开了，从车上走下一个浑身穿黑的女人。

等这个女人摘掉墨镜，坐在人群中的李大爹惊讶地喊道："哟，这不是虎子的媳妇小芸吗？"

不错，那人正是小芸，她转身从车里捧出一个用黑纱蒙着的方盒子，走到操场上的人群边，呜咽着说："乡亲们……虎子……他回来了。"说着，她揭掉了蒙着方盒子的黑纱，李大爹睁大了眼睛，顿时像被电击中了一样

——小芸捧着的是一个骨灰盒！

全场的人都傻了，他们没想到，出钱给李家庄建学校的人居然是那个"背叛"了他们的虎子，更没想到的是虎子居然已经离他们而去了！

小芸双眼肿得像桃子："乡亲们，虎子他不能开口说话了……我代他向你们道歉，向你们要钱，是我的主意，你们别怪他……"

接着，小芸把事情的经过说了出来——

原来虎子在一年前的单位体检时，查出肺部有阴影，复查时，才知

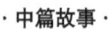
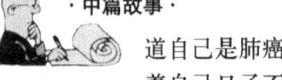

道自己是肺癌晚期，想着自己日子不多了，虎子有件事始终放心不下，那就是刚买的房子还欠下十几万的贷款，假如他死了，小芸一个女人怎么还这笔钱啊？想来想去，他最后狠下心向乡亲们要钱，加上他的两万多积蓄，又向单位申请提前支出部分年终奖，算是凑得差不多了。

清明那次回李家庄，虎子已经病得很重了，他强打精神来看看生他养他的这块乡土，看看帮着他走到今天的乡亲们，可看着老家的学校破成那样，他心痛极了，回到城里，虎子经过一番激烈的思想斗争，改变了主意，他把自己的病情向小芸坦白，又把那十几万块钱放到小芸面前，让小芸自己做个选择：要么拿去还房贷，要么帮着李家庄建新校舍。

听到虎子得了绝症的噩耗，小芸哭得眼皮肿成一条缝，最后，她擦干了眼泪，拉着虎子的手说："虎子，我是你的女人，你是李家庄的人，那我也算半个李家庄的人，这钱就拿去建校舍吧，房子的钱我以后慢慢还。"接着，两人通过上级教育部门，签好了捐助方案，签完方案不久，虎子病得更重了，整日里捂着胸口疼得死去活来，他多么想亲自来看看李家庄的新学校啊，可他的病一天比一天重，就在前天，虎子离开了人世。今天一大早，小芸就赶到市火葬场，把虎子的尸体火化了，

接着雇了辆车，带着虎子的骨灰盒直接从火葬场赶到了落成典礼的现场。她答应过虎子，一定会亲自带他来参加这个特殊的落成典礼的。

小芸走到台前，深深鞠了一躬："乡亲们，虎子向你们讨钱，我代他向你们道歉了。虎子他临走的时候说，这辈子，他挣的钱不多，勉强给乡亲们建了新学校，等这些读书的孩子们长大了，就不用再向别人借钱了，就可以借钱给别人了。"

台下的村民中有人开始哭起来，刚开始是一个人哭，慢慢的几个、几十个人在哭，最后台下的人哭成了一片，李大爹老泪纵横地说："虎子，我们错怪你了，虎子，你原谅你大爹吧！"二水躲在操场一角，哭得鼻涕一把泪一把，口口声声地喊着："虎子哥，虎子哥……我不是人，一只鸡卖给你一百块，我对不住你啊……"

李家庄小学落成典礼很快开完了，典礼之后，在通往东山李家坟地的崎岖山路上，出现了一支长长的送丧队伍：一个浑身着黑的女人捧着一个骨灰盒走在队伍的最前面，在她身后，是穿着各异的长队，他们是李家庄留在村里的全部男女老少——359名村民，一头白发的李大爹，走在人群中间，他一把一把向天上洒着纸钱，悲伤地喊道："虎子回来喽，我们的虎子回来喽……"

（题图、插图：杨宏富）

· 中篇故事（精编版）·

危机四伏的丛林荒岭，深不可测的恩怨陷阱，一群伐木工经历了一场惊心动魄的冒险……

# 别把恩怨
# 想错了

□ 陈　婧

## 1. "坐山"

**这**三百六十行中有不少"帮"，讨饭的都有"丐帮"，民国时期又有个叫"木帮"的，这"木帮"是什么呢？它就是砍林伐木、做木头生意的，吴运起就是一个"木帮"的把头。昨天晚上吃饭的时候，吴运起总觉得右眼皮子"吧嗒"、"吧嗒"不停地跳，果然，今天早上一上山便碰上了晦气事儿！

为了伐到更好的树，吴运起带着众伙计放弃原来的林地，转到老爷岭的这片山头，凭着他多年伐木放排的

经验，一眼就看出这片林子绝对都是好材，于是带领众人向山上爬去。俗话说"望山跑死马"，更别说要找那些好材好木了，等吴运起和众人到达山上的密林时，一个个早累得上气不接下气了。

吴运起向众兄弟挥了一下手，招呼大伙儿歇一会儿，然后一屁股坐在地上，准备从腰里掏烟袋。

就在这时，突然，一阵惊呼从耳旁炸响："你给我起来！"吴运起一回头，只见二把头冯忠平正在大发脾气，冯忠平几步蹿上前，对着一个被称作"哑巴"的汉子狠狠一脚，哑巴被踹出老远。冯忠平还不罢休，他抢步上前，一把扯起哑巴，抡拳就要打，吴运起见此情景，大吼一声："老二，你干啥？"

"大哥，"冯忠平扭过头一指，"你

看这王八羔子坐哪儿了！"

吴运起顺着冯忠平手指的方向一看，不由心头一阵抽搐：就在哑巴刚才坐的地方，一个矮矮的树桩出现在草丛里！山里人大都信山神，放山、伐木、放排的闯山人更信山神，他们都知道，山上的树桩绝对不能坐，因为那是山神老爷的饭桌子，如果谁乱坐了树桩，肯定就会大祸临头。吴运起看到这里，右眼皮子顿时又"吧嗒""吧嗒"地跳了起来。

冯忠平觉得哑巴得罪了山神爷，抡起巴掌就打，打得哑巴的嘴角鲜血直流，吴运起一把扯住冯忠平，说："他对咱这上山伐木、下水放排的规矩不太懂，别跟他计较。"

接着，吴运起亲自取出香烛纸马，在刚才哑巴坐的那树桩前摆设开来，然后单腿跪地，拈起三炷香，虔诚地祷告起来："山神爷，我们弟兄为了谋口饭吃，来到您的老爷岭，我们本打算先拜您的，然后再弄点儿柴，可我这位哑巴兄弟入伙日子不长，不懂山里规矩，误坐了您的桌子，还求山神老爷看在他是废人的份上，宽恕我们无心之过，保佑我们平安！"说完，他双膝跪倒，磕头上香。

紧接着，冯忠平带领众伙计也全都跪倒，虔诚地磕头下拜。

磕过头、赔了罪，吴运起站起来，神色肃穆地说："各位兄弟，像这

样的事儿以后绝对不能再发生，好了，咱们开锯放树吧！"

冯忠平指了指哑巴，说："大哥，这个王八羔子留着他干吗？他本来就不是咱们的生死弟兄，让他快点儿滚吧！"

吴运起看了看哑巴，往事不由浮现在眼前……

吴运起是关东有名的闯山、伐木、下水、放排的把头，他为人重情重义，一诺千金，在木帮里是响当当的人物。半年前，他和冯忠平在回窝棚的路上碰到一个冻僵了的人，闯山人都相信"相逢就是缘"，吴运起当即就把那个人救了回去。那人由于冻得太久，吴运起只好脱光衣服，和众弟兄轮流用身体暖他。一天一宿后，那个人终于被救了过来，可没想到他竟然是个哑巴，虽然能听懂别人说话，可他自己说起话来却是"呜哩哇啦"的，很难听懂，吴运起和冯忠平又是猜又是想，总算大致上明白了：这哑巴也是关东人，孤身一人，到处流浪，他感谢吴运起救了他，并表示就是当牛作马也要报答他们的恩情，还求吴运起赏他一口饭吃。吴运起见哑巴孤苦伶仃，便把他留了下来。哑巴很勤快，像牛马一样为木帮兄弟干活，特别是吴运起断腿那次，他接连半个月没有离开过吴运起，精心侍候，直到完全康复。如今，哑巴学会了不少伐木放排的技术，吴运起便把他带上了

老爷岭，谁知头一次上山便发生了意外……

想到这些，吴运起的心肠又软了，他对冯忠平说："老二，都是在山里混的，人不亲林亲，再说哑巴平时对咱们还真不错，谁还没个一差二错呢，他又不是故意坐了桩子，算了吧。"说着，吴运起又一摆手，"开工！"

锯声响亮，刨花飞扬，大伙儿都忙活了起来，哑巴也拿起手锯，看好了一棵高大的红松，走了过去，在树根下坐好，精心拉了起来，一会儿，手锯终于锯透了大树，哑巴抓下帽子，擦了擦满头的大汗，终于长长地出了口气，可就在这时，大伙一下子惊住了，因为哑巴锯的这树虽然已经锯透，可没有倒下，而是直直地坐在树桩上！

这种现象叫"坐山"，是伐木时极少遇到的凶象，这表明山神爷已经生气了，大伙清楚，碰上了坐山，伐树的人要特别小心，绝不能轻易动弹，因为坐山极邪，人不动树不动，人一动树立动，而且会顺着人动的方向以迅雷不及掩耳之势飞速砸下，遇上"坐山"的人十人九死！

大伙的脸一下就变白了……

## 2．祸事

哑巴扭转身，拼命地喊叫起来，听到喊声，吴运起从远处奔了过来，一见树断而树身未倒，禁不住额头也渗出汗来，他对满脸惨白的哑巴嚷道："别动！"可这时哑巴却已经在"动"了：他"哇哇"叫着，把手里的帽子朝着吴运起扔了过来，意思是求他快点儿救自己，谁知这帽子一扔，那棵稳稳坐立的大树突然"呼"的一下倒了，并且顺着帽子的方向，闪电般向吴运起砸去……

其他闻声赶来的伐木汉全都吓呆

了："把头——"

"大哥！"随着一声惊呼，一个黑影猛地冲了过去，死命地朝着吴运起一推一撞，吴运起整个人都被推得"飞"了出去，"砰"的一声摔在地上，与此同时，那棵大树"轰"的一声砸了下来，震得众人脚下都一阵颤抖。吴运起急忙爬起来，这才看清救自己的正是冯忠平，而此时他已经被大树砸得血肉模糊……

"老二！"吴运起惨叫一声，发疯般奔过去，拼命推着大树，想把冯忠平的尸体抢出来，其他人也随即奔了过去，众人挪动大树，把冯忠平的尸体搬了出来。哑巴缓过神来，跪倒在冯忠平的尸体前，声嘶力竭地"哇哇"叫着。

"叫啥叫！都是你葬送了我的好兄弟！"吴运起两眼通红，飞起一脚，把哑巴踹倒在地，哑巴老半天才爬起身来，看了一眼满脸愤恨的众人，"砰砰"磕了两个响头，擦了一把脸上的泪水，扭头向山下跑去。

"哑巴！"吴运起一愣，急忙叫了起来，可是，哑巴却已经消失在密林之后……

初上老爷岭便葬送了二把头冯忠平的生命，吴运起伤心欲绝，抬了冯忠平的尸体，和众人一起回到营地，为冯忠平准备起了后事。

这天傍晚时分，突然，门"砰"地一开，哑巴闯了进来，只见他满眼含泪，衣衫破碎，双手撑着衣襟，衣襟里兜着满满的山丁子果。哑巴几步来到冯忠平的灵前，双膝跪倒，把山丁子果端端正正地摆好，随即"哇"的一声哭了出来。

吴运起浑身一震，他知道，冯忠平平时最喜欢吃的就是山丁子果，再一看哑巴那破碎的衣衫，他明白了，哑巴是为冯忠平寻找山丁子果去了，吴运起心头一酸，一把搂住哑巴，两个人失声痛哭起来。

天全黑了，屋里掌起了灯，吴运起让哑巴和其他兄弟全去歇息，自己准备在这里陪冯忠平一宿。众人离去后，屋里只剩下吴运起一个人，他坐在地上，呆呆地看着冯忠平的尸体，伤心欲绝地哭泣着："老二啊，你咋那么傻呀，不顾自个儿的命救我，现在你走了，你让老哥我咋活呀？"

死尸无言，可就在这时，轻风吹动，吴运起感觉身后有什么东西猛地扑了过来，他霍地转身回头，一下子呆住了——

## 3．灭狼

吴运起看到的是：两只绿莹莹的眼睛，一张通红的血盆大口，两排冷气森森的利牙，狼！吴运起惊叫一声，就势一滚，躲过了扑上来的那条野狼，一伸手，从地上操起了一把开山利斧，顺手一挥，狼狠地砍了过去，寒光一闪，鲜血迸飞，那条野狼的尾巴被齐齐砍断，断了尾巴的野狼狂嚎一声，猛地扑向冯沈平的尸体，将尸体撕扯得面目全非，吴运起大骂一声"畜生"，操起斧头就向狼扑了过去，就在这时，门口黑影一闪，又一条野狼扑了进来，双拳难敌四手，一人难斗两狼，就在这万分危险的时候，门"咣"的一声被踹开，众弟兄举着斧头、刀、枪冲了进来，两条狼见人多势众，嚎叫一声，夺门而去，消失在夜色之中。

吴运起握着斧头，带着众人追狼。两只恶狼非常狡猾，七蹿八蹿便消失得无影无踪。吴运起虽然常在山里转，和野兽常打交道，也会辨认狼迹，可夜晚不比白天，所以他追了老半天也没有找到狼的踪迹，此时天已渐亮，吴运起一眼就看到了地上的血迹，他知道，一条狼的尾巴已经被自己砍掉，顺着血迹就可以找到狼窝，于是，他朝着众兄弟一挥手，循着血迹，一路找了下去。

很快，一个狼洞出现在面前，吴运起仔细观察了半天，知道这是狼洞的主要出口，他叫一个伙计守在这里，又四下寻找起来，足足找了两炷香的工夫，又有两个隐蔽的出口被找到，吴运起让弟兄们分别把守，然后又来到狼洞主出口前，叫人找来枯枝干柴，在出口前堆好，一把火点燃，顷刻间，滚滚浓烟向着狼洞深处扑去。

片刻后，狼洞里便传出一阵阵凄厉的嘶嚎之声，紧接着，一条恶狼猛地冲了出来，吴运起手起斧落，"咔嚓"一声，开山斧挂动寒风，从野狼的腰胯处劈过，一股鲜血像喷泉一样四处迸溅，野狼被劈为二截；说时迟，那时快，又一条野狼冲了出来，但它很快也死在吴运起的斧头之下，最后，又有几只小狼崽爬了出来，也被吴运起一一劈死。

毫无疑问，这正是晚上大闹灵堂的那两只野狼，吴运起看了看一片狼藉的野狼尸首，一脚踩住狼皮，把开山斧上那鲜红的血迹在狼皮上擦了个干净，这时，东方一轮血红的太阳已

慢慢升起，天亮了。

野狼大闹灵堂，这令吴运起十分烦恼，因为山里人都知道，狼是山神老爷养的"狗"。白天哑巴坐了山神老爷的饭桌子，当天山神爷便用大树砸死了冯忠平，晚上，山神爷养的"狗"便来大闹灵堂，看来，山神老爷真的生了他们的气，众兄弟想着想着，一股寒意从脊背处暗暗而起。

吴运起看了看众人，沉着脸，说"咋了？怕了？要怕你们就卷铺盖下山，我一个人送老二入土。"一句话惊醒了众人，有人开口说道："大哥，二哥和你带领我们出生入死，没有你们就没有我们，别说几条狼，就算真是山神爷来了，我们也不会离开你，咱们这就送二哥入土。"

"好，把这几条狼都带上，咱们要用它们给老二祭坟！"

"大哥，这可是山神老爷的狗呀，咱们……"

吴运起气得脸色发青："你们……"

哑巴"哇哇"叫了几声，挤过来，捡起野狼，背在背上，转身向前走去，看着哑巴越走越远，众人互相对视了一下，这才纷纷捡起死狼，慢慢向营地走去。

突然，走在前面的哑巴"哇"地叫了一声，一个跟头倒在地上，吴运起急忙奔了过去，大吼一声："怎么了？"哑巴颓然坐在地上，说不出一句话来，吴运起细细一看，只见哑巴的左小腿处有两个清晰的牙印：他被毒蛇咬了!

# 4. 蛇伤

吴运起急忙蹲下来，用嘴对准伤口，拼命吸了起来，接连吸出几大口乌血，然后取出随身携带的解毒药，给哑巴敷上。

哑巴让蛇咬了，众人脸上又添加了一层霜雪，在山里人的眼里，蛇是山神老爷的"钱串子"，也就是"蚰蜒"，是一种喜欢潮湿的节肢类昆虫，吴运起他们杀了山神爷的"狗"，还没来得及回到家，"钱串子"就出来咬伤了哑巴，看来他们所有人都已经是凶多吉少了!

吴运起看了看众人，默默地夺过野狼，抢起斧头，把狼头砍下，然后拎起两个狼头，说："其他的都扔掉吧，你们搀好哑巴，咱们回营地。"

一路无语，众人回到营地，哑巴的腿肿得老粗，不便行走，吴运起便把他安顿在自己的住处，自己带着众兄弟，抬着冯忠平的尸体，向坟地走去……

哑巴行动不便，无法亲自送冯忠平下葬，他留在营地上也不闲着，为大家准备起了饭菜，饭菜刚刚准备好，吴运起便推门走了进来，哑巴看了看，见只有吴运起一人，不由一愣，一边比划，一边"呜哩哇啦"叫了起来。

吴运起苦笑了一下："你是问那些人是吧？他们不回来了，走了，他们说咱们得罪了山神老爷，山神老爷要收咱们去，他们都吓坏了……我不能逼着他们和我一块儿受罪、受死，所以就让他们各自逃命去了，哑巴，你也走吧。"

哑巴摇了摇头，比划了半天，眼泪淌了下来。

吴运起看了看哑巴，说："哑巴，我明白你的意思，你是说咱们是弟兄，生在一块儿，死在一起，对吗？"

哑巴使劲儿点了点头。

"好兄弟！"吴运起鼻子一酸，"那些会说话的人还不如个哑巴，来，咱喝酒！"

哑巴和吴运起一起举起了酒碗，突然，吴运起停了下来："慢！哑巴，你这碗就先别喝了，出门，朝着老二坟的方向把酒倒了，我在屋里干下这碗，也算我和老二一块儿喝了这头一碗，去吧！"

哑巴点点头，端着酒碗走出门，朝着冯忠平坟的方向，倾碗倒酒，然后又向四下仔仔细细地寻视了半天，四下无人，整个老爷岭里仿佛就只剩下了他和吴运起。这时，屋里突然传来一声脆响，仿佛什么东西掉在了地上，哑巴急忙转身走了回来，只见一只酒碗碎在地上，吴运起趴在桌上，

身子在不停地抽搐，他挣扎着抬起头，眼里喷射着怒火："酒……酒里有什么？"

哑巴定定地看着吴运起，慢慢地，他的脸上露出了一丝冷冷的笑容："我在酒里下了毒……"

"你会说话？"吴运起大惊失色，"你……你到底是谁？"

## 5. 真相

"我叫雷永露，不知道这个名吧？可另一个名你一定知道，两河镇的芦花！"哑巴看着吴运起，目光里

充满了仇恨，"我是芦花的男人！"

"芦花的男人……你没死？"

雷永露铁青着脸，咬牙切齿地说："你们两个奸夫淫妇倒是盼着我死呀，可是老天有眼，没让我死，还让我来报仇。一年前，你们放排路过两河镇，两河镇是你们放排汉必经也必停留的地方，还是你们放排汉找女人的地方，你这个畜生竟然找了芦花那个贱女人。当时我正有病，芦花大概以为我这病肯定好不了啦，死定啦，竟然不管我还剩着一口气，开始想起了下一步。她知道你们放排汉手里有钱，便勾搭上了你，你们两个奸夫淫妇……后来你走了，芦花还是留在了两河镇，她做梦也没想到我这病会好，我又活了过来，大丈夫生在世上，岂能容忍这等下贱女人，我按族规把她沉河了！"

"什么，你杀了芦花？"

"心疼了？杀了这贱女人我还不解气，我还要杀你！于是，我一路到关东来寻你复仇。这一路上，我也学了一些伐木放排的本事，可谁知刚到你常转悠的地界就冻晕过去了，老天有眼，偏偏是你救了我，我就留在了你的身边，那时我才发现你的兄弟多，我杀你真不容易下手，所以我就等机会。前天晚上你说眼皮子跳，我就决定装神弄鬼来杀你，所以上山的时候我故意坐在树桩子上，其实我什

么都清楚，就是为了让你们恐慌，'红松坐山'是我在寻你的路上花了整整一百块大洋，向一个老放排把头学的绝活，我就是想用倒树砸死你，没承想冯忠平替了你！"

"然后你假借去给老二找山丁子果，其实是摸了那个狼窝，弄死一条狼崽带了回来，就扔在灵堂外的草堆里，夜里两条野狼寻着狼崽的气味儿找上来，和我拼了命，其实这是你故意设下的陷阱！"

雷永露一愣："你怎么知道的？"

吴运起没有回答，还是自顾自地说着："灭了群狼，你先往回走，其实是在想怎么杀掉我，可你万万没想到会让老二下葬，而在酒中下了毒，好等我们回来全部毒死，对吧？"

"我杀了你！"雷永露以极快的动作伸手从绑腿里抽出匕首，扑了上来，吴运起飞起一脚，正端在雷永露的胸口，雷永露"扑通"一声摔倒在地，他刚要爬起，门"砰"地开了，众兄弟"呼啦"冲了进来，把雷永露死死按在了地上。

其实众兄弟根本就没走，是吴运起故意布下的疑阵，吴运起看着雷永露，说："知道我是怎么估摸出是你把野狼引来的吗？你以为野狼肯定会把狼崽叼走，可是你错了，在我们的追赶下，野狼来不及叼狼崽就逃了，我是在灵堂外草堆里发现那只狼崽才想

到有人捣鬼的，可我也没敢肯定那人就是你，后来你让蛇咬了，我这才确认捣鬼的人就是你。"

"为什么？"

吴运起怀疑"哑巴"是有缘故的。关东人会抽烟，特别是闯山人更能抽烟，而且常常抽味重、劲大的蛤蟆头旱烟，因为抽烟可以提神儿，也可以熏蛇防虫。"哑巴"——也就是这个雷永露，他也抽烟，起初吴运起以为他也是地地道道的关东人，可是，蛇虫对烟味的反应最敏感，吴运起他们所有人都没有让蛇咬过，而唯独雷永露让蛇咬了，这说明他身上的烟味太淡，证明他抽烟的时间短，于是吴运起就起了疑，他故意留下了雷永露，又让众兄弟暗中埋伏，他一个人回来，又找借口把雷永露支应出去，然后他假装中毒，其实他是把那碗酒倒了，随即摔碎酒碗，雷永露以为吴运起中了毒，马上就露出了真面目。

听完了这些，雷永露两眼血红，骂道："你这个畜生，我只杀了淫妇杀不了你，就是死了也不放过你！"

吴运起拍案而起，怒声呵斥："你放屁，你杀了芦花，真是作孽啊！你知道吗，她是天底下最好最好的老婆，最好最好的女人啊！"

"她是你的最好最好的女人，对我来说，她是贱人！"

吴运起扑上前去，"啪啪"给了雷永露两记耳光："知道芦花为什么要找我吗？是为了救你呀！当时你病了，重病，已经昏迷不醒，可是芦花没钱抓药治病，为了救你，她宁愿陪人睡觉挣药钱，她知道我是放排的把头，就找到了我，并和我说了实话，我给了她十块大洋，看来正是那十块大洋救了你，可是你却杀了她！"

雷永露一愣："我不信……为什么没人跟我说？"

## 2009年"《故事会》最有影响力的故事"征文启事

为鼓励多出优秀作品,《故事会》杂志社决定继续举办2009年"《故事会》最有影响力的故事"征文大赛,并对优秀作品实行四大奖励措施:

1. 入选作品除在杂志上发表外,还将收入《第一推荐·最具人气的故事E》一书;
2. 入选作品可得两笔稿酬: 在《故事会》杂志发表的作品,首发稿酬每千字400元;获"《故事会》最有影响力的故事"优秀作品奖,再追加每千字1000元; 3. 入选作品均颁发奖励证书; 4. 本刊将邀请有关作者参加年底的颁奖大会,所有费用均由编辑部承担。

征稿范围: 1. 具有现实感、新鲜感且可读性强的中短篇(包括超短篇)原创作品;
2.故事性强、有口传性、能引起读者兴趣的推荐作品。

超短篇(如"幽默故事")的字数一般在1500字以内, 短篇(如"中国新传说")的字数一般在5000字以内, 中篇故事的字数一般在15000字以内。

来稿方法: 1. 从邮局寄发, 请在信封上注明"征文大赛"字样, 本刊地址: 上海市绍兴路74号《故事会》杂志社, 邮编: 200020。

2. 从网上传递, 可寄各责任编辑信箱, 请在主题上注明"征文大赛"字样, 本期责任编辑的信箱是: xiaomeng.ye@gmail.com。

---

"你问过别人吗?"

雷永露张口结舌,愣在那里:"就算她是为了我,可她和你睡了,也违了妇道,她也该死!"

吴运起的两眼满是泪花:"芦花真是瞎了眼,嫁了你这么个狼心狗肺的男人!她为了你什么都不顾了,可你却为了自己所谓的尊严把她沉了河!不过我告诉你,芦花是清白的,我给了她十块大洋不假,可我根本就没碰过她!"

"谁信呀!"

"你过来看吧!"吴运起一把扯开裤带,悲痛地闭上了眼睛,"放排的就怕崩排,五年前,我放排时崩了,满江飞蹿的木头正好撞在我这儿,我打那时候就废了,这件事儿只有老二知道。其实每次放排经过两河镇,我带

弟兄们去找女人,我都是装模作样,可是我做梦也没想到,就因为这个事儿害了芦花……"

"怎么会这样?"雷永露听完这些,一下瘫在地上,继而疯狂地捶打着自己的脑袋,"芦花,我……我对不起你呀……"

"你真的对不起芦花,你不配做男人!"吴运起说完,带着众人走了出去。

一年后,吴运起放排又经过了两河镇,雷永露也随着木排到了镇上,他为芦花建造了牌坊,又为芦花举办了隆重的葬礼,并亲自披麻带孝,为芦花打幡。打那以后,吴运起带着他的弟兄们每次经过两河镇时就多了一条规矩: 再也不找女人……

**(题图、插图: 黄全昌)**

# 新职员到岗

**老板：** 万分欢迎，没有你，我们的公司肯定大不一样！

**职员：** 如果工作太累，搞不好我会辞职的。

**老板：** 放心，我不会让这样的事情发生的！

**职员：** 我双休日可以休息吗？

**老板：** 当然了！这是底线！

**职员：** 平时会天天加班到凌晨吗？

**老板：** 不可能，谁告诉你的？

**职员：** 有餐费补贴吗？

**老板：** 还用说吗？绝对比同行都高！

**职员：** 有没有工作猝死的风险？

**老板：** 不会！你怎么会有这种念头？

**职员：** 公司会定期组织旅游吗？

**老板：** 这是我们的明文规定！

**职员：** 那我需要准时上班吗？

**老板：** 不，看情况吧。

**职员：** 工资呢？会准时发吗？

**老板：** 一向如此！

**职员：** 事情全是新员工做吗？

**老板：** 怎么可能，你上头还有很多资深同事！

**职员：** 如果领导职位有空缺，我可以参与竞争吗？

**老板：** 毫无疑问，这是我们公司赖以生存的机制！

**职员：** 你不会是在骗我吧？

如果大家从上往下读不觉得有趣的话，不妨试试从下往上读吧！

（推荐者：田 芳）

· 3分钟典藏故事 ·

# 那夜，那怀抱

女人遭到了男友的背叛，决定离开这座城市，那天很冷，女人坐上长途汽车后，一直沉浸在悲伤中。黄昏时分，车子出了一些故障，司机和助手下车去检修，直到天色暗下时，车子依然没能修好。天空开始飘起雪花，女人感觉到寒意，她这时才意识到车子停在悬崖边上，可怕的是车子里的温度在急剧下降，车子如果修不好，空调便无法打开。大家开始裹紧衣服，只有女人无动于衷，她觉得生死根本算不了什么。车内的温度降到零下三十多度，女人开始支撑不住，一天水米未进，加上悲愤绝望，女人开始神志涣散。昏迷中，她仿佛看到了妈妈，还看到了那个给了她美好

却又生生夺去的男人。女人忽然觉得又被他揽入怀抱，很温暖，女人沉沉睡去。

等女人醒来，车子已经开始启动，空调也开始吹出暖风。女人蓦然发现自己依偎在一个陌生男人的怀里，她慌忙闪离了男人。男人见她醒来，很温顺地笑了，然后打趣地说道："总算醒了，真怕你一不小心过去了！别人都以为我们是恋人，你可得谢谢我的怀抱，好好活着哟！"

当生命面临着威胁，当你无法抉择时，一切都不算什么！记得那个男人的话：好好活着！

（作者：马　丽；推荐者：紫　陌）

老李是一名销售员，专门销售安全玻璃，他的业绩在公司年年保持第一名。在一次业务员的颁奖大会上，公司老总问他，有什么独特的推销方法介绍给大家。老李说："我的方法其实很简单，一锤子买卖，每当我去拜访一个客户的时候，我的皮箱里总是放了许多小块的安全玻璃，我随身也带着一个小铁锤。每当我到客户那里后，我会问他，你相不相信安全玻璃？如果客户说不信，我就把玻璃放在他们面前，然后拿锤子往玻璃上一敲。当他们发现玻璃真的没碎时，其实买卖也

## 一锤子买卖

80

就直接成交了。"

自从老李讲完这个故事以后，公司几乎所有的销售员都开始模仿他的做法，但经过一段时间，那些销售员发现老李的业绩仍然维持第一名，对此，他们觉得很奇怪，于是，在第二年的业务员颁奖大会上，公司老总又问了老李同样的问题。老李笑了笑，说："我的秘诀仍是一锤子买卖，只不过，当其他业务员在模仿我的时候，我就换了另一种销售方式：把玻璃放在客户的桌子上，把锤子交给他们，让他们自己来砸这块玻璃。当其他销售员都自己给客户演示时，其实已经有人开始怀疑销售员在玩手法，这个时候我就让他们自己动手。"

同样是"一锤子买卖"，带来的却是两样的结果，如果只是一味模仿别人的做法，而没有自己的创新，那就只能永远跟在别人的后面。

（作者：黄美姣；推荐者：王湘蓉）

## 迟到的十五分钟

有一对夫妻靠贷款买了辆出租车，每天他们两人轮流开车挣钱，妻子开白班，丈夫开夜班。每天交车的短短几分钟，成了夫妻俩一天中唯一可以交流的时间，那时，丈夫总是冲妻子笑笑，说，注意安全，然后就将钥匙甩给妻子。

可是那天冬夜，丈夫回来得晚

了，在等待的这十五分钟里，妻子有些坐立不安，丈夫回家后，解释说，回来时有人打车，又多跑了一趟。

可是第二天，到了交车的时间，妻子又不见丈夫的影子。这次妻子给他打了电话，电话里的丈夫赔着笑脸说，马上，马上。放下电话不足一分钟，丈夫就回来了。妻子生气地问丈夫："你是故意的吧？"丈夫有几分羞赧地说："是吧。天天神经崩那么紧，可怎么行……想让你，多休息一会儿呢。"妻子怔了怔，说："你回来得晚了，我的心都提上了嗓子眼，还怎么好好休息？"丈夫嘿嘿笑着"其实也不晚吧，我只抽掉两根烟……我知道只要我回来，你接了钥匙就跑……"妻子听了，捏紧拳头，打在丈夫的后背，说："知不知道这十五分钟，我有多担心你！我一遍遍地跑到阳台上，一遍遍地念叨着你和车子。"她说完，眼睛湿润了……

有时候，平淡也是一种幸福，它像流水一样绵延不断地滋润着心灵。

（作者：周海亮；推荐者：紫　陌）

（本栏插图：安玉民　梁　丽）

学写作文，
从读故事开始

# 一串
# 阿拉伯数字

□ 无字仓颉

马兵和刘士进城逛荡了大半年，先后在几家工地干过，都没干长，眼看到了年底，身上的钱也快花光了，回家的路费都成了问题，两人一合计，准备"干一票"再走，空着手回去，多让乡亲耻笑啊！

两人走进了一个小区，走上一幢居民楼，走到五楼，突然听到一户人家的屋里传来唱歌的声音，两人相视一笑：就这家了，咱是抢劫而不是偷盗，找的就是人！

马兵上前敲门，门一打开，两人傻了眼：开门的竟是个眼睛深蓝、鼻梁高耸的中年老外！这个老外见了两人，先是用中文说了一句生硬的"你好"，随后便掏出手机拨打了一个电话，接着便将手机交到马兵手里。

马兵呆呆地接过手机，听到电话里有人说："您好！我是威尔斯先生

的房东，请问您有什么事？"马兵这才明白眼前这个老外是房客，电话里的那人才是房东，他慌忙说："没事没事，找人的。"说完，他赶紧把手机还给老外，拉着早已退到门口的刘士急急地走了。

两人一口气跑下楼，跑到一个花坛旁边才回过神儿来，马兵气喘吁吁地说："妈的，这个老外倒也聪明，中国话说不好，干脆一遇上人就给房东打电话。"刘士说："不是抢劫吗？咱们跑什么呀！老外语言不通，更好抢！"

接着，两人鼓起勇气壮起胆子，再次上楼敲门，手里拿着工地上干活用的工具，马兵掂把锤子，刘士捏把锥子。门开了，老外见了他俩，又转

身拿出手机拨了号码交给马兵，马兵一边关上门，一边硬着头皮接过手机，电话里又传来那人的声音："您好，我是房东，请问您有什么事？"

马兵一横心，冲着电话里喊了一句："我们是来打劫的！"接着，他把手机递给威尔斯先生手上，指了指手机，示意他跟房东通话。威尔斯疑惑地看了马兵一眼，将手机放到耳朵旁边，"叽里呱啦"地和房东说了起来，说完，那老外又冲马兵摆摆手，说："wait,wait"，意思是让他们先等一下，他到里面拿钱。马兵和刘士虽然没听到房东和这个老外说了些什么，但现在老外乖乖地到屋里去拿钱了，看来房东无非是说了些"好汉不吃眼前亏"之类的话，哈哈，这就对了嘛，两人互望了一眼，心里都喜滋滋的：打劫原来这么容易啊！

不大工夫，威尔斯先生从里面出来了，手里拿着张白纸。马兵接过来一看，白纸上写着一组数字："34982.5、35013.2、30.7、76.75。"马兵疑惑地看看威尔斯，又回头看看刘士，弄不懂什么意思。威尔斯冲马兵一耸肩，指着那张纸"叽里咕噜"说了一句英语，马兵哪听得明白？

刘士将纸要过去看了一阵，对马兵说："是不是老外要咱们选一个钱数？"

"哦？"马兵想了想，觉得有可能，嗨，这老外就是有意思啊，抢劫还征求我们的意见！马兵重新将那张纸要了过去，指着最大的一个数字——35013.2，对威尔斯说："这个，这个！"威尔斯将纸要过去，看了一下，说："yes,yes！"

这回马兵听懂了，老外在说"是，是"，那是表示同意他们的选择，那可是3万5千块钱啊，马兵冲威尔斯一伸手，意思是将钱拿来，威尔斯很快明白了，于是就掏出一个钱包，在里面摸索了一阵，掏出几张纸币交给马兵。

马兵接过来一点：76块8毛，跟纸上最后面那个数字接近，马兵知道老外误会了，摇摇头说"no,no"，又

指着最大的数字对威尔斯说:"这个,这个!"

威尔斯看了看,又说:"yes! yes!"可说完后却没有加钱的意思,马兵急了,心里在想,老外不守信用啊,白纸黑字还要赖账!

眼看时间过去了十多分钟,不能再拖延下去了,万一有点风吹草动就难脱身了。马兵突然想起了看电视时记住的一个单词,意思是"钱",便扬了扬手中的锤子,冲威尔斯大喊:"money!money!"

威尔斯有些慌了,指着马兵手中的票子,一急也冒出了仅知道的一点

中文:"这里,这里!"

真要命,谁也明白不了对方说的是啥意思,马兵和威尔斯都僵在那儿了。刘士眼珠子一转,想到了什么,指着威尔斯手里的手机,用手做了个打电话的手势,意思是让威尔斯问房东,威尔斯明白了,赶紧用手机拨号……几秒种后,门外突然响起手机音乐声,马兵和刘士还没反应过来怎么回事,门突然被推开了,一个中年男子手里拿着钥匙冲进来,身后还跟着两个警察,警察一进来就冲马兵他俩大喊:"站住,双手抱头蹲下!"

马兵、刘士束手就擒,缩着脑袋垂头丧气。

在派出所里录口供时,马兵不解地问房东:"纸上那几组数字到底代表什么意思?"

房东诡秘地一笑,说"我压根儿就没告诉威尔斯先生你们是劫匪,我说你们是来收水费的,并一再叮嘱他要把数字搞清楚,别多交钱。喏——最前面的数字是上个月的水表数,紧接着是这个月的表数,第三个是数字差也就是用的水方数,第四个是应交的水费。我们这里1方水两块五,30.7方正是76.75元,威尔斯先生给了你们76.8元,没少给嘛!哈哈哈,要不是这样,怎么能拖住你们呢?"

马兵和刘士听了,张大着嘴傻在那里……

**(题图、插图:安玉民 梁 丽)**

# 侦破小说的
# 末路

□ 常 山

明君是个很棒的侦破小说作家，他以侦探摩斯为主人公，出版过几本侦破小说。这天，他应约去见肖鸿星，肖鸿星是"大侦探"出版社旗下《侦探社》月刊的编辑部主任，是个实权人物。在主任办公室里，肖鸿星对明君说："明先生，请你来，是想请你为我们写一部侦破小说，13万字左右，先在《侦探社》一期发完，然后由我们出版社出单行本。出于对你才华及信誉的信任，我可以先把杂志的稿酬预支给你。"

明君接过一个大牛皮纸信封，打开一看，不由眉开眼笑，那是很厚的一叠，他问："多长时间交稿？"

"时间嘛，30天。业界都知道，你

是出名的快枪手，30天应该足够了。"肖鸿星笑了笑，拿起办公桌上一张打印纸，继续说"故事的大纲我替你拟好了：一个富家千金，尚待字闺中。一天清晨，她被发现死在自己的寓所。门窗都没有撬动的痕迹，完好无损，而且防撬门窗里面都有插销，不管用钥匙还是请开锁高手，都无能为力。她身体健康，生活快乐，不是自杀，不是猝死，不是食物中毒，也不是天然气泄漏……干脆这么说吧，她怎么都不应该死，却死了，而且是被人谋杀的。怎么样？"

明君气笑了，说"那你说她是怎么死的？"

肖鸿星搓着手，不好意思地说："唉，没办法！你也知道，读者的口味越来越刁钻了，非如此，不能吸引他们的眼球。我们也是没办法，只好给你大作家出难题了。"

"她是一个人独居吗？"

"当然！连个佣人都没有。她是一个人在家死的，被谋杀的。"

"那是不是有人先在外面拆下玻璃，然后朝她射击或者发射毒针、施放毒气，然后再把玻璃原样装好？"

"她寓所装的是特制防弹玻璃，不是专业人士，不用几个小时，不弄出很大动静，根本拆不下。另外，法医验尸结果，她没有中弹、中毒针，也不是毒气致死的。"

明君想了想，说"我知道现在有一种很厉害的激光武器，可以在不损伤玻璃的情况下，把人杀死。"

"也不是，因为尸体完好无损，没

有任何灼伤的现象。"肖鸿星把路一条条堵死。

看来，这钱还真的不好挣呢！看在孔方兄的面子上，明君最终还是答应了。肖鸿星立即拿出一式两份合约，让他签字。合约规定，到时如果无法交稿，需赔偿杂志社稿酬的双倍余额，临别，肖鸿星又特意叮嘱："明先生，这次的策划，是我单独搞的，我想给单位头头们一个惊喜，所以在事成之前，希望你能保密。"

回到家，明君按照习惯，先拟了几个人名：侦探当然还是用他的老朋友摩斯，杀手就叫老黑，那个倒霉的死者起名叫丽萃儿，然后，他参加了一个旅行社的欧洲十日游，用刚得到的那笔钱，出去玩去了。

明君是个快乐的单身汉，可这次旅行，他却并不快乐，路上他一直在构思着，怎样才能让老黑杀死丽萃儿，可一直没有结果。旅游回来，他把自己在家中关了半个月，还是无计可施。肖鸿星几乎天天打电话来催，明君总是回答进展顺利，肯定误不了交稿，实际上呢，他一行字也没写出。这可怎么办？人家的钱已经花了，到时交不出稿子，违约，上哪找钱赔给他？

离30天只剩3天了，那天明君终于崩溃了，抱着瓶酒喝起了闷酒。他家有个女佣，这时女佣来报：有客来访，明君说请他进来，那人独自进来

"你能找到他？""当然！"

明君听了喜出望外，于是就随摩斯出门，上了摩斯的汽车，在一家破旅馆找到了老黑，摩斯一上来就教训老黑："你为什么还不去杀丽萃儿，害得明先生这么为难？"

老黑双手一摊，说："拜托，就肖鸿星提出的那些条件，你找世界上最天才的杀手，也无可奈何。这些天，我在丽萃儿的住宅观察过，实在没法下手，除非肖鸿星的条件放宽。"老黑想了想，又说："要不，咱们再去找丽萃儿想想办法？"

三人又一起上车，去找丽萃儿。丽萃儿在家，她说："我这些天也着急得不得了，按照肖鸿星的那些条件，老黑根本杀不了我，他又不允许我自杀或者猝死，我实在是没招了。"

明君面孔苍白，他已经彻底绝望了："算了，我就认倒霉吧！"他出了丽萃儿的家，拦了辆"的士"，回到家中，痛苦地睡着了。

明君走后，屋里剩下的三人想着明君憔悴的样子，实在不忍心。老黑咬牙切齿地咒骂着："都是那个该死的肖鸿星，出的这馊点子，害得明先生痛不欲生。"丽萃儿说："咱们得帮助明先生，渡过这一关。"

摩斯侦探磕了磕大烟斗里的烟灰，说："实在不行，只有这样办，才能帮明先生解困。"

后，明君一看，来人很眼熟，一时却想不起来。对方有四十多岁，他摘下鸭舌帽和墨镜，掏出一个咖啡色的大烟斗，慢条斯理地划火柴，抽起烟来。

"你是……摩斯侦探？"明君直到那个标志性的大烟斗出现，才敢肯定。"没错，我就是你创造的那个名侦探——摩斯。"

"你来干什么？"

摩斯讥嘲地说："你从肖鸿星那接了个活儿，却玩不转了，对吧？"

明君叹了口气，点点头，说："这次我真的江郎才尽，只好把这房子抵押给银行，换了钱还违约金了。"

摩斯建议说："为什么不去找老黑？杀丽萃儿的是他，也许他能有办法。"

当天黄昏时分，肖鸿星开车下班路上，有个时髦女郎忽然横穿马路，幸亏他紧急刹车，才未酿成事故。在他刹车的刹那间，右车门突然被一黑脸汉子打开，那黑汉持一把手枪，朝他射击，肖鸿星连中数弹，当场气绝身亡。黑汉一伸手，摘走了肖鸿星挂在腰带上的钥匙圈。

一个多小时后，摩斯侦探、老黑和丽萃儿，一起来到明君家。摩斯侦探拿着一份合约，说："这是肖鸿星办公室里的那份合约，你的那份呢？"丽萃儿从书桌抽屉里找到了合约，摩斯侦探将两份合约撕碎，去厕所扔进马桶冲走了。明君很奇怪"你们怎么

拿到肖鸿星的合约的？"

老黑说："我们杀了他！"

明君根本不信，他说："别开玩笑了，你们肯定是偷的！"

摩斯侦探最后说："你只要保持沉默就好，你休息吧，我们走了！"

次日上午，明君被一个作家朋友的电话叫醒，对方告诉他肖鸿星昨晚被人枪杀了。明君不敢相信这是真的，他开车来到老黑住的那家破旅馆，可是旅馆老板说，那个房间已经空了十几天了，明君不信，非要老板打开来让他瞧瞧，一看，果然是空的。明君来到街上，气得仰天大叫："摩斯侦探，老黑，丽萃儿，你们给我滚出来！你们这帮杀人犯啊！"惹得路人侧目，纷纷躲避。

因为肖鸿星与明君签订的是秘密合约，合约文本又被摩斯侦探销毁了，因此警方并未怀疑到明君。肖鸿星预支给明君的那笔稿酬，因为查无下落，最后也不了了之。

从那以后，摩斯侦探他们就再也没有出现过。出于对他们杀人的愤怒，明君又以摩斯侦探、老黑和丽萃儿为主人翁，写了最后一部侦破小说，在小说的结尾，他让三人在激烈的搏斗中全部惨死。小说在《侦探社》杂志发表，又由"大侦探"出版社出了单行本，明君把所有稿费和版税，匿名寄给了肖鸿星的妻子……

（题图：安玉民　梁　丽）

# 快点滚

□ 邹进

大宝是山里的娃，这还是初次来城里打工，刚下火车，就有一个漂亮的少女朝他打了个招呼，说："大哥，能请你帮个忙吗？"大宝受宠若惊，立即把头点得像鸡啄米。少女把手中的皮箱递给大宝，说："这箱子太重了，麻烦你帮我拿到车站大门，我给你二十元的小费。"

大宝一听，乐坏了，这真是天上掉下个大馅饼啊！他欣喜若狂地一把扛起皮箱拔腿就朝大门急奔，少女忽然在后面喊："喂，别忙，等一下。"

大宝停下来，问："还有什么事吗？"

少女说："你快滚呀！"

大宝一愣，问："你说什么？"

少女说"我叫你快滚呀！"大宝立马拉下脸来，心想：城里的女孩脾气怎么这么坏，一点也不懂礼貌，有

这样说话的吗？算了，不就二十元吗，老子不要了，谁还受你的鬼气！他把皮箱往地上一扔，说："你自己拿吧。"

少女莫名其妙地问："咦，你这人怎么回事？"大宝没好气地答道："你刚才是怎么对我说的？"

少女说"我叫你快点滚呀，怎么啦？"

大宝忍无可忍地跳起来，指着少女骂道："老子帮你拿皮箱，你竟然叫我快点滚，这是什么道理！"少女一听，立即反应了过来，她笑嘻嘻地拎起皮箱，先是在皮箱的底部扒出两个轮子，再从皮箱的左侧抽出一根拉杆，随后在地上一拖，说"你误会啦，我是让你这样滚，瞧，省劲多啦！"

大宝的脸一下子涨得像猴屁股，挠着后脑勺笑了起来："嘿嘿……"

# 这可怎么办

□ 李清林

居委会主任王大妈这些天开心事真不少，昨天刚捧回"模范治安小区"的红旗，今天又收到请柬，是居民刘丁请她参加婚宴，这刘丁因被前女友欺骗，一直郁郁寡欢，今天终于露出笑脸了。

赴了刘丁的喜宴回家，王大妈就接到居民张乙的报喜电话。原来张乙在火车上遇到一个民间医生，给了他一个偏方，一试，贼灵，把长时间困扰他的一个顽症治好了，因此高兴地摆酒庆贺，王大妈自然得前去祝贺。

可没想到乐极生悲，王大妈当晚睡到半夜，就被电话吵醒。一接，是派出所，说王大妈负责的小区有居民家被盗了，好在小偷刚出小区不远，就被巡逻的警察抓住了，要王大妈去核实一下情况。

从派出所回来，王大妈愁眉紧蹙，长吁短叹地睡不着，老伴问她怎么回事，王大妈说："完了完了，刚刚获得'模范治安小区'称号，就出了

案子，这牌子算是彻底砸了！"

老伴劝她，说不要紧的，今后努力防范就是了。王大妈说："难啊！"原来，派出所审问小偷时，小偷说，他们早就想到这小区作案了，只是由于防守严密，几次来窥探，都发现上下半夜有专人替换巡逻，才没有敢妄动，今天发现岗哨撤了，就动手了。

王大妈的老伴疑惑地问："咱小区什么时候安排岗哨巡逻了？"王大妈说："哪有安排什么岗哨巡逻啊！派出所拿居民照片让小偷辨认，结果所谓的夜哨，一个是刘丁，一个是张乙。原来，之前刘丁失恋睡不着觉，上半夜基本在小区里转圈儿；张乙有梦游的毛病，下半夜就会不由自主地下楼溜达些时候。"

王大妈的老伴听了，"哈哈"大笑。王大妈白他一眼，说："笑什么笑！如今刘丁结婚了，张乙的梦游症也治好了，哪还有这么好的站岗人啊，唉！"

# 433

## 2009
### SEMIMONTHLY
### 下半月刊

## 2月

STORIES

欢迎登录本刊主办"故事中国网"（www.storychina.cn）

## 2009年2月
### 下半月刊·绿版

社　长、主编：何承伟
常务副主编：吴　伦
副主编：姚自豪（上半月·红版）
副主编：夏一鸣（下半月·绿版）
本期责任编辑：邢　悦
电子邮箱：simyyue@126.com

绿版发稿编辑：
夏一鸣　朱　虹　杭　帆
美术编辑：李宝强
电脑制作：郭瑾玮
通　联：归依玲
本社办公室电话：021-64375030
上半月刊编辑部电话：021-64332325
下半月刊编辑部电话：021-64336469
（上海市绍兴路74号　邮编：200020）
主管、主办：上海文艺出版总社
出版单位：《故事会》杂志社

————————

制作、发行总监：张　凯
电话：021-64313938
广告业务：上海故事会文化传媒有限公司
广告总监：张　淮
广告业务：021-34010383
广告投诉：021-64333738
广告经营许可证
沪工商广字3100320050022号
发行：中国图书进出口上海公司

**特别提示：**凡本刊录用的作品，即视为本刊已获得该作品与《故事会》相关的网上传播、汇编出版、电子和录音录像制品等权利。本刊向作者支付的稿酬，已包含了上述各项权利的报酬，如有特殊要求，请提前说明。

（本栏插图：包丰一）

## 证据

老师们正在批试卷。教语文的张老师突然问旁边的马老师："哎，你监考语文的时候，我们班的小浩是不是不太守规矩呀？"

马老师听这话一愣，纳闷地问："你怎么知道的？"

张老师轻轻一笑，递过一张卷子来。马老师一看，是小浩同桌的卷子，卷子里有道题，是用"好像"造句，上面写的是："小浩同学考试的时候一直东张西望，好像是在看我的卷子。"

（丹 丹 荐）

## 绝活

一个人去马戏团应聘，他对马戏团经理说："我会表演很多杂技。"

经理冷冷地问："我们这里只招有绝活的人，你有什么绝活？"

那人道："我可以吞下一把1米长的马刀。"

"这有什么难的，我们这里很多演员都能做得到。"经理不以为意。

"可是，要知道，我的身高总共只有93厘米。" （李云贵）

## 后悔

欧文前两年贷款买了一辆车。可到他结婚后，新婚妻子花钱如流水。欧文很快就没钱还贷了，银行没收了他的车。

为此，欧文一直懊恼不已。

朋友安慰他："不过是辆车子，不必那么难过。"

欧文拍着大腿说："我是后悔，早知道会这样，当初我应该贷款结婚！" （大 刘）

# 10分的好处

**期**末考试成绩单发下来后，小明问小刚："你数学得了多少分？"小刚沮丧地说："25。"

"噢，你真不幸。"小明叹息道。

"那你呢？"

小明得意地说："10分。"

"噢，那你更不幸。"

小明摇摇头说道："不，我才是幸运的，我想得70就加一横，想得100就加个0，可你却不能。"

（汪 玥）

## 来宾专用

**公**司大楼前有些停车位，是专门留给来宾使用的，可是常常被本单位的员工占用。

人事处主任灵机一动，在占用车位的员工车上贴出告示："本车位仅供来宾专用，如果你想成为来宾的话，就请继续在此停车。"

（力 力）

## 富翁的笔迹

个少妇到银行里兑现支票。

银行职员看了看支票，对少妇说："女士，这个签名不像你丈夫平时的笔迹。你看，这一笔抖得多厉害啊。"少妇答道："这很正常，他每次签支票给我时，都有点失常。"

（刘 立）

## 四眼

**自**从大周戴上眼镜，老婆动不动就喊他"四眼"。这天，老婆又在家里大声叫他"四眼"。

大周不满地说："你干吗喊我四眼啊？再说了，儿子也戴眼镜，我怎么没听到过你这么喊他呀？"

老婆抿嘴一笑，说："我喊过的呀。昨天，我喊'四眼'，儿子不是从房间里出来了吗？"

大周一听这话，心里似乎平衡了不少。

不过，老婆接着又说道："儿子大声对我说'妈，爸不在'。"

（叶丹荐）

## 叫爸爸

小蕾的儿子一岁半了，正在学说话。小蕾常会指着自己对儿子说："妈——妈!"果然，没多久，儿子便会甜甜地冲她叫妈妈了。

小蕾的老公有些不满，为了讨好儿子，买了好些零食，可儿子只吃东西，根本不睬他。无奈，老公只好一遍一遍地对儿子说："叫爸爸，叫爸爸!"终于，儿子转过头来，笑眯眯地看着小蕾老公，小蕾老公眼里顿时充满了期待，可没想到，儿子冲着他大声说："叫爸爸!"

（蔡源霞）

## 并非个案

一个小伙子问长辈："我听说某个国家的某个地方，男人在结婚前根本不知道妻子是什么样子的，我不会遇上这样的事吧?"

长辈教诲道："如果是通过网恋结婚的，这种情况在所有国家都普遍存在。"

（刘 立）

## 青铜姑娘

有个游客在纽约一家古董店里，看到了一只非常奇怪的青铜猫，上面有一个标签写着：青铜猫30美元，故事150美元。

游客非常好奇。店员解释道："这个意思是30美元买猫，150美元买它的故事。"

游客肯定地说："我只要这只猫。"店员一边把青铜猫递给他，一边说："我相信你会回来买故事的。"

游客带着猫离开了那家店。他刚走到大街上，便发现有一对猫跟着他。他走得越远，跟着他的猫越多，不一会儿，就有上百只猫。游客赶紧把猫扔了，又回到了那家古董店。

店员看到他回来，得意地说："我知道你会回来的。你要买猫的故事得花150美元。"

"忘记那个猫的故事吧，"游客说，"我是想问你们这里有青铜做的姑娘卖吗?"

（金灵荐）

# 整治小广告

工厂大门口有一个大型宣传栏，上面总是被贴满各种各样的小广告。

领导想了许多对策都不见效，于是在全厂征集解决方案。

终于，有个员工想出了一个妙招，在宣传栏里贴上了一段醒目的文字："本宣传栏除单位宣传，其他位置专供张贴虚假小广告，望有意贴虚假广告者速来抢占。"

之后，宣传栏里再也没有出现小广告，连以前贴上的也悄悄被人撕了。

（大　力）

# 像真的一样

凯莉患了牙病，医生建议她装一副假牙。

等装好以后，凯莉拿着镜子左照右照，很不放心地问医生："医生，我的假牙装得好吗？"

医生高兴地回答道："好极了，你又可以像以前那样无所顾忌地大嚼东西了。"

"不，我关心的是它看起来像真的一样吗？"

医生点点头，说"不但看起来像真的一样，就是痛起来也像真的一样。"

（紫藤花）

## 惩罚

这天放学回家后，小螃蟹一脸的不高兴。

螃蟹妈妈问："怎么了？"小螃蟹哭丧着脸对母亲说："妈妈，我今天上体育课的时候，被老师惩罚了。"

螃蟹妈妈吃了一惊，忙问道："老师怎么罚你的？"

小螃蟹伤心地说："他叫我一直走！"

螃蟹妈妈奇怪地问："走怎么能算惩罚呢？"

小螃蟹一听，哭着说："可老师让我往前走。"

（史顺利）

（本栏目欢迎原创作品、翻译作品。来稿可从邮局寄发，也可从网上传递。如为电子邮件，请发以下信箱：simyyue@126.com）

用手机发短信，对于城里年轻人来说，是最平常不过的事了。可这事放到一个农村老汉身上，就没那么简单了。

# 别让老爸出丑

□ 胡忠军

## 意外的回复

**我**大学毕业后，留在了省城，还找了个城里姑娘。女友小丽出身书香门第，而我老爸是个地地道道的庄稼汉，可小丽从不计较这些，上次和我回老家时，还专门买了部手机送给我老爸。

从老家回来没多久，就是父亲节。这天下午，我和小丽正在逛街，她的手机短信铃声响了。小丽打开手机一看，忽然惊奇地叫了起来："快看，你爸会发短信！"说着，把手机递给我，"上午我给他发了条节日问候短信，没想到老爷子还真回复了！"

我一看，果然不错，上面清清楚楚显示着："谢谢你，小丽。也祝你爹和你娘身体健康！"发件人一栏确确实实是老爸。

老爸没上过学，只是勉强会写自己的名字，还认识"天"、"地"、"人"等几个最常用的字，平时连句整话都不会写，哪可能会发短信呢？

我正在疑惑，自己的手机响了。一接听，正是老爸打来的，声音很低，张口就问："你和小丽在一起吗？"

我刚说了声"是啊"，老爸马上截断了我的话："你先找个理由离开一会儿，我有话要对你说。"不等我再说话，就挂断了。

我便假装闹肚子，躲进了厕所，拨通老爸的手机，问道："爸，这么神秘，到底啥事？"

老爸说："刚才小丽收到我的短信吧？我就叮嘱你一句话：你别告诉小丽，我不识字也不会发短信，千万记住啊！"

接着，老爸说出了那条短信的真相：当时，他收到小丽的短信，也闹不明白是什么意思，便去找邻居家的高中生教他操作手机，还给他念了内容。爸爸高兴之余，就让那孩子当了回"枪手"，替他回复。

我知道老爸的良苦用心。自从知道我交了城里女友后，他就心事重重，总怕城里的女孩看不起农村人，一心要替我争争面子。看来，这次是老爸的精心演出了，他是想"包装"自己，让我在女友面前长脸面……

我不愿拆穿老爸的"包装"，从厕所出来，便帮着演起了戏，还在小丽的面前，装着得意的样子，夸赞了老爸几句。

可我没想到，从这次短信开始，麻烦却也跟着来了。

## 短信的考验

未来的农村公公，不但会用手机，还会发短信，比很多城里老人还要时髦！小丽感到得意极了，常常向自己的朋友炫耀。更让我担心的是，小丽本来就有点调皮，这下更是来了劲头，时不时地就要发短信问候一下老爷子。

老爸每次接到短信，都会回复。

一开始，回复的速度很快。后来，渐渐地慢了，还有不少错别字。我心里清楚：老爸收到短信，需要找"枪手"。回复慢，肯定是一时找不到"枪手"。至于错别字，那就是"枪手"的水平问题了。不过，小丽并不计较这些，她觉得，老爸能给她发短信，已经给她长脸面了。所以，每次接到老爸的回复，她总是向周围朋友炫耀一番。

一天晚上，我和小丽约了一帮朋友到酒吧消遣。已经十点了，小丽一时兴起，当着大家的面，又给老爸发了条问候短信。我有点恼了，说："你这不是胡闹吗？这个点爸早就睡了。"

没想到，半个小时后，竟然收到了老爸的回复，小丽便兴冲冲地举着让同伴们看。

我心里最清楚，小丽觉得好玩的事，对于老爸，却是一件又麻烦又难堪的事。我能想象他当时的窘迫：刚刚睡下，短信铃声突然响起，只好赶紧披衣起床，敲开邻居家的门……

想到这里，我心里很不是滋味，便劝小丽说："老爸眼睛花了，回短信太费劲儿，以后少给他发短信。"可是，小丽并不理会，把头一歪，得意地说："不，我就是要让大家都知道，我的农村准公公并不土气。"我叹了口气，也没有办法。

过了一个月，这天正是老爸的六十大寿，妈几年前就离世了，所以我

特意把老爸接到城里来，还和小丽一起陪着他去动物园游玩，可是走着走着，我们竟和老爸走散了。

我正想打老爸的手机联系，小丽却一把拦住我，说："爸爸的手机是老家的号，要收漫游费的，不如给老爷子发个短信得了。"说着，不等我反驳，三下五除二就把短信发出去了。

我心想：这下糟了，老爸孤身在外，谁都不认识，上哪儿找"枪手"去？所以，我赶忙拨打了老爸的手机。奇怪的是，手机里传来"嘟、嘟"的长声，可就是没人接。这让我非常着急，只好和小丽一起到处找。

大约过了二十分钟，小丽的手机响了，她打开一看，高兴地说："老爷子回短信了，说他在狮虎山。"

我这才明白：老爸为了节省手机费，还是拉下面子让不认识的游客给他当"枪手"。

## 老爸的"枪手"

当天晚上，我和小丽在饭店为老爸举行了一场寿宴，邀请了双方的亲朋好友。

人到齐了，饭菜还没上来。这时，我发现小丽又在发短信，接着老爸的手机响了，是短信提示铃声。

我知道小丽是想让老爸当众表演发短信的本事，便用胳膊肘狠狠撞了她一下，小声嗔怪道："胡闹！"小丽并不生气，做了个鬼脸，贴着我的耳

我几步上前，好奇地问："爸，您会发短信？"

老爸抬起头，不好意思地笑了笑，说："我想反正学会了也有用处，总不能老是麻烦人家吧。"说着，他拿起字典，语气有些得意，"其实，发短信也不是多难的事，只要学会拼音，学会查字典就能发，只不过慢一些罢了……"

我终于明白了，自从接到小丽的第一条短信起，老爸就开始到处拜师请教，学起了拼拼音和查字典。这后来的短信，都是他自己发的。

这时，老爸把手机递到我手里，说道："你看，这是我给小丽回的短信，有错字吗？"我一看，小丽发来的是："祝您生日快乐！"老爸的回复是："谢谢大家！祝大家工作顺利，全家按（安）康！"

我高兴得眼泪都流出来了，一把抱着老爸，说道："既然你会，为啥不当着大家的面发，还偷偷地……"

没等我说完，老爸苦笑了一声："翻着字典发短信？那不让大家笑掉大牙？"接着拍了拍我的肩膀，说道，"你放心，老爸总有一天会丢掉字典，在你们面前大大方方发短信的。"

我没有再说什么，拿起老爸的字典，拉着老爸就往餐厅里走。我要告诉每一个人，我有一个值得自豪的老爸……

（题图、插图：安玉民　梁　丽）

朵说："我想'晒晒'老爷子……"

这时，老爸借口上厕所，起身离开餐桌，走到外面去了。我知道，他这又是去找"枪手"了，心里不禁忐忑不安起来。

十分钟过去了，老爸还是没有回来。我再也坐不住了，便借故离开了餐桌，出来寻找老爸。我心想：不能再为难老爸了，这次我要亲自为他当一回"枪手"。我从卫生间一路寻到接待大厅。突然，我看到了惊奇的一幕——老爸正坐在大厅的沙发上，手里拿着手机，戴着老花镜，两眼盯着显示屏，手指在按键上笨拙地操作着。而他的面前，放着一本《新华字典》。

我顿时惊呆了：天哪，老爸的"枪手"竟然就是这本字典！

·第一推荐·

施雁冰，生于1928年，著名儿童文学作家。1947年开始发表作品。著有长篇小说《初夏奏鸣曲》，童话集《不要脚的朋友》等作品。曾获上海市儿童文学园丁奖、陈伯吹儿童文学奖。

# 助听器的故事

□ 施雁冰

张阿婆最近常闹笑话，不是她自己要闹，是耳朵弄的。

那天，女儿和女婿在讲插队时坐拖拉机的事。张阿婆立即跑到厨房里看了看说："垃圾不要倒，塑料袋还没装满呢！"

聋子会作对，"拖拉机"与"倒垃圾"不是一回事嘛。

还有，她把"水开了"听成"走开了"；问她吃鱼和土豆好不好，也要讲半天才弄清楚。女儿、女婿很无奈，下班回家，已经够累，还要加大音量，一遍又一遍重复地说，直到她听懂了为止。更不能忍受的是，看电视时，她把音量开得刺痛别人耳膜。

女儿建议她去装只助听器，不要她掏腰包也不同意，理由是"声音嘈杂，吵煞脱（吵死了）"。年轻时，张阿婆就曾听见老人说过这样的话。她认为老人耳聋是正常的事，又不影响生活，声音讲响些就是了。

一次一次很响地说，还是听不清楚，后来张阿婆自己也有些烦。当女儿说有一家店的助听器只要一两百元时，她同意去了。她估摸女儿可能作假，悄悄把心理价位提高十倍，带着2000元钱出发了。这总够了吧？2000元，自己还承受得起，不麻烦小辈。

"霍——"坐电梯到21楼。一问，真有200元一只的！她忐忑不安的心情忽然舒服了，开始左转右转观察起环境来。这是套二室的白色的房间，像医院，却没有药水气味。墙上贴着精致的宣传品，还附有各种助听器样

12

品，都没有标价。

验配师把助听器放在自己耳朵上，接通电脑，然后按在张阿婆聋耳上，"哇哇哇"叫了一阵。"听见吗？"张阿婆听见了对方的话，可也听见了"轰轰轰"的环境噪音。

"吵煞脱！"她说。

验配师耐心地换了一个又一个品种，听到最后一只，聋耳变成了好耳，每个人的说话声都听得清清楚楚。

"一点不吵。"张阿婆说。验配师告诉她：200元那只是模拟的，环境噪声去不掉；这只是数字的，先进科技，能滤掉较多的噪音。

先进技术就是好。张阿婆小心翼翼地问："多少钱？"验配师犹豫了一下，说："1700元。"

这个价位，张阿婆有些思想准

备。但真的从验配师嘴里说出来，心中不禁"咯噔"一下。她想便宜些。于是女儿和她一起还价，最终以1500元了结。女儿帮她到另一间房间的收费处付了钱。

张阿婆戴上助听器，耳朵年轻了10岁，不闹笑话了。别人和她讲话一点不吃力。老姐妹们有些重听的，也试着听听。其中有一位，两年前也买过一只1500元的，噪音闹得厉害，无法使用。听说张阿婆买了这样的好货，也想花1500元使耳朵年轻些。

那个老姐妹拿着张阿婆的助听器，到了那幢大楼，坐上电梯，指明要买这种型号的。这种型号的有，但要5000元，不是1500元。是张阿婆耳朵有误，还是商店弄错了？老姐妹没捞到便宜货，很失落地回来……

张阿婆把买助听器的情景仔细回想一遍，发现可能是女儿耍了手腕。晚上女儿下班，她打破沙锅问到底，要女儿从实招来。女儿不回答，只是笑，这一笑，让张阿婆悟出了真相。她脸上笑眯眯，用拳头搡着女儿，嘴里恨恨地说："坏蛋，我上你的当了！"

这以后，张阿婆戴着助听器去搓麻将，或读老年大学。有人问起助听器的价格，她便说："每只1500元，女儿赞助3500元，你说多少？"接着，原原本本、啰里啰嗦、不厌其烦地把闹笑话的经过津津有味地说了一遍又一遍。（题图、插图：安玉民 梁 丽）

# "站起来"的作料

**老**憨的家乡盛产姜、花椒等作料。他整日里推着装满作料的板车沿街叫卖，可挣的钱只能维持温饱。

一天，老憨经过小学时，正赶上放学，见一个卖冰糖葫芦的生意特别好，插在把子上的糖葫芦一会儿就被学生买光了。他禁不住好奇，拉着一个学生问道："你为什么买他的糖葫芦啊？"那孩子回答得简单："打老远就能看见，好瞅又好吃呗！"老憨呆呆地想着孩子的话，这时，一个中年妇女要买生姜，老憨才回过神来。中年妇女随口埋怨道："想啥呢！其实你也可以让作料'站'起来卖呀！"

老憨一个激灵，像得了启发，喃喃自语："对呀！我就改改习惯，把作料挂起来，换个卖法，没准有效。"

第二天，老憨就跑到批发市场，买回了塑料网兜和塑料袋。当天下午，他在板车上搭了铁杆架，把大红的干辣椒串起来，再细心分拣，把生姜、蒜头和清洗好的香葱等放进塑料袋里，根据普通人家做菜和开餐馆的需要，分成"一元装"、"二元装"、"五元装"和"十元装"等系列产品。

很快，老憨推着这辆缀红点绿的作料"花车"出现在街头，也没怎么吆喝，就吸引了别人的目光，大家都啧啧称奇，说见过卖作料的，但这样挂着卖还是头一遭见，这作料好看方便，易在冰箱里保存，当即都围上来买。有个小嫂子把里面的东西数了数，说一样也不差，一块钱的作料烧盘鱼正好。

小包装的作料被抢购一空后，老憨又去找餐馆和小酒楼，那些分量大的作料受到做菜师傅的欢迎。这一天，老憨的销售额是以前的几倍。大半年下来，老憨多赚了五万元。

**财富启示**：贷卖一个"巧"。"躺着"还是"站着"，只是改变了一下销售方式，就把死生意给做活了。

（作者：刘 卫）

（本栏插图：安玉民 梁 丽）

# 昂贵的

## 花瓶

□ 唐雪嫣

**素**娟是做家政服务的。这天下午，有一个男人打电话请她去打扫房间。素娟问清地址后便赶过去了。

那个男人姓周，四十多岁，看上去气度不凡。周先生的家很大，屋里摆设很有品味。素娟跟周先生谈妥价格后，就开始忙碌起来。当她擦窗户时，发现窗户下面的死角很脏，于是吃力地探出身子，可还是差一点才够得到，她再调整一下身子，突然，听到身后传来一声清脆的响声。

素娟吃了一惊，回头一看，一只花瓶掉在地上摔成了几瓣。原来是她的脚碰到了窗帘，窗帘摆动，将旁边的花瓶带倒了。

这时周先生听到声音走了过来，看到地上的花瓶，露出一丝不快的神色。素娟急忙跳下窗台，不好意思地说："对不起，周先生，是我不小心。"

周先生勉强地笑了笑，说没关系。素娟收拾了碎花瓶，小心地把剩下的活干完，已经是华灯初上了。周先生将五十元工钱递给素娟，素娟摇头不接，说："不好意思，周先生，我打碎了你的花瓶，是我的错，这钱算我赔给你的。"周先生惊讶地看了看素娟："算了吧，你赚点钱不容易，而且活干得也不错，我不用你赔了。"

"我一定要赔的，这是我做人的原则。"素娟说着，把五十元钱放在茶几上，转身就走。周先生急忙拦住她，抓起钱塞给她，说："这钱你得拿着，五十元钱对我来说不算什么，可对你来说……"

素娟一听，感觉自尊心受到了伤害，她推开周先生的手说："五十元钱

对我来说确实不少，但这是我该付的，而且用它来买一个花瓶绰绰有余了。"周先生笑了："如果你真的想赔我，五十元钱可不够，恐怕你还得拿出……唔，一千九百四十八元钱才行，这个花瓶是在无锡买的，原价一千九百九十八。"说完，周先生把五十元塞进她的口袋里，"所以，你还是拿着吧，不要再推让了。"素娟大吃一惊。周先生不像是撒谎的人，况且他也没必要跟自己一个做家政的装阔，人家这么有钱，花两千块钱买个花瓶也算不了什么。素娟心里一阵懊恼，自己怎么会那么不小心啊？现在该怎么办？

周先生把素娟送出门，突然，素娟回头将装垃圾的袋子拿起来，说："两千块钱的花瓶，碎片也不能就这么扔了……周先生，我会给你一个说法的。"她不理周先生疑惑的目光，快步下楼走了。

## 设法赔偿

素娟回到家，把花瓶碎片取出来，一点一点地拼好，再用胶布粘住。她仔细察看花瓶，花瓶的确很精致，可是再精致它也只是个花瓶，怎么会值那么多钱啊？

这一夜，素娟没睡好。第二天，她跑遍了小县城的各大商场，却都没发现这种花瓶。看来，她是没办法买到这种花瓶了，除非有谁出差到几千里外的无锡。她想到了前夫丁志强，他倒是经常出差，可素娟是绝对不会去求前夫什么事情的。这个混蛋，当年是个小工人，这两年手里有了几个钱，就开始赶时髦找"小三"，素娟咽不下这口气，所以半年前和他离了婚。

可是，这个花瓶怎么办呢？素娟想了好久，决定赔钱给周先生。但是两千块钱，远远超出了她的承受能力，她一个月才赚多少钱啊？不过既然要保住自己的尊严，就一定要赔给人家。她突然想起，离婚的时候，丁志强欠了她两千块钱，一直耍赖不还。本来，她不屑于跟丁志强纠缠不清，所以不打算要了。可现在，她觉得应该先去讨债。

她给丁志强打电话，可打了好几遍，对方都没接，或许就是怕她提钱的事吧。素娟火了，发了条短信过去：你要是不接我电话，我就去你家找你，跟你老婆打起来的话可别怪我。

这招很灵，因为丁志强很了解素娟，一旦她想做什么事，就非得做到底不可。丁志强马上回了电话，打着哈哈说他在忙，没听到电话响。素娟也不废话，让他马上还钱。丁志强开始诉苦："素娟啊，我们公司效益不好，我工资都开不出来。你等一等，过几个月我一定把钱凑出来给你……"

丁志强上班的公司叫宏达公司，生意红火得不得了，怎么可能发不出工资？丁志强明显是在骗她。素娟的火气上来了，大声喊道："少跟我提这些，欠债还钱，天经地义，今天你要是不把钱送来，我就到你公司去讨，顺便把你那些丑事抖出去。"一听这话，丁志强犹豫了，马上改变口风，说一会就把钱送来。果然，这次丁志强很痛快，不一会钱就送到了。

晚上，素娟将钱送到周先生家。周先生见她拿来两千块钱，倒是吃了一惊，他说素娟赚钱不容易，坚持不要，可素娟把钱一扔，转身就下了楼，任周先生叫她也不回头。

## 好友点拨

下了楼刚走不远，一辆出租车突然在她身边停下来，一个人探出头来喊她，素娟一看，原来是她的好朋友丽洁。丽洁回家路过这里，她让素娟上车，顺便送素娟回家。路上丽洁问素娟这么晚了在这儿干什么。素娟把事情跟她说了一遍。丽洁听了，怀疑地问："我的好姐姐啊，你是不是让人骗了？除了古董，什么样的花瓶能值那么多钱？那个周先生是不是蒙你呢？"

素娟不是没考虑过这个可能，只是她觉得那个周先生看上去还挺正直的，不像骗她的样子，才决定干脆赔钱算了，如今听丽洁这样一说，心里又打开了鼓，她不禁问："不会吧？那个周先生不像那种人啊？"

丽洁说："有啥不会的？现在啥人没有？就你这个死心眼，人家说啥你都信。再说了，既然他不用你赔，你还送钱给他干吗？你就当没这事儿不就完了？"

"不行不行。"素娟把脑袋摇得像拨浪鼓一般，"该我赔的，我一定得赔给人家，他不在乎是他的事，我该做的我必须做到。"

丽洁生气地说："你就是这样，死要面子活受罪。当初你结婚的时候，我就说丁志强那小子靠不住，你不听，非得嫁给他；离婚的时候我又告诉你，别离别离，男人有两个钱在外面花天酒地没啥，只要他还顾家就行，你只要睁只眼闭只眼……"

素娟用力推了丽洁一下，生气地说："别说那些事儿了，停车，我走了。"丽洁急忙搂住她："行行行，不说……我有办法了。"丽洁突然兴奋地叫起来，"上网查，如果这个花瓶真值那么多钱，在网上肯定能查到。"

两人坐车来到丽洁家，果然在网上查到了这种花瓶，素娟根据那个粘好的花瓶跟网上的花瓶照片一对比，确定两种花瓶一模一样。可是，上面花瓶的标价不过九十九元钱。

丽洁责怪素娟："说你死心眼你

还不信，咋样？让人骗了吧？"

素娟又愤怒又心疼，愤怒的是周先生看上去像个君子，没想到却是个无耻的骗子；心疼的是自己仅凭人家一句话，就傻乎乎地给了人家两千块。她腾地起身，说要去找周先生算账。丽洁却拦住她，笑着说："傻姐姐，你这么冲动干吗？网上虽然是这个标价，但人家完全可以说是用两千块钱买的，因为商家售价不一样嘛。我教你一个好办法，咱邮购一个花瓶，然后拿着花瓶去把钱换回来，让他啥话都说不出来。"素娟觉得是个好办法，就同意了。

## 巧妙惩罚

七八天后，花瓶寄来了，比较后，确定跟周先生的花瓶完全一样。于是素娟和丽洁一起去找周先生。素娟先把新花瓶放在茶几上，然后取出粘好的旧花瓶，问："周先生，你仔细看看，这两个花瓶是一样的吧？"周先生有些莫名其妙，随意地打量两眼说："一样，完全一样——你不是把钱给我了吗？还费劲买这个花瓶干什么？"

丽洁笑嘻嘻地说："我姐姐怕你没时间买花瓶，所以给你送货上门，对了，你该把钱还给我姐姐了吧？"

"当然。"周先生急忙取出两千块钱递给素娟，说，"其实真不用这样，我早就说了，我不用你赔……"

"赔了也没什么，反正才不过一

百元钱。"丽洁狡黠地笑道，"如果不赔才冤呢，好像欠了你两千块似的，现在好了，大家都心安了。"

周先生吃了一惊："你说什么？一百块钱？怎么可能一百块钱？"

"就是一百块钱。"素娟再也忍不住了，冲动地说，"亏我那么信任你，可你连我这样的穷人都不放过，拿了我两千块钱，你怎么好意思啊？"

周先生沉下脸来，说"我不明白你说的话是什么意思？你是说我讹你的钱？"素娟大口地喘着气，带着敌意看着周先生，刚想说什么，丽洁却一把拉过素娟，说："反正钱也要回来了，还跟他废什么话？咱们走。"

这次，周先生没有再留住她们，任她们扬长而去。

本以为这事告一段落了，没想到第二天，素娟接到了周先生的电话，周先生说："素娟，这次给你打电话，是为了谢谢你。那个花瓶的事，那天我没说清楚，花瓶不是我自己买的，而是一个员工送的，我无意中听到他给别人打电话时，说那个花瓶花了他一千九百九十八元，所以我就信了。昨天你说这个花瓶只值一百块，我还不大相信，可是今天我托无锡的朋友帮我查了，的确是一百块。那个员工骗了我，还故意在我面前演戏。这件事让我认清了一个人，那个员工已经被我们宏达公司开除了……"

素娟没心情理他，再说钱也拿回来了，不想再惹闲气，刚想敷衍他几句就放下电话，心里却突然一震：宏达公司？丁志强不就在这家公司上班吗？她急忙问："你是宏达公司的老总吗？"周先生说是。素娟继续问道："我想问一下，被你开除的员工叫什么名字？"

周先生奇怪地说："他叫丁志强，怎么了？"

"没什么没什么。"素娟匆匆地挂断电话，然后拨通丁志强的电话，电话里传来丁志强有气无力的声音。素娟问："我听说，你被人家开除了？"

丁志强吃惊地问她怎么知道的，素娟吃吃地笑了起来："我听你的老板说，说你这人胆大、贪财、不要脸，送老总一个一百块钱的花瓶，还在人家面前演戏说两千块……"

"你你你……"丁志强大叫起来，"你就是那个做家政的人？你向我要那两千块钱就是赔人家花瓶？你可害死我了，你知道吗？人家不用你赔，你缺心眼啊，一定要赔给人家？"

"我就是缺心眼，没有你那么聪明。"素娟解气地说，"你背着我跟别的女人勾搭，把我都气疯了，想报复你，可就是下不了这狠心。没想到你坏事做多了，遭报应了，这可怪不得我，被宏达开除了，希望你的情人不会嫌弃你啊……"

（题图、插图：魏忠善）

# 爱你的

□齐 山

### 别有用心

翟小万是个颇有名气的青年雕塑家，尤其擅长人体雕塑。这天，他去参加一个朋友的婚礼，席间有歌舞文艺表演助兴。翟小万一边和朋友聊天，一边不经意地往舞台上一瞥，突然被一个正在跳舞的女子吸引住了。

女子穿着独特的民族服装，脸蛋红扑扑的，全身上下洋溢着一种原始的、野性的、神秘的美感，令翟小万兴奋不已。他觉得如果用这女子做模特儿完成一尊人体雕塑，那一定会是件杰出的作品。于是，等女子表演完，翟小万到后台找到她，向她献了一束花，说很喜欢她的表演。女子高兴地收下了花，两人就这样认识了。女子叫索澜，是西南山区一个少数民族村寨的姑娘，不久前才来到这个城市打工。翟小万递了名片给索澜，邀请她到自己的雕塑工作室做客。索澜得知

翟小万是个艺术家，眼睛里似乎多了些倾慕的神色，愉快地答应了。

两天后，翟小万便打电话给索澜，请她来参观自己的作品。索澜如约前来，看着一件件精妙的作品，她不禁啧啧称赞："做得真好呀！虽然我不是很懂，但能感觉到这些都是非常出色的艺术品，创意独特，与众不同。""哈哈，"翟小万笑着说，"也许那是因为我生来就跟别人不一样吧，所以心里感受到的东西也和别人不一样。"索澜打趣道："有什么不一样，难道你还比别人多长了一颗脑袋、一颗心？"翟小万神秘地笑了笑，又领着索澜来到另一间作品陈列室。

这里全都是人体雕塑作品，翟小万想看看索澜对此的反应，再趁机向

她提出为自己做模特儿的请求。索澜乍一看到这些栩栩如生的人体雕塑，显得很不好意思，又听说它们都是由真人做模特儿雕塑出来的时候，更是惊诧不已。翟小万开导她道："其实这没什么的，我都是以艺术的眼光来看待模特儿的身体的，再说我付的报酬也非常高。"索澜吐吐舌头："换作我，给再多钱也不干。我们坪枫寨姑娘的身子只能给自己的心上人看！"

话说得这么绝，翟小万只得作罢，但心里又觉得万分遗憾。参观完作品后，翟小万留索澜在他家吃饭，可索澜有些忸怩地拒绝了。翟小万见她神色有异，便问为什么。索澜羞红了脸道："在我们那里，女孩子家是不能单独和一个男人一起吃饭的，除非……是和她喜欢的人。"翟小万有些哑然失笑，但他也察觉出索澜似乎对自己很有好感，突然间冒出一个想法：何不让索澜做自己的女朋友，这样她就应该愿意做自己的模特儿了。虽然翟小万对她没什么特殊的感觉，但他认为这无所谓，反正身边的女朋友总是不停地换，他都有些麻木了。

过了两天，翟小万又把索澜约了出来，说是请她看一个画展。看完画展，翟小万又带索澜到城里最高的摩天大楼顶眺望风景，索澜兴奋极了，不停地说笑。接着，翟小万把她带到了旁边的旋转餐厅。当索澜明白过来，局促地起身想走时，翟小万拉住

了她，拿出早已准备好的一枝玫瑰花，递给她道："索澜，和我一起吃饭，好吗？"索澜露出娇羞的笑容，接过了那枝玫瑰花。

就这样，索澜成了翟小万的女朋友。翟小万对她很好，但始终没有真正爱上她，倒是索澜对翟小万显得一心一意。就在翟小万认为时机已到，可以向索澜提出做模特儿的要求时，这天索澜忽然问他："你真的喜欢我吗？"翟小万随口答道："当然了。"

"你可别骗我，我有办法知道你说的是不是真心话。"

"哦，是吗？"翟小万不以为意地笑笑，"呵呵，难道你还会法术，能知道我心里在想什么？"索澜沉下脸，一下子变得非常严肃，她直直地盯着翟小万的眼睛，对他说道："看着我，再回答一次，你真的喜欢我吗？"翟小万被她的模样搞懵了，一时竟心虚得说不出话来，最后只能点点头，挤出一声："嗯。"

索澜一头扎进他怀里，把脸紧紧贴在他的胸口，弄得翟小万手足无措。过了一会儿，索澜才抬起头来，她的眼睛里已噙满泪水，坐在那里一言不发。翟小万问她怎么了，索澜哽咽地说道："你在骗我，对不对？你根本不喜欢我。"翟小万一惊，他没想到索澜真的看出了他的心思，他呆呆地望着索澜，见她流下了伤心的泪水，再也不忍心欺骗她，对她坦白了自己的

想法……

第二天，索澜走了，离开了翟小万，也离开了这座城市。

## 真情流露

很快，一年过去了，翟小万到祖国各地旅游采风，寻找新的创作素材。一路走下去，翟小万来到了西南地区，决定去山里探访一座少数民族村寨，他听当地人说那个村寨与世隔绝，至今还保留着传统的生活方式，应该很有意思。

翟小万进入山中，但很快迷路了。这里山高林密，地势复杂，他转

了半天，还是徒劳无功。翟小万累极了，看见前面山崖有一条瀑布，急忙跑过去想捧水喝，谁知脚下一滑，竟跌进了瀑布，又随着水流滑向了水潭，巨大的撞击力让他晕了过去。

等翟小万睁开眼睛，发现自己躺在一间茅草屋里，而坐在他身边的，居然是索澜！翟小万惊讶地瞪大了眼睛："怎么是你？是你救了我吗？"索澜没有说话，只是端了一碗姜汤来给他喝。翟小万有些不可思议地问道："难道说你真的有什么特殊的法力，能知道我遇上了危险，赶来救了我？"索澜忍不住笑了，但依然没有回答他。翟小万明白她还在生自己的气，也就知趣地闭嘴了。

翟小万的腿摔伤了，暂时不能动弹，一切事情都需要靠索澜来帮助他。吃、喝、拉、撒、睡，索澜无微不至地照料着翟小万。她做的每件事都在一点一滴地感动着翟小万，让他发现了索澜身上最纯真善良的一面。这一次，他真的喜欢上了索澜。

在索澜的精心照顾下，翟小万的伤痊愈了。这天，索澜带他下山。一路上，翟小万都在琢磨着要不要趁这个机会，把自己的心里话告诉索澜。但他怕索澜误解自己的意图，所以一直犹豫不决。临别时，索澜眼中流露出一丝依依不舍的神情，让翟小万下定了决心。他一把拉起索澜的手，说："索澜，不管你相不相信，我都要告诉

你，这次我发现自己是真的喜欢上你了。"索澜问："喜欢我什么？"

"喜欢你的温柔，你的善良，你的质朴，还有……"

"行了！"索澜打断他的话，"如果你只是想以这种方式来感谢我，那毫无必要。""不是的，索澜。"翟小万急切地解释道，"我说的都是真心话，我可以对天发誓。"说着就把手举起来，索澜见状似乎有些相信了，她拉下翟小万的手，对他说道："如果你是真心喜欢我，那就看着我的眼睛，回答我，你喜欢索澜吗？""喜欢！"翟小万大声地喊道。索澜又像上次那样，扑进了他的怀里，翟小万也紧紧搂住了她。可是过了一会儿，索澜却猛地推开他，哭着说："你骗人！骗人！"然后头也不回地跑进了大山，留下翟小万一个人呆愣愣地站在那儿，不知道为什么会这样。

## 峰回路转

因为一直没有与家人朋友联系，怕他们担心，翟小万只能先回去。可他挂念着索澜，把事情处理完后又匆匆地赶回了那个地方。他打听到那个村寨正是坪枫寨，于是请向导把他带了进去。翟小万正想向寨子里的人打听索澜的消息，忽然有两位老人操着不太熟练的汉语冲他喊道："小伙子，你怎么又来了？"

翟小万有些纳闷，难道他们认识

自己？其中一位老伯笑着说道："上次你掉进河里，正好我和老婆子在水潭抓鱼，就把你给救上来了。"原来是他们救了自己，翟小万刚要上前感谢，旁边的阿婆又接过话头说道："那天我们叫人帮着把你抬回寨子，半道上遇着了索澜，她吓坏了，说认识你，要我们把你交给她，由她来照顾你。但她一个没有嫁人的大姑娘，照我们这儿的规矩，是不能这样做的。她也不听劝，硬是一个人背着你走了，听说是把你安顿在后山腰的茅屋。哎，多好的一个姑娘，如今却因为这事遭人嫌弃。年轻人，我不知道你俩是什么关系，但是索澜能为你这么做，她对你的感情肯定不一般。"

得知索澜为自己付出的这一切，翟小万被深深感动了。但他又闹不明白，为什么自己向索澜表白心迹，却被她拒绝了呢？他把自己和索澜之间发生的事告诉了阿婆，请她帮忙出个主意。阿婆听了，有些遗憾地说道："你呀，索澜是个好女子，是你没那个福分。她拒绝你是有原因的，肯定是因为没有听见你清晰的心跳声。"

"心跳声？"翟小万很奇怪。

"嗯。这是我们寨子的一个习俗，青年男女相恋，女子为了验明男子对她是真心还是假意，会让男子向她表白心迹，然后会贴在男子的胸前，去听他的心跳。如果听见了一颗心在胸

膛里'怦怦'地跳动，就说明他是动了真情，真心喜欢自己；但假如听见的心跳声很小很微弱，就说明他是在欺骗自己。这个习俗流传了上千年，到现在我们都相信它……"

听到这儿，翟小万突然大叫一声："嗨！她为什么不早点告诉我？"

翟小万急着要去找索澜，阿婆告诉他索澜和寨子里的人到山上捕猎去了，翟小万听了匆匆往山上赶去。经过艰难的跋涉，他终于在山林中看到了索澜，他兴奋地朝索澜跑过去，根

本没有理会索澜和其他人的呼喊："别过来，危险！"结果刚跑几步，便脚下踩空，一头摔进了捕猎的陷阱。

等翟小万醒过来，发现自己被送进了医院，索澜坐在他的病床前，正一个劲儿地抹眼泪，见他醒了连忙问道："你醒了，感觉怎么样？还疼吗？"翟小万刚想说话，却发现自己的嘴上缠着绷带，原来嘴受伤了。翟小万很着急，他太想把心中的话告诉索澜，但发不出声，急得他直喘气，只能指着自己的心，向索澜示意。

索澜见状，哭得更伤心了："你别动，刚才医生说你的心跳太微弱了，已经给你照了B超，结果一会儿就出来，你别担心，能治好的。"

见索澜不明白自己的意思，翟小万只得作罢。过了一会儿，医生拿着B超单子进来说道："怪不得心跳那么弱，原来是长反了！"索澜一听，莫名其妙地问："心脏也会长反？"

医生见索澜不明白，便解释道："这就是我们医学说的'先天性胸腔器官倒置'，他左右两边的器官天生就长反了，心脏长在右边！"

原来是这样！索澜顿时一片释然。翟小万冲她做了个鬼脸，用手指了指自己的右胸口。索澜会意地露出羞涩的笑容，慢慢走到他身边，轻轻俯下头，终于她听到了那清晰有力的心跳声："咚……咚……咚……"

（题图、插图：魏忠善）

# 第二个电话

□ 杨金凤

这天，小白领阿边下班后心情很不错，满面春风地挤上了公交车。

在车上，老婆忽然打来电话，阿边接起来："喂，亲爱的，什么事？哦……你三叔要来呀？好，好，我顺道去买几个好菜，得好好招待咱三叔，你三叔就是我三叔……"

阿边的声音十分响亮，而且说的全是肉麻的话，全车人都听得真真切切，不少人向他投来赞许的目光。阿边身旁站着一个农村老汉，听着阿边对老婆说的那些甜言蜜语，脸上笑眯眯的，好像还小声赞叹了一句："嗯，这小伙子真不错，会疼老婆！"

阿边心里得意：那还用说，谁叫你闺女不早认识我？

过了一会，阿边突然想起了一件重要的事，忙不迭又拿出手机，拨了个号码。这一回，他尽量把声音压了下来："喂，水晶吗？是我，我不能去见你了……"

打完电话，阿边发觉车上乘客落在他身上的眼光一下变味了，阿边脸一红，可也毫不在乎，他想：反正我对老婆好是真的！

那个叫水晶的女人，是阿边的一个女网友，他们就在几天前刚刚见过面。

不一会，车就到站了，阿边下车后钻进附近一家超市，买了几个好菜

款待老婆的三叔。回到家后等了好久，门铃响了，外面站着一个乡下老汉。老婆笑着介绍："三叔您来了，这就是阿边。"又冲阿边说，"这就是我三叔，快叫人。"

阿边一看那老汉，忽然感觉有点面熟："三叔……"

"不用介绍，我们早见过面了！"三叔哈哈大笑，"二丫呀，我们刚才就是坐同一辆车！"

阿边和老婆两人都是一怔，老婆

接着笑了，阿边却暗吃一惊"什么？我们……刚才在车上……"他脑中电光火石般一闪，记起来了，怪不得一看就眼熟，原来在车上站在他身边的老汉就近在眼前啊！听到他对老婆说的那些话，还由衷地说了句感叹的话哩！

三叔十分高兴，眉飞色舞地大声说了起来："你忘了？二丫在车上给你打电话，你还叫二丫不要洗衣服，等你回来洗……哎呀，我当时一边听，一边感叹不已啊，现在会疼老婆的可没有几个啊，我那个没见过面的侄女婿能有你一半，我就开心了，没想到哇，我还猜对了……"

三叔只顾自己说得高兴，全然不觉阿边脸上的笑容早已僵硬，脸色由红变白，再由白变绿，又由绿变黑。老婆呢？听着三叔的夸赞，笑得合不拢嘴。

眼看三叔就要把他第一个电话的内容说完了，阿边终于回过神来，慌忙打断他说："你、你们先聊，我去做饭。"说着，飞快地躲进了厨房，伸手一摸胸口，心差点要跳出胸膛来了。他一边忙乎着，一边竖起耳朵听外面的谈话，只盼着三叔不要再扯车上的事了。听了一会，谢天谢地，三叔并没有一句说到他后来打的那个电话，而是和老婆聊起了老家的事情。

阿边暂时松了口气，心中后悔莫及。谁想得到呢，车上竟然会有一个亲戚，而且正好就站在自己身边，把自己的话一句不漏全听到耳朵里去了。就是一个傻子，也听得出电话另一头的那个女人和他什么关系吧？唉，只怪自己太不注意了！三叔只要把他当时的话向老婆一背，那就完了。

这一顿饭，阿边吃得心惊胆战，眼光躲躲闪闪，不敢跟三叔正面交锋。三叔是来城里检查身体的，住了一晚后，第二天阿边带他去医院检查。阿边心里有鬼，一直不怎么敢跟三叔讲话，三叔却仿佛什么事也没有，东一句、西一句地和他扯话。

检查结果，三叔的身体并没有大碍，取点药回去吃就行了，三叔就打算明天回家。阿边口头挽留了几句，心里巴不得他立刻就走。

从医院回来的路上，阿边越想越不踏实。三叔现在虽然没向老婆告密，那可能是照顾他的面子，回去以后呢？这一想，阿边急出满头大汗，看看就快到家了，一咬牙，把三叔叫住，掏出五百块钱递过去："三叔，这点钱您拿着。"

三叔一看，慌得连连摆手："使不得，使不得，我这么麻烦你，已经过意不去了，怎么还能要你的钱？"

阿边的意思是想贿赂三叔，现在一看，三叔好像并不吃这一套，就把钱硬塞到他口袋里："三叔，您老人家要是不收这钱，我就给您跪下了！"

三叔吓一跳，说："别跪，别跪，我收下还不行吗？"

阿边心里一喜，低下头说："三叔，我只求你，咱们在车上的事，你以后对谁也不要说了，行不行？"

三叔瞪起了眼，一副不解的样子望着他。阿边一脸羞愧地说："就是我后来打的那个电话啊，您就当没听见吧。是我一时糊涂，我对不起二丫，可是，我对那个女人只是逢场作戏而已，我爱的人始终都是二丫，现在她又怀有孩子，她要是知道……我们这个家就完了！"

三叔脸上一片茫然："你说……你说什么啊？那个女人是谁？唉，你怎么能够这样呢？"

"我知道错了！"阿边说着掏出手机，"三叔，我现在就当着您的面，跟那个女人一刀两断！"然后飞快地拨通电话，"水晶吗？对，是我！请你以后别打电话给我了，我不想再和你有任何的联系，因为我爱我的老婆，不想再背叛她了！对，这不是玩笑，就这样吧！"

一口气说完，阿边可怜巴巴地望着三叔："您老人家原谅我吧！"

三叔久久地望着他，似乎在考虑着什么，最后叹了口气，凝重地点点头。

第二天一早，阿边两口子送三叔去坐车。到了公交车站，三叔还在往前走，阿边忙喊住他："三叔，到了，

 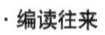
## 编读往来：你的问题我来答

**陕西读者 张伟：** 编辑您好。我虽然年龄比较大，可依然是咱们《故事会》杂志的一位痴迷读者。说句心里话，我个人的成长与发展真正得益于《故事会》。二十多年前，我还是一个青年农民，当时农村文化活动极度贫乏，我们感到非常郁闷和枯燥，《故事会》的到来，给我们带来了现代人无法想象的生机和活力。我把《故事会》传给全生产队的青年人阅读，不到半个月，一本杂志就被弄得"面目全非"、"体无完肤"。为了表达感激之情，我代表生产队所有的青年人给《故事会》写了一封信，没想到这封信以《我们欢迎这样的刊物》为题摘登在《故事会》1982年的第四期上，"一本《故事会》传遍一个生产队"的故事也上了报纸。在《故事会》那些励志故事的激励下，我开始创作文学作品和曲艺作品，到后来又写新闻稿，许多媒体的编辑都说我写的通讯有《故事会》的语言风格。我还被评为自学成才典型，新长征突击手，并被破格录用为新闻干事，后来又被任命为县委宣传部副部长，县机关报社的社长。可以说，我是阅读《故事会》的直接受益者。

**绿版编辑部：** 非常感谢您对我们杂志长期的喜爱和支持。《故事会》杂志已经走过了45年，在这45年，特别是在改革开放30年里，《故事会》取得了令人瞩目的成绩。这都离不开您和像您一样的忠实读者的支持和鼓励。在世界华人地区，几乎都能听到"我是看着《故事会》长大的"这样的亲切话语。我们相信，在你们的关怀下，《故事会》一定会越办越好，拥有更美好的明天。（本栏目欢迎读者提供新鲜活泼、有代表性的问题，一经采用，即致薄酬。）

---

就在这儿等。"

三叔停下诧异地说："哎呀，我来的时候不是在这儿下车的啊！"阿边两口子都愣了："那你在哪儿下的车啊？"

三叔向前面一指："我在前面就下车了。咳，我明白了，怪不得我下车走了半天才到你们家，原来我慌慌张张提前一站下了！"

"什么？你提前一站……"阿边差点要晕过去。只有他明白，那天在车上接完老婆的电话时，车刚好开到前面那一站，他当时还向车外看了一眼呢。原来他给水晶打电话的时候，三叔已经下车了，根本就没机会听到

他第二个电话的内容啊！

三叔忽然悄悄往他怀里塞了些东西，阿边疑惑地捏了捏，像是几张钞票。他心下一惊：咋？三叔又反悔了，把他的贿赂退了？还没等他反应过来，三叔大声说道："阿边啊，以后你坐车到前面那一站下车就行了，走几步就到家，千万别贪心多坐这一站啊！"

阿边满脸通红，充满感激地冲三叔使劲点点头。二丫却不了解这其中的奥秘，笑道："三叔，哪有提前一站下车的？一张票就直接坐到家了！"

三叔哈哈大笑。

（题图、插图：谭海彦）

# 锁的较量

□李　方

## 神秘的诱惑

有个绰号叫"老鼠"的惯偷，常在公交车上作案。这天，车刚靠站，老鼠就赶紧下车钻进一个公共厕所，找了个隔间，清点自己的"战果"。他刚打开偷来的皮夹子，就听见外面走进来一个人，不久传来一个中年男子打电话的声音："对不起啊！我今天拉肚子，那批货还在家里，我马上要去医院。这样吧！我家在谭园56号，大门没锁，房门钥匙就放在门框上，要不你自己去取吧……"

老鼠听后，连忙把刚得手的钱揣进腰包，蹑手蹑脚地走了。

"谭园56号"是郊区一条偏僻小巷里的一处小院。老鼠推开大门，走到房门前，看了下门上的锁，是普通的撞锁，很旧。他伸手到门框上，果然摸到了一串钥匙，选了磨损最大的一枚去开锁，拧动了！可拧了半圈却再也转不动了，再一使劲，整个门把手也跟着晃起来。老鼠没想到会碰到这种情况，后悔自己没带工具来，心下一横，一脚朝门上踹去。"砰"的一声闷响，老鼠捂着脚直跳。这他妈什么木头做的门，这么硬！

"你偷东西就算了，怎么还要踹门？"突然，后面冷不丁有人说道。老鼠听了心中一紧，回头看时，一只大手伸了过来，后衣领已经被拽着了。他忙用手把衣扣扯开，想脱下衣服使一个金蝉脱壳。后面那人紧跟一步，拽他衣领的手迅速伸出去缠住他的脖

子，将他往后拖着走。老鼠知道遇到了高手，用双手使劲掰着那人的手臂，勉强地说："大哥手下留情！手下留情！"后面那人并不言语，一直将他拖到门口，左手抓着他的头发让他眼睛靠近门锁，右手把钥匙串中两个小而薄的钥匙并在一起，插进了钥匙孔，打开门将他拖进屋中，这才放开手，说："你不是想进来吗？我带你进来！"

老鼠好一会儿才缓过劲来，惊恐地看着拖他进来的人。听声音，此人正是厕所里打电话的中年男子。老鼠连忙说："大哥，你饶过我这一次吧！我再也不敢了！"

中年男子却突然开口问道："你看我这房子装修得如何？"老鼠这才注意到，这房的装潢十分高档，实木地板、真皮沙发、等离子电视，一侧墙上还有一个橱子，里面放着各种各样的锁，看起来价值不菲，另一侧还有一个房间挂着珠帘，应该是卧室。

"你很奇怪我有这么值钱的东西在屋里，却用一把破锁，还把钥匙放在门框上，是吧？"中年男子冷笑着说道，"我可是玩锁的行家，我改装过的锁，即使给了你钥匙，你也打不开！"老鼠忙随声附和："那是！那是！"

中年男子冷冷地看他一眼："明天你可以再来，钥匙还放在门框上，你要是能进来，这屋里的东西都归

你。你走吧！"老鼠似乎不敢相信自己的耳朵，看了看门，又看了中年男子一眼，半退着走到门旁，打开门"嗖"地蹿出去，撒开脚丫子跑了。

中年男子走进里屋，拎出来一个工具箱，开始换锁了！

## 奇怪的挑战

第二天早上，中年男子在巷口坐上一辆出租车，走了。有两个人一直看着他远去：一个染着一撮红头发，另一个就是昨天被捉的老鼠，只见他对红头发说："红毛哥，我实在是不敢去了，你一个人去吧！我在这儿给你把风。"红毛鄙夷地看了他一眼，走进了小巷。

红毛来到房门前，摸下了钥匙就开始试，每把都只能插进去一半，琢磨一会儿，明白了，里面有断了的半截钥匙，只有用另外半截钥匙才打得开。可这乱七八糟的一串钥匙里有指甲钳、挖耳勺以及一些小饰品，就是没有断了半截的钥匙。难道用挖耳勺？想着，他便将挖耳勺往锁孔里伸进去拨弄起来。

这时，老鼠蹲在巷口东张西望，忽然听到旁边一声喊："怎么不进去啊？"吓得他差点坐在地上，那中年男子，不知道什么时候竟走到他面前，"放心，我说话算数，进去看看你那位朋友吧！"说完自顾自走进小巷，老鼠只得硬着头皮跟在后面。

红毛用挖耳勺弄了一会儿锁，那挖耳勺居然断了。他正准备回去拿工具，却突然见那中年男子从大门进来，后面还跟着老鼠。

中年男子问："鼓捣那么长时间了，服气了吧？"红毛一仰脸："不服气！你说过'即使给了钥匙，也没哪个贼能打开'，可是你却把钥匙藏在身上，所以我不服气！"然后看了老鼠一眼，卖弄地说，"这门锁里面有半截断了的钥匙，只有用另外半截才能打开，而那半截钥匙他随身藏着，所以用门框上的那串钥匙根本打不开。"老鼠听了，不禁对红毛佩服得五体投地。

中年男子看了一眼红毛，笑了一声："你说得不错，门锁里面的确有断了半截的钥匙，但是开门的钥匙却的确在这串钥匙上。"说着，他要回钥匙，捏住其中一个扁扁的不锈钢小猪饰品，举起来晃了晃就把小猪屁股朝里插进了锁孔，打开了门，然后拔出来，递给红毛，"现在服不服？"

红毛把小猪端详了半天，原来小猪后三条长短不一的腿恰好相当于钥匙的三个齿，谁会想到这是一个钥匙呢？红毛耷拉着脑袋，中年男子却哈哈大笑"你回去吧！告诉其他人，随时可以来偷。只是明天我要换锁，而且以后只有十分钟的时间了。"红毛与老鼠很不解地看了一眼中年男子，困惑地走了。

中年男子又乒乒乓乓地鼓捣起门锁来。

## 执著的应战

第三天，中年男子出去买早点，回来时发现一个戴眼镜的小伙子拎着工具箱站在门口，见了他上前鞠一躬："我来开锁。"中年男子也客气地说："请！"便坐在院中的椅子上吃起了早餐。眼镜将工具连同钥匙一字排

开，拿出一只秒表，说了声"开始计时"，便忙碌起来。

眼镜先用自己的工具试了两分钟，打不开，便放下工具，拿起那串钥匙，仔细端详了一会儿，开始试钥匙，试完了，又用可以叠在一起的薄钥匙试，还是打不开，看了眼秒表，还剩下三分钟。他深吸一口气，又一次拿起那串钥匙，试着将各个饰品组合去开锁，又将饰品与钥匙叠在一起开锁，终于门锁被转动了，而且还剩下一分钟的时间。他长舒了一口气，得意地回头看了中年男子一眼，便推门要进去。这一推，笑容却僵在脸上：门居然推不动，像是镶在墙上一样，往回拉也拉不动。

这时，中年男子已经吃完了早餐，眼神中流露出一丝赞赏，又带有一丝遗憾。眼镜恼怒地来回推拉门，却依然打不开。最后时间到了，眼镜不服气地说："我已经开了锁。里面一定有东西顶住了门，这不算！"中年男子不紧不慢地说："你没进门，已经输了，里面没有什么东西顶门，只是你弄错了方向。""弄错了方向？""这扇门不是推开的，而是拉开的。""拉开的？可是这门外明明有门框挡着啊？"

中年男子弯下腰去，用两个手指便拆下了下面的门框，然后用几秒钟的时间拆下了整个门框，抓住门把手一拉，门开了，他回头对眼镜说："在

最后的时候，没能保持一贯的冷静，是你失败的原因。"

眼镜没再说话，静静地收拾自己的工具。中年男子又打量了他一番，说道："看来你对锁本身很感兴趣，你会有一番成就的。"眼镜叹了口气："做贼能有什么成就啊？"中年男子似笑非笑地说："一切都会变的。"眼镜默默地走了。

中年男子又开始改装自己的门。

## 惊人的秘密

第四天一大早，中年男子听到一阵敲门声，走出来打开门，一个年约五十的唐装男子领着红毛和眼镜站在门口。唐装男子一抱拳"我是他们的老大，外号金刚钻，特来试你的锁。"中年男子连忙恭敬地说："不知金老大要来，实在失敬！里面请。"说完带他们进了屋。

金老大也不客气，一屁股坐在沙发上，红毛与眼镜则站在他身后。中年男子拿出饮料放在沙发前的茶几上，说道："请慢用。"金老大开口道："你如此费心引我出来，不会只是要我喝这些东西吧？"中年男子说道："金老大快人快语，是个爽快之人，那我就开门见山了。"说完站起身，说了声，"稍等！"转身进了珠帘后的房间，拎出一个大箱子，放在地上，打开后将箱子转了个方向。

三人朝箱子里望去，不禁一愣，

虽然有许多东西没见过，但还是能看出那些都是专门开锁的工具。眼镜更是惊呼了一声，走上前去拿起那箱中的物件仔细把玩，啧啧称奇。

金老大笑道："原来是同道中人，不知如何称呼？"中年男子不卑不亢地说道："小弟没什么名头，只因好玩锁，人称'王锁头'，这次请金老大出来确实是有事相求。"

金老大看了一眼眼镜，咳嗽一声，似乎在责怪他的失礼。眼镜回头看了他一眼，并不理会，仍然自顾自地把玩箱中的工具。金老大眼中闪出一丝失落，又转瞬即逝，装作不在意地对王锁头说："只要我能帮上忙，定然义不容辞！"王锁头嘴角露出不易察觉的得意"好！这边请。"说完，带金老大走进那间挂珠帘的卧室。

王锁头打开衣柜，里面竟是一个砌入墙中的大保险箱。王锁头说："这是从阿拉伯一位酋长的家里偷出来的，里面是一把金锁，上面镶了十二颗5克拉的钻石。"金老大倒吸了一口冷气："5克拉！十二颗！这金锁恐怕要上千万。"王锁头接着说："可惜这保险箱异常坚固，如果强行打开，会引爆里面的炸药，把钻石和开锁的人都炸得粉碎。"金老大"哦"了一声。

"素闻金老大善开锁，人称'金刚钻'，希望您老出面，打开这保险箱，东西你我平分。"王锁头激动地说，"外面箱中的工具，是目前道上最先

进的，足可以助金老大一显身手！"说完慢慢地关上衣柜的门，二人走出了卧室。

金老大坐在沙发上沉思了半天，问道："你不怕我们抢走你的宝贝吗？""哈哈……"王锁头大笑，"如果金老大是那种人，我怎么还会费那么多周折请你出面呢？"转而又平静地说，"而且，我在保险箱上接了一个小型炸弹，虽然威力不大，却足可以引爆里面的炸药，如果将保险箱从墙上拆除或者我遥控引爆的话，大家就

会同归于尽。"三人都是一惊，没想到王锁头的计划竟是如此的周密。

金老大说："此事我还要回去与众兄弟商量一下，王老弟容我考虑一天吧！""好！兄弟明日在此等你。"

三人走后，王锁头走进卧室，打开衣柜门，又开始捣鼓起来。

## 最后的玄机

第五天，来了四个人。除了昨天的三人外，还多了一个老头，与金老大有几分相像，走在最前面。昨天来的金老大向王锁头一抱拳"实在是对不住啊！这才是我们老大，我其实是刘老二！"这时真正的金老大才说："江湖险恶，不得不防啊！兄弟勿怪！""哦——不怪，不怪！里面请！"

金老大转身对三人说："你们留在外面。"三人便站在院子里，背对房门，站立不动。

金老大跟着王锁头进了屋，金老大看着保险箱，又看了看工具箱，对王锁头说："我做事时喜欢清静，老弟是否——"王锁头点点头，走了出去。

王锁头走到房门口，对外面三人说："你们老大在开保险箱，你们要保持安静！"然后关上了房门，坐在客厅背对着卧室，手里拿着电视遥控器，不断地换着台。

金老大在卧室里忙活了近十分钟，就打开了锁，心想：王锁头不过如此嘛！然后小心翼翼地打开了保险箱的门，就在那一刻，只听身后"咣当"一声巨响，他忙回身使尽全力向门口奔去，却撞在一扇铁栅门上。从珠帘的墙侧伸出来的铁栅门，和监狱的门一模一样。听到声响的屋外三人也想推门进去，门却纹丝不动。金老大大声问："你是谁？你想怎样？"王锁头不紧不慢地说："我是谁？你还记得七里桥监狱吗？"金老大一脸疑惑地望着他："你是狱警？"

"不用看了，你没见过我，我是七里桥监狱安全设备的负责人。当初你居然只用十分钟就打开了我研制的锁，并打昏狱警，逃了出来。因此我被开除公职。"王锁头伤感地说，"之后我自己成立了制锁公司，但你的越狱却成了我的心病，我发誓要捉到你。我一直通过各种渠道寻找你，终于查到了这里，并且成功地将你引出来。"

这时候门口的三人已经开始骚动了，红毛在粗俗地叫骂，眼镜开始试着开锁，刘老二则想溜滑。王锁头丝毫不理外面的嘈杂，对金老大说："里面有全套的开锁工具，给你十分钟的时间，打得开门，就还可以做你的老大。"说完就打电话报了警，"警察十分钟内赶到。你尽快吧！"

金老大嚣张地说："这天下就没有我金刚钻打不开的锁，十分钟太久了。"这时，红毛和刘老二已经跑了，只剩下眼镜在用门框上的钥匙和自己

# 2009年"《故事会》最有影响力的故事"征文启事

为鼓励多出优秀作品,《故事会》杂志社决定继续举办2009年"《故事会》最有影响力的故事"征文大赛,并对优秀作品实行四大奖励措施:

1. 入选作品除在杂志上发表外,还将收入《第一推荐·最具人气的故事E》一书; 2. 入选作品可得两笔稿酬: 在《故事会》杂志发表的作品,首发稿酬每千字400元;获"《故事会》最有影响力的故事"优秀作品奖,再追加每千字1000元; 3. 入选作品均颁发奖励证书; 4. 本刊将邀请有关作者参加年底的颁奖大会,所有费用均由编辑部承担。

征稿范围: 1. 具有现实感、新鲜感且可读性强的中短篇(包括超短篇)原创作品; 2.故事性强、有口传性、能引起读者兴趣的推荐作品。

超短篇(如"幽默故事")的字数一般在1500字以内,短篇(如"中国新传说")的字数一般在5000字以内,中篇故事的字数一般在15000字以内。

来稿方法: 1. 从邮局寄发,请在信封上注明"征文大赛"字样,本刊地址: 上海市绍兴路74号《故事会》杂志社,邮编: 200020。

2. 从网上传递,可寄各责任编辑信箱,请在主题上注明"征文大赛"字样,本期责任编辑的信箱是: simyyue@126.com。

---

的工具,耐心钻研着外面的锁。

十分钟到了,金老大没有打开里面的铁栅门,眼镜也没有打开外面的木门,警察也没有到。王锁头叹了口气,说:"剩下的时间,算我赠送的。你慢慢开吧! "

金老大急得满头大汗,沮丧地坐在地上,他知道自己打不开这道门,说道:"我输了,你能否告诉我,你怎么知道刘老二的身份的?""他是和你挺像,可是你的得意门徒,那个戴眼镜的小伙子……""他不可能背叛我,他是我的关门弟子! "

"你别激动,正因为你对他过于宠信,使他目中无人,他对刘老二爱答不理的态度使我产生了怀疑。而且我知道对你而言,打开一把锁的乐趣,远远高过了得到那些钻石,而刘老二似乎对钻石金锁更有兴趣,所以他瞒不了我。"

很快,警察来了,铐住了发呆的眼镜。金老大低着头坐在地上,仿佛不相信眼前发生的一切,只听啪的一声,门开了,警察进去铐住了他。他呆呆地望着铁门,不愿移开目光。王锁头朝他晃了晃手里的电视遥控器说:"这就是钥匙,现在全国的监狱都装了这种锁。你进去再慢慢研究吧! "

没多久,警方一举捣毁了以金刚钻为首的盗窃集团。眼镜因罪行较轻,一年后就出了狱,被王锁头招进了自己的制锁公司,不久便成了技术骨干。

**(题图、插图: 刘斌昆)**

# 江湖儿女行

□ 童树梅

民国年间，洪成杂耍班在宜城摆台，红妹子"飞插钢刀"的绝活回回赢得满场喝彩。

红妹子是洪成班里最小的师妹，不但长得唇红齿白、眼波流转，身上的功夫更是了得，她手里那两把钢刀，简直就像长了眼睛似的，想往哪儿飞就往哪儿飞。这还不算，绝就绝在即使把眼睛蒙上，红妹子的功夫照样使得！有一回，她让她的大师兄紧贴幕壁站着，只一眨眼的工夫，就蒙着眼睛把手里的数十把钢刀都飞了过去，那钢刀一把把都紧紧贴着大师兄的身子插在幕壁上，待大师兄离开幕

壁时，钢刀在他身后活脱脱显出一个人形。红妹子这手绝活把全场人都看呆了，她的名气也随之在宜城响了起来。

但名气太响有时候也是惹麻烦的事。话说这天，红妹子去逛街，街上吃的、玩的、用的什么都有，红妹子正瞅得高兴，忽然围上来几个人，黑绸衣衫，歪戴帽子，其中一个涎着脸说："嗨，这不是耍飞刀的妞吗，走，跟哥耍耍去！"街上人吓得忙不迭地往一旁闪，红妹子心里暗惊：遇上混混了！

这时，混混的"爪子"已经朝红

妹子脸上摸过来，红妹子甩手就是一巴掌，她只恨自己没将钢刀带在身上，心里不由有点着慌。正在这时，耳边突然响起清脆的"叮当"声，她心中不由一喜：是大师兄来了！红妹子的大师兄玩转钢球的功夫甚是了得，鸭蛋大小的钢球，吞吞吐吐根本不在话下。

大师兄和红妹子早已两心相许，刚才忽然见她不在眼前，大师兄不放心，便一路找来。

那些混混认出大师兄来，恶狠狠地说："你不是吞钢球那小子吗？快滚，我们可不是你的钢球！"大师兄才不怕他们哩，说："是啊，是啊，你们当然不是钢球，不过，我倒很想试试，你们有没有我手里这钢球结实。"说罢一扬手，他手里的钢球如白光般飞出去，只听"啪"一声响，数十步外一处屋顶飞檐被砸得粉碎。

那几个混混见自己不是大师兄的对手，当即逃了个无影无踪。大师兄料想他们不会善罢甘休，拉起红妹子就走。果然，第二天洪成班正走台演出，忽然一阵喧哗，一队荷枪实弹的士兵把场子团团围住，说有人举报洪成班私通乱党，把洪成班人一个不落全部押进了大牢，独独把红妹子送到保安队大队长黄金贵那里。

望着趾高气扬、肥胖丑陋的黄金贵，红妹子着急地说："大队长，我们是跑江湖、混饭吃的，哪敢私通什么乱党啊？"

黄金贵哈哈大笑："你着什么急啊？一切我说了算。我说你私通就私通，我说你没事就没事。懂不懂？"

红妹子试探着问："大队长，那你的意思是……"黄金贵皮笑肉不笑地说"哈哈，不瞒你说，自打我看到你，我的魂就没啦。现在我撂话给你吧，只要你肯跟我，我保证今后没人敢动你们洪成班一根毫毛。否则的话，嘿嘿！我就把你们洪成班人通通按私通乱党论处。知道那下场吧？要杀头的！"

红妹子一听，脸色变了："这么说，大队长，那天几个混混当街拦劫我，没准也是你的主意吧？"黄金贵得意地点头："好个聪明的妞！不错，我本想来个'霸王硬上弓'，不想那几个都是废物，所以我只好用这个办法把你们统统请来了。嘻嘻，我说妞，你就跟了我吧，何苦去受江湖那份罪呢？"

红妹子低下头，半天没吱声，最后一咬牙说："大队长，要说闯江湖的苦，我也确实受够了。可我做人不能不义，我就是要跟你，也得回去给我们洪成班人打个招呼吧？"黄金贵一听红妹子这话有门，心里顿时乐开了花："行，你打了招呼就回来。只要你跟定我，我就马上把他们放了。"

红妹子回到大牢，把黄金贵的意

思一说，大伙儿都跳起来："妹子，我们不能把你往火坑里送啊！"大师兄咬牙切齿要去和黄金贵拼命，红妹子说："我何尝不想和他们干，可他们手里有枪，我们斗得过他们吗？"大师兄红着眼睛道："斗不过也要斗，大不了是个死！"红妹子连连摇头："不行，不能因为我一个人牵连大家。"大师兄眼一瞪："你这话什么意思？难道你真想跟了那王八羔子？"红妹子一把拉着大师兄的手说："说实话，刚才我真恨不得一刀结果了那家伙狗命哩，可我们不能太莽撞是不是？我只问你一句，你敢不敢……"红妹子附着大师兄的耳朵继续说着，声音很轻很轻……

很快，红妹子就回到了黄金贵那里，黄金贵快活得骨头都酥了，红妹子要他马上放人，他于是就把洪成班的人全放了。随后，他迫不及待地便去搂红妹子，红妹子却面露忧色地说："我自小在洪成班长大，现在刚和大家分手，我这心里像是油煎似的，哪还有心思陪你？今天你让我静一静。不过，明天你得好好摆几桌酒，我是个清清白白的姑娘家，你要了我，总不能黑灯瞎火的连一桌酒也舍不得摆吧？"黄金贵尽管心痒难耐，却也只好点头："好吧，暂且放过你一天，谅你也飞不到天上去！"

第二天，丰盛的酒宴早早就备好了，有一席是按黄金贵的吩咐特意摆在内屋的。黄金贵猴急似的命女佣搀出刚刚沐浴过的红妹子。让红妹子沐浴是他的鬼主意，一来可以痛痛快快欣赏出浴美人，二来他也防着红妹子身上暗藏飞刀之类的凶器。

出浴的红妹子美极了，黄金贵看

得口水都淌下来了，他急吼吼地挥手赶女佣出去，自己正要扑上去，突然手下来报："大队长，门外有个小子，说是洪成班的大师兄，说有要紧事，一定要见……"黄金贵眼一瞪，刚要发火，红妹子的眼圈红了："大队长，你就让我们见一面吧。我和大师兄自小一块长大，情同兄妹，这回分手，还不知哪年哪月才能再见哩。你大人有大量，不会连这点要求都不肯满足我们吧？"黄金贵见红妹子如此娇态，心一软，朝手下挥挥手："让他进来！"手下刚要走，黄金贵突然把他叫住，"等一下，带过来前，给我好好搜搜身，省得他带着那个什么钢球来害老子。"说罢，冲红妹子奸笑了几声。

不一会，两个士兵押着大师兄进来了，报告黄金贵说已经搜过身了，身上没有带东西。大师兄紧闭双唇，神情看上去有些怪异。

黄金贵说："有什么要紧事？快说！"

大师兄好像憋着一口气，说话的样子非常艰难："我是来……来……来取你狗命的！"说时迟、那时快，只见他仰脖一使劲儿，两颗鸭蛋大的钢球突然从他嘴里吐出来，伸手一抄，钢球便到了手中。押着他的两个士兵这才反应过来，赶紧拔枪，可晚了，大师兄已经抢在他们之前，"咔咔"两声将钢球狠狠砸在他们脑门上，这两个家伙连哼都没来得及哼一声，就双双倒在了地上。

这一切，就发生在瞬息之间，黄金贵到此时才回过神来，也赶紧伸手掏枪。但几乎是与此同时，红妹子猛一甩手，"嗖"的一声，黄金贵持枪的右手腕被射了个对穿，枪从他手里掉到了地上。

红妹子不是穿的浴衣吗？而且刚才女佣们按黄金贵的吩咐，把她的长发都重新梳理过，甭说飞刀，连根针都没法藏啊，她这使的又是什么招？

原来，红妹子甩的是酒桌上的筷子。她要黄金贵摆酒是假，意在利用筷子。这地方用的都是乌木筷，筷头细细沉沉的，正好趁手。只见黄金贵捂着右手腕疼得龇牙咧嘴，红妹子趁机又闪电般连连甩手，黄金贵两腿一伸断了气。

黄金贵那班手下此时正在外面酒桌上昏天黑地地吃吃喝喝，对内屋这一切突变哪里知晓？大师兄于是带着红妹子悄悄打开后窗，身轻如燕，几个纵跳就跃出了后院，消失在茫茫夜色之中。在城外，已经脱身的洪成班人正在等着他们……

（题图、插图：黄全昌）

**绿版编辑部各编辑邮箱：**
夏一鸣 gshxym@163.com
邢 悦 simyyue@126.com
朱 虹 zhong98305@sina.com
杭 帆 hangfan1102@126.com

# 飞石案

□ 沈玉亮　赖艳梅

农民李有年的自留地紧邻107国道，这天，他正在地里干活，突然听到一阵汽车喇叭声，便本能地直起腰来抬头望去。可没想到这无意中的一抬头，却招来了一场大祸。

在这之前，一辆装满小石子的大卡车刚刚路过这里，因为路面不平，从车身上散落了不少小石子。李有年抬头时，正巧开过一辆桑塔纳轿车，车轮压到了一颗小石子，那小石子"嘣"一声从隔离栏空档中飞出来，不偏不倚击中了李有年的眼睛！李有年痛得一声惨叫，一头栽倒在稻田里。

村民们听到李有年的惨叫声，连忙奔了过来，只见李有年双手紧捂左眼，嘴巴里直喊："我的眼，我的眼呀……"大家把他的手拿开，不由吓了一大跳——李有年的左眼血肉模糊，血直往外冒。村民们一面打电话报警，一面急忙把他送进了医院。

交警勘查完现场来到医院。医生告诉交警，李有年的眼睛算是保住了，但治愈后视力将大为下降。

俗话说：冤有头债有主，可这冤主弄了半天是谁都不知道。受害人李有年只知道小石子是从马路上飞过来的，而旁边的村民只看到当时开过去的是一辆黑色桑塔纳，根本没有留心这辆车子的牌号。交警决定从飞来石子的根源入手，找到肇事者。可谁是肇事者呢？

交警们想到前方路口装有电子眼，于是按照事故发生的时间推断，在录像记录中查到了那辆黑色桑塔纳，并找到了车主。桑塔纳车主叫刘鹏，他听说自己车子压飞的石子砸伤了人，显出一脸的无辜。他觉得自己没有过错，根本就没有赔偿的必要。

・解剖一个案例 明白一个道理・

无奈之下，李有年只能求助于法律，将刘鹏告上了法庭。法院提醒原、被告，本案中双方均没有明显过错，李有年在田间劳动当属正常，而刘鹏正常行驶无法预料和及时避让马路上散落的小石子也无过失和过错，显然有意外事故的性质，这样的责任只能依据无过错责任原则由双方分担。

不过在调查过程中，车主刘鹏提供了一个重要线索，他在开车时，注意到前方有辆大卡车掉下许多石子，这卡车的车牌号尾数好像是721。交警根据刘鹏提供的线索，从路口电子眼的录像中查到了那辆超载石子车。

飞石案有了进展，开那辆石子车的驾驶员阿强被传唤后，也承认了那次散落石子的事实。但是他一个劲地说："我是为单位开车，老板一直要我多装快拉，要处理，你们找老板去。"

李有年听了也弄不清到底是谁的责任，好在他请的律师见多识广，提出追加被告，将刘鹏、阿强和阿强的单位一起作为被告。同时道路路面不平，造成石子散落，路政管理部门也应该负责。于是，当地路政管理部门也追加成了被告。

法院认为，小石子散落是整个事故发生的直接起因。事实证明，小石子是从阿强超载的大卡车上散落下来的，而阿强是在上班工作中造成的事故，属职务行为，故应当由单位来承担赔偿责任。另外，公路属路政部门

管理，保持马路路面平整是他们的义务和职责。但阿强所开大卡车装运石子已达一个多月，石子散落是常见现象，而路政管理部门却始终不闻不问，因此也要承担一定的赔偿责任。至于刘鹏，因为是正常行驶，属于无过错，在已经找到事故责任者的情况下，无需负赔偿责任。最终，法院根据本起事故伤害程度、因果关系及各被告的过错程度依法判决，由路政管理部门及阿强所属的单位各承担50%的赔偿责任。

**律师点评：**

这个故事主要说明了认定事故的"过错责任"原则。根据《中华人民共和国民法通则》第106条、第119条之规定："公民、法人……不履行其他义务的或由于过错……侵害他人财产、人身的，应当承担民事责任。侵害公民身体造成伤害的，应当赔偿医疗费、误工费、伤残补助费等。"

从本案中反映，卡车行驶中散落石子构成事故隐患，而路政部门不尽清除整修之责与事故发生存在必然关系，他们当然要分担责任。但是，如果没有（或找不到）上述原因，刘鹏作为桑车驾驶员，他在行驶中意外石子弹出伤了他人，那么这起意外事故，则要根据法律规定的无过错责任原则承担相应的赔偿责任。

（题图：谭海彦）

□ 张春雨

# 魔术师的
## 第三个条件

勒比尔是小城最有名的魔术师，每当他表演的时候，剧院里面总是座无虚席。这天表演结束，勒比尔看到在剧场的一个角落里，坐着一个衣衫褴褛的小男孩。小男孩看上去意犹未尽，直到观众走光了，他还痴痴不肯离去。

勒比尔走到男孩面前，微笑着问道："孩子，你喜欢魔术吗？"

"是呀！"男孩抬起头，兴奋地答道，"叔叔，你的表演太精彩了，你能教我吗？"见勒比尔有些犹豫，男孩央求道，"叔叔，求您了，我什么苦都能吃，平时还能帮您做杂务。"

勒比尔淡淡地说道："孩子，吃苦只是当好魔术师的三个条件之一，第二个条件就是看你有没有天赋。"说完，勒比尔从口袋中拿出一枚硬币，高高抛起，再用手背接住，然后一边让硬币在指缝间翻动，一边问男孩，"你如果能两手同时这样做，我就教你。"

"这个我可以做！"男孩兴奋极了，他从勒比尔手中接过硬币，迫不及待地表演起来，果然，他完成得很出色。勒比尔笑了笑，便将小男孩留在了身边。

从那以后，这个叫利朴的小男孩开始从早到晚跟着勒比尔。而勒比尔在闲暇时，也开始教授利朴表演魔术的技巧。这样过了两年，利朴发现，勒比尔在表演中所有的技巧他差不多都掌握了。

这天，表演开始前，利朴对勒比尔说道："师傅，让我上台表演一次行吗？"勒比尔看了看利朴，笑道："孩子，千万别急，魔术师的第三个条件你还没具备呢。"

利朴没再言语，失望之余更加留心师傅的表演，想从表演中找到那第三个条件。可是勒比尔的表演一切如常，找不到更新的东西了。过了一段时间，利朴又一次提出表演的请求，但勒比尔还是用同样的理由拒绝了他。这让利朴更加失望。

渐渐地，利朴心中的委屈转变成了怨恨，他想，一定是师傅怕自己抢了他的饭碗，所以才不让他表演的，可越是这样，他内心的表演欲望越强烈。终于，他决定离开师傅，独自一人去闯荡。

利朴在小城的另一个大剧院开始了他的魔术表演。他的表演比起勒比尔更加精彩，一开始就吸引了大量的观众。可是，过了一段时间，因为没有更新奇的东西，人们也就不再买他的账了。利朴大伤脑筋，他发现人们对魔术的秘密非常感兴趣，于是，为了吸引观众，他便在每次表演结束的时候，向人们透露一点点关于魔术的秘密，渐渐地，来他这里的人越来越多，而勒比尔那边变得越来越冷清了，最后，不得不停止演出，离开了小城。

利朴成为了小城最有名气的魔术师，每天来看他表演的人络绎不绝，利朴非常得意，沉浸在成功的喜悦之中。可是，好景不长，过了不到一年的时间，利朴便感觉，这样周而复始的表演没什么意思。逐渐地，随着表演热情的减弱，他在演出时也就不像原来那样用心了。

慢慢地，来看他表演的人越来越少了，利朴明白自己的技术已经不能满足观众的要求了。于是，他又想起了勒比尔所说的"魔术师的第三个条件"，或许那是他重新振作的关键所在。他听说在最北边的城市，有个杰出的魔术师，倍受人们喜爱。

于是，利朴动身前往那个城市，打算拜那个伟大的魔术师为师，提高自己的技术。可是，当他到了那个城市一打听，却大吃一惊，原来这个深受人们称赞的魔术师，不是别人，竟然就是被自己逼走的勒比尔。

"这怎么可能呢，他的表演我都了解，并没有什么特殊的地方，甚至

精彩的程度还不如我呢。"利朴不敢相信，可再转念一想，他明白了，人人都说师傅教徒弟，都会留最绝的一手，而勒比尔也一定是对自己有所保留，还假惺惺地说是什么第三个条件。想到这些，利朴心中顿时充满了愤恨，他恶狠狠地想，一定要不择手段，将这最后的绝招弄到手。

利朴化装成陌生观众，去看勒比尔的演出，可是，连看了一个礼拜，他发现勒比尔的演出并不比原来高明多少，但观众却依然热情不减。勒比尔到底施展了什么魔法，让观众这么着迷呢？利朴越想越想不通，终于，他决定铤而走险。

这天晚上，等勒比尔表演结束回

到住所，利朴带着一把匕首，闯进了他的家。勒比尔见到利朴并没有太大的惊讶，似乎这一切都在他的预料之中。利朴握着匕首，逼问勒比尔："把你保留的最后的绝招教给我。"

勒比尔并没有说话，只是苦笑一下，默默地坐到了旁边的椅子上，他从口袋里拿出了一枚硬币，高高抛向空中，再用手背接住，然后在指缝间玩弄起来。利朴的心咯噔一下，他一下想起了当初，自己就是通过这个考验才跟了勒比尔身边的，要不是他的收留，自己恐怕还是一个衣衫褴褛的小乞丐……他不由自主地把手中的匕首放了下来。勒比尔脸上露出了宽慰的笑容，问道："孩子，知道当初我为什么用这个方法考验你吗？""你是想看我有没有天赋！"利朴回答。

"错！是我知道你一定可以通过这个考验！"勒比尔看着一脸惊异的利朴，接着说道，"其实，我一看到你，就知道你是剧院门口的小乞丐。而我也注意到，你在剧院门口时，常会在指缝间玩弄讨来的硬币。后来，我发现你肯用乞讨得来的钱看表演，说明你对魔术极为热爱，便想教你魔术了。至于考验，只不过是想让你对这次机会多一份珍惜而已。"

利朴听到这里，眼泪止不住地流下来，他丢下匕首，跪在地上对勒比尔说："师傅，是我错了。"勒比尔笑了："孩子，知错能改就好，从你将匕首放下来开始，我知道你的良知还在，现在，我就将最后的'绝招'，也是成为魔术师最主要的第三个条件告诉你。"

"不……我不要了，师傅，我就在你身边侍候你。"利朴哭着打断了勒比尔的话。勒比尔微笑道："我从一开始就把你当我自己的孩子，把所有的本领都教给了你。所以，我希望你能知道这第三个条件的意义。其实，所谓的'第三个条件'说起来很简单，那就是超强的忍耐。"

"忍耐？"利朴不解地望着勒比尔。勒比尔缓缓地说道："当魔术师其实很苦闷，魔术表演带给人们的是惊奇、是欣喜。可对于魔术师来说却不过是反复的、单调的工作，平淡无奇才是魔术师的本质。当初不让你表演，就是因为你还处于兴奋当中，而兴奋后的平淡是致命的；同时，魔术师是从人们的无数惊叹中获得满足，而人们的求知欲对魔术师是种更大的诱惑，因为他明明知道，却必须将秘密埋在个人心中，决不可以告诉别人。否则，对魔术表演来说也是致命的。因而当一个魔术师，必须承受的就是无聊和孤独。"

利朴这下完全明白了，难怪在小城时，自己的表演生涯那么快就结束了，自己缺少的正是这种忍耐。

这时，勒比尔从椅子上站起来，他扶起利朴说道："相信经过这些事情，魔术师的三个条件你一定都具备了，我的年龄大了，明天就看你的了。"说完，他径直走进了卧室。

利朴站在那里，望着师傅的背影，内心突然像燃起了一团火，他明白了师傅的苦心，也相信自己，从明天开始，一定能成为一个合格的魔术师。

（题图、插图：安玉民　梁　丽）

· 本刊信息传真 ·

## 2009 年故事中国网年度大奖评选启动

2009 年，故事中国网(www.storychina.cn)将启动两项全新的年度大奖评选行动。其一为年度中国最佳故事评比，今年在所有报刊杂志上发表的故事作品均可申请参赛，每月入围作品进入年终决选，将由专家组成的评审组和网友意见共同决定最终获奖作品，并将赢得高额奖金；其二为中国杰出故事家评选，将邀请业内专家提名、投票，最终评出一位 2009 年度在故事领域成绩卓著的个人获此殊荣。两项评选的详情请登录故事中国网了解。

今年，故事中国网还推出"编辑讲故事"的新栏目，由《故事会》每期责任编辑针对不同专题，有系统地讲述故事创作理论，从故事的结构到故事的叙述，结合实例，深入浅出地说明。无论是故事初学者还是普通读者，都能从中获得收益。全体编辑都在论坛开设了在线专区，您可以通过这种最为便捷和直接的方式来向《故事会》投稿。

在 2008 年广受好评的"故事点评"和"咬文嚼字"活动将延续。故事点评：你可以对每期《故事会》的作品进行点评，凡入选在网站发布的故事评论将获得 50 到 100 元的稿费；咬文嚼字：你若在《故事会》中发现任何语言文字上的错误，通过网站"举报"，就有机会获得《故事会》系列图书。

## 一毛钱的作用

几个刚毕业的大学生到一家公司参加面试。这家公司很特别，把面试的地点放在了远离公司的地方。

到了面试的时间，工作人员提出了一个奇怪的要求"现在你们都用手机发一条署名的短信给经理，向经理询问公司的地址，经理就会告诉你们是否被录取。"

尽管大家都觉得很奇怪，但还是照做了。他们都用毕恭毕敬的语气给经理发了短信，没过多久大家就收到了经理的回复，上面显示的正是那家公司的地址。有人举起手机问那个工作人员："就是这样吗？"

工作人员微笑着说："就是这样，请你们再等会儿，十分钟后经理就会宣布录取结果。"

十分钟以后，工作人员收到了一条手机短信，她抬起头念出了一个名字，告诉他被录取了。剩下的几个人感到很奇怪，纷纷询问自己到底哪里做得不好。工作人员告诉他们："如果你们收到回复后，能像他一样，肯多花一毛钱，再给经理发一条感谢的短信，或许你们就会被录取了。"

有时，微不足道的一毛钱，正代表了你对他人的态度。

（作者：吴昕琪）

##  必须一个人喝这瓶酒

一艘捕鲸船在海上遇到风暴，搁浅在海湾里。船上储存的食物吃完了，船长安排船员上岛寻找食物，而自己则留守在船上，等待救援。

每天，船长都会上岛鼓励大家，要大家坚持到底。尽管船长已经年近七旬，可他红润的面色、爽朗的笑声，似乎一直都没有改变。大家都从他那里汲取了信心和力量。

终于，他们被一艘路过的渔船发现了！可就在船员们回到船上取随身物品时，有人在值班室发现了一个伏特加瓶子，酒已经喝得所剩无几！

消息传开，大家愤怒了，这些日子只有船长一个人在船上值班，一定是他偷偷喝了这瓶酒。

船员们将酒瓶丢在船长面前，让他解释。老船长拾起酒瓶，对愤怒的船员们说："大家集体上岛后，我找到了这瓶酒。"他扬扬手中的酒瓶，接着说，"当时我第一个念头就是让大家一块分享。可是，我们这么多人只有一瓶酒，一旦有人想抢去独享，后果将不堪设想！而我意识到，这瓶酒不能扔。作为船长，我应该用它来支撑自己，再去激励你们。这个时刻，我们需要有个人站出来领导大家生存下去。为了我担负的责任，这些天，每次上岛前，我都会喝上一口。"

这件事让我们再次见证了"责任"的重量。

（作者：赵功强；推荐者：冯国伟）

**戴**维开了一家小型工厂，因为自己忙于销售，结果工厂疏于管理，效益极低。中层干部们提出，需要再请一位大师级的管理人员。

戴维答应了。几天后，戴维便带来了一个人。虽然戴维没有明说，但大伙儿都知道，这是请来的管理大师。大师一进工厂，一言一行便受到了全厂工人的密切关注。管理大师穿着极其普通，待人也极其和

善，只是话语极少，总是用自己的行动来代替讲话。

每天早晨，管理大师总是最先来到工厂，将每台机器都仔细地擦拭一遍，还会将每个员工的座椅和生产工具都擦干净。一连好几天，管理大师都在干着同样的工作，那就是打扫全工厂的卫生！

这些行动，在员工中产生了巨大的影响，既然管理大师都这么毫无架子，亲自去干这些粗重活，那么其他人还有什么理由不好好工作呢？很快，工厂的效益就上去了。那些中层干部纷纷向戴维祝贺，祝贺他找到了一位管理大师。

戴维莫名其妙地问："管理大师？我还没有去找啊，哪里来的管理大师？"这下轮到几位中层干部惊讶了："难道那位被您带回来的不是管理大师吗？"戴维这下明白了："你们说的是那位清洁工吧，那是我的一位远房表亲，他原来是一位农夫，来我的工厂当一个清洁员。"

好的榜样抵得上一位管理大师。

（作者：沈　湘；推荐者：碧　玉）

（本栏插图：安玉民　梁　丽）

学写作文，从读故事开始

# 灵魂

□ 楚横声

# 并未亵渎

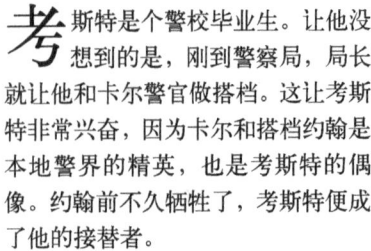

考斯特是个警校毕业生。让他没想到的是，刚到警察局，局长就让他和卡尔警官做搭档。这让考斯特非常兴奋，因为卡尔和搭档约翰是本地警界的精英，也是考斯特的偶像。约翰前不久牺牲了，考斯特便成了他的接替者。

可是，跟卡尔一起工作了半个月，考斯特却越来越摸不清头脑：自己跟的这个人，真的是传闻中那个厉害的卡尔吗？现实中的这个卡尔，似乎总是做些破坏纪律的事。比如四天前，考斯特抓到了小混混托马斯，可是卡尔却满不在乎地让他把人放了。

考斯特实在看不惯卡尔的所作所为，打算与卡尔详谈一次。这天早晨，考斯特开车去卡尔的家，他知道卡尔每天起床后会在院子里锻炼，这正是谈话的好时机。可快到卡尔家的时候，考斯特突然听到三声枪响。

考斯特一惊，急忙加大油门开过去，远远就看见卡尔像木头一样站在院子里，一动不动。考斯特跳下车奔进卡尔的院子，他简直不敢相信自己的眼睛：卡尔的脸色惨白，头发被烧出一道沟，而他的大腿内侧的裤子上左右各有一个洞，还在冒着青烟。卡尔面如死灰，嘴唇剧烈地颤抖着。

什么人的枪法这么好？子弹飞得那么近，卡尔竟然皮都没破，明显是故意的。考斯特急忙扶住卡尔问："卡尔，你没事吧？"

卡尔惊醒过来，抬头向前方看了一眼，拔出手枪发疯一样向街对面冲过去。考斯特也醒悟过来，子弹从前方射来，枪手一定埋伏在对面的屋子里，于是也拔出枪跟了上去。他们刚冲过马路，突然从一座房子后面蹿出一辆摩托车，一转眼便开远了，他们仿佛听到车上的人正在得意地大笑。

卡尔追了几步，最后只能眼睁睁看着车从视线里消失了。考斯特说："卡尔，我们进屋搜查一下，或许他留下了什么线索。"

"线索？"卡尔喃喃地说，"这是一间空屋子，房主早搬走了，能留下什么线索？考斯特，你去把车开过来。"

考斯特不解地看着卡尔，可是他什么也没说，走回街对面卡尔的家。当考斯特把车开过来时，卡尔已经从那间屋子里走了出来，然后面无表情地上了车。正在这时，卡尔的手机响了，他慢慢接起手机，手机里传来一个经过技术处理的声音："卡尔，我不想杀死你，所以也不希望你被吓死，我要的不是你的命，我……"

卡尔蓦地涨红了脸，疯狂地大喊："王八蛋，你死定了，我要把你的脑袋切下来喂狗。"说完"啪"地把手机摔在一边。

考斯特觉得卡尔太冲动了，至少他应该听一听对方想干什么，可是考斯特也理解，卡尔刚刚受到袭击，内心没办法保持冷静。卡尔愤怒地大吼道："我知道肯定是汤姆斯，这个刚出狱的杂种。"

等到稍稍平静之后，卡尔告诉考斯特，半年前他在一次行动中击毙了汤姆斯的弟弟，而他的搭档约翰也在那次行动中丧命。当时汤姆斯还在监狱里，卡尔料到汤姆斯出狱后会为他弟弟报仇，但没想到居然是以这种方式。

卡尔让考斯特开车来到一个贫民区，指着远处一所破房子告诉考斯特，这是汤姆斯的一个隐秘据点，只要等在这里，一定可以找到汤姆斯。考斯特奇怪地问他怎么知道，卡尔叹了口气说："还记得前几天你抓的托马斯吗？我当时让你放了他，因为自从汤姆斯出狱后，托马斯就一直帮我打探汤姆斯的消息。"

看来卡尔一直在防范汤姆斯的报复。可考斯特还是觉得有些不对劲，既然汤姆斯想为弟弟报仇，为什么不干脆一枪打死卡尔，反而要这样恐吓他呢？

考斯特走过去敲了敲门，里面没

有任何动静。卡尔偷偷潜进了屋子，让考斯特在外面帮他监视情况。

下午时分，汤姆斯果然回来了，他拿出钥匙打开门走了进去，考斯特紧张地望着房子，汤姆斯枪法很好，卡尔能顺利地抓住他吗？就在这时，房子里枪声大作。考斯特忙跳下车，拼命冲进房子，只见卡尔倒在地板上，肚子上中了一枪，血流如注。卡尔指着窗子对考斯特喊道："他从这里逃走了，快追——他胳膊中枪了，你一定要杀了他。"

考斯特一边呼叫救护车，一边跳出窗子追了上去，不久就看到汤姆斯

摇摇晃晃的身影，考斯特举起枪来，让汤姆斯站住。汤姆斯根本没听他的，回过身，用左手持枪向考斯特射击，可是准头太差，子弹都打飞了，考斯特开枪还击，击中了汤姆斯。

汤姆斯倒下了，考斯特跑到他身边，只见汤姆斯大口喘着气，脸色变得惨白，不甘心地说："要不是我右手受了伤，你早就死在我的枪下了。"考斯特急切地问："你想为你弟弟报仇，为什么不干脆杀了卡尔？"汤姆斯用尽最后的力气说："我现在还不会杀他，我要让他……"

汤姆斯没能说完他最后的话，他的声音越来越低，脑袋一歪死了。

考斯特感到很疑惑，汤姆斯死前的话是什么意思？他想让卡尔干什么？考斯特越想越不明白，但他确定一点，汤姆斯不单单是想报仇，他还有其他的目的，答案就在卡尔身上。

考斯特回忆起刚才的情况，心里又升起另一个疑问：按照正常程序，卡尔开枪前应该先警告汤姆斯，遇到反抗才可以还击。可刚才汤姆斯刚进屋，枪声就响了起来，自己冲进屋子里的时候，卡尔让自己一定要杀了汤姆斯。卡尔为什么一定要杀死汤姆斯？难道其中有什么不可告人的秘密？

考斯特隐隐感到不安，自己的偶像，竟然有着这么多让人疑惑的地方，自己一定要弄清楚是怎么回事。他突

然想起一个细节，卡尔在自家院子里遭到袭击后，两人追到街对面，当时卡尔并没有让他进屋子，而是让他去开车，卡尔却独自一人跑了进去，难道卡尔知道屋子里有什么线索，不想让别人看到？想到这里，考斯特开车径直来到卡尔家对面的屋子。

屋子里面空空荡荡的，什么都没有，只在屋子的墙上，用红漆歪歪扭扭地写着：还钱。

还钱？难道，卡尔欠汤姆斯的钱？一个警察又怎么会欠一个罪犯的钱？莫非这里面另有玄机？考斯特觉得这件事情越来越扑朔迷离了。

考斯特赶到医院去看受伤的卡尔，此时，卡尔的伤口已经处理妥当，并没什么危险，一见到考斯特，卡尔就急切地问："你没事吧？汤姆斯呢？抓到他了吗？"

考斯特点点头："放心吧，你打伤了他的右臂，枪法再好他也发挥不出来，我又打断了他的腿，现在已经被抓起来了，他再也不会威胁到你了。"

卡尔一把抓住考斯特的手，大喊："你是说，你没打死他？"

考斯特凝视着卡尔的眼睛，慢慢地说："我为什么要打死他？难道，你怕他说出你吞了他的钱吗？"

卡尔脸色大变，好半天才颓然松开抓住考斯特的手，小声说："你……汤姆斯跟你说什么了？"

考斯特轻蔑地说："他什么都跟我说了，怪不得你早晨接电话时那么古怪，又那么盼望汤姆斯死掉，你是想第一时间灭口，可是汤姆斯命大，他会把真相原原本本地说出来，卡尔，你完了。"

卡尔愤怒地大喊："什么是真相？是我拿了他们的一百万吗？可是，他弟弟拿走了我好兄弟约翰的命。他弟弟是个人渣，约翰已经中枪倒地，他还要对着约翰补上几枪，我的约翰兄弟啊……"卡尔忍不住哽咽了，他指着考斯特问，"这样的人我难道不该杀他？杀了他，就没有人知道赃款到底有多少。我把四百万交到了警局，我只留了一百万，而这一百万不是为我，这是他弟弟为自己的凶残付出的代价。"

考斯特大声地问："约翰死了，对他的妻子儿女，政府会有补偿，他不需要这肮脏的一百万，你亵渎了约翰的灵魂。"

"这一百万，我并没有交给约翰的妻子儿女。"卡尔露出一个得意的笑容，"你不会知道，你永远也不会知道。就算是把我送上法庭，我也不会说的。"

考斯特刚想斥责卡尔，突然听到身后传来一阵啜泣的声音，卡尔也听到了这声音，两人不约而同地向门口望去。不知什么时候，门口多了一个漂亮的女人和一个五六岁的小男孩儿，卡尔和考斯特都太激动了，居然

没有发觉他们的到来。女人满脸泪痕，喃喃地说："原来，这一百万是这样来的，卡尔，你为什么要这样做啊？这会毁了你啊。"

卡尔着急地喊："你怎么来了？快走快走，钱的来源跟你们没关系，只要你把小约翰照顾好——"说到这里，卡尔的声音戛然而止，他意识到自己说错了话。

考斯特一愣，问道："卡尔，你是说这是约翰的妻子和儿子吗？不不不，在约翰的葬礼上，我见过他的妻子和儿子，这不是他们，你在骗我！"

"我命令你不要再问下去。"卡尔愤怒地对考斯特喊，然后他转过头去对女人说，"赶紧离开这里，不要把这件事跟你扯上关系……"

女人哭着把小男孩往前推了一下，小男孩儿捧着一枚奖章，上前戴在卡尔的脖子上，他小声说："卡尔叔叔，我妈妈说，你才是最有资格接受这枚奖章的人，奖章送给你，我爸爸在天堂里也会为你祝福。"

女人坚定地说："卡尔，不要再隐瞒了，一个死人的荣誉，比不上一个活人的清白，你为我们做的，我们无比感激，可是，这一百万你应该交出去。我宁可让人知道约翰是个出轨的男人，宁可让他的妻子和儿子恨他恨我，我也不愿意看着你进监狱。"

考斯特隐隐明白了什么，他俯身下去，拿起卡尔胸前的奖章，翻过来，后面刻着约翰的名字。

"这是约翰生前得到的最大荣誉。"考斯特听到卡尔平静而又疲倦的声音，"约翰临死的时候，让我把这个交给玛丽和小约翰——他的情人和他的见不得光的儿子。"

考斯特惊呆了，眼前的这个玛丽和小约翰，是约翰的情人和私生子。

"约翰希望我保守这个秘密，我答应了，可是，这样他们就得不到任何的赔偿，我不能让他们被金钱所困，也不能让约翰的名誉受损，所以我只能私下藏匿了一百万给他们。"卡尔瞪着考斯特，"作为一个警察，约翰无比优秀，玛丽和他的儿子，不过是他生活的另一面，我希望，你永远不要把这件事情说出去，任何时候。"

"不，我们不能再连累你了。"玛丽哭喊着，"我会跟警方说明这一切，我会……"

考斯特突然笑了起来："不好意思，卡尔，我刚才跟你开了个玩笑，其实汤姆斯已经死了，死前他什么都没对我说。还有……"说着，考斯特从口袋里掏出录音手机说，"刚才我不小心录了些东西，我这就把它删掉。"

卡尔呆呆地望着考斯特，哭了："考斯特，你是我的兄弟，约翰也是……"

（题图、插图：佐　夫）

# 莹东

## 一棵树

□ 舒一耕　搜集整理

**故**事说起来还是宋朝的事儿。

那年，朝廷科举张榜，江宁白府白彦柏的孙子白秀卿高居榜首。消息传开，众人纷纷上门道喜，白彦柏在府内大摆酒席，宴请宾客。

席间，有位客人忍不住对白秀卿说："白公子，你第一次应考就旗开得胜、荣登金榜，其中的奥妙能不能给大家说说？也好让我等平庸之辈长长见识。"

"这……"白秀卿一时不知如何作答。

他爷爷白彦柏却朗声大笑起来："哈哈哈哈，这是天助我们白家！"

天助白家？什么意思？众宾客都来了兴致："白公子，讲讲，快讲讲！"

白秀卿见爷爷朝他点头，于是就向众宾客躬身施礼道："大家既然有兴趣听，那我就实话实说。其实第一次应考，尽管平时四书五经熟读于心，可我心里总没个底，考试前一晚，一宿都没睡好，开考之后心里更是紧张，头昏昏沉沉的，都过了大半个时辰，却连一个字也没写下来，到后来竟迷迷糊糊的，眼睛怎么也睁不开。就在这时，突然有个白胡子老翁来到我面前，抚摸着我的头，告诉我该如何如何答题。经老翁指点，我顿时头脑清醒过来，文如泉涌，下笔有神，很快就交了卷……"

能有这样的事？众宾客半信半

白秀卿说："是啊，我也觉得这事儿奇怪，所以当时还特地询问老翁何许人氏，容当日后报答，可老翁只莫名其妙说了'茔东一棵树'这一句，就突然不见了人影。我后来问周围的人，谁知他们都奇怪地看着我，说哪里有什么老翁在我身边出现过……"

白秀卿说到这儿，众宾客更是你看我、我看你，丈二和尚摸不着头脑"白公子，你不说也就罢了，干吗要编故事诓我们？"

白秀卿一听急了，拉着白彦柏说："爷爷，还是你给大家说说吧！"

白彦柏捋着胡须感慨道："'茔东一棵树'，说起来，这是早年间的事儿啦！"他缓缓地向众宾客道出了个中原委。

原来数十年前，白彦柏在江宁县衙掌管文书之职。年底的一天傍晚，他在整理案宗时发现有一宗砍伐茔中之树的案子。所谓"茔"，就是指坟地；宋朝年间，砍伐茔中之树被认为是泯灭人性的大逆不道之事，是要被重罪处罚的。案宗说的是江宁县内有一户张姓人家，男人张大海砍了邻家一棵茔中之树，被邻家告到县衙，关进了牢里。

巧的是，就在白彦柏看过这案宗的第二天，便在县衙门口见到了这砍树人张大海的妻子。张妻是来县衙求大人放她男人的，她哭诉说，因为上有年迈的婆婆，下有两个未成年的孩子，她自己也体弱多病，所以这个家全靠男人张大海撑着，张大海要有个三长两短，她一家人今后的日子就没法过了。

因为张妻长得颇有几分姿色，所以门口几个衙役听她哭诉后故意对她打趣说："你这小娘们，光哭有什么用，还不快求白师爷，嘻嘻，你晚上给他荐枕，让他帮帮你。"

"荐枕？"张妻看着白彦柏，不懂衙役们说的"荐枕"是什么意思。

衙役们顿时哄笑

起来："嘿嘿，不就是侍候白师爷一个晚上嘛！"

"真是乱弹琴！"白彦柏狠狠朝那帮衙役瞪了一眼，拂袖而去。

可谁知就在当晚，张妻真就找白彦柏来了，虽然眼睛哭得红红的，但脸上分明擦过粉，身上也穿了干净的衣服，她是把白天衙役们的玩笑当了真。她对白彦柏说，她男人实在是因为家里房子快要倒了，又没钱修葺，才在邻家坟地边砍了一棵树。那邻家凭着家大业大，一直在庄上横行霸道，要追查起来，他们祖上修的这块坟地，当初还强占了张家的地边哩！她男人就是因为一直想想气不过，又没钱修房，才斗胆砍了他们一棵树。

张妻对白彦柏说："求白师爷帮帮俺，俺今晚情愿给白师爷荐枕。"

白彦柏听了真是又好气又好笑，这种缺德的事，自己怎么能干呢？他沉下脸，把张妻先劝说回去，然后又重新翻阅案宗，整整思索了一晚上。第二天，他悄悄来到张妻说的邻家茔地，实地看了砍掉的那棵树的位置，又在庄上转了转，找一些年长的老者聊了聊，然后才回县衙……

白彦柏说到这里，众宾客急着追问："结果呢？祖上的地界之争，都这么多年了，一时哪能说得清、断得明？连树都砍了，还能有办法？"

白彦柏笑呵呵地说："地界之争，确实不是一时三刻能了断的，可那邻家在庄上横行霸道是事实，所以我得想办法先把'茔中一棵树'的案子了了，把张家男人救出来。嘿嘿，这个呀，倒是被我想出了个法子，我只让张家赔了邻家一棵树的钱，那男人第二天就放回家了。"

白彦柏一夜思索想出个什么办法呢？原来，他实地勘查时，发现这棵被砍的树，位置在邻家茔地靠东边的一个角上，于是他灵机一动，把状子上的"中"字，加上几笔，改成了"东"（东）字，这样"茔中一棵树"就变成了"茔东一棵树"。这"茔东"既可以是茔地内的东边，也可指茔地外的东边 如果砍掉的树是在茔地外的东边，那么案子的性质不就完全不一样了？

改了一个字，救了一条命，众宾客不禁纷纷赞叹白彦柏的仗义和智慧。但是，数十年前的案子和后来的白家孙子应考又有什么关系呢？众人还是不解。

这事儿说起来确实有点儿奇。追本溯源，张家祖上不知哪一代，竟曾经在朝廷任过科考官，白发老翁暗中相助白秀卿，实是张家祖先要报答白彦柏对他们张家人的救命之恩啊！

众宾客这才理出了事情的来龙去脉，一时感慨不已……

（题图、插图：黄全昌）

（本栏目欢迎来稿。来稿可从邮局寄发，也可从网上传递。如为电子邮件，请发以下信箱：simyyue@126.com）

# 杀人动机

□ 寒汐

### 证 明

**每**个人或多或少、或大或小都有点嗜好，住在纽约市的霍克，嗜好却很特别，对犯罪案非常痴迷，平时喜欢收集有关犯罪的资料。这个秘密，也就只有他的好朋友汤米知道。

汤米读高中时就和霍克是"死党"，工作后，两人还经常在一起喝酒聊天，无话不谈。

这天晚上，汤米来到霍克家喝酒，酒酣耳热之际，霍克不免又讲起研究罪案的心得来："汤米，大家都觉得、觉得我没有本事，都看不起我，连老婆都离开了我。但其实我的头脑并不比任何人……差！"汤米把酒杯一端，点头道："是啊，是啊，别人那是对你不、不了解。"

霍克摇头晃脑地说："根据我多年来的研究，一个案件，尤其是凶杀案，能不能侦破，关键就在杀人动机上。警方往往先根据动机来确定对象，然后再按线索展开搜查。所以，如果没有作案动机，比如，杀掉一个跟你自己毫不相关的陌生人，警察是无论如何也不会怀疑到你头上的……"

汤米显然也喝多了，用手指着霍克笑道："这话我听过许多遍了，你……你要是真有本事，就……就做件案子来给我看，用……用事实来证明你的理论！光会说大话，无能……"

霍克被他一激，急了："你……你才无能，我就做给你看！"他站起身，摇摇晃晃地走到电话旁边，拿起一本厚厚的电话簿，扔给汤米，"你……你随便找一个人吧！"

汤米拿起电话簿翻了几页，随手一指："就……就这个吧。"霍克说：

"我看不清，你把它写下来吧。"汤米看来也醉得不轻，真的把那人的地址、姓名写到一张小纸条上，递给霍克："这人叫罗伯特，住在莱克镇，坐上火车半天就到，跟咱们毫不相干……"

"那好，明天正好休息，我就干——"霍克看着纸条醉醺醺地说。

第二天早上，霍克酒醒了，拿起桌上的小纸条若有所思，然后，像是自言自语地说："哈哈，不错，我就是要真真正正做一件大事！我既然把罪案研得这么透彻，为什么不去试一试呢？"于是说做就做，他略微改了装束，一个人悄悄地坐上了火车，赶到了莱克镇……

按照小纸条上的地址，霍克找到了罗伯特的家。这是一幢独立的两层小楼，四周静悄悄的，霍克假装是一位快递员，轻轻地敲了敲罗伯特家的门。门开了，出来一个中年人，接过快件，低头在签收单上签名，就在这时，霍克悄悄抄出家伙朝罗伯特砸去，罗伯特闷哼一声倒了下去……

霍克掏出手帕，把可能留下指纹的地方都擦了一遍，四下里看看，然后装作什么也没有发生似的，赶紧离开这块是非之地，坐上火车，神不知鬼不觉回到了纽约市……

## 动 机

两天后，霍克上网查案，果然发

现有罗伯特凶杀案的新闻了，题目就是：好好先生罗伯特横死家中！

新闻的前半段，描述了凶案的现场，对此，霍克当然了如指掌，可再往下看，却看到了让人吃惊的消息，根据对警方的采访，此案最大的嫌疑人，竟然就是"家住纽约市的霍克"！

霍克揉了揉眼睛，继续看下去，新闻说，罗伯特的妻子向警方提供了一条极为重要的线索：罗伯特先生是当地有名的大好人，从未与人结怨，而且家中贵重财物丝毫未少，显然也不是劫财，那么唯一可能的凶手，就是远在纽约市的霍克先生，因为在最近两个月中，霍克曾经给罗伯特夫人发过好几条骚扰短信……

霍克擦着冷汗，正在这时，汤米不知从哪里冒了出来，脸上一副得意的样子。霍克看到他，两眼冒火，怒道："汤米，你知道罗伯特的妻子是谁吗？"

汤米嘿嘿一笑，说："知道，当然知道，罗伯特的妻子是你的前妻费安娜，这我早就知道了！"

霍克气愤地问："汤米，我一直拿你当好朋友，既然你知道真相，你为什么说罗伯特和我们没有任何关系，这明摆着是要设计害我，你为什么要这么做？"

"是的，我承认，是我害了你，这一切都是我布的局！至于动机，"汤

米轻描淡写地说，"实话告诉你吧，是因为费安娜！"

"因为费安娜？"

"对，是因为她！"汤米继续说道，"早在高中的时候，我就疯狂地爱上了她，可是却让你抢先一步。自从你和她结了婚，我不知道有多恨你，可是我还是和你继续做朋友，因为只有这样，我才能通过你时常见到费安娜，名正言顺地和她交往。"

霍克没想到汤米为了费安娜竟暗中恨了他二十多年，喃喃说道："那么，罗伯特呢？你为什么要害死他？"

汤米咬牙切齿地说："他也该死！三年前你跟费安娜离了婚，我以为自己有机会了，谁想到她竟嫁给了罗伯特！哼，本来我还有机会的，可

是又被他给毁了，我不甘心！在那一刻，我就下定决心，要报复你们两个毁了我一生幸福的人！"

"所以那天晚上你把我灌醉了，然后怂恿我去杀人？"

"不错！你不是自以为杀罗伯特没有任何动机吗？却不知我早已埋下了伏笔。我趁你不注意的时候，偷偷用你的手机给她发骚扰短信。我深知她的性格，对这类短信是听之任之的。于是我的计划得以顺利进行，一步步地走到了现在！"

霍克长叹了一口气，说"看来我是自作聪明了，真正的犯罪专家应该是你！好一个借刀杀人案，我不得不承认，的确是无懈可击！"

汤米的声音听起来很得意："不错，我才是真正和罗伯特毫不相关的人，你将要为你的愚蠢付出生命的代价！"就在这时，门外传来一阵脚步声，汤米笑着说，"可能是警察来了，老朋友，再见了！哈哈哈哈……"

## 迷 局

"不错，对这么恶毒的朋友，霍克你早该和他再见了！"只听汤米背后响起一声冷冰冰的声音。汤米吃惊地转过身，看见一个熟悉的身影从里厅走出来，是费安娜！他惊讶极了："费安娜，你、你怎么

在这里……"

费安娜冷冷说道："哈哈，我怎么不能到这里？是霍克先生邀请我们夫妻来看一场免费的好戏，反正闲来无事，我们就从莱克镇赶过来了。没想到阁下果然演得精彩绝伦，我们总算不虚此行！"说完，嘴角浮起一丝嘲讽的笑容。

"夫妻？"汤米隐隐觉得有什么不对，再朝费安娜身后望去，只见罗伯特精神抖擞地站在后面。汤米像是见到了鬼："你、你不是死了吗？"

"哈哈，我知道，那天霍克动手的时候，你就潜伏在附近，不过，你不用惊慌，我并没有被杀死，这一切不过是一场戏，而主角就是你！"罗伯特先生优雅地走了过来，彬彬有礼地向汤米笑道。

"还是我来解释吧，"霍克赶紧过来解释，"其实我和罗伯特先生早就认识了，虽然费安娜和我离了婚，嫁给了罗伯特先生，但我们一直都保持着不错的关系。"

罗伯特不紧不慢接着说："所以，当你用霍克的手机给费安娜发骚扰短信的时候，我们立刻联系了霍克，经过我们三个人的分析，唯一有可能偷用霍克先生手机的人，就是你——霍克先生最亲密的朋友——汤米！"

"后来果然如此。只是我们始终弄不清楚你动机何在？所以，决定先按兵不动，后面的事情，相信就不用

我们再说了吧，你以为霍克中了你的圈套，其实是你中了我们三个人的大圈套。实话告诉你，我也是个喜欢研究犯罪的人！"这回轮到罗伯特先生得意洋洋了。

汤米用手指着电脑说："等一等，那网上的新闻呢，上面对凶案写得清清楚楚……"

费安娜冷笑道："你看看上面的日期！"

汤米睁大了眼睛："4月1日，今天是4月1日？"

"不错，今天是愚人节，"费安娜轻松笑道，"网络主编是罗伯特的老朋友，他正在为最有噱头的愚人节玩笑伤脑筋，正好就碰上我们送给他这样一个绝妙的点子。好了，戏已经演完了，我们都应该谢幕了。非常感谢你给我们创作了前半部的剧本，不过，我们擅自改写了结局，我想这是你无论如何也不会想到的吧？"

汤米辩解道："费安娜，我之所以这么做，都是因为爱你啊……"

费安娜摇了摇头："不，你想错了！真正的爱情，是让人们的心灵高尚纯洁，而卑鄙的行为，只会亵渎了它的神圣。你的谋杀动机不是为了爱，而是为了报复！汤米，虽然法律并不能因此而制裁你，但你却永远失去了你二十多年的朋友，以后希望你好自为之吧！"

（题图、插图：佐　夫）

一张小小的球台，演绎着世间的风云变幻；几颗彩色的小球，折射出人性的黑白善恶。

# 台球绅士

□ 老九

## 1. 开业大吉

**有**个青年叫裴坤，别看他年纪轻轻，却是个技术一流的职业台球手。这年初春，裴坤决定退役，在一条并不繁华的街道上，开了一爿名为"绅士"的小台球厅。随着一阵喜庆的鞭炮，裴坤的小台球厅开业了。

可是这家不起眼的台球厅的开业，却惊动了本市台球界的一位大亨。此人叫彭庸，今年56岁，号称本市台球界的大哥大。他名下的台球城、俱乐部不下十几家，还有台球器材厂等台球企业，可以说占据了本市台球业的大半壁江山。但是他还不满足，他的目标是垄断全市的台球业。那么，这么一个小台球厅的开业怎么

会惊动他呢？

原来他和裴坤之间有一段个人恩怨。

彭庸有个正值妙龄的女儿，叫彭薇露。别看彭庸是台球业大亨，却坚决反对女儿打台球。可是他女儿却偏偏喜欢上了台球，而且成了职业台球手，号称台球神女。不仅如此，她还交了个打台球的男朋友，这人就是刚开业的绅士台球厅的主人——裴坤。彭庸极力反对他们来往，千方百计拆散他们，因此父女俩闹得很僵，几乎到了断绝父女关系的地步。对裴坤开的绅士台球厅，彭庸也垂涎欲滴。因为这台球厅的位置虽不繁华，但是在师范大学旁边，很有发展前景。彭庸

为了实现自己垄断全市台球行业的愿望，想出高价买下裴坤的台球厅，可是被裴坤拒绝了。因为裴坤希望有自己独立的台球事业，希望以"绅士"台球厅为起点在台球界有一番作为。

两个矛盾加在一起，彭庸把裴坤视为眼中钉。

在裴坤的台球厅开业这天，彭庸的手下请示彭庸："要不要我们去给他点颜色看看？"彭庸却摆手制止道："你们谁也不许乱动，搞台球的要讲究绅士风度，对付这小子我自有办法。"

再说绅士台球厅的主人裴坤，在大家都沉浸于开业的喜庆之时，他却躲在一个角落和一个人促膝交谈。

坐在裴坤对面的，是一个和裴坤年龄相仿的年轻人。此人外号叫巧克，是裴坤从小打球的球友，因为经常在旁边为裴坤拿巧克粉而得名。

裴坤诚恳地对巧克说："你千万不能走啊，我台球厅刚开张，需要你指点帮忙啊！"

巧克说："你曾经是职业台球手，开台球厅没问题的。"

裴坤说："我打台球行，但是经营台球不行啊！你看看台球厅的设计装潢，都是你的主意，没有你，我怕经营不好。"

巧克说："我理论上还行，但是技术不行。虽然爱打台球，但一事无成，别人都说我是你的跟班，我不想这样

混下去，我也要去找适合我的路。"

"你要去做什么？"

"当然离不开台球了，国内有所体育大学有台球专业，我想著书立说，往台球理论方面发展。"

裴坤无奈地叹口气"唉，人各有志。我不能耽误你。"

巧克说："你放心，关于台球经营，我给你留下一条妙计，一会儿你打开看。"说罢他把一个信封递给裴坤。

裴坤不舍地目送巧克离开后，打开了信封。只见上面写着：刚刚开业，宣传、炒作很重要。为招揽生意，建议你设立奖金发出挑战：能战胜裴坤者，可得奖金1万元。重赏之下必有勇夫，小小台球厅会因此名声大振。

裴坤暗自赞叹巧克不愧是台球经营的天才，于是，他立即贴出告示，并在报上登出广告。

这一招儿真是立竿见影，第二天一大早，前来挑战的人就把台球厅门口堵得水泄不通，裴坤喜上眉梢，大声说："大家都谦让一下，最好排个队，按顺序来。"

人们纷纷问："你说的那些条件是真的吗？"

裴坤道："当然，只要赢我一杆就奖励1万元钱。当场支付，决不拖欠。谁排第一号，来吧。"

排第一的是个中年人，带着自己

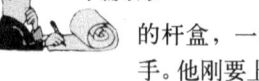

的杆盒，一看就是个高手。他刚要上前，却听到有人大叫："等一等！"

裴坤循声望去。只见一个一头金黄鬈发的外国人挤到前面，用有点生硬的汉语对中年人说："你把第一的位置让给我，我赢了的奖金都归你。"

中年人说："我不是为了钱，是为了争口气。裴坤海口夸得也太大了，这不等于向整个台球界挑战吗？既然你有赢的把握，我让了！"

外国人竖起大拇指："够义气。"

裴坤和观众们都奇怪地盯着这个金发外国人看起来。裴坤突然认出了他。

"桑迪？"裴坤不禁脱口而出，"怎么是你？"

来者正是著名的英国台球高手桑

迪！他也是裴坤以前球场上的老对手。裴坤疑惑地想：他放着好好的英国不呆，跑中国来干什么？他心里这么想，禁不住脱口而出："桑迪，你怎么到中国来了？"

桑迪说："先别问那么多，以后你会知道我为什么来中国的，今天我是专程来挑战的。"

裴坤心里犯开了难，他明白桑迪是来者不善呀！以前他跟桑迪交过几次手，总是负多胜少。如果今天迎战，肯定凶多吉少；如果拒绝挑战，那无异于自己认输！挑战书中也没说明外国人不许参加呀。

裴坤看着周围众多同胞殷切的目光，顿时有了信心：无论如何也不能在自己的家门口向一个英国人低头！于是说道："谁都知道英国的台球水平是世界一流的，敬请赐教！请挑战者先开球吧！"

桑迪脱掉外衣，打开随身携带的杆盒，取出精致的槭木球杆小心翼翼地接好，然后向裴坤轻蔑一笑说："我看你这里怎么都是美式16彩球的球台，一张斯诺克球台也没有，没有斯诺克的台球厅能算真正的台球厅吗？"

裴坤说："这也是我正在考虑的，咱刚开张，规模比较小，还有待完善，将来规模扩大以后，我一定会引进斯诺克球台的。"

桑迪傲然地说："在这种球台上，我就不能跟你进行斯诺克比赛了，我想就跟你比几个击球小技巧，如何？"

裴坤略微迟疑了一下说道："比什么我都奉陪！"

桑迪把三个球贴着球台边摆成一条直线，用"扎杆"击打最左面的白球，白球划了个弧线绕过中间的球把第三个球打进了袋里。

裴坤毫不示弱，他在中间的球前面又加了一个球，这样绕过去的难度更大了，但裴坤还是成功了。两人就这样你来我往，最后中间的球增加到了六个，形成了一堵墙！

现在轮到桑迪打了，大家都屏住呼吸看他怎么处理这个球。桑迪却不慌不忙，他先将白球击出，白球没有绕过球墙，而是碰到对边反弹回来，没有等白球停下，桑迪就在运动中再次将白球击出，这次白球剧烈地旋转着，绕过了六个球后反旋回来，把目标球打进袋里。

这一精彩击球，赢得了全场雷鸣般的掌声。

下面轮到裴坤了，人们鸦雀无声，都在看他还有什么绝技？

裴坤为难了，围着球台转来转去迟迟不肯出杆。恰在这紧张时刻，台球厅的大门突然"砰"的一声被撞开，一个黑衣汉子闯了进来，他表情冷酷，两道犀利的目光直视桑迪。

桑迪一见此人顿时大惊失色。

## 2. 陷入迷阵

黑衣汉子眼露凶光，一步一步逼近桑迪，冷冷地说："伟大的桑迪先生！还能认出我吗？"

桑迪哀声求道："不要再来纠缠我了，我的油已经被你们榨干了！"

"不、不、不，被榨干油的是我们！"黑衣汉子阴笑着连连摇头，"你以为从英国跑到中国来就万事大吉了吗？"说着突然抽出一把匕首向桑迪扑来。桑迪急忙一闪身，黑衣汉子一刀刺空，只听"嗤啦"一声，球台上碧绿的台呢被划出了一个口子！裴坤见状心疼地大喊起来："快给我住手！"边喊边不顾一切地冲了上去，一脚将黑衣汉子踹出老远，然后抄起一根球杆，向黑衣汉子扑去。黑衣汉子见势不妙，冲桑迪大喊道："别忘了你在英国干下的好事，我还会来找你的！"说罢转身奔出了台球厅。

裴坤回头看桑迪，发现他用手捂着左臂趴在球台上，血从他的手指缝中往下滴。原来刚才黑衣汉子的匕首刺中了他的左臂。裴坤扶起桑迪，问他到底是怎么回事，要不要去医院。桑迪忍痛无奈地说："来不及细说

了！我得罪了不好惹的人，现在不能去医院，我有重要的事要去银行，你带我去好吗？"

裴坤脱下外衣包住桑迪的伤口，搀扶着他打车来到银行。

桑迪从银行里取出一个密码箱，又拉住裴坤说："裴先生，帮人帮到底，下面我还要去环球拍卖行办点事，麻烦你再跟我去一趟好吗？"

裴坤不知道这个桑迪葫芦里到底卖的什么药，眼下觉得无法拒绝，同时又有一种好奇心驱使，他决定陪桑迪前往，弄个清楚明白。

环球拍卖行是一家国际性的拍卖

行，具有规模宏大的超级展厅和世界一流的环境设施。

裴坤搀着桑迪走下汽车，在桑迪的指引下走进拍卖大厅。

一进门，裴坤不禁被眼前的景象震惊了！只见宽敞的大厅里，几十张碧绿的球台一个挨一个整齐地排列在一起，都是代表台球最高水准的斯诺克式球台。

这不正是自己梦寐以求的一切吗？裴坤走上前，贪婪地抚摸着碧绿的球台，心想：要是这些设备放在自己台球厅里该有多气派呀！

这时，从前台传来了一个洪亮的声音："各位女士、各位先生，你们身后的这些台球桌就是今天竞卖的对象。它们都是来自英格兰的用精选的械木和优质大理石制成的世界一流的台球设备，在中国尚属首次引进……"

裴坤扶着桑迪找了个座位坐下后，小声问桑迪："你就是来竞买这些球台的吗？"

桑迪说："是的！"

这时，主持人宣布："今天竞拍的底价是五万元人民币，现在竞卖开始！"

"六万、七万……"竞价的人们纷纷举牌报价。裴坤出神地看着，这些竞价者既有中国人，也有外国人。他们都穿着华贵，一副绅士和商人的派头。他们出手阔绰，不一会儿竞价就叫到了十五万。

这时，出现了冷场，半天没人加价。

主持人当然不能久等，他刚要举锤，桑迪突然站起来说："我出二十万！"

全场鸦雀无声。桑迪刚要坐下，突然站立不稳向前倒去！

"桑迪！"裴坤惊得一把扶住他，只见桑迪手捂着伤口，脸上直冒冷汗，情况十分危险，裴坤急忙拨打120急救电话。不一会儿，几位白衣天使带着担架赶了过来。

桑迪在被抬走之前，紧紧抓住裴坤的手说："裴先生，请你留在这里！"说着将密码箱交给裴坤，"这里面有五十万元人民币，无论如何一定要替我买下那些球台！以后我们可以共同经营，拜托，拜托！"

桑迪被抬走了。裴坤握着钱箱一时不知如何是好。他看看钱箱，又看看那些名贵的球台，终于禁不住诱惑，心里说：我先用桑迪的钱把球台买下来，事后再把钱还给桑迪。

等他下定决心，准备竞买的时候，竞拍价已经涨到了四十万。

"四十万第一次……四十万第二次……"主持人手中的锤子就要落下了，裴坤已顾不了许多，连忙举牌用颤抖的声音喊道："五十万！"

场上一片寂静，再没人出更高的价格。主持人最后一锤定音："五十

万，成交！"

人们都把目光投向裴坤，裴坤却呆呆地坐在那里，他自己都闹不清楚，这一切到底意味着什么，直到一个服务员走到他跟前说："这位先生，麻烦您跟我到经理室办理成交手续。"

来到二楼经理室，裴坤一看不由愣住了，经理不是别人，竟是彭庸。

彭庸皮笑肉不笑地对发愣的裴坤说："又见面了，怎么你不知道，这家拍卖行是我租的？现在考虑好没有，把你的台球厅卖给我？"

裴坤说："您有这么大的产业，还惦记我那小地方干吗？"

彭庸说："你真倔，买这些设备，你是要扩大场子呀？"

裴坤一笑："更新一下而已。"

彭庸说："交钱吧，交完钱，那些球台就是你的了！"

裴坤打开密码箱递给彭庸说："这里正好是五十万，你数数吧！"

"好，你请坐，先喝一杯茶吧！"彭庸边说边倒了一杯茶递给裴坤，裴坤接过茶，痛快地喝了一大口。

收款员将货款放入验钞机中，不料机器竟呜呜呜叫起来，所有货款都是假的！

彭庸立刻变了脸，恶狠狠地说："你竟敢用假钞来骗我！"

"假钞？"裴坤大惊失色，忙说，"这不是我的钱，是一个叫桑迪的英

国人的！他现在在医院里！"说着，他急忙掏出手机，往医院打电话，可对方却说那个英国人没住进医院，而是半路下车走了！

裴坤脑袋嗡的一下子大了，到底是怎么回事？他急忙向彭庸解释："我什么也不知道，有人在陷害我！我现在不买这些球台了还不行吗？"

"你以为这是儿戏吗？"彭庸冷笑道，"我们的损失谁来负担？实在不想要也可以，必须出双倍的价钱来赔偿！"

裴坤急得一时不知所措，嘴里喃喃说着："我上哪儿去弄那么多钱呢？这可怎么办呢？怎么办呢？"

彭庸笑道"我倒有一个办法。拿你的绅士台球厅跟我换呀！"

裴坤一听，脑袋摇得像拨浪鼓："不行不行，这不等于拿头发换梳子吗？没有台球厅，我要这些球台有什么用……"可是没等说完话，突然感到双腿发软，眼睛发黑，昏倒在地。

彭庸得意地一笑，拉过裴坤的手，在事先准备好的交换合同上按了手印，然后叫人把裴坤拖出去扔在大街上！

不知过了多久，裴坤醒了过来，觉得头疼得厉害，意识到刚才的茶可能有问题。当他拖着沉重的步子回到绅士台球厅时，却被眼前的情景惊呆了，只见一群人，正在粗野地拆"绅士台球厅"的牌子。裴坤忙上前阻止，却被拖到一边挨了一顿毒打，一个家伙还边打边说："是彭老板派我们来的，这里现在已经是彭老板的了，这有合同，还有你按的手印！"说罢丢下一纸合同复印件扬长而去。

裴坤忍痛看着合同，伤心欲绝，悔恨交加地大喊一声："那手印是彭庸在茶里下药趁我昏迷时按的呀！"喊着喊着一时急火攻心，又昏了过去。

## 3. 东山再起

裴坤醒来的时候，发觉自己已经躺在了柔软的床上。一个美丽的姑娘守在床边，她就是裴坤的女朋友彭薇露。

见裴坤醒了，彭薇露忙握住他的手，刚要开口，裴坤却扭过脸去……

彭薇露说："别难过了，我都知道了，爸爸真不像话，我为我爸爸做的事向你道歉！"

裴坤沉默了一会儿，突然说："咱们分手吧！"

彭薇露一听，吃惊地瞪大了眼睛："什么？"

裴坤说："你爸爸不同意咱俩在一起，搞得你和他关系紧张。而且，他也把我视为眼中钉，处处刁难我，如果我们分手了，也许这么多麻烦就都没有了。我不想再拖累你了。"

彭薇露生气地说："你在说什

么？难道你不爱我了吗？因为爱，我们在一起，什么也阻挡不了！我最了解我爸爸，他表面上是个生意人，实际上就是个赌徒、骗子，他为了达到自己的目的不择手段，无恶不作。即使我没有这种关系，他也不会放过你，我也不会与他和好。总之我是不会离开你的，我要帮助你，绝不屈服于他。他靠种种不法手段谋得的产业，是长不了的，总有一天他会受到惩罚。我一定会为你讨回公道，我这就去找他！"说着冲出门去。

再说彭庸，夺得了绅士台球厅的他，此刻正坐在办公室的大皮椅里得意呢，听见有人敲门，说了声："请进！"

可是进来的并不是彭薇露，而是桑迪。

桑迪坐到彭庸面前的椅子上得意地说："尊敬的彭老板，你交给我的任务顺利完成。"

彭庸哈哈大笑："这我已经知道了，你真不愧为表演天才。哈哈哈，咱们合作愉快！"

原来桑迪的出现一开始就是个骗局，他与彭庸合伙，利用裴坤急于更新设备的心理，一步一步地将裴坤引入陷阱！

彭庸说："你来中国发展是对的，真是很有远见呢！"

桑迪说："是呀，只有傻子看不到，中国市场巨大，台球业发展迅猛，

是一块未开垦的处女地，必将大有作为。"

彭庸满脸是笑，说："那我们就中西合璧，共创辉煌！"

两人正谈得得意时，彭薇露突然闯了进来，态度坚决地要彭庸把台球厅还给裴坤，彭庸当然拒绝，并劝她断绝和裴坤的关系。他说："裴坤一个穷小子没出息的。来，我给你介绍一位外国杰出青年，这位是世界台球名将——桑迪。"

桑迪正了正身子，在这位东方美人面前，显得有些拘谨。而彭薇露却没正眼看桑迪，对彭庸说："你真是崇洋媚外。难道中国人打台球就是没出息的穷小子，外国人打台球就是杰出青年？不管怎么说，我都不会离开裴坤的，你就快说吧，还是不还？"

彭庸冷酷地说："这是一个优胜劣汰的社会，他必须学会适应，不能处处靠照顾，要愿赌服输，要对自己的行为结果负责，要靠自己的能力赢得想要的！"

彭薇露气愤地摔门而去，离开时丢下一句话："好吧，那你就等着吧，我们一定会靠自己的能力赢回这一切！"

几天后，裴坤伤好了，但是情绪还是很低落。彭薇露劝他说："别泄气，我们想办法从头再来！"

裴坤说："谢谢你这么帮我，为了我，你和你爸又闹翻了……"

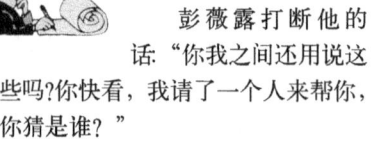

彭薇露打断他的话:"你我之间还用说这些吗?你快看,我请了一个人来帮你,你猜是谁?"

随着话音,一个人走进来,裴坤不禁瞪大了眼睛,来人竟然是最年轻的台球冠军,曾经多次战胜过桑迪的何应龙!

但裴坤只兴奋了一会,脸色又阴沉下来:"我现在什么都没了,你们怎么帮我呢?"

何应龙恳切地说:"我知道,你在台球界素有'台球绅士'的美称,为人豪爽仗义,这一无形资产,就是你最大的资本。另外,你并非一无所有啊!"

"我还有什么吗?"裴坤充满疑惑地说。

何应龙说:"带我去看看那些球

台吧!你不是竞拍成功了吗?"

"哦!我差点忘了!"裴坤陡然来了精神,"好,我马上带你们去,还真得请你这位高人给鉴别一下呢!"

来到拍卖场,何应龙用手背敲了敲球台帮,又把眼睛贴到台呢上仔细查看了一阵,然后说:"你上当了!这根本不是什么英格兰名贵球台,而是仿制品!"

"什么?"裴坤又一次震惊了,"我赔进去一个台球厅,就换回这些?我去找他们算账!"

彭薇露拦住他说:"君子报仇十年不晚,我爸是个恶人,阴险狠毒,跟他硬碰硬是不行的,我们应该想想怎样利用好这些球台,在生意上和他比个高低!"

何应龙接着说:"对,这些球台虽然是仿制品,但在中国,却可以算是高质量的了,所以用它们装备起来的台球厅,不会没有好的市场!我早就有办台球学校普及台球技术的想法,不如我们合起伙来办台球城和台球训练班,一边供人游戏,一边发现和培养台球人才,既重经济效益又重社会效益!"

彭薇露接着说:"我原来有个计划:我

买设备，你出场地，何应龙当教练。现在有了这些设备，我就可以用准备买设备的钱去租场地了！我已经看好了一个地方，位置丝毫不亚于'绅士'台球厅！我爸爸剥夺你的，我一定要补偿你！"

裴坤被深深感动了，激动地说："好！无论成败与否，我都跟你们干！"

就在裴坤他们紧锣密鼓地筹建台球城的同时，一个名为"戴维斯"的台球俱乐部，却抢先一步在原来"绅士台球厅"的位置上开张了，正像它的名字一样，其内部设施完全是英格兰风格。

"戴维斯"俱乐部还办有一个少年台球培训班，声称采用的是最严格的英格兰式训练方法。对于台球刚刚起步的中国来说，无疑有着巨大的吸引力，而一些望子成龙的家长更是为此着迷，纷纷送孩子来学习，"戴维斯"台球俱乐部一时间人满为患，生意异常红火。

几天后一个风和日丽的下午，新的"绅士"台球城暨台球学校也隆重开张了。它的规模远远超过了原来的"绅士"台球厅，业余台球界的"绅士"和年轻的台球冠军，加上台球神女，联袂主办，其声势自然非同一般。可是，出乎裴坤预料的是，台球城开业以后却门庭冷落，很少有人光顾。

裴坤一筹莫展，一个人来到一个小酒馆，借酒浇愁起来。他现在真想巧克，巧克若能在身边，一定会为他出谋划策的。

突然，裴坤两眼直盯着墙上的电视屏幕，愣住了。

只见电视里正播放着"戴维斯"台球俱乐部的新闻，播音员说："这个台球厅是英国人开办的，完全英式风格。在这里，您将领略到世界水平的台球设备和击球技巧……"

屏幕上闪现出台球厅修整后的豪华设施。望着电视中原本属于自己的一切，裴坤的泪水夺眶而出。播音员继续说："这里还办了一个少年台球培训班！出任培训班主教练的是英国著名台球手桑迪！"

"桑迪？"裴坤更吃惊了，他凑到电视跟前，见桑迪安然无恙，左臂丝毫没有受伤的迹象，那天刺伤桑迪的黑衣汉子，正在旁边摆球！裴坤恍然大悟，明白自己受骗了，咬牙说道："桑迪，我要找你报仇！"

此时，在戴维斯台球俱乐部里，一群天真无邪的少年在一张球台边围成一圈，桑迪站在中间，手握球杆来回走动做着讲解。

正当孩子们陶醉于桑迪煽动性的讲解时，醉眼蒙眬的裴坤突然破门而入。

"你这个招摇过市的大骗子！如今又在这里误人子弟！"裴坤不顾一切地向桑迪冲去，"我要亲手杀死

你！"

桑迪抓住裴坤的手，用力一扭，裴坤怪叫一声，歪歪斜斜地被按在球台上。

裴坤的脸被压在球台上，却仍用发硬的舌头倔强地说："你这个卑鄙无耻的外国佬，你根本不配教我们中国孩子！小家伙们，不要跟他学了，他就那么一点水平，连我都打不过！"

桑迪被激怒了，一把揪起裴坤说："不服气今天我们就比一杆，看我能不能打过你！"他放开裴坤，将一支球杆丢给他，"有胆量的就来试试吧！"

裴坤晃晃脑袋站直身子，咧嘴向周围的孩子说："你们好好看着，看我是怎么收拾他的！"说罢拿起球杆晃晃悠悠地趴在球台上，未等击球，却一下子吐在了球台上！

"哈哈"、"嘻嘻"小孩子们都笑了。

这时正好赶上电视台的记者来采访，桑迪说："快把这个录下来！"

"慢着！"一个声音制止道，桑迪循声望去，来的是彭薇露，他心目中标准的东方美人！彭薇露说："他喝醉了，有种跟我比！电视台要录就录咱俩的比赛！"

桑迪色眯眯地说："好啊，愿意奉陪！那咱们比什么呢？"

彭薇露说："就让我来考考你的

基本功如何！"

彭薇露走到另一张球台边，将五个彩球呈直线摆在两个腰袋之间，自己站在顶岸，俯身"啪啪啪啪"连续击出五杆，五个球应声入袋，干净利落。孩子们连声叫好。

桑迪轻蔑地一笑，走上前来，从球袋里掏出五个彩球摆在开球区的右半侧，主球放在左侧，说道："大家看好！"说着伸手将一个彩球向前滚出，紧接着抽杆对准主球，瞄准运动中的彩球用力一击，两球运动到球台中间相撞，彩球"当啷"一声直落右底袋，主球碰岸后又返回到桑迪杆下。桑迪又将一球滚出，又在运动中击入袋中……五球全中，弹无虚发。

桑迪起身说："怎么样，这才是真正的台球，它是我们英国人擅长的游戏，只有在我们手里，它才能显出神奇的魔力。"

孩子们和电视台的记者都看得目瞪口呆，彭薇露无奈地摇头放下球杆。

"不要口出狂言！"随着一声断喝，刚刚赶来的何应龙从人群中走出来，"谁说台球是英国人的专利？我让你见识见识中国人的台球水平！"

说罢他走到台前，掏出十个彩球，五个放在左侧，五个放在右侧，然后俯下身去瞄准左侧的一个球，歪头对桑迪笑道："能帮个忙吗？像你刚才那样，把右边的球依次滚出去。"

桑迪冷冷一笑，缓步上前，挨个儿将右侧的五个球摆弄一遍，然后突然将一个彩球向前滚出，所不同的是，这次他增加了球的力度和旋转。

何应龙目光追着拐来拐去的彩球，不失时机地抬杆，随着两球相撞的清脆声音，两球毒蛇吐信一样化成两道光，一个射进左底袋，一个进了右底袋。接着，桑迪以更快的速度又滚出一个球，何应龙准确地一击，又是两球同时入袋，比桑迪技高一筹……

顷刻间台面上的十个球全都不见了踪影，桑迪脸上显出了一点受挫后的复杂表情。

何应龙说："中国人沉稳细腻，比英国人更适合打台球，英国台球的霸主地位总有一天会被中国人超越！"

一席话赢得了热烈掌声，桑迪气恼地冲到电视记者面前："我抗议，今天的录像不能在电视台播出！"

记者毫不犹豫地回绝了他："别忘了这是在中国，我也是中国人！再说这是你让录的，我们播出合理合法！"

桑迪无言以对，懊恼地甩身离去。

## 4. 波澜屡现

第二天，电视台的新闻就播出了这场较量的录像，报纸体育版的头条也刊登了这则新闻：英国老牌台球名将不敌中国新秀！而新秀就是"绅士"台球学校的教练，一时间，慕名者纷至沓来，绅士台球厅门庭若市。

与此相反，戴维斯台球学校的学生纷纷退学，彭庸的台球业受到严重冲击。有道是祸不单行，彭庸在银行虚估资产骗贷的事露出马脚，正在接受调查。如果查实，银行将追回全部贷款，彭庸的贷款已经全都投入基建或挥霍了，现金根本不够还贷款，还不上贷款，将面临破产。彭庸起初想在股市赚取还贷款的钱，就筹集所有现金炒股，没想到赶上全球金融危机，赔得血本无归。最后，他只能寄希望于他的老本行了，那就是台球赌博。想当年他就是靠参与台球赌博赚得第一桶金，才发家的。他一向与国际博彩公司保持着联系，还时常参与地下赌博。所以，在他处于内外交困的时刻，他又想到了赌博，他要靠赌博翻本，这是他唯一的机会了。而要想实现这一点，必须首先制造一个大的赌局。

于是他开始考虑利用桑迪策划一件事。那就是要桑迪跟何应龙搞一个俱乐部之间的国际标准斯诺克对抗赛。斯诺克台球号称台球上的皇冠，代表了台球的最高水准，当前的国际大赛，大多是以斯诺克的形式进行的。彭庸想让桑迪在这样国际性的对抗赛上公开击败何应龙，一方面挽回

面子，更重要的是借此大赌一把，挽回损失。

他在国内外大肆宣传这场比赛，引起了国际博彩公司和地下赌博公司的关注。然后他暗中倾注了所有赌注买桑迪获胜，因此他要求桑迪全力备战训练，一定要获胜。

何应龙自然是毫不犹豫地答应了这场挑战，有了上次击球特技战胜桑迪的经验，他特别有信心，但是这次毕竟是正规斯诺克比赛，所以他不敢轻敌，和彭薇露、裴坤一起刻苦训练，想借此一举击垮彭庸。

在对抗赛前不久有一次国际性斯诺克比赛，桑迪与何应龙都报名参加了，而且在决赛中相遇，这正好是两人对抗赛前的一次热身，也是个检验两人水平的机会。结果桑迪似乎仍然没有摆脱上次比特技败给何应龙的阴影，在比赛中失利。桑迪似乎出现了心理障碍，得了"恐何症"，逢何应龙必败。为此他苦恼不堪，想取消与何应龙的比赛。彭庸阴险地笑了："对抗赛是俱乐部之间的，国际影响已经产生，如果取消，是自己打自己嘴巴。你代表的不是个人，而是俱乐部。我们只能获胜，不能失败。至于你的'恐何症'嘛，放心吧，我自有办法治疗好你的。"

桑迪不明白彭庸会用什么办法治好自己，直到比赛前夕，他看到一则新闻：何应龙遭遇车祸双腿骨折，无法比赛，他才恍然大悟。但同时他感到触目惊心，忙跑去质问彭庸："是不是你干的？你就用这种办法治疗我吗？"

彭庸说："你别激动，不要乱猜。报纸上写得清清楚楚，是意外车祸。这是天意，跟我有什么关系？如果他们取消比赛，那我们就自然获胜。"

桑迪无话可说，但心里则感到有点惶恐不安。

何应龙是在一次散步时被撞伤的，肇事车辆逃之夭夭。彭薇露他们怀疑是彭庸所为，但没有证据。何应龙上肢和腿多处骨折，只能靠轮椅行走，根本无法参加比赛了。

怎么办？难道放弃比赛自动认输

吗？"不，决不能放弃，"彭薇露看着裴坤说，"现在只有一个办法，就是你替他上。"

裴坤说："我和桑迪以往的斯诺克比赛负多胜少，我行吗？"

何应龙、彭薇露都鼓励他："只要刻苦训练，你一定能行！"

## 5. 名誉挑战

裴坤顶替何应龙上场的消息一出来，彭庸如释重负，桑迪也信心大增。彭庸又增加了赌注，满怀信心地等待胜利！

这些天最紧张的要算是裴坤了，他感到压力重大，没有获胜的把握。

何应龙在比赛前夕对裴坤面授机宜："我和桑迪是老对手，对他的球路了如指掌。桑迪打球有个致命的弱点，那就是缺乏耐心，他最见不得对手打球磨叽，只要你延长每一杆的瞄准时间，放慢节奏，让他处处觉得别扭，这样下去他就会急躁起来，就会犯错误，你就会战胜他。"

比赛日终于来到了，世界各地的观众都被吸引来了，比赛似乎超越了俱乐部的利益，而成了两个国家的较量。

为保证比赛的公正性，本次比赛起用了一个名不见经传的裁判新人，而当这个裁判新人走上场时，裴坤不禁喜出望外：裁判竟然是巧克！

裴坤兴奋地要上前拥抱巧克，巧克却只是礼节性地和裴坤握了握手。

在握手的瞬间，巧克压低声音说："不要让别人察觉咱们的关系。"

裴坤这才感到巧克的手那么温暖，小声说："没想到你走上了裁判的道路，怎么不早告诉我？"

"详情以后再说。整个比赛过程中，咱俩就装作不认识。"

斯诺克台球和花式9球、16彩球比赛不同，不是以最后打进的球定胜负，而是以得分多少定胜负。斯诺克球台上共有22个球，除白色母球无分值外，其他彩球都有相应的分值，依次是：红球共15个，每个1分，黄球2分，绿球3分，棕球4分，蓝球5分，粉球6分，黑球7分。规则是必须先打进一个红球再打一个彩球，红球进了不再掏出来，彩球进了要掏出来放回原处，直到台面上的红球全部打进，再打进彩球就不用掏出来了。这样，打完所有球后按得分多少计算每局的输赢。

比赛开始了，裴坤和桑迪的比分交替上升，一直咬得很紧，巧克的裁判也公正漂亮。就这样胶着打成3比3平。比赛采用7局4胜制，接下来就是决胜局。

何应龙在决胜局前再次提醒裴坤，好好想想他赛前说的话，要抓住桑迪的弱点。于是裴坤在决胜局开始耐心地打防守球，让桑迪失去耐心。

果然，桑迪总是把握不好机会，越来越暴躁，不断出现失误。

裴坤抓住每一次机会一路打下去，比分一直领先。剩下最后一个黑球时，裴坤已领先14分，通常情况下桑迪应该自动认输了，因为即使裴坤打不进黑球，桑迪打进了，桑迪还落后7分。

可是彭庸却不肯让桑迪认输，让裴坤打最后一球。

裴坤俯身瞄准，抽动着球杆，正要出杆。突然听到巧克喊道："停，犯规！"

裴坤满脸疑惑地看着巧克，巧克说："球杆已碰到了黑球，属于连击，判罚7分。"

裴坤摊开双手："你是不是看错了，我没有连击！"

巧克没理会裴坤，把黑球放置

球点，说："请下一位选手击球。"

裴坤摇头叹气：难道自己过于紧张瞄准时真触到了黑球？反正他相信巧克是不会骗他的，以前打球的时候巧克就表现出非凡的眼力。

桑迪上场，轻松将黑7打进。这样，场上出现了少见的戏剧性的平分！

按照规则，决胜局平分的话，要加赛一个球，就是争黑球，谁打进谁就获胜。

巧克宣布："下面休息5分钟，然后争黑球定胜负。"说罢将黑球摆在球台上。

黑球静静地躺在它的球位上，显得孤零零的，斯诺克球台从来没有这么空旷。

最后争黑球只有一次机会，先打的人就有了制胜的先机，所以谁先打至关重要，要用抛硬币来决定。巧克攥着硬币，叫两人猜。桑迪叫裴坤先猜。裴坤猜的是正面。

巧克将硬币高高抛出，落在台呢上翻了几下，最后停在了背面。巧克收起硬币宣布："桑迪先击球。"

桑迪庄严地上台，严峻地站在那里。

平时训练的时候，这种球的进球率是在90%以上的，然而在比赛中却说不准了。比赛中由于心理紧张，再简单的错误都有可能发生，尤其是一球定胜负的关键时刻。谁不紧张啊？所以这个球考验的是心理而不是技术。

桑迪静了半天心气，终于出杆了。可是黑球竟以毫厘之差没有打进，而且就停在了袋口！

全场一片嘘声。桑迪懊恼不已，他那因紧张而发白的脸变得更白了。

裴坤满怀自信从容上场，轻松地把球打进！

裴坤的支持者们高声欢呼。

这时彭庸悄悄走到巧克身旁，在他耳边说了些什么。

巧克突然起身宣布："有人提出质疑，比赛球台不符合规格，需要检验。"

如果比赛球台不符合规格，整个比赛都无效，要重新比赛。

巧克打开他的工具箱，那是裁判必备的。他取出卷尺、磨具进行测量，最后宣布球台不合格，明天重新比赛。

桑迪起死回生，面露喜悦却也莫名其妙，他哪里知道，这个特殊裁判是彭庸为他设置的双保险。

裴坤怒不可遏，他像看陌生人一样看着巧克："这分明是有意刁难！对你的判罚你能起誓不是昧着良心吗？"

巧克面无表情地喃喃说着："我只是秉公办事，根据我的测量，这张球台的确不合格，球桌左侧偏高，而且底袋的袋口偏大。就是你把黑球打进的那个球袋。"

裴坤这才发觉，巧克变了，就像眼角增添的鱼尾纹一样，只不过内心的变化是看不见的，只能通过他做的事情表现出来。

彭薇露愤怒地叫道："简直是笑话，儿戏！卑鄙！"

何应龙无奈地说："不过我们不得不承认，他们钻了比赛规则的空子。一旦抓到证据就可以举报巧克，终身取消他做裁判的资格。"

裴坤伤心地默默离开，他来到洗手间，想用凉水好好清醒一下自己。

巧克跟过来安慰裴坤，裴坤理都不理转身就走，巧克来拉他，他用力挣脱，巧克被搡得差点摔倒，口袋里的硬币被甩了出来，"当啷啷"滚到裴坤脚下，裴坤意外地发现，那枚硬币两面都是背面：原来是一枚魔术币！裴坤拾起硬币，对巧克怒目而视："这就是你的公正？想必你还有一个都是正面的吧！"

# 6. 生死对抗

面对裴坤的指责，巧克感到无地自容，央求道："你听我解释！"

裴坤伤心欲绝地说："你什么时候成了彭庸一伙的？"

巧克无言以对。

裴坤举起硬币："这是你裁判作

弊的证据，你知道我到台球协会举报你会是什么结果！"

裴坤痛心地转过身去，眼前又浮现出当年巧克为他擦巧克粉的一幕幕。

巧克慢慢走到裴坤背后说："裴坤，你不知道，我走到今天多么不容易。我和你一样从小就喜欢台球，但是我没有打球的天赋，我是多么羡慕你。后来一件偶然的事启发了我，那是一次斯诺克大赛，因为裁判有争议的判罚，一场好局因此痛失。后来根据比赛录像判定那是一个误判。我这才意识到，台球运动中还有一个被人忽视的重要领域，那就是裁判。他在比赛中的作用不亚于足球裁判在一场足球比赛中的作用。我虽然不能打好球，但是我可以做一个好裁判。于是

我参加了裁判考试，成了一名台球协会颁发证书的台球裁判。

"但是裁判也是分等级的，要想提升等级最关键的是裁判经历。我取得资格以后，由于没有机会裁判比赛，所以级别一直没有提升，我很着急。就在这个时候彭庸邀请我担任这次比赛裁判，还许诺赛后为我提供出国进修的机会。他们开出的条件就是万一桑迪在技术上败给你，就让我在裁判上让桑迪获胜……"

裴坤打断巧克的话说："别说了，我都理解。其实比赛的胜负对我没有对你重要，以我的失败换取你的成名，我认为值得。只是你不该欺骗我，你事先跟我说实话我会配合你的。"

说罢裴坤手臂一扬，将硬币抛入了下水道。

裴坤以德报怨，让巧克无地自容："我知道我错了，你骂我一顿吧，打我一顿也行，那样我会好受些。"

裴坤转过身来说："人间正道是沧桑，做事要有原则，有一些东西是不能出卖的，尤其是对一个裁判来说。这次受害的是我，我可以原谅你，但不是所有人都能原谅你的，你好自为之吧！"说罢裴坤转身

走了。

当天夜里，各大媒体就争相发出报道，说裴坤为了获胜在球台上作弊，被判比赛无效，明天重新比赛。这又是彭庸在搞鬼，裴坤可是跳进黄河也洗不清了。大众都相信了媒体，更倾向于桑迪获胜，博彩公司的赔率又提高了。

第二天，比赛重新开始，依然是巧克当裁判。

裴坤并没有受媒体不实报道的影响，他相信真的假不了，假的真不了。所以在比赛中他发挥稳定，表现非常出色。他继续贯彻放慢节奏使桑迪急躁的方针，志在必得。而桑迪则心不在焉，好像没睡醒似的，接连失利，7局4胜制的比赛转眼就输了3局。他的支持者都为他惋惜，桑迪急得额头上直冒冷汗。裴坤、何应龙、彭薇露都是满心欣喜。

看到桑迪的被动局面，彭庸却不慌不忙，表情淡定。如此反常表现，让裴坤他们感到有些不对劲：彭庸会这么轻易让咱们赢得比赛吗？

裴坤正在猜疑，巧克突然在比赛休息时拍了一下他的肩膀，把他叫到没人的地方。巧克在他耳边悄悄说了几句话，裴坤恍然大悟，握住巧克的手说了声："谢谢！我知道怎么做了。"说罢转身离去。

巧克看着他的背影，心情难以言表。

裴坤回到比赛场，关键的一局比赛即将开杆，现在的比分是3∶0，裴坤再赢一局就可以赢得全场比赛。

巧克宣布："第四局比赛开始，裴坤开球！"

此时，看台上悠闲自得的彭庸，忽然表情紧张起来，因为他看到，不远处有两个警察模样的人正在向他这里指指点点。他想恐怕是自己作假骗贷案子查实了，警察等比赛结束就要逮捕他。这时他更加盼望这场赌局能赢，他就有还贷的机会。可是眼前的情况似乎对他很不利。

裴坤走到台前，俯身瞄准，起身，又俯身瞄准，再次站起身。然后突然收起球杆转身向休息椅走去。全场观众见状哗然，不知他要做什么。

裴坤向观众高声宣布："我退出比赛！"

按照规定，他退出比赛，以后四局全部判桑迪获胜。

巧克立刻宣布："比分3比4，桑迪获胜！"

桑迪丈二和尚摸不着头脑，丝毫没有胜利的喜悦，彭庸更是脸色发白，目瞪口呆，接着他疯狂地呼喊起来："怎么会这样！裴坤，你怎么能这么做？"

原来，巧克刚才告诉裴坤，彭庸倾所有资产下了赌注，而这次买的却是裴坤赢。因为经过媒体的歪曲宣

传，外界一致看好桑迪赢，所以博彩公司给裴坤赢定的赔率很高，是1∶25。彭庸是想反其道而行之，出其不意，大赚一笔。为此，他事先给桑迪喝的水里加了大量的镇静剂，所以桑迪才状态低迷。

当桑迪明白过来是怎么回事时，也大为震惊，想不到彭庸为了胜利竟然连自己都害，因此他断然拒绝领奖："我不要这个冠军，我要公平竞争！"

如今赌局以彭庸惨败收场，美梦破灭、血本无归的彭庸暴跳如雷，呼天抢地。而就在这时，两个警察走到彭庸面前说："请跟我们走一趟，你涉嫌骗贷被起诉！"

裴坤、何应龙他们看到彭庸的狼狈相，十分解恨。这才叫善有善报，恶有恶报。

彭庸面对警察，又回头看看裴坤他们，心中不禁升起一股邪火，他简直怒不可遏了，突然疯狂地打倒一名警察，夺了警察的枪，向裴坤冲来，嚎叫着："你抢走我的女儿，破坏我的生意，如今又故意输球，毁了我的一切！我要杀了你！"

说着举枪向裴坤射击，说时迟，那时快，彭薇露一个箭步冲上去，挡在了裴坤前面！

枪响了，彭薇露应声倒在血泊中。彭庸呆住了："我的女儿！我的女儿！"他要扑过去看女儿，却被警察拦住："不许动！放下枪！"

彭庸绝望了，大喊一声："苍天哪，结果为什么是这样？"说罢转身越过栏杆，纵身从三层楼高的看台跳了下去，当场身亡。他怎么也不会想到，自己不择手段追求的一切，最终会是这样的下场……

三个月后，彭薇露伤好出院。彭氏集团虽然倒闭，但是何应龙、彭薇露、裴坤合伙出资收购了它。对了，合伙人还有巧克和桑迪，巧克成了国际裁判，桑迪也改邪归正……

不久，一家名为"绅士"的国际台球俱乐部重新开业了！

**（题图、插图：杨宏富）**

---

故事看过瘾了吗？轮到你出手了，给我们的中篇故事栏目投稿吧。在这个栏目里，我们欢迎这样的故事：1. 题材新颖，视角独特，能引起读者的兴趣，尤其欢迎反映当代生活的作品；2. 情节曲折生动，线索脉络清晰，故事性强；3. 人物形象鲜活生动；4. 篇幅在10000字至15000字之间。热情期待您的来稿。优秀作品除了能得到优厚的稿酬，还有机会拿到千字千元的奖金。来稿可从邮局寄发，邮寄地址：上海绍兴路74号《故事会》杂志社，邮编：200020；也可从网上传递，本期责任编辑邮箱：simyyue@126.com。

# 阿P
# 收废品

□ 李大勇

**这**天，阿P接到同事大超的电话，说有事请他帮忙，要请他吃饭。阿P乐呵呵地去了。三杯酒下肚，阿P就开门见山地问："大超，有什么事情你就直说，别到时候我喝多了，你这客就白请了。"

大超挠着头，不好意思地说："阿P兄弟，我知道你是个热心人，这个忙非你帮不可，是这样的，我家里有不少的破烂，能不能麻烦你化装成收废品的给收了？"

阿P奇怪地问："收废品的不有的是，你路上找一个不就行了？"

大超苦笑道："阿P，你不知道，我们小区物业特认真，收废品的根本进不去。"阿P这下明白了，闹了半天是让我去收废品啊，便说道："你家又不缺钱，有什么旧东西扔到垃圾桶不就行了。"

大超无奈地说："我和我妈住在一起，她是从苦日子过来的，什么报纸、易拉罐、塑料瓶都舍不得扔，非要卖几个钱，这一攒就把厨房和卫生间占了不少的地方。现在城里房价高，一平米8000多块钱，我放废品用，太不值了。"

见阿P还有些犹豫，大超拍着阿P的肩膀说道："你放心，收废品的钱都由我来出，你花出去多少钱，我就还你多少钱。只是有一条，你得瞒过我老娘，不能让她知道这件事。"

阿P这下酒劲也上来了，一拍胸脯说："好，这事就包在我身上了。"

到了约好的日子，阿P一大早就跑到大超的小区里，找了个僻静的角落，换上了大超准备好的旧衣服，打扮成收废品的模样。接着就跑到大超家的楼下，开始吆喝起来："收废品的，有废品卖吗？"

只听大超在楼上喊道："收废品

的，等一下。"

阿P假装被叫住了。过了一会儿，大超就和一个老太太提着大包小包东西下来了，不用说，那老太太就是大超娘。

大超娘一下楼，就挑出几个可乐罐问道："这瓶子多少钱？"

"老大娘，这瓶子不值钱，一个8分钱。"这是阿P事先打听到的行价。

老太太脸上露出一丝不满，嘀咕着："这么便宜，别人的价比这儿高多了。"说着转头冲大超说道，"这么便宜，咱不卖了。"

一听这话，大超急得汗都出来了，忙冲阿P挤眼睛。阿P心领神会：这是要我提价呢。反正事先说好，这些钱都由大超出。于是，阿P忙改口："老太太，您要是破烂多的话，我高价收。"接着连报了几种废品的价，个个

都比市价翻了个倍。大超娘这才满意地冲大超说："快回去，把咱家的破烂都拿出来，全卖了！"

大超松了一口气，答应一声，急匆匆上了楼。老太太留在原地，问阿P："我家的破烂挺多的，你没个车可拿不走啊。"

阿P心里一慌，怎么把这个茬给忘了，他急中生智道："大娘，你放心，我的车在小区外，我一会儿就想办法推进来。小区保安查得紧，收破烂的都进不来，我是溜进来的。"

老太太不屑地说："进不来是没本事，你看你不是进来了吗？上次我就碰到灌液化气的进来了，我还问了，人家说看门的是他家的一个亲戚。"

正说话间，大超已经把东西陆续搬下来了，老太太的东西还真不少，地上转眼堆成了一座小山。阿P装模作样地掏出一个蛇皮袋，一件件开始算起来。

正算着，阿P突然听到身后有人问："大超娘，你这干啥呢？"一看，原来是小区里几个老太太买菜回来了。大超娘乐呵呵地说："我正卖破烂呢，你们快回去拿吧，今天好不容易来个收破烂的，价钱还不错。"

那几个老太太一听，都乐了，兴冲冲地往家走，不一会都拎着自家的废品来了，除了刚才那几位，还有不少是这些老太太招来的，看那阵势，

半个小区的老太太都来了。

眼看面前的废品越堆越多，阿P一边假装高兴地收着废品，一边心里犯愁，这一地的废品，待会儿该怎么处理啊？

就在这时，阿P突然听见有人喝道："你，干什么的？"扭头一看，远远走来一胖一瘦两个穿保安制服的人，一定是老太太来得太多，把小区保安招来了。

阿P抬眼去看大超，可大超早就没影了。阿P心里埋怨：这大超可真不像话，关键时刻竟然跑了。

只听那个胖保安冲阿P嚷道："哎，说你呢，收废品的，你还找什么找？"

阿P生怕在大超娘面前露馅，一句话都不敢说。

瘦一点保安说："你知道吗，你这样进来，要被我们主管知道了，要扣钱的，我们也是打工的，一天能挣几

个钱呀？"

阿P还是不吭声，胖保安显然性子比较暴，对瘦保安说："他不是不说吗，带他到咱们领导那去，让他处理，不罚他一千两千才怪……"

阿P正低头装哑巴，一听说要罚他钱，还不是小数目，心里一急，干脆三十六计"跑"为上吧。想到这里，阿P趁着两个保安不注意，转身撒腿就跑，可刚跑几步就被追进了死胡同。

阿P心想，反正跑不掉了，索性到保安室把话说清楚。我阿P什么世面没见过，还能怕两个保安。想着，他也不挣扎，任凭保安连拉带拽把他拉到了保安室。

刚进门，阿P就看到里面坐着一个人，竟然是大超，正捧着杯子悠闲地喝茶呢。这时，两个保安的态度也来了个一百八十度大转弯，客客气气地对阿P说："阿P先生，不好意思，请坐。"边说边给阿P倒了杯茶。

阿P被搞糊涂了，这到底是怎么回事。他莫名其妙地问大超"刚才找你找不到，你怎么跑到这里来了？"

大超嘿嘿一笑："我到这里来叫保安啊。他们都是我叫过去的。"

阿P这才恍然大悟，原来是大超向保安"告"的"密"，便疑惑地问道："不是你让我来收废品的吗，怎么又要让保安去赶我走啊？"

大超把杯子放下，指了指窗外：

"你没看刚才那个阵势，半个小区的老太太都去了，你开的价又这么高，要让你再这样收下去，我今天得花多少钱啊？"

"可你该提前跟我说一声，害我跑了半天……"

大超不好意思地笑了："阿P兄弟，对不起啊，要是提前告诉你的话，这戏演得就没这么真了，哪能瞒得住我娘？我待会儿回去就跟我娘说，看到保安罚了你1000块钱，把你的钱都罚光了，她以后就不会唠叨着要找收废品的到小区来了。"

胖保安也凑过来说道："我们当着大伙儿的面把您带走，以后对领导也有个交代，不然小区里有人收废品我们不管，是要被扣奖金的。为了我们的饭碗，就只能委屈您了。请您多包涵。"

阿P听了，忙大方地摆摆手，说："没事，没事，这是你们的工作嘛，我们应该配合，应该配合。"

这时，大超掏出一把钥匙，对阿P说道："不过，还得麻烦你件事，刚才收了那么多废品，你还得真像收废品的那样运出去，三轮车我都借好了，就停在小区门口，这是钥匙。"

阿P觉得大超说得也对，演戏得演全套。于是，他接过钥匙，到门口骑上三轮，装作垂头丧气的样子，骑到刚才收废品的地方，把东西都装上了车。

把车骑出小区，阿P开始犯愁了，这么多东西丢哪儿啊。他无意中看到自己穿的衣服：对啊，找个真收废品的，把这些东西卖给他不就行了，这样还能帮大超挽回点损失，也算是个"废品中间商"吧。

想到这里，阿P不禁佩服起自己的"商业头脑"来，他一边骑三轮，一边吹起了口哨。

（题图、插图：顾子易）

·本刊信息传真·

## 法律知识故事征文

本刊在与司法部连续举办三届法制故事征文的基础上，推出新栏目"法律知识故事"，通过发生在我们身边的、短小而具体的个案，生动、形象地宣传法律知识。这些知识注重现实性、实用性，真正起到解剖一个案例、明白一个道理的作用。

为鼓励作者深入生活，写出高质量的法律知识故事，我刊决定面向全国征文，优秀作品除在《故事会》发表并参加评奖外，还将结集出书（具体评奖方法稍后公布）。

本次征文也欢迎读者和法律界人士提供相关素材、案例，一经录用，即付稿酬。

来稿方法：1. 从邮局寄发，请在信封上注明"法律知识故事"字样，本刊地址：上海市绍兴路74号《故事会》杂志社，邮编：200020。2. 从网上传递，可寄以下信箱：wulun@vip.sohu.net，请在主题上注明"法律知识故事"字样。凡已和我刊编辑有联系的作者，稿件可继续投给原编辑。

 □廖 钧 **假的**
**比真的好**

谁都知道，东西是真的好，可广告公司的老板贾好偏偏喜欢标新立异，总说："不对，这世上的事不能一概而论，有的时候，假的就是比真的好。"为了表明自己的态度，他还把广告公司名字改成了"假赛真"，说这名字响亮、独特、有内涵。

公司成立后的第二个星期，就搞了个擂台赛，专比讲故事，主题就是"假的比真的好"。谁讲的故事最独特，就能拿一只金鼠。

到了比赛那天，比赛果然吸引了不少人。

第一个上台讲故事的是个女工，她说要讲个发生在自己老家的故事：阿萍和阿山结婚没多久，阿山就找了别的女人。阿萍知道这件事，气急了，当着阿山的面，喝下了一瓶敌敌畏……

贾好笑一笑，打断了她："好了，

下面的你不用讲了，阿萍没有死，因为那瓶敌敌畏是假的。阿山被这件事打动了，后来再也没有找别的女人。是不是？"

"是啊。"这女工很奇怪，"可是，我的故事还没有讲完呢，你怎么就知道了？"

贾好说："我们公司就是搞创意的，你这故事太老套了，猜也能猜得到。这大奖不能给你啊。"

第二个上台的是个男青年，他说："我在发廊认识了阿倩，想娶她，可她花销大，我手头又没钱，想来想去，我决定去抢。那天，我揣着买来的枪，跑到银行门口守着，看见一个男人拎着一袋子钱路过那里，我悄悄地在后面跟着他，到了没人的地方，我就用枪顶着他，让他把钱交出来。没想到他转身就跑，我一看这是个要钱不要命的家伙，气坏了，朝他背后

'咔！咔！'就是两
枪……"

贾好又笑了，说："不对，应该
是'砰！砰！'两枪。"

青年解释道："我那把枪是假
的。"

贾好不解，问："那人跑了，你
钱也没抢着，这怎么说明假的比真
的好？"

青年人说："当然是假的好啊！
那天我被警察逮住了，拘留了几天，
要是把真家伙，把他给报销了，我这
会儿还能来讲故事吗？"

贾好更奇怪了："按理说你是抢
劫未遂，怎么拘留几天就出来了？"

青年笑了："这人拿的也不是真

钱，是刚从附近买来的冥币。"

贾好一听，哈哈大笑："好。有点
新意，入围。"

青年讲完之后，还有不少人争着
上台讲故事，可贾好都觉得不如男青
年的故事，眼看结束的时间越来越
近，大奖就要归那青年了，此时从台
下颤颤巍巍走上来一个老太太，她对
着话筒清了清嗓子，开始讲起来：

"那天我坐公共汽车，刚上车，就
有个小孩子站起来给我让座，我心里
高兴，心想现在的孩子真懂事，就一
边道谢一边坐下了。才坐稳，我突然
发现，孩子身边还站着一个老太太，
背后背着一个大书包，一手揽着一堆
孩子的衣服，另一只手握着一瓶矿泉
水，原来是那让座孩子的奶奶。"

贾好一听，问道"那孩子为啥不
让自己奶奶坐呢？"

老太太说道："我也这么问那孩
子。没想到，那孩子却说，你是我假
奶奶，她可是我真奶奶啊。我们老师
教育我们在外面要给老奶奶让座，明
天我把给您让座的事跟老师说，老师
一定会表扬我的。"

老太太说到这里，顿了顿，最后
说道："看来我这个假奶奶的待遇比
真奶奶可好多了。"

老太太的故事讲完了，周围有的
人大笑，有的人摇头，贾好在台下一
拍巴掌，叫了一声"好！"当即决定，
把大奖发给老太太。

□张学伟

# 老公爱吃麻婆豆腐

阿贵前段时间炒股，被套了不少钱，一天到晚愁眉苦脸，更舍不得花钱。老婆小荣看在眼里急在心上，就想办法安排阿贵出去旅游了一个星期。

小荣知道阿贵在外面也舍不得花钱，于是在他回来那天，特意拉着他到饭店，说要给他接风。

到了饭店，小荣拿着菜单让阿贵点菜，可阿贵连看都不看，脱口就说："来份麻婆豆腐就行了！"

小荣听了扑哧一笑，怎么回到家还这么抠门呀！

可阿贵坚持就要一份麻婆豆腐，小荣也拗不过他，两个人就着这份豆腐吃了一顿饭。

第二天，小荣打算在家里好好做一顿，给阿贵补一补。

可一问阿贵想吃什么，阿贵连想都没想，又是一句"来份麻婆豆腐就行了"。

小荣不禁一愣："昨天刚吃过，怎么还吃啊，换个口味吧？"

阿贵坚决地一摇头："不行，就吃它！"小荣见状没敢再问，只得去超市买豆腐去了。

奇怪的事情发生了，接下来的几天，阿贵每顿必吃麻婆豆腐，直到吃得嘴上冒泡，眼睛发红仍不罢休。小荣心里敲起了鼓：阿贵这么个吃法，该不会生病吧？

于是她便把这事告诉了周围的姐妹。众姐妹也摸不着头脑，有人提醒"现在中年男人工作压力大，很脆弱，阿贵炒股被套进了，压力肯定很大，千万别出什么意外呀，还是带他去医

# 山寨版"失误"

一个人犯了错误，往往不是好事：医生犯错误，病人就会有生命危险；运动员犯错误，就拿不到好成绩。可出现错误，也不一定都是坏事，不信请看：

◇ 如果一名理发师出现了错误，那不算失误，他会创造一种新发型。

◇ 如果一名司机出现了错误，那不算失误，那是一次事故。

◇ 如果一名工程师出现了错误，那不算失误，他只是在进行一种新的尝试。

◇ 如果一位政治家出现了错误，那不算失误，只会诞生一项新的法律。

◇ 如果一位科学家出现了错误，那不算失误，他会弄出一项新的发明。

◇ 如果一名裁缝出现了错误，那不算失误，他会做出一套时装。

◇ 如果一名教授出现了错误，那不算失误，他会创立一套新的理论。

◇ 如果你的老板出现了错误，那不算失误，因为那是你的失误。

（编译：杜　勇；推荐者：紫藤花）

---

院检查检查吧！"

一位知心大姐见小荣不说话，知道她是担心阿贵舍不得花钱看医生，于是便出主意道："我认识一位老中医，医术可神了，你不如把他请来给阿贵把把脉，看毛病到底出在哪里！有病治病，没病防病！这家没了男人，那可就塌了天了……"

这天，老中医真的来了。阿贵见家里冷不丁来位大夫，吓了一大跳，一听说是要给自己把脉，更加摸不着头脑了："我好好的把什么脉？前段时间旅游，海拔两千多米的云龙山我都爬上了！能有什么病？"小荣一急，说出心里的担忧来。阿贵一听，忍不住哈哈大笑，解释了其中的缘故。

原来，阿贵到云龙山，在饭店吃了一顿饭。没想到，点了个看上去最便宜的麻婆豆腐，最后竟然收了他60元。

阿贵对这盘豆腐一直耿耿于怀，觉得亏大了。

回来的路上，他想起自己炒股的时候，每逢股价降低，就会再补进一些股票，把相同股票的平均进价拉低。于是，他回家后，就连吃了几顿便宜的麻婆豆腐，希望把麻婆豆腐的平均价格也拉下来……

听完阿贵这番述说，老中医大笑离去。小荣更是哭笑不得，心想：幸亏没让阿贵知道，老中医是自己花200元的礼物请来的，不然还不得去看几次诊费便宜的医生啊？

# 偷不走的助动车

□ 沈岳明

老王和同事老李住对门，平时都一起骑助动车上班，回到家后常把车停在一起。

这天早晨，两人又同时出门，可刚到楼下，老李就叫了一声："糟糕，我车没了。"老王一看，停车的地方只剩下自己的那辆，便小声嘀咕道："现在小区治安真不好，老闹贼。"没想到老李气呼呼地说："有贼？我们小区以前就没闹过贼。你看，你那车没锁不也好好地放着吗？"老王一看，果然，自己新买的助动车真忘了锁，心说这贼真怪，不偷新车却把老李的旧车骑走了。老李又在周围找了半天，没找到。眼看快上班了，老李让老王先走，自己跟老婆打个招呼再去。

这天，老李很晚才来上班，老王

私下里问他车找到了没有，贼抓住了没有？老李却没好气地说："真气人，谁说有贼啦？"接着又说，"我告诉你，你可得注意点，现在的人，越亲近越靠不住！"老王见他一副气呼呼的样子，没敢再问下去。

事后，老王越想心里越嘀咕，这老李是怎么啦，没头没脑地跟我说那么一句话，还让我注意点……

下了班，老王一个人骑车回到家，刚进门，老婆就问他："对门老李是怎么了，早上就听见他们两口子吵架，他老婆怪他不锁车子，好像还提到了你。"老王听到这儿，心里一紧，心说，提到我了，是不是真怀疑到我头上了？他把自己的担心告诉了老婆。老婆劝他说："你别瞎担心了，咱心里没鬼，怕什么。"

老王瞪了老婆一眼："你懂什么，你想想，为啥偏偏他丢了车，我没丢；我说有贼，他说没有；他两口子吵架，

为啥还提到我？肯定是觉得这丢车和我有关。咳，要是我的车也丢了就好了，就说明小区真的有贼。"

老婆见老王越说越离谱，哪有盼着自己丢车的，也懒得理他。老王在那里越琢磨越觉得自己的车该丢。第二天，他下班回家，便故意没有锁车，可等早上去看，车子好端端地停在原来的地方，车钥匙明晃晃地挂在车把上，不知道谁好心，帮他锁上了。

整整一个星期，不管老王怎么盼，就是没人偷他的车！他看到老李挤公交车上下班，心里更不是滋味，好像老李的车真的是他偷的一样。后来，他一见老李，心里就发虚，便尽量躲着他，生怕老李看着自己不舒服。

到了星期六，老王起床后，下意识往楼下一看，自己的助动车不见了。他赶紧跑到楼下四下一看，车子果然没了……

车子总算被偷了！老王说不出来的兴奋，忙跑上楼去敲老李的门。等老李开了门，老王便迫不及待地告诉他："老李，告诉你一个事，今天我助动车也被人偷了，我说有贼吧……"

老李打着哈欠说："不会吧，我们这个小区怎么会有贼呢？"老王说："肯定是有贼，不然我车怎么也丢了？"

老李说："会不会是你家什么亲戚骑走了？这些天，我见你总是忘了上锁，有意提醒你，帮你锁了一次，后来见你一副不理人的样子，我还以为你对我有意见呢，就没跟你说。我可是上过当的，上次我车忘记锁了，被我的小舅子骑走了，连招呼都没打，到现在，都没送回来。害得我天天挤公交车，还让老婆臭骂了好几回，说我没你细心。"

老王一听，这才醒过神来："原来你的车不是被人偷走的？"

老李说："我什么时候说我的助动车被偷了？"

老王跺了跺脚，说："糟了，你的助动车没被偷，我的助动车却不见了！"

就在这时，楼下传来了助动车的响声，老李往窗外一看，对老王说："那不是你的助动车吗？"

老王顺着老李的方向一看，差点没岔过气去，那是自己的老婆骑着助动车买菜回来了！

□马 允

# 像个城里人

王二的村子边上造了个新楼盘，售楼处的牌子挂得高高的，特别引人注目。

这天，王二从地里回到家，拿起草帽就往外走。老婆看着他一副急匆匆的样子，便问道："你上哪儿去啊？"

"我去那新楼看看去。咱也长长见识，看看城里人是怎么卖房子的。"王二挥着手里的草帽，指了指远处的那幢高楼。

"哎哟，你这身打扮，一看就不像买楼的，谁会让你进去啊？"

王二低头看看自己，穿着背心、大裤衩，果然不太像样。

"你得穿像个城里人，人家卖楼的才看得起你。"老婆说着找出一件新衬衫，一条新裤子，让他换上，又让他好好梳了梳头，这才让他出门。经过这么一倒腾，王二果然比原来神气多了。

王二骑车到了楼盘边上，找了个角落停好，这才大模大样转出来，走进了售楼处。刚进门，迎面就走来一个漂亮的售楼小姐，冲他一鞠躬，甜甜地说："先生是来看房的吧，我为您详细介绍一下。"语气客气极了。

王二一听，顿时心里轻飘飘的，果然人靠衣服马靠鞍，这衣服一换，待遇就是好。

售楼小姐带着他又是看模型，又是看样板房，整整转了一个多小时。王二也装模作样地看这看那，还不时点点头，就像真的要买房一样。临近结束的时候，他还像模像样地问售楼小姐要名片和资料，说要回去考虑考虑。

售楼小姐一听，忙笑吟吟地拿来资料，还递过来一张卡片："先生，我们现在举行看楼抽奖活动，您只要填了这张卡片，就能参加，大奖是一辆小汽车。"

·幽默世界·

王二接过卡片，犹豫了一下，拿起笔认认真真填好了表，才从那里离开。

一个月后的一天，王二家的电话响了，接完电话，王二耷拉着脑袋，一副失魂落魄的样子。老婆一看，问他这是咋了。

王二懊恼地说："刚接到一电话，是前两天去的那个售楼处打来的。说我中奖了。"

老婆一听，乐坏了："有这么好的事？中了啥奖啊？"

"头奖，一辆小汽车。说是让我拿身份证兑奖去。"

老婆脸上乐开了花："那还不快去，那车可值不少钱呢。"说着，就要去找身份证。

没想到，王二一听，脸拉得更长了："那车拿不了。"

老婆好奇地问："为啥拿不了啊，

不是你中奖了吗？"

王二一屁股坐到炕头上，手捂着头说："当时写名字的时候，我觉得自己这名字太土，一看就知道不是城里人的名字，怕售楼小姐看不起，就把名字改了，谁知道真能中奖啊？"

（本栏题图、插图：顾子易　王　俭　包丰一）

·本刊信息传真·

## "第一推荐"面向全社会征稿

### 把"最好听的故事"推荐给《故事会》

为加强故事的可读性，本刊决定开辟"第一推荐"栏目，面向海内外读者征集"最好听的故事"。除发行量较大的文摘类杂志（如《读者》、《青年文摘》、《特别关注》等）外，凡公开或内部发表的作品均可推荐。推荐作品要求故事性强，有口传性，能引起读者的兴趣。

推荐稿务请注明原作者、出处，一经采用，每篇付稿酬100—200元。来稿方法：1. 从邮局寄发，请在信封上注明"第一推荐"字样，本刊地址：上海市绍兴路74号《故事会》杂志社，邮编：200020。2. 从网上传递，请在主题上注明"第一推荐"字样，本期责任编辑的电子信箱：simyyue@126.com。